무지개 사냥 2

일러두기

1. 모본의 발간 당시의 내용을 그대로 살리되 편집상의 오류를 바로잡고 기본 맞춤법은 오늘
   에 맞게 수정했다.

2. 인명·지명·서명·식물명 등은 원문의 것을 그대로 살리되, 독자의 이해를 위해 현대식으로
   표기하거나 현대식 표기를 병기한 경우도 있다.

무지개 사냥 2

초판 1쇄 인쇄 _ 2021년 9월 25일
초판 1쇄 발행 _ 2021년 9월 30일

지은이 _ 이병주
펴낸곳 _ 바이북스
펴낸이 _ 윤옥초
책임 편집 _ 김태윤
책임 디자인 _ 이민영

ISBN _ 979-11-5877-259-8 03810

등록 _ 2005. 7. 12 | 제 313-2005-000148호

서울시 영등포구 선유로49길 23 아이에스비즈타워2차 1005호
편집 02)333-0812 | **마케팅** 02)333-9918 | **팩스** 02)333-9960
이메일 postmaster@bybooks.co.kr
홈페이지 www.bybooks.co.kr

책값은 뒤표지에 있습니다.
책으로 아름다운 세상을 만듭니다. ― 바이북스

미래를 함께 꿈꿀 작가님의 참신한 아이디어나 원고를 기다립니다.
이메일로 접수한 원고는 검토 후 연락드리겠습니다.

이병주 장편소설

무지개 사냥 2

이병주 지음

바이북스
ByBooks

2권 차례

청운(靑雲)의 출발

얼른 마피아가 등장하는 영화의 장면 같다는 생각이 들었다. 삼십 수 층으로 솟아오른 흑대리석의 고층 건물, 양주와 하바나 시거의 냄새가 교차되어 있는 S클럽의 분위기, 007가방을 들고 들어선 백인, 세상을 졸업한 듯이 무표정한 한국의 청년, 그 사이에 오간 허허실실의 대화, 이윽고 돈 가방은 한국인의 손으로. 그 가방 안에 든 돈은 400만 원이 아니라 400만 불이면 드라마는 그 액수만큼 고조되었을 것이지만, 400만 원이 400만 불, 4,000만 불로 불어나지 말라는 법이 없지 않는가.

그건 그렇고 드라마 특히, 액션드라마가 가능하려면 구레나룻을 기른 백인이 등장해야만 하는가 보다…….

위한림은 마피아의 두목이 된 기분으로 S빌딩을 나섰는데 땅 위에 발이 닿자마자 엄숙한 현실 속에 있는 스스로의 위치를 발견했다.

바꿔 말하면 어떤 출발점에 섰다는 기분이었다. 무수한 방향으로 뻗어진 출발점! 카지노로 직행할 수 있는 출발점이기도 했다. 선천

집의 미스 양을 찾아가 "옛다, 이걸 갖고 네 팔자나 한 번 고쳐 보라."
고 내던짐으로써 시작이 되는 출발점일 수도 있었다.

　미스 한을 불러내어 영국으로 유학 가는 비용으로 쓰라고 나눠
줄 수도 있는 출발점이기도 하고, '사슴'에 가서 중·고등학교부터
시작해서 대학동창, 해병대 동기를 죄다 불러 모아 최소한 일주일쯤
은 흥청거려 볼 수도 있는 출발점이기도 했다.

　아버지에겐 근사한 파이프를 사드리고, 어머니의 옷고름엔 스무
냥쯤 되는 타래 금반지를 달아드려 어깨를 묵직하게 해드리고, 큰 아
우놈에겐 그가 그처럼 갖고 싶어 하는 등산 도구 한 벌을 사 주고, 작
은 동생에겐 혼다의 모터사이클을 사 준다? …… 이렇게 시작되는
출발점도 있을 것이었다.

　난데없이 기명숙을 찾아가 007가방을 척 앞에다 밀어 넣고 "명
숙 씨, 어때 이걸 자본으로 하여 구멍가게 하나 합시다. 당신은 팔고
나는 사업하구…… 이 아무개란 엉터리 작가가 걸핏하면 하는 소리,
가난하게 그러나 궁하진 않게 사는 방법을 한번 시도해 봅시다. 당신
아버지가 가지고 있는 수백억 원의 재산으로도 엄두를 내지 못할 행
복의 성을 만들어 봅시다. 당신은 훌륭했소. 그 고 계장 따위의 사내
를 차버린 건 참으로 잘했소. 프랑스에선 최근 착하고 가난하고, 그
러나 행복하게란 캐치프레이즈를 걸고 생활을 설계해 보자는 캠페
인이 전개되어 있답니다." 하고 호소를 해보면? 하는 생각도 일었다.

　그러고 보니 위한림은 기명숙을 사랑하고 있었던 것이다.

그러나 위한림은 돈 400만 원이 든 가방을 안고 각양각색의 무지개를 그리고 있는 스스로를 측은하게 여기는 슬픔으로 가득 차 있었다. 그까짓 돈 400만 원이 든 가방을 들고 있대서 이따위 감상이랴 싶으니 어느덧 뺨에 눈물이 흘러내리고 있었다. 위한림이 아직까지 자기를 위해 울어 본 적은 그때가 처음이다.

누가 볼세라 얼른 눈물을 주먹으로 닦고 하늘을 보았다. 스모그가 깔려 있긴 했으나 하늘은 이제 완연 가을빛이었다.

사업이다, 사업. 사(事)자로 쓰고, 업(業)자로 쓰는 사업 말이다. 그러니까 아예 사업(死業)으로는 되지 말아야 한다. 사업을 한답시고 내다 내다 죽을 꾀를 내어 드디어는 사업(死業)이 되고만 예가 수두룩하다고 들었다.

위한림은 그가 당초에 목표했던 기한을 3년쯤 앞당겨 사업을 시작할 작정을 했다. 돈 400만 원으로 사업을 시작한다는 건 무에서 시작하는 것이나 다를 바가 없다. 그런데 무에서 시작하는 계획보다 더 어려운 까닭은 무에서 시작한 계획은 공상의 날개에 얹어 훨훨 대공을 날 수가 있는데 400만 원이란 무게가 끼이고 보니 그 계획은 날개를 달 수가 없기 때문이다.

돈이 돈을 낳는다지만 400만 원이 낳는 돈이 얼마나 되겠는가. 소질이 없어 고리대(高利貸)를 못할 바엔 은행 정기예금으로 해야 하는데 이자는 연 이 할, 기껏 80만 원의 액수가 될 뿐이다.

그러니 정기예금하기에도 어중간하고 사업을 하기에도 미치지 못할 돈일 바엔 카지노의 룰렛에 가서 사생결단을 해 보든지 하루 40만 원 꼴로 십일천하를 해 보든지 할밖에 없다는 기분으로 몰려 들기도 했다. 그러나 이만한 목돈을 만지기도 힘들다. 이 기회를 놓칠 수가 없다는 생각이 그 기분에 브레이크를 걸었다.

결국 사업을 해 볼 수밖에 없었다.

친구들과 의논을 해보려는데 막상 그런 문제를 놓고 의논을 하려니까 그 많은 친구 가운데 한 놈도 없다. 하는 수 없이 반포 근처에 복덕방을 차렸다는 민경태를 찾아갔다.

민경태는 '아주복덕방'이란 간판을 달아 놓은 평수 삼사 평이나 될까한 사무실에 앉아 신문을 보고 있었다. 으레 있을 수 있는 인사말에 이어

"아주복덕방이라니 아주가 뭐요?" 하고 위한림이 물었다.

"아주가 아주 아닌가."

보고 있던 경제신문을 놓고 민경태가 말했다.

"의미가 뭐냐 말이오. 한자로 쓰면 어떻게 쓰는가……."

"상호의 의미는 실적과 경력이 만드는 것 아뇨. 미리 무슨 의미가 있겠소."

"그럼 전혀 무의미하다, 이건가?"

"대수적(代數的)인 의미, 아니 허두(虛頭)로서의 의미는 있지. 잘 되면 아주 좋은 복덕방, 못 되면 아주 나쁜 복덕방. 그러니까 의미는 고객들이 만들어 달라 하는 기분으로 지은 이름이오."

"듣고 보니 그럴 듯하군. 나는 아주라고 했길래 아주(亞洲)가 아닐까 하고 추측하고 그 상상력의 빈곤을 빈정대 주려고 했더니만."

"사람들은 대강 그렇게 추측하고 묻기도 하지. 그럴 때마다 말의 억양이 다르다면서 아주 좋은 복덕방으로 만들어 달라고 부탁하는 거요. 그럼 깔깔대고 웃으며 일이 시작되는 거지."

"그래 돈 좀 벌었수?"

"위 형 쇠주 사 줄 정도 만큼은 벌었소."

"듣자니 반가운 소리군. 그러나 오늘의 술은 내가 사겠소."

"찾아온 친구의 돈을 쓰게 해서야 되겠나."

"전번 선천집에서 진 술빚을 갚아야지."

"언제부터 그런 사고방식을 갖게 됐소."

"나도 사업을 할 작정이니까."

위한림이 가슴을 펴고 말했다.

"어떤 사업을 할 작정이우."

민경태가 물었다.

"되도록이면 전문을 살리고 싶소."

위한림의 대답은 덤덤했다.

"위 형의 전문이 뭐더라?"

"기계공학."

"대뜸 기계공학 갖고 사업이 될까?"

"그러니까 이렇게 의논하러 온 게 아니우?"

"일단 경험이 필요할 테니까, 그 계통의 회사에 취직이라도 하면 어때. 그 계통엔 선배들이 우글우글할 것 아닌가."

"기계공학이 전문이라지만 너무 엉터리로 배워 놔서 그것 갖곤 남의 공장에 갈 순 없을 거야."

"그것 또 무슨 말요."

"내 기술 갖고 덤볐다간 남의 공장 망친다, 그 말이오."

"남의 공장을 망칠 사람이 어떻게 자기 사업을 하지?"

"직공이나 기사 노릇을 하진 못해도 사장 노릇을 할 순 있을 것 같거든."

"그것 참 재미나는 얘기다. 직공 노릇은 못해도 사장 노릇은 너끈히 할 수 있는 그런 경우도 있는 거니까."

"똑바로 말하면 남의 아래서 쓰이는 건 질색이오."

"그것 나와 동감이오. 그래서 복덕방 할 생각을 한 거니까."

"이를테면 우린 동지군."

하고 위한림이 술잔을 들었다. 그리곤 치얼스! 하며 민경태의 술잔에 갖다 댔다.

"외국놈 회사에서 배운 게 그거유? 치얼스가 뭐요, 창피하게."

하면서도 민경태는 웃곤 다시 물었다.

"그런데 사업, 사업하는데 자본금은 얼마나 마련했소."

"우선 400만 원 있소."

"400만 원이면 큰 돈인데 자본금으로선 모자라군."

"그래 카지노에나 가서 이판사판 해 버릴까도 해."

"그건 절대로 안 되지. 사업의 출발점에서 요행을 바란다는 건 금물이야. 어디까지나 산술적인 계산으로 시작해야지."

"산술 갖고 사업이 될까?"

"그렇다고 처음부터 고등수학?"

"400만 원 갖고 사업을 시작하려면 아무래도 대수적(代數的)인 계산이 필요할 것 같애."

"대수적이란?"

"산술에선 마이너스 수치는 없는 거나 마찬가지가 아뇨. 그러나 대수에선 마이너스 수치도 수치로서 살아 있거든. 마이너스와 마이너스를 곱하면 플러스 수치로 만들어 낼 수가 있고 말야."

"빚을 얻어 자본금에 보태겠단 말인가."

"필요에 따라선……."

"그것 안 되는 얘기요. 내 복덕방 경험에 의하면, 브로커를 한다면 대수학적 사업이 보람을 볼 수 있지만 생산업이나 상업엔 당초부터 부채가 개재하면 곤란해요. 금리를 감당할 수 있는 생산업이나 상업이 그렇게 쉽게 있는 줄 아시우? 그리고 신용도 없는데 빚이 굴러들어올 줄 아시우? 천만에. 돈은 신용을 찾아가는 영적(靈的)인 물질이오. 작으나 크나 신용의 토대를 먼저 만들어야 해. 그 토대부터 빚으로 되어 있다면 사기를 칠 경우 말곤 어림도 없소."

민경태의 충고는 들어둘 만한 가치를 가지고 있었다. 작으나 크나 신용이 토대를 만들어 놓아야 남의 돈을 끌어올 수가 있다는 얘기는 원칙에 통하는 법칙과 같은 것이다.

"구멍가게를 한다고 하면 400만 원의 자본 갖고도 가능할지 모르지만 명색이 기계공업을 하겠다면 아무래도 400만 원 갖고 부족해." 하고 민경태는 골똘하게 생각하는 눈빛으로 되었다. 위한림에겐 그 진지한 태도만이라도 반갑다고 생각했다.

"중고품 선반기라도 하나 구할 수 있으면 선배들이 있는 큰 공장에서 하청을 얻을 수 있지 않을까 하는 생각도 하고 있어."

위한림으로선 처음으로 본심을 비쳐본 셈이었다.

"하청이 있을까?"

"목하 제반사업이 상승세에 있으니까 공장마다 하청을 줘야 할 정도의 일거리는 있는 것 같애."

"거기에다 서울대학 기계공학과 출신이란 플러스티지가 붙겠군." 하고 민경태의 눈빛이 생기를 띠었다.

"말은 쉽지만 그것은 어려워."

위한림이 풀이 죽은 투로 말했다.

"괜찮은 아이디어를 내놓고 갑자기 왜 그러지?"

"선반기를 갖다 놓자고 해도 장소가 있어야 할 것 아뇨. 공짜로 쓰라는 집이 있겠수? 그 건물을 전세(傳貰)낸다고 해도 400만 원쯤 들건데."

"그보다도 중고품 선반기 대금은 얼마나 될까?"

"그건 백만에서 300만 원 쯤이면 구할 수 있겠지. 모자라는 건 외상을 할 수도 있을게구."

위한림의 말이 이렇게 되자, 민경태가 웃는 얼굴로 다음과 같이 말했다.

"그렇다면 위 형, 시작해 보슈. 선반기 갖다 놓을 자리가 설마 명동이나 무교동이라야 한다는 법은 없을 게고…… 변두리를 찾아보면 가내공업(家內工業)하다가 만 헛간 같은 델 싸게 사용할 수가 있을 거요. 복덕방 노릇한다고 돌아다니고 있으니 그런 데가 눈에 뜨이기도 합디다. 지금부턴 마음 놓고 찾아보지. 공장할 장소는 내게 맡기구 위 형은 기계를 살 방도나 연구하슈. 이럭저럭 하다가 100, 200만 원쯤 모자라는 건 어떻게라도 되지 않겠소."

이 말에 위한림이 용기를 얻었다.

민경태의 말은 계속되었다.

"사람 셋이 모이면 문수보살의 지혜가 나온다고 하잖소. 우리 둘이 모여 이만한 지혜가 나왔으니 이렇다 할 친구 하나만 찾아냅시다. 인인성사(因人成事)다. 오늘은 이쯤 하고 술이나 마십시다."

돌연 유쾌해진 두 사람은 각각 기염을 토해 가며 술을 마셨다. H재벌의 J사장도 적수공권으로 시작해서 오늘의 성공을 이루었고, D재벌의 K사장도 자본금 500만 원으로 시작해서 수천만 달러를 수출할 수 있는 대사업체를 이루었다고 하지 않는가.

세상이란 참으로 이상하기도 한 것이다. 성공자의 예를 찾으면 한량이 없다. 좌절자의 예가 더 많을 테지만, 기분의 조수에 밀리면 성공자의 군상들만 시야에 나타난다. 인생의 길은 곧 성공의 길이기도 한 것이다.

"우리라고 해서 성공하지 말라는 법이 있겠소."

이렇게 민경태는 위한림의 전도를 축복했다.

물고를 터놓기만 하면 물은 흐르기 마련이다. 어디로 어떻게 흐르느냐가 문제일 뿐이다. 강으로 해서 대양으로 흘러들어가는 물이 있기도 하고 논밭으로 해서 드디어는 땅속 지하수가 되어 수 년 수십 년 햇빛을 보지 못하는 경우도 있고, 어쩌다 공장 같은 데 이끌려 들어 유독한 폐수가 되어 인간 동물 식물들에게 저주스런 존재로 되기도 하고, 특별한 운명을 타고나선 얄팍한 곳에 고였다가 하늘 위로 증발하는 기적을 부리기도 하고, 그야말로 기구한 운명으로 인간하고도 사기꾼으로 통하는 자의 체내를 슬쩍 지나보기도 하는 것이다.

의지 없는 물이 이러하건대 사람의 운명이야 더 이상 말할 나위 있겠는가. 시작되었다고 하면 그것이 원인이 되어 인과(因果)의 무궁한 연쇄를 엮는다. 누가 보면 어린애의 장난처럼 보였을지 몰라도 위한림의 일도 그렇고 그렇게 진행되었다.

당인리 근처에 빈 창고를 얻었다. 마포가 삼개란 이름으로 제법 상업이 왕성했을 무렵, 소금장수들이 소금 창고로 썼던 판잣집이나 다름없는 앙상한 공간이다. 창고의 주인은 옛날의 소금장수, 소금장

수라면 직업부터가 짠 직업이고 보니 성격도 짜기가 십상팔구일 텐데 이 주인만은 그렇지가 않았다. 어딘가 소탈한 데가 있는 호인형의 사람이었다.

그러나 증권을 하는 것 같은 눈치를 보면 그저 호인이기만 한 사람은 물론 아니다. 바보가 증권을 할 수야 없는 것이 아닌가. 증권인종(證券人種)은 선악의 가치 기준은 치지도외(置之度外)하고 일반 평균 시민과는 이질적인 인간이다.

그런 사람으로부터 사글세로 빌렸는데 그 반쪽엔 또 하나의 업종이 있었다. 플라스틱 사출기로 옷걸이나 빗 같은 것을 찍어내는 사람이다. 이 친구도 만만찮은 야심의 소지자다. 용산고등학교 출신, 위한림의 친구의 처남이다. 이를테면 동업자 아닌 동거자가 있었다는 얘기다.

여기에다 쇠깎이, 바꿔 말하면 선반기(旋盤機)를 들여다 놓았다. '금촌'이란 메이커의 이름이 새겨져 있는 다섯 자짜리, 이미 10년의 풍상을 겪은 늙은 기계다. 그러니까 고철 값도 채 될까 말까한 60만 원. 공장의 베니어 문엔 매직 잉크로 '공장'이라고 크게 써 붙였다. 약간의 감격이 없지 않았다.

남이 보면 고철 뭉치에 불과했지만 위한림의 눈엔 칠대양 육대주를 건너고 누빌 군함처럼 보였고 보잉 707로 보였다. 그러면서도 그의 감상의 한 가닥은 그 보잘것없는 쇳덩어리에 운명을 걸려고 하는 스스로를 안타깝게 여기는 애감으로 괴어들고 있었다.

그러나 그는 곧 반성했다.

'이런 센티멘털리즘을 말쑥이 씻어버리는 데서 나의 사업은 시작되어야 한다. 하잘것없는 자의식에 사로잡히는 것은 사업가의 금물이다. 카네기가 원두막 같은데 첫 간판을 붙였을 때 센티멘털한 기분으로 되었을까. 그는 앞만 바라보지 않았는가. 그러기 때문에 자기의 적을 없애기 위해, 자기의 방해물을 없애기 위해선 깡패를 동원하는 것도 서슴지 않았던 것이 아닌가. 한국의 어느 대재벌도 시초엔 드럼통 몇 개를 놓고 사업을 시작했다더라!'

이러한 반성은 눈앞에 있는 고철 덩어리를 신주 모시듯 해야 한다는 생각으로 바뀌었다.

위한림은 그 선반기와 자기 사이에 영적인 교감이 이루어져야 한다고, 아니 그렇게 만들어야 한다고 작정했다. 그러자면 우선 그 장소와의 만남을 그 기계와의 만남을 축복해야 하는 것이다.

' 내 스스로 이 출발을 축복하지 않고 어는 누가 축복해 줄까. 모든 친구 모든 신들이 나를 축복하는 데 협동 협력해야만 한다.'

이런 마음을 먹고 나니 슬그머니 철학이 돋워나기도 했다.

'인생은 마땅히 축제로 시작되고 축제로 연속되고 축제로 매듭을 지어야 한다. 그것이 성공이며 생의 빛이며 인생의 보람이다.'

그리고는 위한림이 속으로 웃었다. 아르튀르 랭보의 시구가 뇌리를 스쳤기 때문이다.

'그 옛날 나의 생활은 축제의 연속이었다. 꽃이란 꽃은 죄다 만발

하고 술은 홍수를 이루었다.'

요컨대 하늘 아래 새로운 철학이란 있을 수 없는 것이고 시인의 축제와 사업가의 축제는 달라야 하는 것이다.

결심을 하자 위한림이 전화를 걸기 시작했다. 맨 처음은 민경태에게 했다.

"자축을 할 작정이니 음력 16일, 그러니까 1974년 9월 16일 오후 3시쯤 내 공장으로 오시오."

"그날 무슨 일이 있수?"

"진수식(進水式)을 하려구."

"진수식?"

"위한림 호가 망망대해를 향해 바야흐로 출범하렵니다."

"개업식이란 것보단 진수식이란 게 낫소." 하고 민경태는 쾌히 승낙했다.

그 다음은 태권도장의 친구들. 구차스런 말을 보탤 필요 없이 전부 OK. 그 다음은 슈나이더 회사의 뜻 맞는 친구들에게 전해 달라며 임창규에겐 특히 여성동지를 불러올 것을 부탁했다.

그 다음을 물론 해병대 동지들.

"뿔뿔이 헤어져 있어 주소도 모르니 찾기 힘들겠지만, 가능한 한 많이 모으라."

일렀고, 고등하교, 대학의 동기 동창들에게도 주소를 아는 대로 통지했다. 그 가운데 어느 놈은

"크게 벌이지 말구 조촐하게 하는기라. 도깨비집 같은 데 고철 선반기 하나 갖다 놓고 떠벌리면 돈키호테라고 욕한다."는 친구가 있었다. 위한림이 버럭 화를 냈다.

"이놈아, 돈키호테가 뭣이 나쁘니. 내 돈 벌어 갖고 스페인에 가게 되면 프랑코 총통이 아무리 만나 달래도 거절하고 돈키호테의 무덤 앞엔 꽃다발 놓고 울기다. 잔말 말구 그날 술 마실 아가리와 제단 앞에 절할 대가리와 춤 출 팔다리만 갖고 냉큼 왓!"

또 어떤 놈은

"이왕 잔치를 할 바엔 장고 북 하다못해 엘레키가 있어야 할 텐데 그런 준비 다 됐나."하고 한술 더 뜨는 놈도 있었다.

'아무튼 왕창 하는 거다.'

위한림은 축제를 위해 만반의 준비를 서둘렀다.

나라마다 축제의 양상이 다른 것은, 나라마다 신의 구미가 다르기 때문이다.

올림피아의 제신을 모신 축제엔 포도주와 희랍어를 필수품, 필수어 해야 하는데 우리의 옥황상제를 모실 경우엔 막걸리를 제주로 해야 하고 제문도 한국어라야 한다. 그러나저러나 제단을 차려 놓고 제주를 따르곤 절을 하게 되었는데 옥황상제의 모습이 보이지 않으니 부득이 돼지머리를 향해 절하는 꼴이 되었다.

백 명 넘어 모인 사람들이 전부 제단 앞에 꿇어앉아 절할 수야 없겠지만, 바로 제단 옆에 있으면서 절할 생각을 않는 놈이 눈에 띄었다. 황가 성을 가진 동기 동창이다.

"넌 왜 임마 절하지 않고 그렇게 서 있니."

위한림 옆에 앉았던 동창생 하나가 물었다.

"그잔 예수쟁이다." 하는 소리가 있었다.

"예수쟁이는 이런 데서 절하면 안 되나?"

"우상 숭배는 안 하게 안 돼 있나."

"이게 뭐, 우상숭밴가? 관습이지."

"저자가 믿는 여호와는 질투하는 신 아닌가배. 자기 말고 누구 앞에서라도 절을 하면 진노가 대단하다, 이 말씀이야."

"제기랄, 도량이 그 따위 고동창자 같은 신 믿으면 뭣 하노."

"아따 신앙은 자유 아닌가."

중구난방으로 종교 논쟁이 일 뻔했는데 민경태가 대독하는 제문이 일시 자리를 조용하게 했다.

"유세차 갑인지 추 구월 기망, 위한림 등, 극동 한국의 한성 일우 당인리 이곳에서 억조창생에게 복덕을 이루고자 삼가 적심(赤心)을 한 장의 종이마냥 태워 옥황상제에게 고하노니, 유유창천 굽어 살피와 위한림 소영(所)하는 일에 어긋남이 없도록 통촉하옵소서."

하고 종이에 불을 붙였는데 타고 있는 종이 끄트머리가 하도 뜨거워서 버렸다.

"임마, 그거 끝까지 다 태워야 하는 거여."

"요 개 같은 놈아, 진작 이야기하지."

"왜 말들이 그렇게 요란하노. 고운 말 쓰기 하자. 명색이 제사 지 내는 거다이."

"알지도 못하는 게. 임마, 옥황상제에 대해 제사 지낼 땐 흥겹고 마구 떠벌리고 욕지거리도 하고 해야 하는 거다."

"그 말 맞다."

이윽고 꽹과리 소리를 신호로 굿판이 벌어졌다. 올림피아의 신이 나 우리의 옥황상제나 난장판을 좋아하는 건 마찬가지인 것 같다. 디 튀랍 보수의 향연 바카스의 춤은 바로 난장판이다. 무녀를 끼운 우리 들의 춤도 난장판이다.

"서울대학의 탈춤학과를 나왔나?라고 할 정도로 잘 추는 서울대 학하고도 공과대학을 나온 자, 문과대학을 나온 자들의 탈춤. 게다가 '한 많은 미아리 고개'가 왜 끼었나. 멋진 모노드라마를 하는 놈, 벽 돌 십여 장을 개는 태권술이 없나, 어쩌자고 간첩 식별법 강의는 무 슨 까닭으로 하는가."

이에 대한 사회자의 해설ー

"번창하는 업체일수록 간첩이 침범할 우려가 있으니……."

난장판 가운데도 예의는 있고…… 설마 이렇게 되진 않았지만, 그 까닭은 육두문자가 난무하고 함경도 북쪽에서 제주도 남단까지 의 욕지거리가 총동원된 판이니 예의가 북한산을 넘어 어느 골짜기 에 숨어 버렸기 때문인데 난맥 가운데 질서가 있었던 것은 사회자 한 군의 덕택이라고나 할까.

이 친구의 입에 걸리면 감나무가 대나무와 접목이 된다. 떡이 술 안주로 되기도 하고 마릴린 먼로가 무덤에서 뛰어나와 스트립쇼를 하고 리즈 테일러가 또 한 번 이혼을 하곤 한국 남아의 품에 안긴다. 케네디가 축전을 보내고 닉슨이 박수를 치고 드골이 나폴레옹 코냑을 들고 들어오고 처칠이 축사를 하면 김일성이 질투가 나서 부하 몇 놈의 목을 친다. 말하자면 세계가 그놈의 혓바닥 위에서 이리 뒹굴고 저리 뒹군다.

무대가 서울이기 망정이지 뉴욕이나 파리에 데려다 놓았더라면
"실로 일낼 놈이다, 저놈은……." 하고 위한림이 크게 웃었다.

그런데 이 사회자 일변하여 나폴레옹처럼 호령했다
"야! 잡놈 잡년들아, 뜰로 나서라."

명주라는 여자가 장고를 메고 뜰로 나갔다. 백 수십 명의 잡놈 잡년이 그 뒤를 따랐다. 뜰엔 누구의 마음인지 벌써 모닥불이 활활 타고 있었다.

달이 밝았다.

사회자가 외쳤다.

"이태백의 달이다. 소동파의 달이다."

어느 놈이 강강수월래를 선창했다.

젊은 목소리 술에 취한 목소리 흥에 겨운 목소리가 바카스 춤의 리듬에 맞추어 교교한 달빛에 어울렸다.

'인생은 그 한순간으로서 족했다.'

"기계 앞에서도 한판 벌여야……" 하고 명주의 장고를 앞세워 다시 공장 안으로 들어서는데

"기계는 어디 있느냐."고 떠벌리는 한심한 놈이 있다.

"임마, 이제 막 내가 지낸 쇳덩어리가 바로 기계다." 하고 위한림이 외쳤다.

"이 미친 연놈들아. 나는 그걸로 천하를 통일할 거다. 그래서 내 회사의 이름은 통세다, 통세다. 제기랄 놈들아!"

아닌 게 아니라, 이 이름을 얻기 위해서 한 달을 신음했다. 이렇다 싶은 이름을 지어 제출만 하면 번번이 퇴짜였다. 같은 이름이 이미 등록되어 있다는 것이다. 외국에선 이름만 내세워 즉, 위한림 컴퍼니라고 하고 소재지 이름만 명기하여 제출하면 그만인데 한국의 상사 이름은 대강 추상적이기 때문에 이런 폐단이 생기는 것이다.

요컨대 상상력의 빈곤이라고 할 수밖에 없다. 그 빈곤한 상상력이 마지못해 제세(制世) 또는 통세(統世)라는 이름을 산출하고 말았다.

"내가 오만불손해서 이런 이름을 지은 건 결코 아니지만, 지어 놓고 보니 그럴 듯하지 않은가."고 위한림이 친구에게 말한 적이 있지만, 이날 밤 "천하를 통솔할 거다."라고 외치고 보니 가슴이 후련했다.

천하를 통솔하겠다는 말은 술기운으로 증폭된 것이지만, 사실 "너 뭘하느냐"는 물음에 대한 대답으로선 "내 조그마한 공장 하나 한다."는 게 대견스럽지 않겠는가.

환란이 극하면 애정이 남는다는 것은 한무제(漢武帝)의 말이다.

그 개업의 축제로써 환락이 극했다고는 말할 수 없지만, 위한림의 가슴엔 애수와 비슷한 감정이 괴었다.

난장판이 있은 그 이튿날 숙취에 다소의 애수가 섞였으나 아침 일찍 출근했다. 애수가 끼어 있었기 때문에 비장한 감이 돌았다.

출근 도중의 버스가 뜻밖에도 화려한 경색(景色)인데 놀랐다. 학생으로 보이는 승객이 압도적이었는데 그 붐비는 차 안엔 싱그러운 여색 청춘이 만발하고 있었다. 남학생도 물론 있었지만, 위한림의 심금을 강하게 자극한 것은 여학생들이었다.

"어느 대학이죠?"

염치 불구하고 위한림이 가까이에 있는 여학생에게 물었다.

"홍대예요."

"홍대면 홍익대학?"

"홍익대학 말고 홍대가 또 있나요?"

여자는 뾰로통한 표정으로 시선을 바깥으로 돌려버렸다. 위한림이 하마터면 대학이라고 할 땐 서울대학, 연·고대, 이화, 숙명 밖엔 머리에 없어서 실례를 했노라고 사과할 뻔하다가 그게 또한 화근이 될 것 같아

"홍대, 좋은 대학이라던데요. 더욱이 미술과가 좋다죠?" 하고 살짝 아첨을 해두었다.

어느 칼럼니스트의 말에 의하면 아첨도 또한 기술이란다. 아니나 다를까 아가씨의 얼굴이 부드럽게 풀어지는 것이 손에 잡힌 듯

보였다.

싱그러운 여색 청춘과 밀고 밀리며 진동에 따라 리듬을 잡고 타고 가는 버스도 나쁠 것이 없다는 감상은 반가웠다. 이런 데라면 젊은 사장의 출근길도 그다지 나쁘다고 할 것이 없었다. 갑자기 홍익대학에 정이 드는 느낌이었다.

'옳지. 내가 리무진이나 벤츠 육백을 굴릴 때까진 이 버스를 타야겠다.' 하고 백년해로할 아내를 홍익대학의 여학생 가운데서 골라잡아도 무방하리란 생각까지 했다.

이래저래 홍대의 여학생은 위한림의 청춘과 다소간의 관련을 갖게 되는 것이지만, 그때만 해도 공장이 더욱 중요했다.

공장문을 열고 들어섰다.

쌀렁한 공기 속에 선반공과 조수가 담배를 피우고 있더니 위한림을 보자 선뜻 일어섰다. 사무실로 되어 있는 또 하나의 비좁은 공간에서 장차 경리담당 이사가 될 성균이 쑥 얼굴을 내밀었다.

그 태도는 결코 사장님에 대한 예의가 아니었지만, 아직 월급 한 푼 줘보지 못한 주제에 고자세를 취할 순 없다. 되레 이편에서 아첨을 해야 했다.

"이럭저럭 고생이 많았지."

말하고 보니 어젯밤 술을 퍼마시도록 한 고생밖엔 시킨 것이 없다.

"동력은 잘 들어오나." 했더니 선반공 박이 스위치를 넣었다. 이윽고 부웅! 하는 소리와 함께 기계가 공전하기 시작했다.

"그만하면 됐다."고 스위치를 내리게 하고 시험 제품 몇 개를 만들어 보기로 했다. 책상 서랍에서 사양서를 꺼내 놓고 ABCD로 종별한 보드 너트 등을 깎아 보기로 했다.

"견본이 좋아야 주문을 맡을 수 있을 것이 아닌가."

위한림이 제법 같은 소릴 했다.

"일거리나 많이 맡아오슈. 견본 걱정은 마시구."

다시 스위치를 넣으며 선반공 박이 한 소리다.

출발도 좋았고 선반의 기술도 좋은데 가장 중요한 일거리가 없었다. 위한림의 계산은 서울 시내에 큼직한 메이커가 200개 이상 있고 그 반쯤엔 동창 선배가 간부로 있을 터이니 전화 한 통으로 일거리가 굴러올 것으로 되어 있었다. 이건 짐작만이 아니고 공장을 차리기 전에 선배들로부터 그러한 고무적인 얘기를 듣고 있기도 했다.

그런데 막상 문을 열고 보니 이 꼬락서니다. 사업을 하려면 시초엔 사장이 외교원 노릇도 하고 세일즈맨 노릇도 해야 하는 것이다. 위한림은 선배들의 공장을 메모해 놓고 그 메모에 따라 서울시와 근교의 공장을 돌아다니기 시작했다.

술을 마시러 오라고 하면 한꺼번에 백수십 명을 모을 수 있는 재간인데도 사업을 한답시고 찾아나서면 사람 만나기가 왜 그처럼 힘드는 일인지 그 까닭을 모르겠다고 하면 바보이고 안다고 하면 건방지다로 된다.

"김 전무님 만나러 왔는데요."

"누구신데요?"

"김 전무님의 후밴데요."

"김 전무님의 후배가 어디 하나 둘이라야죠."

"위한림이라고 하는……."

"용무는 뭣이죠?"

"그건 만나뵙고……."

"계신가 안 계신가 한번 알아봅시다."

"부탁합니다."

"……."

"지금 자리에 안 계시다는대요."

"사내에 있긴 있는 거죠?"

"글쎄요, 잘 모르겠는데요."

"들어가 기다리면 어떨까요?"

"일단 허락을 받아야만 들어가게 돼 있습니다."

제기랄이란 말이 터질 뻔했지만 얼른 목구멍 안으로 삼켜버리고

"죄송합니다만 한 번 더 연락을 해 주실 수 없습니까?"

"안 계시다면 그만이지 왜 그러시유."

수위는 외면을 하고 만다.

크고 작고 간에 회사 앞에 있는 수위라는 인간은 죄다 이렇게 무
뚝뚝하다. 하늘에서 받은 권세를 백 프로 이상 아니 이백 프로로 행

사하겠다는 얘기다.

막무가내 하고 치고 들어갈 수도 없지 않는 바는 아니지만, 체면이란 걸 배우기 위해 국민학교로부터 대학까지 꼬박 16년, 그 사이 군대가 끼었으니 19년이란 세월이 걸린 것이고 보니 그렇게도 할 수가 없다.

다음 한 번 더 부탁할 양으로 멀찌감치 서서 문간을 지켜보고 있노라면 수위 같은 존재에 아랑곳 없이 잘도 드나드는 사람들이 있다. 자동차를 타고 와 클랙슨을 울리기만 하면 수위는 얼른 뛰어나와 철쇄를 풀고 국궁재배한다.

'제기랄, 어떤 놈에겐 호랑이가 되고 어떤 놈에겐 고양이가 되는군' 하고 투덜대는 동안 하청 받으러 온 건 잊고 선배를 만나기만 하면 저놈의 수위를 파면시키도록 하리라는 독이 오른다.

그래서 가까스로 김 전무를 만난 자리에서 만사 제쳐놓고

"그 수위, 그것 못쓰겠습니다." 하고 한바탕 늘어놓은 즉 선배 왈

"후배도 다음에 공장을 경영해 보면 알 거요. 수위가 인심을 쓰다간 아무 일도 되지 않을 거니까."

이래서 하청 받은 일은 꺼내지도 못하고 돌아오는 것이다.

무난하게 선배를 만날 수도 있다.

만날 수 있게 된 것까진 좋은데 자랑인지 충고인지 분간 못할 말을 잔뜩 늘어놓곤 이편에서 용무를 말하면 갑자기 심각한 얼굴이 되어

"개인 생활도 그런 것 아닌가. 살다가 보면 어쩔 수 없는 인연에 말려들게 되는 거야. 하물며 많은 사람들을 거느리고 많은 업체와 관련이 있는 회사이고 보면 좋다고 해서 당장 그렇게 할 순 없는 거라. 우리 하청공장들은 우리 회사에 생사를 걸고 있거든. 수십 명 종업원과 함께 말야. 그런데 하청을 끊어 봐. 그 결과가 어떻게 되는가. 아무래도 위 군은 세상을 잘못 알고 있는 것 같애. 세상은 그처럼 호락호락한 게 아닐세." 하고 인생철학을 펼친다.

"그렇게 어려운 세상이니까 선배의 도움을 청하는 게 아닙니까."

"선배 후배는 정(情)의 관계야. 이해의 관계가 될 순 없어. 사회는 게젤샤프트거든. 이익 사회다, 이 말이야. 요컨대 정만으로썬 이익 사회의 벽을 무너뜨리지 못하는 것이 사회의 철칙 아닌가."

"회사는 날로 팽창해 가고 있지 않습니까. 팽창한 그 부분을 저에게 주면 기존 하청업자들에게 손해를 끼치지 않을 것 아닙니까."

"우리 회사는 그들과 더불어 크고 있는 거야. 우리가 팽창하면 그들도 따라 팽창해야지."

"전 큰 것 바라지 않습니다. 돈으로 쳐서 한 달에 500만 원 가량의 양만 주시면 흡족합니다. 그 대신 제품만은 틀림없게 해드릴 테니까요."

"글쎄, 그게 안 된다니까. 우리 회사는 하청업자와 유기적인 관계를 맺고 있어서 조그마한 양만 덜어내도 피가 흐르는 거야. 게다가 도의적인 면이 또 있지 않은가. 모회사(母會社)는 번창하는데 자회사

(子會社)를 냉대하는 건 사업 도의상 있을 수가 없어."

이렇게 번들하게 도의를 내세우는 자가 얼만가의 뇌물을 먹고 하청회사의 파산쯤엔 눈도 깜짝하지 않는다는 사실쯤을 모르는 위한림이 아니었지만, 그런 내색을 어떻게 하겠는가.

양주 두어 병쯤 구해 갖고 내일 아침 자택으로 찾아갈 작정을 해 보며 일어설 수밖에…….

이런 꼴로 한 톨의 주문도 받지 못하고 공장으로 돌아가면 선반공의 눈을 직시하지 못하는 건 물론이고 선반기계 보기가 딱하다. 대접만 잘 하면 황금의 달걀을 낳아 줄 동물을 허기지게 한 채 방치한 것 같은 안타까움이 눈물로 쏟아질 뻔한 일이 한두 번도 아니다.

그러나 그런 내색을 직공이나 직원들에겐 보일 수가 없다. 그런 때일수록 소주를 사오라고 해서 돼지고기를 안주로 마시면서 큰 소리 친다. 대장부 어찌 기개마저 죽을 수 있을쏜가.

선반공을 보곤,

"개구리도 뛰려면 일단 움츠리는 거야. 온 몸에 힘이나 잔뜩 저축해 둬. 눈 코 뜰 새 없게 될 테니까."

경리를 보곤,

"주판 같은 것 집어 치원. 천문학적 숫자를 다루게 될 테니까 컴퓨터를 구입해야지."

보조직공을 보곤,

"일 잘 배워 둬. 천하는 우리의 것이다."

동분서주 일주일쯤 해서 지성이 감천했던지 안양의 T공장에서 1,000개의 심봉(心棒) 하청을 받았다. 종이 절단하는 기계의 심봉이다. 떡가락처럼 되어 있는 강철을 십 센티 길이로 잘라 사양서의 칫수대로 깎는 공작이다. 한 개당 100원을 주겠다고 하니 1,000개면 10만 원의 수입이 된다. 1만 개면 100만 원, 10만 개면 1,000만 원 수입을 잡을 수 있는 것이니 천 리 길도 일 보부터란 기분으로 그 일의 주문을 받아 의기양양 공장으로 돌아왔다.

그런데 기계라는 것에도 심술이 있다는 것을 알았다. 너트니 바니 하는 시제품을 한두 개 만들 때엔 그처럼 잘 돌아가던 기계가 푸짐한 재료를 옆에다 쌓아놓으니 괜히 트집을 부리기 시작하는 것이 아닌가.

선반이란 각종 금속소재(金屬素材)를 회전시켜 바이트라고 하는 공구로써 외면을 깎기도 하고 터널식으로 깎기도 하고 필요한 나사에 맞추어 외형에 자극을 내기도 하는 공작기계인데, 이것을 작동시키려면 이만저만한 숙련으론 어림도 없다. 그런 만큼 예민하기가 소녀의 마음을 닮았다.

위한림이 장치한 기계는 이른바 보통 선박이라고 하는 것인데 주축과 주축받침을 중심으로 절삭(切削)되는 재료의 저항을 이겨내기 위한 구동기구(驅動機構), 가공물을 절삭하는데 필요한 속도를 조절하기 위한 속도변환 기구가 달려 있는 비교적 단수한 기계다.

그런데 재료를 물려 놓고 전등력을 통했더니 구동기구가 작동하

31

지 않아 괴상한 마찰음만 내고 바이트가 제자리걸음을 쳤다. 버려두면 바이트가 파괴된다. 얼른 스위치를 껐다. 그리고는 이곳저곳을 뒤져 겨우 구동기구가 움직이게 했더니 이번엔 속도의 조절이 되지 않아서 절삭이 엉망으로 되었다.

말하자면 이것을 고쳐 놓으면 저것이 고장이 나고 저것을 고쳐 놓으면 이것이 고장 나고 해서 한두 시간이면 될 작업량을 하루가 걸려도 채 삼분의 일도 소화시키지 못했다. 그런데도 완성품이라고 만들어 놓은 물건마저 과연 검수에 합격할 수 있을 것인지 어쩔지 자신이 없었다.

게다가 위한림을 초조하게 한 것은 결점이 선반공에게 있는 것인지 선반기계에 있는 것인지 분간할 수 없는 데 있었다.

"이 기계 갖곤 일 못하겠어요."

선반공이 시무룩한 소리를 했다.

"그렇다면 이 사람아, 미리 얘기할 것이지 이제 와서 그러나."

"시험 때는 괜찮았거든요."

"그럼 이 사람아, 기계가 틀린 건 아니지 않는가."

"그래 사장님은 내 기술 탓으로 돌리겠다, 이겁니까?"

하고 직공은 덤벼들 듯한 기색이었다.

무릇 어떤 직공도 근성을 가진 것이지만 특히, 선반공의 콧대는 세다. 공작기계 중에서도 선반기가 가장 중요한 기계이고 보니 그걸 조작하는 내가 제일이다 하는 의식이 있기 때문이다.

"누가 그런 말을 했니."

위한림은 끓어오르는 화를 꾹 참고 자기 자신 일을 배울 요량도 있고 해서 선반공을 타일러 다시 작업을 시작했다. 자연 무리를 안 할 수가 없었다. 이윽고 구동기구의 선이 터져버렸다.

직공들을 보내고 밤중에 전문가를 데리고 와서 진단한 결과 그 선반기계는 아무짝에도 쓸모가 없는 고철덩어리로 밝혀졌다. 동시에 선반공도 엉터리라는 판단을 내린 것은 주축(主軸)의 중심선을 따라 움직이는 왕복대(往復臺)가 밸런스를 잃고 있는데 그 중요한 사실에 착목하지 못했다는 이유로서였다.

결론적으로 300개쯤 깎아 놓은 심봉은 불합격품이라는 것이고, 기계를 수리해 보았자 앞으로도 합격품을 만들어 내지 못할 것이란 판단이었다.

위한림은 모처럼 일거리를 준 선배에겐 체면을 세워야 하겠기에 그 이튿날 영등포 어느 선반공장을 찾아가서 1개 당 130원으로 그 일을 맡기는 동시, 달리 재료를 얻어 불합격품 300개도 보충을 했다.

딸딸이차에 그 제품을 싣고서 안양 T공장으로 선배를 찾아갈 때의 위한림의 마음을 그 어느 누가 상상이라도 할 수 있겠는가. 처음부터 끝까지 거짓말로 발라 맞춰야 할 것을 생각하니 마음이 무거웠다. 선배는 위한림이 가지고 간 물건을 살펴보더니 만면에 함박꽃을 피웠다.

"썩 잘 되었군. 이럴 줄 알았으면 10만 개쯤 맡길 걸 그랬지." 하

고 위한림의 손을 잡곤

"갓 시작한 공장에서 이처럼 신속하게 훌륭하게 물건을 만들었다는 건 치하할 만한 일인걸." 하며 위한림의 사업이 성공할 것이라고 축복을 했다.

"제가 맡은 이상 최고론 해야 되지 않겠습니까."

위한림이 가슴을 펴고 말했다. 그러면서도 속으론 '가슴을 펴고 거짓말을 하다니 거짓말은 거짓말을 하는 것처럼 해야 하는 건데' 하고 쓴 침을 삼켰다.

선배는 같이 점심을 먹자며 식당으로 안내하여 다른 중역들에게

"이 사람은 내 후배 위한림 군입니다. 조그마한 선반공장을 시작했는데 그 작업의 성과가 썩 우수합니다. 공과대학을 나왔으니 좋은 자리도 많을 텐데 자영을 하겠다고 나선 것을 보면 기백이 대단한 사람입니다." 하는 소개까지 했다.

사무실로 돌아가 선배는 서류를 빨리 돌리라고 독촉해서 10만 원의 현금을 위한림에게 건네곤

"내달쯤엔 한 10만 개쯤 주문하겠소. 이달 치는 다른 공장에 죄다 갈라 주었소. 앞으로 우리 공장에선 전적으로 위 군에게 그 일은 맡기겠소." 하며 격려를 아끼지 않았다.

바늘방석에 앉은 기분이어서 위한림은

"다시 찾겠습니다." 하고 일어섰다. 그러자 선배가

"앞으로 내가 찾을 일이 있을지 모르니 전화번호를 써두고 가라."

고 했다. 없는 전화를 있다고 할 수가 없어서

"근일 내로 공장을 옮길 예정입니다. 지금 있는 공장이 워낙 좁아서요. 그때 연락하겠습니다." 하고 위한림은 도망치듯 나와버렸다.

공장문을 나서 버스 있는 곳까지 걸어오면서 호주머니에 든 돈 10만 원을 생각했다. 위한림은 T공장에 심봉 1,000개를 납품하기 위해 30만 원을 썼다. 700개 선반비 개당 130원에 9만 1,000원이 치였고, 300개를 충당하기 위한 재료값과 선반비가 10만 원 남짓 들었던 것이다.

인생은 이를 만화(漫畵)로써 엮어야 할 국면이 많지만 당사자는 그걸 모른다. 그러니까 더더욱 만화적으로 되기도 하는 것인데 어느 아침의 일이다.

그날도 날씨는 끔찍하게 추웠다.

냉장고를 닮은 공장에 가 보았자 무슨 수가 트일 까닭도 없지만 위한림은 최초의 실패로써 좌절해서야 되겠느냐는, 딴으론 비장한 각오를 하고 아침 일찍 집을 나섰다.

날씨처럼 사람을 깔보는 건 없다. 호주머니에 푸짐한 돈이 들어 있거나 하는 일이 척척 들어맞거나 하는 자엔겐 아무리 엄동설한이기로서니 그자의 마음을 침범할 수가 없다.

이와 반대로 낭중무일푼(囊中無一分)인 자, 사사건건 좌절한 자에 겐 약간의 추위도 그 마음을 절망의 낭떠러지에까지 몰고 가는 것이다.

우선 추위에 져선 안되겠다고 위한림이 아랫배에 힘을 주고 두 주먹을 불끈 쥐었다. 그에겐 막상 희망이 없는 바도 아니었다. 그 희망이란 곧 화원(花園)을 방불케 하는 버스를 탈 것이란 기대에 있었다.

이미 말한 바 있지만, 위한림이 타는 버스는 홍익대학의 여학생들로 꽃밭을 이루고 있었다. 공장엘 가면 삭막해도 그 도중은 그런 이유로 해서 황홀했고, 그 황홀한 시간을 위하여 하루가 있다고도 할 수 있었던 것이다.

위한림은 버스를 타기만 하면 가까이에 있는 여학생에게 말할 요량으로

"오늘 날씨는 꽤나 시원하죠?"

하는 말을 준비하기까지 했다. 그리고 그 말의 반응이 싱그러운 웃음으로 번져 한동안 추위를 잊을지도 모른다는 짐작을 되씹었다.

그런데 버스를 타곤 놀랐다. 홍익대학의 꽃송이들은 하나도 보이지 않았다. 생활에 지친 시민 몇 사람만이 넝마뭉치처럼 눈만 깜박거리고 앉아 있었다.

'내가 너무 일렀나?' 위한림이 시계를 보았다. 시간엔 어김이 없었다. 여느 때의 그 시간이었다.

'이상도 하다'며 다음 정류소를 기다렸는데 거기에서도 꽃한송이 하나 없었다. 공포와 같은 관념이 등골을 오싹하게 했다.

'필유곡절이다. 그 이유는 나 자신에게 있다'는 생각으로 변했다.

홍익대학의 꽃송이 하나 태우지 않은 채 버스는 홍익대학 앞을

지나버렸다. 위한림은 차마 홍익대학 쪽을 바라볼 수가 없었다. 그는 홍익대학의 여대생들이 자기를 배척하는 뜻으로 소리 없는 항의를 한 것일 거라는 생각으로 기울었다.

'그렇지 않고서야 어떻게 그처럼 하나의 예외도 없이 그 버스를 타지 않는 행동을 일치시켰을까 말이다.'

때론 거만한 채 행동했고, 때론 익살을 섞은 말을 토하기도 했고, 때론 필요 이상으로 여학생들에게 몸을 밀착시키기도 했고, 때론 호색(好色)한 눈초리로 여학생들의 몸매를 아래 위로 훑어보기도 했다. 그 모든 행동이 그들의 비위를, 극한적인 전술을 쓰도록까지 자극한 것이리라.

'아아, 정말 무서운 오해다. 내 딴으론 기껏 호의를 표명한 제스처였는데…….'

위한림은 힘없이 버스에서 내렸다.

돈 얼마인가를 손해본 것쯤이야 문제할 것도 없었다. 사업 시초부터 거짓말을 해야 했다는 사실은 결코 유쾌한 일이 아니었지만, 견디지 못할 바가 아니었다. 그런데 어쩌면 그 가운데서 평생을 같이할 반려자를 찾을 수 있을지도 모른다고 기대를 부풀게 했던 꽃송이들로부터 소리 없는, 그러나 야무지고 철저하게 한마디 변명의 기회도 얻을 길 없이 배척당한 거라고 생각하니 정말 살 맛을 잃었다.

'이런 주제에 돈을 벌면 뭣하느냐. 이런 꼴로 성공하면 뭣하느냐! 에에라, 사업이고 뭐고 집어 치워라' 하는 상념이 불현듯 스쳤다.

위한림은 공장으로 가던 발을 돌려 문방구점에 들렀다. 종이 몇 장을 샀다. 그 옛날 어릴 적 제기를 만들던 그 종이다. 비감이 섞인 향수가 그 종이의 촉감엔 있다.

근처의 다방에 들어가 담배꽁초로 만들었는지 어쨌는지 모를 커피를 한잔 마시고 폐업계를 썼다.

시작한 지 반 년도 못 되어 폐업계를 써야 하는 신세. 통세(統世)란 이름이 아깝구나 싶었지만 인생이란 이러한 대목도 있는 것이리라. 기껏 쓴다는 게 시말서, 진정서, 사직서, 폐업계나 쓰고 기껏 도장을 사용하는 곳이 그런 문서 또는 차용증서라고 할 때 그 인생은 어떻게 되는 것일까. 이태백의 붓 끝에선 만고의 시가 흘러나오고, 링컨의 펜 끝에선 극동의 나라 젊은이들마저 두고두고 배울 연설문이 나오는데 '나는 기껏 폐업계나 써야 한단 말인가' 했지만, 그 따위 공장 그만두는데 대단한 미련이 있을 턱도 없다.

마포세무서를 찾아가 계원에게 폐업계를 내밀어 놓고

"이거면 폐업할 수 있겠습니까?"고 물었다.

계원은 힐끔 그 문서를 보더니 뇌까렸다.

"폐업하는 건 당신 자유겠지만 결산서가 있어야죠."

"결산서는 뭣 하게요."

"세금을 내야 할 것 아닙니까."

"한푼 번 것도 없고 손해만 봤는데 무슨 세금을 내라는 거요."

"사업체를 가졌으면 규정에 의해 세금을 내야 합니다."

"번 것도 없는데요."

"그건 댁의 사정이구요. 세무서는 세금을 받아야 합니다."

"세무서마다 하고 간판을 달아놨으니 세금을 받아야 하겠죠. 그러나 내 경우는 다르지 않소."

"글쎄 그건 댁의 사정이라니까요."

"댁의 사정, 댁의 사정 하지 마슈. 이래 봬도 나는 국민이오. 세무서는 국가기관 아뇨? 국가기관이 국민의 사정을 외면하겠다는 말인가요?"

"당신 시비를 걸자고 하는 거요?"

계원의 얼굴이 험악하게 되었다.

"사업을 시작했으나 손해만 보았소. 앞으로도 싹이 노랗구요. 그래서 폐업계를 내려는데 그게 잘못이란 말이오?"

위한림도 험상궂게 인상을 썼다.

"그러니까 결산서를 내라는 것 아뇨."

"그것 간단하오."

하고 위한림이 호주머니에서 종이를 꺼내 몇 자 적었다. 자본금 500만 원, 수입 10만 원, 지출 100만 원, 손해 90만 원. 그 지출 중엔 시업식 때 진탕 먹어치운 비용이 포함되어 있는 것이었다.

"이런 결산서 갖곤 안 됩니다."

계원이 무뚝뚝하게 나왔다.

"왜요?"

하고 위한림이 덤비는 투가 되었다.

"요식이 있어요, 요식이."

"이익 한푼 없는데 요식은 무슨 놈의 요식이우."

"법인세도 내야 하구, 갑근세의 명세도 있어야 하구."

"제대로 월급을 지불하지도 않았는데 무슨 오라질 갑근세란 말요."

"당신 하곤 말이 안 되겠소. 공장의 주소나 써놓고 가시오. 실사를 한 후에 얘기합시다."

"실사가 또 뭐요."

"문자 그대로 실제로 조사해 보겠다는 말이오."

"실제로 조사해 보면 세금을 받아 갈 것이 아니라 얼만가 돈을 내놓고 싶을 거요."

"이 사람이……."

하고 계원은 역정을 버럭 내더니 그러나 곧 침착한 태도로 되돌아가서 종이에 뭔가를 계산해 보고는 말했다.

"내일 10만 원쯤 준비하고 오시오. 계장님 하고 의논해서 적당히 편리를 봐 주겠소."

주먹 같은 말이 목구멍에서 튀어나올 것 같았지만, 참기로 하고 위한림이 세무서에서 나왔다. 계원의 입장으로선 도리가 없을 것이라고 짐작되었기 때문이다. 이익이 있건 없건 회사를 차렸으면, 그 명목에 해당하는 세금은 불가피할 것이란 상식쯤은 위한림에게도 있었다.

　폐업을 하자 해도 폐업을 못하는 사정은 죽고 싶어도 죽을 수 없다는 사정과 비슷하다. 위한림은 잔뜩 움츠린 자세로 겨울의 거리를 걸었다.

　공장에 가고 싶은 생각은 없었다. 택시를 타고 C호텔로 갔다. 도어를 열고 들어서기만 해도 C호텔의 로비는 훈훈했다. 커피숍에 들러 커피를 주문했다. 이곳의 커피는 보통 다방의 커피보다 값을 다섯 배나 더 받는다.

　커피숍에 앉아 그 언저리에 웅성거리는 군상을 보는 기분은 야릇했다. 그러나 그 야릇한 기분을 분석해 보기에 앞서 홍익대학 여학생들의 행동이 위한림의 마음을 점령했다.

　사나이가 곤란을 박차고 박력있게 일을 추진하려면 '신바람'이나 있어야 한다. 신바람이 나서 돈을 벌려는 것이고 신바람을 만들기 위해 돈이 필요하기도 한 것이다. 출세도 마찬가지다. 신바람이 원동력이며 신바람이 목적이다. 그런데 홍익대학의 여학생들이 위한림의 신바람을 죽여버린 것이다.

　'내가 이처럼 얄팍해서야 쓰겠는가' 하는 반성이 없었던 것은 아니다.

　그는 매점으로 가서 1974년 12월 2일 자의 《타임》을 사들고 로비의 소파에 앉아 펴들었다.

　이스라엘은 아랍과의 충돌로 수라장이 되었는데 전수상 골다 메이어와 현수상 라빈의 심각한 얼굴이 인상적이다. 이와는 대조적으로 미국의 포드 대통령이 동경을 방문하여 기생을 옆에 앉히고 식사하는 장면이 있었다. 음지가 있으면 양지도 있다고 할 것일까.

기사가 묘하다.

'세계를 한 바퀴 돈 포드의 여행은 상징적이다. 그는 일본 한국 소련의 지도자들을 만나 무슨 새로운 협정을 한 것은 아니다. 그러나 그는 이 지구 위에 미국의 대통령 이상으로 중요한 인물이 없다는 사실을 입증했다⋯⋯.'

'뭐, 지구 위에서 가장 중요한 사람이 되어본 것도 나쁠 것이 없겠구나' 하는 마음과 더불어 이런 생각도 했다.

'도대체 지구 위에 있어서의 내 위치는 어떻게 되는 것일까.'

사십억으로 헤아린다는 인구. 그 가운데 밟혀 죽기 위한 인간도 있고, 자동차에 치여 죽기 위한 인간도 있고, 총 맞아 죽기 위한 인간도 있고, 남의 심부름을 하느라고 끝까지 뛰다가 죽는 놈도 있고, 평생을 비실비실하다가 죽는 놈도 있다.

한편 명령하기 위해 있는 인간, 호령하기 위해 있는 인간, 여성들의 사랑을 한몸에 받기 위해 있는 인간도 있다.

한데 이래도 한평생 저래도 한평생이란 말인가.

'미국에 태어났더라면 미국 대통령이나 해보려고 서둘걸.《타임》의 기사 따라 미국 대통령이 지상에서 가장 중요한 인물이라면 미국 대통령이 되려고 서두는 사람도 그만큼 중요하다는 얘기가 아닌가.

그런데 미국 대통령처럼 수월한 직업은 없을 것 같다……'

선반공(旋盤工)도 숙련공이 되려면 만만치 않은 기술을 습득해야만 한다.

위한림은 지금 썰렁한 창고에 놓여 있을 고물 선반기를 뇌리에 그렸다. 그 기계를 수리하는 데도 보통 기술로썬 어림도 없다.

'한데 미국 대통령은 수월하다. 외교는 키신저에게 맡겨 놓고 국방은 장군들에게 맡겨 놓고, 그밖에 중요한 일도 잘 하는 사람에게 맡겨 놓고 그는 비행기 탈 때 손이나 흔들고, 모임에 나갈 땐 스피치 라이터가 써주는 연설을 읽고 때에 따라선 일본 기생 옆에 앉혀 놓고 파티나 하면 되는 것이니까…… 하지만 미국 사람도 아닌 주제에 미국 대통령을 꿈 꿀 순 없는 것이 아닌가.'

그리고 보니 미국인으로 태어난다는 것이 세계에서 가장 중요한 인물로 될 수 있는 필수조건으로 되는데 그렇다면 우리 한국에서 태어났다는 것은 무엇일까.

위한림의 기억 속에 어떤 작가가 쓴 다음과 같은 글이 떠올랐다. 그 대의는 처칠이 한국에 태어났더라면 조병옥만큼도 못되고 끝났을 것이고, 모택동이 한국에 태어났더라면 조봉암만도 못되고 끝났을 것이고, 간디와 네루는 옥사의 운명을 면하지 못했을 것이며, 케네디는 국회의원도 채 못되고 말았을지 모른다.

위한림은 이러한 자학적인 문장을 좋아하지 않았지만 홍익대학 여학생으로부터 받은 충격이 워낙 컸던 모양으로 그러한 감상에 동조하는 기분이 되었다.

그러나 미국 대통령이 결코 쉬운 직업이 아니라는 증명이 나타났다. 위한림이 펴든 《타임》지엔 닉슨 대통령을 실각시킨 워터게이트 사건 관련자의 재판 기록이 있었다.

전 검찰총장 미첼의 대답, 홀드먼의 대답, 엘리크먼의 대답은 구구하기 짝이 없었다. 한때 권세의 절정에 있던 자들도 이처럼 비굴하게 되는구나 싶으니 차라리 권세 없는 이 몸이 얼마나 경쾌한가 하고 억지로 쾌활한 채 꾸며보려고 했으나 마음대로 되질 않았다.

이때 스윙도어 저편에서 나타난 여자가 있었다. 홍 여사였다. 룰렛의 명수 홍 여사. 위한림이 선뜻 일어나 그 앞을 막아섰는데 홍 여사는 아는 체도 하지 않고 엘리베이터 쪽으로 걸어갔다.

'닭 쫓던 개'란 상념이 뇌리를 스쳤다.

그 이튿날 아침도 여전히 추웠다.

라디오에선 60년 이래의 추위라고 떠들고 있었다.

'저건 보도가 아니라 협박이다.'

위한림이 출근할 채비를 하며 혀를 찼다.

그는 오늘 아침엔 홍익대학의 꽃송이들이 버스 안에 피었을 것이라고 기대했다. 하루쯤 시위를 했으면 그만이지 이틀씩이나 계속하려구 하는 짐작이었다.

'그런데 오늘 아침 나는 어떻게 처신한다. 눈 딱 감고 서 있을까? 맨 구석 자리에 비집고 들어가 되도록 몸을 작게 움츠리고 있어 볼

까? 아니 활달하게 신사적인 제스처를 써 볼까? 아무튼 창피한 꼴은 피해야지.'

이러한 복잡한 상념을 안고 버스를 기다렸는데 버스를 타자마자 가슴이 철렁했다. 꽃밭의 흔적은 온데간데없고 생활과 추위에 지친 시민들의 을씨년한 얼굴들만 있는 것이 아닌가.

위한림은 그날 아침 여대생들을 만나기만 하면 형편에 따라선 폐업계 내기를 포기할까도 했는데, 이런 꼴로썬 단연 폐업을 감행해야겠다고 마음을 먹었다.

공장엘 갈 이유가 전혀 없는 것이다. 이유뿐만이 아니라 신바람에 없어진 것이다.

'아무튼 지독한 여자들이다.'

여대생들이 원망스러웠다. 그러나 어쩔 수가 없는 노릇이다.

위한림은 마포세무서로 직행했다. 아직 사무를 시작할 시간이 되지 않았던 모양으로 스토브 가에 서원들 몇 사람이 둘러앉아 환담하고 있었다. 위한림이 그 근처에 가서 섰다. 듣고 있으니 아주 맹랑한 말이 오가고 있었다.

"3월에 결산 신고하고 문을 닫든지 말든지 하면 될 걸 12월인 지금에 와서 이러쿵저러쿵하는 걸 보면 그 사람 어딘가 좀 모자란 것 아냐?"

"사업을 한다는 치가 글쎄 실사를 모르더라니까."

"실사를 모르는 건 그만두고 결산서 쓸 줄도 몰라."

"그래 갖고 회사 이름은 그럴 듯하지, 통세라나? 세상을 통제하겠다 아니 통합하겠다 이건가?"

"과대망상증 환자 아닌가?"

"어떻게 생겼는데 그 사람?"

"오늘 오라고 했으니까 올 거야."

"후학을 위해 한번 관찰해 두어야겠군."

"그자 오면 연락하지."

이때 위한림이 슬그머니 비집고 들어서서 슬쩍 한마디 했다.

"연락할 것 없소. 내 여기 와 있소. 찬찬히 관찰하시구려."

순간 모두들 어리둥절했다. 그 어리둥절한 꼬락서니를 향해 위한림이 쏘았다.

"내가 뭐 잘못한 게 있소? 어디 두고 봅시다. 내게도 오기가 있소."

그리고 위한림이 포켓에서 폐업계니 결산서니 하는 것을 꺼내 그들이 보는 앞에서 갈기갈기 찢어 버리고 바깥으로 나왔다.

놈들에게 보라는 듯이 성공하고 싶었다. 진정 성공하고 싶었다. 그런데 세상이란 오기만 갖고 일을 치룰 수는 없는 것이다.

'그러나 성공은 해야 하겠다' 하면서도 발길은 공장으로 옮아가지 않았다. 집에 돌아가 실컷 잠이나 자야겠다고 생각했다. 잠을 자며 생각을 해야겠다는 마음도 있었다. 어쩌면 꿈 속에서 무슨 계시가 있을지 모르는 일 아닌가.

자다가 깼다가 또 자고 그러고 나니 아침이었다.

열 시의 시종이 어딘가에서 울렸다.

그때 이화대학엘 다니는 누이동생이 들어와서 물었다.

"오빠, 어디 아퍼?"

대답도 않고 저편으로 돌아누웠다.

"오빠 어디가 아퍼? 약 사 가지고 올게."

시끄럽다고 고함을 치려다가 말고

"이제 막 열 시를 치던데 넌 왜 학교도 안 가고 그러고 있니?"
했다.

"우리 엊그제 종강했는걸."

그 말이 귀에 번쩍했다. 벌떡 일어났다.

'그럼 그렇지.'

위한림은 자기의 피해망상적인 생각에 어이가 없었다. 한판 크
게 웃었다.

"오빠 왜 이래?"

누이동생의 눈이 둥그렇게 되었다.

위한림이 계속 웃었다.

"오빠 청량리로 가야 되지 않아?"

"암 그렇다. 청량리로 가야 할 뻔 했다. 그러나 지금은 달라."

"무슨 일인데."

"네가 알 일 아냐."
하고 그는 바깥으로 나가 세수를 하고 밥을 달래서 먹고 휘파람을

날리며 거리로 나섰다.

홍대 여학생들이 자기를 배척한 것이 아니었다는 확인은 위한림에게 비상한 용기를 주었다. 이를테면 신바람이 다시 일게 된 것이다.

'좋다. 이제 꽃 피고 새가 울면 강남 갔던 제비들과 함께 그 꽃다운 청춘들이 돌아오겠지. 오오, 그날까지 성공해서 아가씨들 목에 꽃다발을 걸어줘야겠다. 신나게 놀기도 해야겠다.'

신바람만 갖곤 공장은 움직이지 않는다. 위한림이 선반기를 새로 구입할 계획을 세우고 있는데 하나의 아이디어가 솟았다.

신용을 쌓아 하청을 받아선 재하청을 주자는 아이디어였다. T공장에서 내달 십만 봉의 심봉 하청을 받아 얼만가의 마진을 두고 재하청하면 얼만가는 돈이 남는다. 지난번엔 너무 당황했기 때문에 그런 꼬락서니가 되었지만 일거리만 왕창 장만해 놓으면 이편에서 배짱 튕기고 거래할 수 있지 않겠는가.

T공장에서 단가를 높여 하청을 받아 개당 110원쯤으로 하고 재하청 땐 개당 100원 내지 90원으로 하면 그 마진이 20원 내지 10원, 10만 개면 200만 원 내지 100만 원은 벌 수가 있다.

그러기 위해선 저 고철덩어리 같은 기계를 움직여야 한다. 일을 하는 체는 해야 혹시 누가 와 보더라도 신용을 할 게 아닌가.

위한림은 전동기에 스위치를 넣곤 직공을 불렀다.

"자, 저 쇠붙이들을 깎아라. 무슨 형태라도 좋다. 깎고 깎고 또 깎

아. 지금부터 시작이다. 공장엔 활기가 있어야 하는 법여."

해놓고 위한림이 나섰다.

닥치는 대로 일거리를 걸머잡아 올 작정이었다.

그 등 뒤에서 선반공이 조수를 보고 소곤거렸다.

"위 사장 살큼 돈 것 아냐? 이 쇠붙이 깎아서 뭣에 쓸 건데 말야."

"그러나 사장님이 시키는 일이니까 해야지."

조수는 쓸 만한 쇠붙이를 고르기 시작했다.

기계공업을 하는 회사의 리스트와 대학 선후배의 배치 상황을 알고 있는 터라 위한림은 그 리스트에 따라 행동하기로 했다.

처음 찾아간 곳이 D기계이다.

D기계는 산업의 천재라고도 할 수 있는 K씨가 연전에 드레스 미싱을 인수하여 기계공업이 어떤 건가를 타진하고 있었다.

공장의 소재지는 구로동.

그 공장엔 위한림의 선배 양 씨와 조 씨가 있었다. 그리고 같은 해병대 출신인 최 군도 있었다.

위한림은

"내 선반공장을 시작했는데요. 일거리가 있어야 하겠소."

하고 다짜고짜 생떼를 썼다.

"정밀도가 높아야 하는데 당신 공장에서 이런 걸 만들어 낼 수 있을까?"

하면서 보여 주는 것이 특수강 빌레트로 소주잔 모양이 되게 안팎을 깎아낸 부분품 하나를 양 선배가 보였다.

"이런 것 문제가 없어요. 뽐낼 수 있는 후배는 못 되지만, 이래 봬도 서울대학교 하고도 기계과 출신입니다."

위한림이 이렇게 말하자 양 선배는

"누구나 그걸 몰라서 하는 소린가."

하고 껄껄 웃으며 덧붙였다.

"선반기의 성능도 좋아야 하겠지만 보통의 기술 갖고는 어림없으니까 하는 말이오."

"그런 염려 아예 하지도 마십시오. 나는 자신 없는 일엔 손도 대지 않습니다."

하고 위한림은 그 일거리를 몽땅 맡았다. 몽땅 맡았다고 해도 1,000개 밖엔 되지 않았다. 그러나 그 1,000개를 만들기만 하면 100만 원 상당의 수입은 있을 것이었다.

위한림이 의기양양 원자재를 삼륜차에 싣고 공장으로 돌아왔다. 원래 하청을 줄 작정이니 부담스러운 마음은 추호도 없었다. 물 마시듯 거짓말을 한 것이 마음에 걸리지 않는 바는 아니었으나 그것도 연극을 위한 대사라고 생각하면 식욕을 잃을 정도의 가책은 아니었다.

그 가운데 900개는 마포 원효로 근처에 있는 군소 공장에 하청을 주었다. 작업을 잘 하기만 하면 앞으로 얼마든지 좋은 일이 있을 것이라고 허세를 부려 코스트를 훨씬 낮게 정했다.

그리고 나머지 100개만은 자기 공장에서 깎기로 했다. 명색이 공장을 차려 놓고 쉴 수는 없는 일이었기 때문이고, 윙윙 소음을 냄으로써 체면은 세워야 했기 때문이다. 느닷없이 하청을 준 회사에서 사람이 파견될 걱정도 없지 않았다.

왕복대마저 부실한 선반기로써 100개를 깎아 내려니까 여간 힘드는 일이 아니었지만, 일주일쯤 해서 그 수량을 깎을 순 있었다. 그 시기엔 다른 공장들도 맡은 일을 끝내고 있었다. 정해진 코스트를 지불하고 물건을 인수해서 D기계로 싣고 갔다.

검수하는 직원이 물건 하나 하나를 살펴 보더니 뚜벅 말했다.

"이것 인수하지 못하겠습니다."

"왜 인수하지 못하겠다는 거요."

"하나도 쓸모가 없기 때문입니다."

"쓸모가 없다구?"

"하나도 사양서대로 돼 있지 않아요."

하고 직원이 사양서와 납품한 물건을 위한림의 코 앞에 밀어 놓았다.

"이게 어떻다는 거요. 비슷하지 않소." 하고 위한림이 버텼다.

"비슷해 가지곤 되지 않아요. 꼭 같아야지. 천분의 일 미리 오차도 뭣 할 텐데 이 오차는 너무하지 않습니까."

직원은 혀를 끌끌 찼다.

위한림이 화가 났다.

"어쨌든 제 구실만 하면 될 것 아뇨. 그런데 무슨 생트집이우."

"생트집이 또 뭐요. 치수가 맞질 않아 쓸모가 없다고 하잖습니까?"

"당신은 어쨌든 제 구실만 하면 된다고 하지만, 이건 큰 공작기계의 일부가 될 부분품이란 말요. 치수가 맞지 않은 부분품이 어째서 제 구실을 한단 말요."

"보아하니 당신들은 악랄하게 하청업자들 등쳐 먹는 사람들이구려."

이렇게 시비가 붙었을 때 양 선배가 옆에 와 서서 직원에게

"혹시 쓸 만한 게 있는가 없는가 다시 한 번 챙겨 보라."고 했다.

직원은 1,000개 가운데서 겨우 10개를 골라

"이 정도는 아쉬운 대로 쓸 수 있을지 모르지만, 저건……."

하고 턱으로 가리켰다. 1,000개 가운데 990개가 불합격품이란 것이다.

"환장하겠네. 당신들 이러기요?"

위한림이 덤벼들 듯이 말했다.

그러자 양 선배는 참지 못하겠다는 듯

"어찌 사람이 왜 그래. 대학에서 기계를 배웠다는 사람이 정밀기계에 대해 그처럼 상식이 없어? 제대로 하려면 자네는 쇠고랑을 차야 해. 원자재만 버려 놓고 협박은 무슨 협박이야. 원자재 값 물어 내라고 안 하는 것을 호의로 알고 돌아갓!" 하고 등을 돌려 버렸다.

위한림인들 사태의 중대성을 모르는 바는 아니다. 얼른 그 자리를 떠났는데, 어깨 뒤쪽이 근질근질했다. 멸시의 눈이 등 뒤에 느껴

졌기 때문이다.

이로써 위한림은 100만 원 가량의 손해를 본 셈이다. 돈 잃고 사람 병신 되고 견딜 수 없을 만큼 분노가 치밀었다.

공장으로 돌아오자마자 하청업자들을 불러 모아놓고

"여보시오들, 당신들이 깎은 것 치수가 전부 틀려 몽땅 불합격품이오. 내가 준 돈 도루 내 놓으시오." 하고 호통을 쳤다.

그러나 그들도 호락호락하지 않았다.

"뭐라구요? 돈 도루 내 놓으라구? 깎아 달라는 대로 깎아 주었는데 무슨 개수작이야?"고 되레 이편을 칠 형세까지 되었다.

위한림은, 자기에게 잘 보이면 앞으로 좋은 일이 많을 것이라고한 자기의 허세가 다소나마 먹혀 들어갔을 것으로 믿고 큰 소리 쳐본 것이 이처럼 무참한 결과가 된 것이라고 생각하니 세상이 새삼스럽게 무서운 것으로 느껴졌다.

"아무튼 당신들 때문에 난 손해 보고 스타일 구겼다는 사실만 알아두슈."

하고 구멍가게 가서 소주나 마실 수밖에 없었다.

이로써 선반 일거리 맡아 와서 하청을 주어 마진 뜯어먹겠다는 꿈은 일조에 사라진 셈이다.

소주잔을 들고 위한림이 생각했다.

'제기랄, 돈 벌기가 이처럼 힘들어서야 원, 돈 번다는 게 돈 손해보는 꼴로만 되니…… 세상이 정 이렇다면 사기를 쳐서 세상에 복수

할 밖에 달리 수단이 없구나…….'

위한림이 '정신일도 하사불성'(精神―到何事不成)을 정신을 집중하기만 하면 무슨 일인들 이루지 못할쏘냐로 읽지 않고 아무리 정신을 집중시켜 보았자 아무 일도 안 된다고 읽기 시작한 것은 이 무렵의 일이다.

그런데 이것도 지혜의 일종임엔 틀림이 없었다. 뭔가가 이루어지려면 정신의 일도만으론 부족하다는 것을 명심하게 된 것이다. 그렇다면 그 뭔가가 무엇인가. 동양의 말에도 기막힌 것이 있다.

이를테면 권(權) · 모(謀) · 술(術) · 수(數). 권모술수를 배우기 위해 서양인 마키아벨리가 있는 곳까지 유학할 필요는 없다. 권모술수만은 중국 제품, 또는 국산품으로써 족할 것이 아닌가.

부실한 선반기계, 부족한 기술, 빈한한 자본, 분수에 맞지 않은 욕심. 이러한 조건에 실패의 이유를 보아야 할 것인데 위한림은 실패의 이유를 세상의 탓에다 돌렸다. 요컨대 자기의 속임수에 세상이 넘어가 주지 않는다고 해서 화를 내고 있었던 것이다.

이윽고 하나의 철학이 형성되기 시작했다. 개인의 호주머니를 털면 도둑놈으로 몰려 감옥에 가야 하고 나라를 통째 뺏으면 영웅이 된다. 말하자면 노릴려면 큰 것을 노려라.

'라스코리니코프도 외치지 않았던가. 나폴레옹이 노파의 침대 밑을 뒤질까 하고…… 제기랄 나도 죽었으면 죽었지 노파의 침대 밑을 뒤지는 쩨쩨한 짓은 하지 말아야지. 하청을 재하청줘서 마진 뜯어 먹

겠다는 쩨쩨한 노릇은 안 해야지. 제기랄 방천 말뚝에 혀를 박고 죽어 봐라. 내가 그 짓 다시 할 텐가.'

위한림은 큼직하게 일을 꾸미기 위해선 천하대세를 알아야 하겠다고 마음먹었다. 우선 한국의 기계공업이 어느 단계에까지 가 있으며 어느 방향으로 전개되어 있는가를 알아야만 했다.

두꺼비는 눈앞에 있는 날파리만 잡아 먹는다. 그러니까 평생 두꺼비 신세를 면하지 못하고 있는 것이 아닌가.

그런 생각으로 위한림은 무슨 공장이 있다고만 하면, 그곳을 기웃거리며 한 달 동안을 지냈다. 그러다가 어떤 공작소를 보았다. 그 공작소 카탈로그는 엄청났다. P제철 S공사, N화학 같은 대공장을 그 공작소가 만들고 그 공장의 주요 기계도 그 공작소가 납품했다는 것이며, 그것이 또 사실이었다.

그런데 그 공작소의 내부는 허술하기 짝이 없었다. 공터만 널찍하게 잡아 놓았을 뿐 기계라곤 용접기 몇 대가 있을 뿐이었다. 순전한 도깨비 놀음인 것이다.

위한림에게 아이디어가 솟았다.

'저런 것 같으면 나도 해낼 수가 있다.'

그래 그 길로 청계천으로 가서 용접기 두 대를 샀다. 10킬로 와트짜리와 5킬로 와트짜리.

선반은 깎는 것이지만 용접을 붙여 잇는 것이다. 선반은 큰 것을 작게 만드는 것이지만 공점은 작은 것을 크게 만드는 것이다. 시기와 조건이 맞기만 하면 아시아 대륙과 아프리카 대륙을 용접할 수가 있고, 미국과 한국을 용접할 수가 있고 드디어는 전 세계를 한 덩어리로 용접할 수가 있다.

통세(統世)라는 사명(社名)에 이처럼 들어맞는 업종이 다시 있을 수 있을까. 위한림은 어느덧 잃어 버렸던 공상력을 다시 되찾았다. 그는 그의 앞날을 그려보기 시작했다.

나폴레옹은 먼 얘기니 그만두기로 하고, 쿠르지아의 무식한 놈이 러시아를 몽땅 먹었고, 호남성의 고리대금업자 겸 소지주의 아들 모택동이 중국을 몽땅 장악하지 않았나. 이 밖에도 큼직큼직한 성공사는 부지기수인데 어째서 그들은 성공하고 나머지 인간들은 꼼짝 달싹 못하도록 죄어져 살아야만 했던가.

결국 마스터플랜이 있고 없는 차이라고 생각하고 위한림은 자기 자신의 마스터플랜을 세웠다. 그러나 민경태에게 공개하긴 약간 켕기는 데가 있어 정광억과 임춘추를 상대로 술에 취한 김에 털어놓았던 것이다.

"오 단계 작전을 세웠소."

했더니 보통 때는 거의 말이 없던 임춘추가 주를 달았다.

"정부의 5개년 계획과 비슷한 게 아닌가? 그런데 왜 계획이라고만 하면 5개년인가. 3개년도 있고 7개년도 있을 텐데 말이야."

그러자 정광억이

"어이 춘추, 위 사장의 말을 끝까지 들어보자꾸나."하고 만류했다.

살큼 김이 빠졌지만 내친 걸음이라 위한림이 그 오 단계 계획이란 것을 설명하기 시작했다.

"뭐니 뭐니 해도 기계공업을 어느 단계까지 성공시킬 작정이야. 기계 분야는 내 전공이거든. 기계공업을 통해 세계를 횡횡 돌아다닐 수 있을 만큼 비행기 삯과 호텔 비용을 버는 거라. 이것이 제일 단계지."

"그래 이 단계는?"

임춘추가 물었다. 임춘추는 아무래도 계획 운운하는 것이 역겨운 모양이다.

"그래 갖곤 무역을 할 참이오. 아무래도 큰 돈은 무역을 해야만 벌 수 있을 것 같애. 버는 족족 배를 사겠어. 배를 사서 해운업이지."

"오나시스처럼?"

임춘추가 또 거들었다.

"위 사장이 오나시스가 되면 임 군 자네는 그 불하품만 갖고도 호사하겠군."

정광억이 너털웃음이다.

"제사 단계에 가서 관광 사업을 하는 거라. 자원 없이 할 수 있는 게 관광사업 아닌가배."

"그 다음은?"

"제주도를 살 작정이야. 돈만 많이 주면 제주도를 살 수 있을 거라. 제주도를 사서 본격적인 관광 사업을 하는 거야. 지구의 낙원을 만들어 버릴 작정이니까. 거기만 가면 신이 나도록 만들어 버릴 거야. 모든 국제회의는 제주도에서 하기로 하구. 각국의 수뇌들이 제주도에 오기만 하면 그저 신이 나서 양보하려고 들어 세계의 현안 문제는 일거에 해결될 수 있다 이거야."

위한림의 말이 이처럼 비약하게 된 것은 정광억이나 임춘추가 귀담아 들어주지 않는 때문의 일종의 망발이었다.

그런데 위한림의 말이 이처럼 헝클어지자 임춘추는 비로소 관심을 갖는 것 같았다. 그가 한다는 말이

"제주도를 사서 낙원을 만든다는 계획은 썩 좋은데. 섬 한 가운데 아방궁을 지어 세계의 미녀를 불러 모아 홀딱 벗겨 놓으면 가관일 거라, 안 그래."

연작(燕雀)이 어떻게 대봉(大鳳)의 뜻을 알랴 싶어 위한림이 참기로 했다.

정광억과 임춘추가 어떻게 생각했든 위한림의 마스터플랜은 진지했다. 비로소 일생의 목표를 설정한 셈이었던 것이다.

위한림이 시흥에 있는 D 전선 공장을 찾은 것은 그가 마스터플랜을 짠 며칠 후의 일이다.

공무과장 정 씨는 서울대학 기계과 선배이고 친구인 정 군의 형이었다. 이만한 바탕을 기화로 삼아 초대면의 정 씨 앞에 나타나 넓죽 절을 하고는

"형님, 오랜만에 뵙겠습니다. 하루 벌어 하루 먹는 처지가 돼서 자

주 찾아 뵙지 못해 죄송합니다."고 뇌까렸다.

그런데 이 양반이 또 멀쩡하다. 생판 초면인데도

"흠 그래. 요즘 통 놀러오질 않아 궁금하더라. 어떻게 지내니."

하는 것이 아닌가.

"공장을 하나 차렸습니다. 그래 일거리 얻으려고 왔습니다."

그랬더니 정 씨는

"뭐라구? 공장을 차렸다구? 날강도 같은 놈. 허튼 수작 말구 어서 꺼져."하는데 이때 부하 직원이 도면을 들고 들어와서 말했다.

"과장님, 이 크레인을 어디다 발주해야 되겠습니까?"

정 과장의 말이 떨어지기도 전에 위한림이 덤볐다.

"그 크레인 내게 맡기시우. 난 10년 동안 크레인만 연구한 놈입니다. 그래서 내 별명이 크레인 위라고 합니다. 그 크레인은 내게 맡기시우."

정 과장은 어이가 없다는 듯 위한림을 쳐다보고 있더니 뱉었다.

"야 야, 이 도둑놈아. 크레인이 뭔지 알기나 해? 크레인 잘못했다간 사람이 죽어. 그것도 한 둘이 아니고 여럿이 죽는 거야. 너 괜히 알지도 못하고 덤벼?"

"허 참, 내 별명이 크레인 위라니까요. 크레인만 10년 동안이나 연구했다니까요. 난 자신 없는 일이면 빌어도 하지 않습니다. 이래봬도 형님 후배예요. 그 크레인은 제게 맡기시우."

"야, 이 멍청한 놈아. 국내에서 크레인을 만들 수 있는 곳은 B기계

허구 두어 군데 밖엔 없어."

"그건 형님의 정보 부족입니다."

"야 야, 너 쌍통을 보니 공장에 기계라도 한 대 갖추어 있는 놈 같지 않다. 크레인 설계할 줄 아는 놈이 있기라도 하나? 허 참."

"생사람 잡지 마슈. 이건 보안상 극비에 속하는 일이지만 형님에게만 알려 드리죠. 히데루 프라시라고 하는 무시무시하고 정밀한 부품이 있는데 이걸 내가 만들어 조달청에 납품하고 있소이다. 만일 이런 사실이 누설되면 형님이나 나나 쇠고랑을 찰 겁니다. 그리고 뭐, 기계요? 설계요? 그런 거 염려 붙들어 매십시오. 경인 지방에 있는 모든 기계공장의 기계나 설계실은 내 꺼나 마찬가집니다."

"아이구, 이런 날강도 같은 놈아. 너 크레인 견적을 뽑을 줄이나 아냐?"

"견적이 뭐 문제될 거 있습니까. 다른 회사의 견적을 받아보세요. 그 가운데 제일 싼 놈보다 만 원 싸게 해 드리겠소. 그런데도 그 일을 내게 안 맡기면 동창회에 통보라도 해 갖고 이 공장 앞에 모여 데모라도 벌이겠소. 크레인 위에게 크레인을 안 맡긴다면 아마 현역 후배들도 교문을 박차고 나와 데모할 겁니다.……."

동창생들이 데모하겠다는 공갈에 쇼크를 받았던지 정 과장은 위한림에게 크레인 제작을 맡겼다.

혓바닥 하나가 이처럼 신기할 줄이야 정말 몰랐다. 위한림이 춘추 전국시대에 났더라면 소진(蘇秦) 장의(張儀)쯤이야 삼사(三舍)나

피해야 했을 것이었다.

크레인의 스팬은 15미터. 설계는 D기계의 신 군에게 시켰다.

"느그 때문에 나 돈 백 얌전히 날렸다. 퇴근길에 우리 공장에 들러 크레인 설계도 하나 만들어 주시오."

했더니 신군은 그 청을 순순히 들어주었던 것이다. 동창생의 공덕이란 이처럼 크다.

설계도는 나왔지만 철판과 기타 자재를 살 돈이 없었다. 눈을 동그렇게 뜨고 돌아다니며 수소문한 결과 H건설 중기공장이 안동댐 수문을 만들고 있는데 그 작업 과정에서 잘라서 나온 철판이 많다는 사실을 알았다. 동시에 그 공장을 책임지고 있는 사람이 서울대학 기계과의 선배인 김 씨라는 것도 알았다.

위한림이 느닷없이 그 김 선배를 찾아가서 선후배간의 계보를 따져놓고 슬슬 시작했다.

"선배님, 후배 하나 살려 주어야겠습니다."

"살려 주다니 그것 무슨 소리요."

"크레인 제작의 발주를 받아 났는데 자재가 없어서 낭패 났습니다." 하고 위한림이 D전선과의 계약서를 내보였다. 김 씨는 한참 동안 계약서를 들여다보고 있더니

"크레인을 만들 자재가 여기 있을 까닭이 있소?" 하고 서류를 도로 밀어 놓았다.

"있는 것을 알고 찾아왔는데요."

"알고 오다니."

"수문 만들다가 남은 철판 쪼가리가 있지 않습니까."

"그건 안 돼."

"왜 안됩니까. 그걸 고철로 팔아 직원들과 나눠 먹을 속셈이 있다는 것도 모르는 바는 아닙니다. 그러나 여러 말 마시고 육 밀리 철판 쪼가리 남은 것 몽땅 내 놓으시오."

"이 사람이 누구 밥줄 끊으러 왔나?"

"내가 왜 밥줄을 끊어요. 그게 어디 H건설의 철판입니까? 모두 세금으로 사서 준 관급 자재인데 어떤 놈이 모가질 잘라요. 그걸 날 주었다고 뭐라고 하는 놈이 있으면 당장 쫓아 가서 그놈의 아가리를 묵사발로 만들어 놓든지 정강일 분질러 놓든지 하겠소."

"그러나 당신에게 주자니 명목이 없지 않소."

"명목? 폐품 처분했다, 그러면 그만 아닙니까. 그놈을 팔아서 술을 마시면 명목이 서고 폐품 처분을 했다고 하면 명목이 안 선다 이겁니까?"

"하여간 곤란하오."

"곤란한 점을 어떻게 해서 후배를 도와 주는 게 선배의 정의가 아니겠습니까."

하고 위한림은 또한번 동창회를 써 먹어야겠다고 작심했다.

"김 선배님, 내가 이렇게 부탁하는 데도 들어 주지 않으면 동창회에 통고해서 제명처분하라고 할 겁니다. 그래 보이소. 현재 대학에 있는 동창생들까지 들고 일어나 일대 데몬스트레이션이 벌어질 겁니다. 각오하시지요."

독한 놈 만나면 피하면 된다는 어느 시인의 시구(詩句)가 있었지만 김 선배는 독한 놈을 만나긴 했지만, 피해 나갈 구멍이 없다고 생각했는지 겸연쩍게 웃으며 말했다.

"주지."

"고맙습니다."

하고 넙죽 절을 하곤 한 술을 더 떴다.

"선배님, 이왕 주시려거든 거 말이 있지 않습니까. 이왕 주려면 치마 벗고 준다는. 조각조각 실어가기도 뭣하고 하니까 그 철판을 접고 땜질해서 아예 쓸모가 있도록 만들어 주시오."

"그렇게 해 주면 동창회에 통보해서 표창장이나 주려나?"

"표창장 뭡니까. 내가 돈 벌면 선배님 동상 세워드리죠."

"허헛." 하고 선배는 웃었다.

이렇게 저렇게 해서 크레인의 동체는 만들어졌다. 그 다음엔 작동기(作動機) 문제가 남았다.

반도기계에 찾아갔다. 어딜 가나 아는 사람이 있다는 건 다행한 일이다. 그래서 중국 고인(中國古人)의 지혜는 돈을 번다는 글자를 사람을 모은다는 뜻의 저(儲)자를 만든 것이리라.

바퀴하고 모터를 주문하면서 4개월짜리 어음을 내려고 하니까 모두들 기가 막혔든지 피식 웃었다. 위한림이

"돈 일찍 받아 은행에 넣어 놓는 거나 늦게 받는 거나 반도기계 같은 대업체에 무슨 상관이 있겠소. 그 쩨쩨한 이자 붙여 먹으려고 그러우? 그 따위 수작 말구 신진 사업가 하나 키워주는 셈 치고 이 어음을 받으슈. 장학금을 내서 후진들을 키우는 셈으로 말이오. 사람 팔자 알 수 있소. 당신들도 언젠가 넉 달짜리 어음 내놓고 내게 사정 사정할 일이 있을지 모르지 않소." 하고 물고 늘어졌다.

물고 늘어지는 거머리는 떼어버리면 될 테지만, 아까 말했듯 아는 사람과 동창생들이 합세해서 그렇게 하기로 결정을 보았다.

바퀴를 달고 모터를 붙여 놓으니 의젓한 크레인이 되었다. 그것을 오렌지색으로 칠했더니 우아하기가 글래머 미녀를 닮아 보였다. 허리에다 '통세산업'이라고 영문자를 크게 써 넣었더니 온 세상이 자기 것으로 될 것 같은 상징으로 보였다.

작동시험은 기막히게 성공했다.

대한전선 공장 앞마당에 갖다 놓고 정 과장에게 위한림이 뽐냈다.

"크레인 위 하는 별명, 손색이 없는 별명이죠?"

"에끼 이 사람, 당신 사정 내 다 알고 있어."

하면서도 정 과장은 흐뭇해 했다. 그로선 일대 모험을 한 것인데 막상 위한림에게 발주를 해 놓고는 밤잠을 제대로 자질 못했을 것이었다.

위한림이 관계자와 더불어 크레인 앞에서 기념촬영을 했다. 콧등이 시큰하며 일순 눈물이 쏟아질 뻔하는 것을 가까스로 견디었다.

그날 밤 위한림은 친구들을 모아놓고 한바탕 잔치를 벌였다. 먹고 마시고 노래 부르며 통세호(統世號)의 출범을 축하했던 것인데 위한림으로선 오랜만에 가슴을 펴고 먹은 술이었고 부른 노래였다.

어떤 식으로 했건 크레인을 하나 만들었다는 것은 신용을 만들었다는 얘기로 된다. 하기야 그 신용이 만들어 놓은 크레인 크기만 할 까닭은 없지만 제스처를 양념으로 하고 익살을 수식어로 사용하면 꽤 큰 신용처럼 보인 것은 사실이었다. 손도 비빌 데가 있어야 한다는데 줄잡아 얼렁뚱땅할 수 있는 근거를 잡은 셈이었다.

그 무렵 D전선 정 선배는 과장으로부터 부장으로 승진되어 있었다. 어느 날 위한림이 찾아갔다.

"정 선배님이 부장으로 승진한 건 혹시 내 덕이 아닙니까?"

"또 무슨 사기를 치려고 대낮에 도깨비 놀음인가."고 그는 웃었다.

"사기 사기 하지 마십쇼. 누가 들으면 곧이 듣겠소. 내 정 선배한테 죄가 있다면 세계에서 제일 가는 크레인을 만 원 싸게 만들어 준 죄밖에 없소."

"미안허이. 사기꾼 사기꾼 하는 게 입버릇 마냥 되어 그래. 따지고 보면 온 세상 몽땅 사기꾼들이 아닌가. 정치 사기꾼, 관리 사기꾼, 경제 사기꾼, 교육 사기꾼, 문화 사기꾼."

"사기꾼 얘기는 그만하면 됐습니다. 또 무슨 일거리 없으세요?"

"일거리야 있지. 그러나 자네 힘으론 어림도 없는 일야."

자네 힘으론 어림도 없다는 얘기가 위한림을 자극했다.

"무슨 일입니까, 말해 보시오."

"하나마나 한 일을 얘기해서 뭣하겠노. 바쁘니까 꺼져."

그래도 위한림이 물고 늘어졌다.

"되건 안되건 얘기나 들어 둡시다. 선배로서 후배를 가르칠 도의적 책임도 있는 것 아닙니까."

그러자 정 선배는

"요즘 이 문제 때문에 골치를 앓는다"면서 진공건조기 제작에 관한 얘기를 했다.

케이블 즉, 전선을 만들려면 그것을 진공건조기에 넣어 건조시켜야 하는데 일본 이시카와지마 하리마(石河島播摩)라고 하는 데서 만든 그 기계를 보면 실로 어마어마하다. 직경 4미터나 되는 심봉 같은 것에 케이블을 감아서 넣어 진공건조를 하는 것인데 형체는 원봉형 가마솥이다.

이 기계의 뚜껑을 크레인으로 열고 크레인으로 케이블을 넣고 간신히 위치를 맞춰 놓곤 다시 크레인으로 들어 뚜껑을 닫곤 옆에 볼트를 채워 작동시켜서 진공건조하여 그 작업이 끝나면 다시 크레인에 의해 역순(逆順)으로 끌어낸다. 이를테면 불편하기 짝이 없는 기계이다.

그런데 정 선배의 말은

"이번 안양에 케이블 공장을 새로 신축하는데 문제는 그 진공건조기에 있는 거라."고 했다.

"그게 뭐 어렵다는 거요."

"종래의 것은 불편해서 못 써. 케이블을 구루마째 실어 넣고 실어 낼 수 있는 진공건조기면 공정상으로나 코스트면으로나 편리할 텐데 전 세계의 전선공장을 다 둘러보아도 그런 게 없어. 이왕 신축할 바엔 그런 기계가 있었으면 좋겠는데 말야." 하고 입맛을 다셨다. 위한림이 말했다.

"문제 없습니다. 선배님 가마솥을 엎어서 쓰면 될 게 아닙니까."

정 선배는 어이가 없다는 듯 위한림을 쳐다봤다.

"그렇게 하면 될 거 아닙니까. 왜 인상을 쓰시는 거죠?"

위한림이 익살을 섞었다.

"야 야, 이 미친 놈아. 누가 그걸 몰라서 고민하는 줄 알아? 그런데 오 톤이 넘는 쇳덩어리를 어떻게 하루 수십 번씩 들어올렸다 내렸다 할 수 있겠는가, 요 미친 놈아."

"천재는 대개 미친 놈입니다. 아무튼 내가 만들어 드릴 테니 돈이나 많이 주슈."

그러자 정 선배의 육두문자가 또 쏟아져 나왔다.

"야, 이 새끼야. 제트기의 엔진을 만드는 일본의 이시카와지마 제작소도 방도가 없다는 데 주둥이만 까 있고 불알 두 쪽 밖엔 찬 게 없는 놈이 무슨 잠꼬댄가."

"허 참, 정 선배님. 내가 크레인 만든 것 모르십니까. 내가 만들겠습니다."

"크레인과 이것과는 성질이 달라. 그 날고 기는 일본놈들도 엄두를 내지 못한다고 말하지 않나."

"일본놈 일본놈 하지 마시우. 놈들은 원래 잔나비 같은 사람들이우. 옛날 우리 조선에서 배워 갔다, 이거요. 내가 만들어 놓으면 그들이 슬쩍 보고 가선 더 좋은 것 만들어 팔 거요. 그러니 좋은 것은 그때 가서 사서 수입해 쓸 작정하시고 우선 급한 대로 내가 만들어 주겠소. 대강 몇 개나 필요합니까."

"농담 작작하고 돌아가. 진공건조기란 머리카락만한 틈이 있어도 안되는 거여. 그런 밀도 있는 작업을 어디서 어떻게 해낸단 말이냐."

"선배님 나 농담하고 있는 것 아닙니다. 나도 돈 벌자고 하는 놈이고 돈을 벌자면 쓸모 있는 걸 만들어야 할 것 아닙니까. 만일 만들었다가 쓸모 없는 것으로 되면 왕창 망하는 건 납니다. 나, 어차피 공장은 신축해야 되고 그러자면 진공건조기는 있어야 하고 일본제 수입해 보았자 불편하고. 한데 여기 만들겠다는 사람이 있는데 왜 이러십니까. 계약합시다. 계약……."

위한림이 이렇게 몰아세우자, 정 선배는 그때야 수삼 일 생각해 볼 여유를 달라고 했다.

위한림으로서도 그만한 시간의 여유가 있어야만 우선 견적이라도 뽑아 볼 수 있는 것이다. 위한림이

"그럼 사흘 후에 와서 계약하겠습니다." 하자 정 선배는

"누가 이 사람아, 사흘 후에 계약을 하자고 했나. 생각해 보겠다고

한 거지." 하고 얼굴을 찌푸렸다.

"아무리 생각해도 뭐 결론은 뻔할 겁니다. 정 선배님 일본에서 사들인 진공건조기 값이나 알아두슈. 사흘 후에 오겠습니다."
하고 나선 위한림이 그 기계가 있다는 신흥공장으로 달려갔다.

직경 4미터, 높이 4미터가 되는 원통형 가마솥인데 그것을 거꾸로 놓는다고 치고 어떻게 수십 번을 들어 올리고 내리고 하느냐가 난감하긴 했다. 그러나 그건 강력한 크레인만 있으면 될 것이었고, 볼트의 조작은 엎어 놓은 편이 훨씬 작업이 쉽겠지만, 도대체 그런 엄청난 가마솥을 어떻게 만든단 말인가.

그러나 위한림이 그 건조기의 주위를 돌고 있는 가운데 자신이 생겼다. 그 기계를 만들 수 있다는 기술에 관한 자신이 아니고 자기의 운명이 이 따위 가마솥 한 개 못 만들었기 때문에 좌절할 수 없다는 자신이었다.

욕설을 함부로 토해 놓긴 해도, 역시 정 부장은 선배로서의 온정이 있고 사람을 알아보는 견식이 있었다.

삼 일 후 위한림은 D전선으로부터 진공건조기 네 대의 발주를 받았다. 대당 600만 원, 도합 2,400만 원. 위한림의 계산으로선 반 이상 즉, 1,200만 원의 이익은 남을 것이었다.

값이 너무 비싼 듯했지만, D전선으로선 실험 결과 성공하면 돈을 치를 것이니 걱정이 없었고 요행히도 국산품으로 중요한 공정을 충당할 수 있다면 기쁜 일이었으며, 그 기계를 수입할 경우에 있을 번거로운 일들이 생략되는 것이니 약간 비싼 것쯤은 눈을 감아야 할 형편이었다.

위한림은 각 방면에 정보원을 파견해 놓고 정보를 수집했다.

K산업의 자동차 공장에 트럭째로 들어 올려 밑부분을 수리하는 기계가 있다고 들었다.

"거기 동창생 없느냐."

"있습니다. 배 군이라고 있습니다."

"그럼 그자를 불러라."

해선 배 군에게 그 기계를 스케치해 달라고 시켰다.

D철관이란 공장이 부평에 있다는 것을 알았다. 직경 이 내지 삼 미터의 수도 파이프를 만드는 공장인데 요즘엔 일이 없어서 파리를 날리고 있다는 얘기였다.

"거기 서울대학 기계과 출신이 없는지 알아보라."고 했더니 그 회사 상무 이사가 서울공대 건축과 출신이란 정보가 날아들었다.

위한림이 이 상무를 찾아갔다.

"전 71년에 기계과를 졸업한 놈입니다만, 선배님은 건축과라시죠?"하고 인사를 했더니 이 상무는 반갑게 맞아주었다. 기계과니 건축과니 하지만 똑같은 서울공대가 아닌가. 동창생의 규모를 공대의 규모로 넓히면 선후배로서의 우애는 자연 발생하게 돼 있는 것이다.

말이 오가는 동안 이 상무는 경동 고등학교 출신이란 걸 알았다. 위한림이 나온 경기와 경동은 라이벌 관계에 있었지만, 사회에 나오고 보면 그 라이벌 관계란 것이 그립기도 한 것이다. 때에 따라선 라이벌 관계를 더욱 유효하게 이용할 수도 있다. 라이벌을 사랑하는 것이 큰 사람의 금도가 될 수 있기 때문이다.

위한림이 단번에 이 상무를 '형님'이라고 불러놓고

"형님, 이것 좀 만들어 주시오. 군인들 밥해 먹일 솥인데요. 국방상 도우신다고 생각하고 네 개쯤 만들어 주시오. 내 톱밥값 정도는 드릴 테니까요."

새로 동생을 만났다는 흐뭇한 기분에서일까 이 상무는 순순히 승낙해 주었다.

원통형 솥은 만들게 되었지만 내용물이 또한 복잡하다. 유압 실린더를 설치한다, 보온계를 넣는다, 양철로 덮개를 씌운다. 어쨌든 경인 지구의 공장들 일부를 자기 공장처럼 이용해서 이를테면, 한국 최초의 진공건조기를 만들었다.

그런데 머리카락보다 작은 구멍이 있어도 안된다는 진공건조기에 바람을 넣어 보았더니 이것이 웬걸, 이곳저곳에서 바람이 샜다. 큰일났다 싶었다.

그러나 위한림의 기지는 껌을 이십 통쯤 샀다. 그리고는 직공들에게 껌을 씹어 바람 새는 곳을 때우라고 하고 페인트칠을 했다. 미끈했다.

기적과 같은 일이 아닐 수 없다. 껌으로 바람 구멍을 막은 가마솥이 버젓이 진공건조기의 역할을 하게 되었으니까. 그런데 이것을 사기라고 할 순 없다. 이를테면 궁측통인 것인다.

위한림은 비로소 기계공업에 관한 시계(視界)를 파악하고 동시에 그 생리와 병리를 이해하기에 이르렀다. 그리고 깨달은 것은 자기의 처지로선 기계공업을 그 생리의 원칙에 따라 추진시킬 수가 없다는 사실이었다.

막대한 자금, 정밀한 시설이 있어야만 가능한 일인데 그러한 조건을 갖추고서도 제 구실을 못하는 공장이 수두룩하다는 점을 감안하면 원칙에 따를 수 없다는 결론이 뻔하다.

위한림은 그야말로 경인 지구에 있는 모든 공장의 시설을 자기것인 양 쓸 수 있는 방법과 그 공장의 설계실을 자기 것처럼 이용할 방도를 연구했다. 그리고 자기의 공장은 최소한도의 체면치레는 할 수 있을 정도로 정비했다.

예컨대 선반은 A공장을 이용하고, 용접은 B공장을 이용하고, 조립은 C공장에서 하며, 어떤 설계는 D회사의 갑(甲)에게 시키고, 다른 설계는 E회사의 Z에게 시킨다는 따위의 방법이다.

그러나 명색이 기계공장이니 자기 공장도 가동을 시키되 안전하고 기초적인 작업만을 한다.

크레인 진공건조기 등으로 실적을 쌓아 놓고 보니 곤란한 일이면 위한림에게 의논해 오는 사례가 생기고 또 이편에서 적극적으로 일거리를 찾기도 했다. 훌륭한 시설을 해 놓고도 파리를 날리고 있는 공장이 많은데 이와 같이 엉성한 업체였는데도 위한림의 공장은 연일 일에 쫓기는 형편이 되었다.

'사업은 아이디어다.'

'아이디어만 좋고 성실과 근면이 따르기만 하면 기계공업이란 것은 성공할 수가 있다.'

'그 사이 약간의 허세와 사기적인 수법이 끼지 않을 수 없지만 그건 화학실험을 하는데 자연 현상으로선 생겨 나질 않는 기구(器具)를 조작해서 이용하는 것과 동교이곡(同巧異曲)이다.'

이와 같은 신념으로 위한림이 1년 동안을 열심히 일했다. 옆에서 보기엔 얼렁뚱땅하는 수작 같았지만, 그의 내면은 어디까지나 성실했던 것이다. 물론 그 나름대로의 성실이었지만. 그렇게 하면서도 위한림은 자기가 하는 일에 대해 한계를 느끼기 시작했다.

한국의 기계공업을 전진시키는 일에 의미도 있고 보람도 있겠지만, 이미 느끼고 있었던 바와 같이 소자본으로선 어림도 없는 일일 뿐 아니라 위한림의 적성에 맞는 일이 아니었다. 그렇다고 해서 돈벌이가 크게 되는 일도 아니었다.

그는 이 일에 그냥 사로잡혔다간 비약의 기회가 없다는 것을 깨달았다. 평생을 하청 공장주로서의 옹졸한 처지에서 벗어나지 못하는 것이다.

위한림은 도약의 기회를 찾기 시작했다. 대강의 작풍을 알게 된 부하에게 공장을 맡기고 그는 천하대세를 관망할 기회를 노려 느긋한 시간을 갖기로 했다. 그 시기 위한림은 그가 이미 설정한 마스터

플랜대로 비행기 표값과 호텔 비용엔 궁색하지 않을 만큼 돈을 비축하고 있었다.

1976년이 저물어 갈 무렵.

망년회를 곁들인 자리에서 민경태와 위한림이 만났다. 민경태는 꽤 실력 있는 부동산업자로서의 지반을 구축하고 있었다.

"사장이라고 불러도 어색하지 않을 만큼 되었으니 위 형은 성공한 셈이지." 하고 민경태가 먼저 말을 꺼냈다.

"민 사장은 돈을 꽤 벌었다고 하던대요. 성공한 건 민 사장이오."

위한림이 응수했다.

"복덕방 하는 놈은 아무리 성공해도 사장 소리 듣긴 어색해." 하고 민경태가 웃었다.

"민 사장 정도이면 복덕방이 아니라 부동산 회사라고 할 만큼 되었지 않소."

"난 회사란 이름보다 복덕방이란 게 좋아. 복과 덕을 주선하는 뜻이니까 오죽 좋아?"

"내라고 해서 재(災)와 화(禍)를 주선하는 건 아니지만……." 하고 위한림의 말이 약간 센티멘털하게 이어졌다.

"사업을 한답시고 하고 있으니 조금씩 양심이 마멸되어 가는 것 같애."

"산다는 것 자체가 양심의 마멸 과정이 아닐까?"

민경태의 말에도 약간의 페이소스가 섞였다.

"그러나 민 형이 하는 일은 그렇지도 않을 거요. 원래 땅 짚고 헤엄치는 일이니까 말요."

"부동산 사기라는 것도 있잖소. 나는 되도록이면 그렇게 되지 않으려고 애를 쓰곤 있지만, 하다가 보면 유혹이 생길 수도 있고 안 해야 할 말을 하는 경우도 있구……."

"그러나 나처럼은 아닐 거요. 십분의 일의 자신도 없으면서 자신이 있다고 우겨야 하고 성공할 가망이 전혀 없는데도 성공을 장담해야 하고 갚을 수 없는 돈을 벌면서 내일에라도 갚어 줄 듯이 꾸며야하구…… 그렇게 할 수밖에 없는데 처음엔 뒷맛이 써서 편안하게 잠잘 수도 없었는데 차차 둔감해지더먼. 지금은 얼굴빛 하나 붉히질 않고 예사로 엉뚱한 말을 하게도 되었소. 이래 갖곤 '사업이 성공하는 날 인간은 망쳐져 있다'로 될 것이 아닌가 싶어요."

"위 사장, 영어에 그런 게 있지 않소. 왜, 마지막이 좋으면 모든 것이 좋아지게 된다구. 아무튼 성공하고 봐야 할 것 아니우."

"지금 내가 하고 있는 일은 성공을 해 봤자요. 미국의 제너럴 모터스처럼 될 수 있을 까닭도 없구, 독일의 쿠루페처럼 될 수도 없구. 근소한 마진을 뜯어먹고 사는 게 성공해 봤자 별볼일 있겠소."

"위 형은 무에서 그만큼이라도 만들지 않았소. 그러니 앞으로 그런 추세로 나가기만 한다면……."

"아닙니다. 나는 공장을 내 밑에 놈에게 맡기고 다른 설계를 해 볼 참입니다."

"지금 한창 애착을 가질 만큼 되었는데 왜 그러는 거요."

"서투른 애착이 골병을 만드는 거요. 나는 내 손으로 운을 만들어볼 참이오."

"운?"

"내 운명을 내가 만들겠다는 얘기요."

"나폴레옹 같은 말을 하는군."

"그렇소. 나는 나폴레옹처럼 내 자신의 운명을 만들 참이오."

무지개의 설계(設計)

어느 해와 다름없이 1977년은 화려하게 막을 열었다. 특히 미국 대통령으로 당선된 지미 카터에게 있어선 더할 나위 없는 영광의 해다.

위한림은 지미 카터를 부러워할 까닭이 없었다. 그에겐 미국 대통령이 될 길은 막혀 있었다고 하나 세계를 한아름에 안을 기백은 있었다. 그리고 젊었다. 그는 드디어 무지개를 설계하기 시작했다.

무지개의 설계란 한마디로 말해 꿈이었다. 그러나 인류의 문명은 꿈에서 비롯되었다는 것을 위한림은 누구보다도 잘 알고 있었다. 알프스의 눈을 백조의 날개에다 실어 찌는 듯한 더위에 신음하고 있는 플로렌스의 시가 위에 뿌렸으면 얼마나 신기하고 통쾌할까 한 레오나르도 다 빈치의 황당무계한 꿈이 이윽고 비행기가 되어 지금 항공시대를 이루고 있는 것이 아닌가.

그렇더라도 위한림은 황당무계한 꿈을 꾸고 있을 만큼 비현실적인 인간은 아니다. 그의 설계는 남이 볼 때엔 공상이었지만, 그 자신으로선 수리적인 근거를 가진 것이었다. 이를테면 산술적 차원을 벗어나 대수학적인 영역으로 들어서 있었다.

관철동에 사무실을 하나 빌었다.

문학 취미 밖엔 없고 그런 인식 밖에 없는 친구는,

"야, 이거 라스콜리니코프의 하숙집 같구나." 하고 야유를 했고

사기성이 농후한 친구는,

"임마, 사기를 치기 위해서라도 사무실쯤은 근사해야 한다."고 빈정거렸고, 건실한 사고방식을 지녔다고 자부하고 있는 녀석은,

"이 사람아, 공장 한구석에 사무실을 차려 놓고도 천하를 노리는 계획을 세울 수가 있는데 이것 무슨 짓이냐. 사업을 한 대도 무용지물이고 허영으로 친대도 의미가 없다."고 혀를 끌끌 찼다. 또 어떤 친구는,

"얼렁뚱땅해서 용돈깨나 벌어 놓으니까 까불고 쩔고 할 모양 같다만 두고 봐. 멀지 않아 상가의 개처럼 될 테니까." 하고 등 뒤에서 소곤댄다는 소리도 들었다.

"흥!" 하고 위한림이 코웃음을 쳤다. 연작(燕雀)이 대붕의 뜻을 알 까닭이 없는 것이다.

그 충고 가운데 그런대로 성실한 것은 공장 한구석에 사무실을 차려 놓고 꿈을 꾸건 낮잠을 자건 해도 될 터인데 왜 도심지에 사무실을 차리느냐 하는 것이었지만, 이것이야말로 엉뚱한 충고다. 고등수학 문제를 풀려는 학생에게 산술적 교훈이 당키나 하겠는가 말이

다. 하여간 위한림은 지미 카터와 더불어 인생의 새로운 지평을 향해 스타트를 했다.

열 평 남짓한 방. 비품이라야 폐품 일보 직전의 책상, 창자가 나오고 있는 회전의자, 그리고 야전 침대 한 개, 가끔 있을지 모르는 손님을 위한 걸상 서너 개. 벽에 세계지도를 붙였다. 책상 위엔『삼국지』와『초한전』, 미국《타임》지,《무역월보》.

사무실을 차려 놓은 후 항상 주변에 왕래하고 있던 친구놈들 말곤 처음 찾아온 손님이 해병대 시절에 같이 지냈던 윤달조란 사나이였다. 그는 방에 들어서자마자,

"너 뭣하노."

"낮잠 안 자나."

위한림이 야전 침대에서 몸을 일으키며 대답했다.

"낮잠?"

그의 눈망울이 장난스럽게 굴렀다.

"한 2년 동안 밤잠도 제대로 못 잤다. 당분간 실컷 잘 참이다."

"잠 잘라면 집에서 자지."

"임마, 잠도 폼을 잡고 자야 하는기라."

"폼 잡고 잠도 잔다. 사장쯤 되면 자는 데도 폼을 잡아야지. 그런데 너 돈 많이 벌었다며?"

"많이 벌었는가 어쨌는가 모르지만 자네 대포 사 줄 돈쯤은 있다."

"대포 살 돈 있으면 그것 현금으로 줄 수 없을까?"

"대포 살 돈 현금으로 받아 갖고 뭣 할 거고? 그 따위 푼돈."

"말 말아라. 너에겐 푼돈일지 몰라도 내겐 기사회생할 돈이여."

"참, 너 여태껏 뭣하고 지냈나. 해병대에서 나오고부터."

"말 말게. 인천에서 하역회사 십장 노릇 하다가 망나니 같은 업주를 두들겨 주고 경찰 신세진 게 고생의 시작이다. 그 다음엔 어떤 다방 가시내를 꼬셔 줄행랑 치려다가 창피스럽게 붙들렸지 뭐야. 이렇게 저렇게 하며 동가숙 서가식 하다가 보니 갈 곳이 한 군데 밖에 없더라."

"갈 곳이 있으니까 다행이로군."

"다행? 좋아하네. 갈 곳이 한 군데라는 건 서대문 형무소 밖에 없다, 이 말이다."

"어쨌든 갈 곳이 있다는 게 다행한 일 아닌가."

말은 이렇게 하면서도 위한림의 마음은 무거웠다. 옛날의 전우를 돈 몇 푼 주어서 보낼 순 없는 심정인데 지금 당장 좋은 방법이 떠오르지 않기 때문이다.

위한림이 잠바 포켓을 뒤져 돈 5만 원을 꺼내 놓았다.

"이쯤이면 될까?"

"되고 말고가 어딨나."

하고 윤달조는 그 돈을 호주머니에 집어 넣고 일어섰다.

"임마, 그 돈 갖고 엉뚱한 짓 말어. 지금은 어쩔 수 없지만 조금 지나면 수가 터질 거다. 그때 버젓한 직장을 마련해 줄 테니까 섣불리

설쳐 대지 말란 말이다."

위한림이 간절한 말이 되지 않을 수 없었던 것은 윤달조의 성격을 알고 있었기 때문이다. 그는 일단 격하면 물불을 가리지 않았다.

"알겠다, 알겠어." 하고 나가는 그의 등 뒤에 위한림이 고함을 질렀다.

"대포 생각이 나거든 와라. 오늘 해질 무렵 되거든 와라. 내 대포 한잔 살게."

자다가, 꿈을 꾸다가, 지도를 들여다 보다가,『삼국지』나『초한전』을 읽다가 친구가 찾아오면 허튼소릴하고 있으면 영락 없이 시간은 가고 술친구가 서너 명 모이게 마련이다.

'사슴'은 지척에 있었다.

첫째 술값이 싸서 좋았다. 십여 명 있는 아가씨들이 모두 미녀인데다가 상냥해서 좋았다. 우악스런 농담을 우아하게 받아 넘길 줄 아는 그녀들의 슬기가 또한 좋았다.

괜히 들뜬 기분이 되었다가도 적막강산 내 혼자 섰노라 하는 비장한 감회를 맛볼 수가 있어서 좋았고, 노상 클래식 음악이 흐르고 있는 바람에 고상하게 우울할 수 있는 것이 좋았고, 딴엔 내노라 하는 문화인들이 모여들어 쓸데없는 말만 골라서 지껄이고 있는 꼴을 보며 약간 경멸할 수도 있어 자존심을 가꾸어 보는 기분으로도 좋았다.

게다가 미스 리의 지오콘다를 닮은 미소가 곁들여 있으니 '사슴'

81

은 이래저래 위한림에게 있어선 '아르트 하이델베르히'라고 할 수 있었다.

어느 날,

"위 사장님 사무실을 내셨다는데 꽃다발 하나 갖다드리지도 못하구. 대강 어디쯤예요." 하고 미스 리가 말하는데 위한림은 기겁을 했다.

"꽃다발이라니? 당치도 않은 말하지도 마시우. 텅 빈 방에 꽃다발이 놓이면 초상집 같이 됩니다. 내 돈 왕창 벌거든 그땐 꽃다발이 아니라 삼일 빌딩 크기만한 화환을 가지고 오시오들."

"언제쯤 돈을 왕창 벌게 되나요?"

"지금 막 감이 잡히고 있는 중이오. 아니 발자국 소리가 들려오고 있어."

이런 농담을 주고 받은 후 미스 리의 위한림에 대한 인사는

"발자국 소리가 가까워지고 있나요?" 하는 것으로 되었다.

"가까워지고 있소. 제법 크게 들리는 걸요." 하고 위한림은 가슴을 폈다.

이상하게도 이러한 말을 주고받고 있으면 정녕 행운이 다가서는 기분으로 되는 것이다.

그렇다고 해서 위한림이 막연하게 행운을 기다리고 있는 것만은 아니었다. 남들에겐 낮잠을 자느니 멍청하게 천장만 바라보고 있다느니 '사슴'에 다니는 게 본업이라느니 하며 바람을 잡고 있어도 내

면으론 알뜰한 연구를 하고 있었다.

『삼국지』와 『초한전』에서 인간 운명의 대강을 잡고 《타임》지를 통해선 현하 세계의 정세를 부감하고 무역에 관한 자료를 통해선 세계 시장을 살피고 자기가 비집고 들어설 틈서리를 찾고 있었다.

이러한 내막을 모르는 동생들과 친구들은 어떻든 꿈틀거려 봐야 할 게 아니냐고 성화였지만, 위한림은

"굼벵이처럼 꿈틀거려 봐야 소용없는 일이 아닌가. 사나이가 움직이려면 적어도 경천동지할 만큼은 돼야 하는 거라."고 늠름해 하며

"이제 행운을 만들어 볼 테니 기다리라."고 허풍을 떨었다.

그런데 운(運)에 관한 한 위한림에게 철학이 있었다.

"거지에겐 행운이 있어 보았자 길거리에서 만 원짜리 한 장 줍는 정도로 그친다. 천하를 노린 놈에게 대한 행운은 천하다. 그물을 넓게 쳐야 큰 고기를 잡는다. 한나라 유방에게 천하가 돌아간 것은 그 이외의 행운을 그가 바라지 않았기 때문이다."

그러는 동안에도 위한림의 청춘은 있었다. 비록 그것이 초라한 청춘이었다고 해도 위한림의 탓은 아니다. 그레이스 켈리와 같은 여자와 사랑을 속삭일 수 없었던 것은 위한림의 청춘에 책임이 있는 것이 아니고 그레이스 켈리와 같은 여자가 관철동에 살고 있지 않았기 때문이었을 뿐이다.

새해의 기분이 거리에 아직 여운을 남기고 있는 어느 날, 위한림은 열한 시쯤 되어 Y다방에 전화를 걸었다. 커피를 석 잔 가지고 오라

고 이르고 특히, 그 커피는 미스 김에게 들려 보내라는 주문을 달았다. 미스 김의 육감적인 자태에 우선 마음이 끌렸기 때문이다.

'내게도 봄이 있어야 하지 않겠느냐.' 하는 기분이었다.

일류 호텔의 로비나 카지노에 가면 이색적인 청춘의 보람을 꽃피울 수 있다는 사실을 모르는 바는 아니었으나 위한림은 당분간 관철동을 사랑하기로 했던 것이다.

커피를 날라 온 미스 김은 자그마한 석유난로가 우뚝 놓였을 뿐인 위한림의 살풍경한 사무실에 놀랐던 모양으로 문지방에 멈칫 섰다가 곧 웃음을 띠고 들어와서 커피포트를 탁자 위에 놓았다.

"손님이 없잖아요. 석 잔을 시키셨죠?"

"하나는 내 것, 하나는 미스 김의 몫, 또 하나는 느닷없이 나타날지 모르는 건달군을 위한 준비." 하고 위한림이 미스 김에게 의자를 권했다.

미스 김은 앉으려다 말고 냅킨으로 의자 위의 먼지를 털었다.

먼지를 터는 동작이 위한림의 마음에 들었다. 앉을 자리를 보고 앉는다는 것은 나쁜 성품이 아니다.

"소제를 안 하는 모양이죠?"

"사장과 청소부를 겸해 있는 셈인데 난 사장 노릇은 잘 하지. 으스댈 줄도 알고 말야. 그런데 청소부 역할은 할 줄 몰라."

"제가 청소부 역을 맡아드릴까요?"

하며 미스 김이 포트에서 컵으로 커피를 따랐다.

"미스 김의 손이 아름답구나."

사실 뜻밖에도 아름다운 손이었던 것이다.

"그래요?"

미스 김은 수줍은 듯 손을 숨겼다.

"자, 우리 같이 커피를 마십시다."

위한림이 잔을 들었다.

"고마워요." 하고 미스 김도 따라 잔을 들었다.

"을씨년스런 방에서 미녀와 함께 커피를 마시는 기분은 각별한 걸."

이엔 대꾸하지 않고 미스 김은 방을 둘러보곤 물었다.

"여긴 뭣하는 곳이죠?"

"낮잠을 자는 곳, 그러면서 꿈을 꾸는 곳."

"무슨 꿈을 꾸죠?"

"어떻게 하면 세계를 지배할 수 있느냐 하는 꿈을 꾸지."

"세계를 지배하려면 군대가 필요하지 않아요."

"군대로써 세계를 지배하려는 자는 무식한 놈이야. 난 그처럼 무식하진 않아."

"그럼 뭘 갖고 세계를 지배하죠?"

"돈."

"그러니가 돈을 벌겠다 이거군요. 낮잠만 자고 꿈이나 꾸면서 돈이 벌릴까요?"

그런데 그 물음엔 빈정대는 투가 전혀 없었다.

그 순진한 질문을 다소나마 만족시켜 주고 싶은 충동이 일었다.

"행운이 없어 갖곤 큰 부자가 될 수 없다는 사실, 미스 김도 알고 있지?"

"알고 있어요."

"그러니까 돈을 벌기 위해선 행운을 만들어야지."

"행운을 만들 수 있나요?"

"있지."

"어떻게요?"

"그것보단 미리 이걸 알아둬야 해. 이왕 행운을 만들려면 큰 것을 만들어야 하지 않겠어?"

"그건 그렇죠."

"그런데 거지에게 행운이 있었다고 치자. 그건 어쩌다 길바닥에서 얼만가의 돈뭉치를 줍는다든지, 인심 좋은 사람을 만나 돈을 얻는다든지 그 정도 이상일 순 없잖아?"

"그렇겠죠."

"월급장이에게 행운이 있었다고 하자. 월급이 오르는 일, 승진하는 일, 그밖에 어떤 것이 있겠어. 월급이 오르면 얼마나 오르고 승진을 하면 어디까지 하겠어. 시시한 얘기 아냐?"

"……."

"그런데 천하를 노리는 자라면, 그에 대한 행운은 천하를 얻는다는 얘기가 아니겠어? 2,000년 전에 유방이란 사람이 있었어. 젊었을 적엔 지금의 내 꼬락서니나 다를 바가 없는 건달이었지. 놈팽이었어. 나는 그래도 대학의 문턱이라도 밟아봤지만 그는 무식에 가까운 사람이었어. 그런데도 천하를 얻어 한나라의 창시자가 된 것은 그가 그일 이외의 아무것도 바라지 않았기 때문이야. 요컨대 그에겐 행운이 있었어. 그런데 그 행운은 천하였어."

"바란다고 다 되면 걱정이 없게요."

"바로 그거야. 그 점이 중요해. 대부분의 사람은 바라기만 하면서 기실 바라지 않았던 거야. 계속 바라고 그렇게 노력하는데 대운(大運)이 있기만 하면 바라는 대로 되는 거야."

"바라는 대론 될 수 없지도 않겠어요?"

"그러니까 대운이 있으면 하는 조건을 붙였지 않아?"

"대운이 있기가 쉬운가요?"

"어렵지. 그나마 대운을 바라려거든 큰 일을 기도하고 그렇게 노력해야 한다 이거야."

"그러다가 대운을 만나지 못하면?"

"밑져야 본전이지 않아? 그땐 이 모양 이 꼴로 가난하게 살아가면 되는 거라. 이게 인생이다, 하구."

"그럼 마찬가지 아녜요?"

"마찬가지가 아니지. 혹시 대운이 있을지 모르는데 그걸 미리 포기할 순 없잖아? 끝끝내 대운을 잡지 못하면 나는 하는 대로 했는데도 행운이 없었다고 체념하고 죽을 수가 있잖아? 그런데 그런 노력을 않았다고 할 땐 눈 감고 죽을 수가 없는 거여. 혹시 대운을 놓치지나 않았나 싶어서 말이다."

"뭐가 뭔지 모르겠어요. 그러나 젊은 사장님의 마음은 알 것 같아요. 전 꿈을 가진 사람, 야심을 가진 사람을 좋아해요."

"미스 김, 대단한 말씀을 하시는군."

"그렇지 않아요? 희망도 꿈도 없이 사는 사람들이 수두룩한데 그 가운데서 희망을 잃지 않고 야심을 불태우면서 산다는 게 얼마나 좋아요. 그러고 보니 이 방이 텅 비어 있는 줄 알았는데 꼭 차 있네요. 위 사장님의 야심으로……."

놀란 측은 위한림이었다.

차나 날라다 주고 손님들의 농담이나 받아 시시덕거릴 줄밖에 모른다는 부류라고만 생각해 오던 다방 아가씨가 그렇게 말할 줄도 안다는 발견은 놀람이 아닐 수가 없었다.

"실례했소."

란 말이 위한림의 입에서 튀어나왔다.

"실례하다뇨?"

미스 김이 의아한 표정을 지었다.

"사실을 말하면……."

하고 망설였다가 위한림은 솔직할 필요가 있다고 느껴 다음과 같이 말했다.

"사실을 말하면 난 미스 김에게 허튼수작을 걸어 볼 참이었어."

"어떤 수작을요?"

"난 아직 장가도 못간 총각놈이오. 총각은 때로 견디기가 힘들어. 그 힘든 고비를 미스 김과 함께 넘겨보자고 수작을 걸 작정이었지."

"사람을 마구 무시한 거로군요."

미스 김이 샐쭉해졌다.

"그래서 미안하다고 한 거야. 미스 김을 두곤 앞으로 그런 불손한 생각을 갖지 않겠어. 정말 미안해."

위한림이 진심으로 사과했다.

"우리 다방에만 해도 여자가 많은데 어째서 저에게 그런 수작을 걸려고 했죠?"

"첫째는 당신이 아름다워서 그랬어. 당신은 관능적인 매력을 가졌거든."

"둘째는요?"

"그런 만큼 남자의 편력이 많아 보이더군. 그래 꺾었다고 해서 생채기가 날 여자가 아니고 꺾지 않는다고 해서 신성함이 보존되지 않을 거라고 생각했지."

"그래서 함부로 할 수 있다고 생각했군요."

"그런 건 아냐. 어디까지나 당신의 의사를 존중할 작정이었지. 일방적으로 덮어 씌울 생각은 없었어. 의논을 해 보자고 한 거지. 일종의 계약연애 같은 걸로 말야."

"계약결혼이란 말은 들은 적이 있지만, 계약연애란 건 처음 듣는 말이군요."

"내 필요가 만들어낸 말이요. 결혼을 전제하지 말고 어느 기간 연애만 하자는 거지."

미스 김은 일순 우울한 표정으로 되더니

"옛날 기생들은 그런 식으로 연애를 했다죠."

하고 애매하게 웃었다.

"요즘에도 기생, 기생은 없어졌지만 접대부들 가운덴 그런 식 연애를 하는 여자가 있을 거야."

"그렇다면 왜 그 여자들에게 수작을 걸지 않구."

"미스 김에게 반했다니까."

그러자 미스 김은 입술을 쭈뼛 내미는 표정으로 물었다.

"위 사장님은 '사슴'에 잘 가시는 모양인데 거기 예쁜 아가씨들이 많지 않아요. 그런데 왜 그 아가씨들에겐 수작을 걸지 않죠? 수작을 걸었다가 채었나요?"

심각한 질문이었다. 위한림이 그 질문에 대해서도 솔직해야겠다고 마음먹었다.

"속을 알 수야 없지만, '사슴'의 아가씨들은 청순해. 그러나 어쩐지 결혼을 전제로 하고 그녀들을 사랑하기엔 나 자신이 약간 아까운 생각이 들어. 그렇다고 해서 한동안의 연애 대상으로 하기엔 그녀들이 너무 아까워."

컵과 쟁반을 보자기에 싸고 일어서며 미스 김이 말했다.

"빨리 결혼하세요. 타락하기 전에요."

겸손할 줄만 알면 스승은 어느 곳에서나 발견할 수 있다는 고인의 말이 새삼스러웠다.

위한림은 미스 김이 사라지고 난 뒤의 도어를 한참 동안 멍청하게 바라보고 있다가, '기어이 저년을 잡아 먹어야겠다'고 투지를 다졌다. 위한림은 나이답지 않게 백치에 가까운 여자보다는 지능이 높은 여자가 성적 매력을 강하게 지녔다는 사실을 알고 있었다.

'그러나 그건 다음의 일이구' 하고 그는 서랍에서 파일을 꺼내 놓고 도어를 잠궜다. 일에 열중하고 있을 동안엔 누구의 방해도 받고 싶지 않아서였다. 그것보다도 일에 열중하고 있는 모습을 누구에게나 발견 당하고 싶지 않았다. 그런 점에선 어느 종류의 수재들이 지니고 있는 편벽을 그도 또한 갖고 있었다. 즉, 공부하고 있는 것처럼 안 하는 태도, 친구들이 보기엔 항상 놀고 있는 것처럼 꾸미고 싶은 버릇 말이다.

위한림의 그 시기의 일은 한국에선 그다지 필요하지 않는데 많이 생산되어 있거나 생산될 가망이 있는 물건 중에 외국에 보내면 값이 나갈 그런 품목을 찾아내는 작업이었다.

인삼은 국내에서도 충분히 비싸고, 국외의 판로는 거의 고정되어 있어 챙겨 볼 필요조차 없는 품목의 대표적인 것이고, 한때 붐을 일으킨 광석들도 이젠 한물간 형편이며, 해산물에 이르러선 평화선이 철폐된 이래 거의 시장성을 잃고 있는 터라 대자본을 투자하여 원양어업이라도 할 수 있으면 몰라도 당분간 위한림으로선 쳐다볼 가치가 없었다.

그러는 동안에 위한림이 기막힌 사실을 발견했다. 1975년에 독사(毒蛇)의 분말을 오만 톤 일본에 수출하고 있었던 것이다.

한국의 독사는 대만의 독사에 비해 단가가 배나 비싸다. 대만 독사 1킬로그램에 일본 돈으론 800엔인데 한국 독사는 1,600엔이다. 5만 톤이면 일화론 8,000만 엔이고 달러론 32만 달러다.

한국의 독사가 그처럼 명망이 있다는 것도 새로운 지식이지만, 독사의 분말로 오만 톤을 만들자면 도대체 몇 마리의 독사를 잡아야 하는 것일까 싶으니 정말 아찔할 밖에 없다. 줄잡아 이십만 마리쯤을 잡아야 이를 건조하고 분쇄해서 오만 톤을 만들 수 있지 않을까.

이런 추세로 나가면 한국의 산야에서 독사는 전멸하고 만다. 그래서 수입국인 일본의 업자가 그런 결과를 우려하여 1976년엔 독사의 발주를 하지 않았다고 되어 있다.

한국의 산야에서 독사가 없어지는 것이 좋은 일일까, 나쁜 일일까. 돈이 된다고만 하면 이십만 마리의 독사를 잡아내는, 이러한 능력을 민족의 저력으로서 치하해야 할 일일까, 권장해야 할 일일까.

독사 가루는 정력제로서 일품이라고 하는데 일본인들은 그 한국산 독사 가루를 먹곤 절륜한 정력을 가꾸어 그 정력의 일부를 한국녀 현지처를 위해 소비한단 말인가.

위한림은 그 숫자를 보고 있으면서 일본인의 정력을 돋우기 위해 전국 방방곡곡을 혈안이 되어 독사를 뒤지는 땅군들의 광분한 모습을 눈앞에 그려 보았다. 한데 그 징그러운 독사가 갑자기 아깝게 느껴지고 애착이 가는 마음으로 되는 건 어인 까닭일까.

자세히 챙겨보니 독사만이 아니다. 고슴도치, 다람쥐, 두더지 등의 수량도 대단하다. 심지어는 지렁이가 만 톤 넘어 일본으로 수출되고 있었다.

지렁이를 어디다 쓰는가 하고 조사해 보았더니 낚시의 미끼로 쓰인단다. 특수한 바닷고기를 낚는 덴 한국산 지렁이가 최고인데 이대로 가면 바닥이 날 것 같아 지렁이를 양식할 목적으로 몇 사람의 재일교포가 목하 서두르고 있다는 정보마저 있었다.

좋은 이웃을 가졌기 때문에 지렁이까지 팔아먹을 수 있게 되었으니 그런 다행이 없다는 생각이 들지 않는 바는 아니나 어쩐지 씁쓸했다. 위한림이 하나의 결론을 내렸다. 수출, 수출하는 바람에 참새도 '쭈쭐'하고 운다지만, 그 따위 수출은 나는 안 하겠다고.

다음의 아이디어는 가발의 붐을 한번 타볼까 하는 것이었는데, 이 부분에도 처녀지는 없었다. 어떤 가발업자는 여자의 음모 가발을 만들어 훈장까지 탔다니 할 말은 거기에서 끝난다.

위한림은 사업적 호기심은 배제하고 고현학적(考現學的) 호기심으로 그 음모 가발이란 것을 구경하고 싶었다. 들은 바에 의하면 시바 여왕의 전설적 음모를 닮아 무릎 위에까지 드리워지는 가발이 있고 배꼽 바로 밑까지를 암흑대륙의 정글처럼 덮은 것도 있고, 그 털에 스치기만 하면 임포텐스가 단번에 회양(回陽)하는, 이를테면 매직 위그(魔術假髮)도 있다고 했다.

하루는 위한림이 그런 종류의 가발을 만든다는 공장을 찾아가서 견학 신청을 했으나 보기좋게 거절당했다.

거절한 이유가 또한 멋들어졌다.

"국내 판매는 절대로 안 되게 되어 있다는 건 국내 사람에겐 보이지 말라는 지시 아니겠습니까. 우리 회사는 당국의 지시를 철저하게 지킵니다."

"학문 연구를 위해선 시체 해부도 용인하고 있지 않습니까. 그럴 경우 사람의 음모도 중인환시(衆人環視) 할 수 있습니다. 나는 학문적 입장에서 그걸 보고자 합니다. 그래도 안 됩니까?"

하고 위한림이 그 특유한 논법으로 도전했으나 어림도 없었다. 서울대학의 동창생이 그 회사에도 있으련만 찾을 수가 없었다. 그는 순진무구한 공순이들이 보기 좋게 미학적으로 그려진 패턴대로 한 오라기 한 오라기씩 음모를 심고 있는 작업 과정을 상상하곤 키득키득 웃으며 그 공장 문을 나설 수밖에 없었다.

이런 체험을 통해 위한림이 확인한 것은 지상만물 어느 것인들 상품으로서의 가치를 지니지 않는 것이 없다는 것과, 그런 까닭에 특수한 시각 장치를 가진 사람에겐 돈이 하늘에도 길에도 깔려 있다는 사실이었다.

두드려라! 문은 열린다.

잡아라! 그게 돈이다.

아직 아무런 구체적인 파악은 없는데도 위한림의 자신은 굳어져 갔다. 서기 2000년까진엔 통세사업(統世事業)을 이룰 수 있다는 자신이 있었다.

그 자신이 그를 대담하게 했다.

Y다방의 미스 김을 공략한 것은 음모 가발 공장 견학을 퇴짜 맞은 그날 밤이었다. '사슴'에서 얼큰하게 취한 김에 Y다방에 들러 메모 한 장을 그녀에게 건넸다. 그 메모에 이르길,

"내 타락을 걱정해 주신 호의 고맙습니다. 그 호의에 보답하고자 삼 캐럿 다이아몬드와 더불어 대기하겠사오니 종로○가 ○○여관으로 오시오."

"오지 않으려고 하다가……." 하며 미스 김이 생긋 웃었다.

"그런데 왜 왔지?"

위한림이 쩨려보았다.

"온 게 안되었으면 돌아갈 수도 있어요."

"누구 마음대로……."

"내 마음대로요."

"올 땐 당신 마음대로 왔는지 몰라도 갈 땐 당신 마음대로 못해."

"협박이에요?"

"또 무슨 그런 해괴한 말씀을. 그보다 미스 김, 맥주나 두어 병 사 가지고 오시지. 신사와 숙녀가 만난 자리가 이처럼 서먹서먹해서야 쓰겠나."

"종업원이 있을 것 아녜요. 여관 종업원에게 시키세요."

"그것도 그렇군." 하고 위한림이 종업원을 불러 만 원짜리 한 장을 주며 맥주와 소주, 오징어 등을 사오라고 일렀다.

이윽고 잔치가 시작되었다.

"이런 걸 심야의 향연이라고 하는기라."

위한림이 맥주로 갈증을 풀고 이렇게 말하자, 미스 김은

"아는 것도 많으셔." 하고 얌전히 맥주 글라스를 비웠다.

"미스 김, 환영해요."

위한림이 미스 김의 손을 잡았다. 아까 사무실에서 특히 그녀의 손이 아름답다는 것을 느낀 터였다. 미스 김은 손을 맡겨둔 채

"제가 왜 이곳에 왔는지 그 까닭을 아시겠어요?" 하고 눈언저리를 붉혔다.

"젊은 여자가 젊은 남자 찾아오는 게 대단할 것도 없지 않은가."

"그런 단순한 사연이 아녜요."

"단순한 사연이 아니라면?"

"다방에 있다고 해서 손님이 오랜다고 아무 데나 가는 그런 여자로 보여요?"

"그런 여자로 보지 않으니까 특히, 환영한다고 하지 않았는가. 아

무튼 그 사연이나 들어봅시다."

"위 사장을 타락시키지 않기 위해서 제가 왔어요."

"그것 또 해괴한 말씀이군."

"위 사장은 목하 중요한 처지에 있잖아요?"

"……."

"세계를 제압해 보겠다고 하는……."

"그건 그렇지."

"그런 사람이 함부로 놀아나선 안되지 않아요."

"그럴 듯한 말이군."

"빈정대지 말아요. 전 성심껏 얘기하고 있는 거예요."

"누가 빈정대, 빈정대긴……."

"위 사장은 빨리 결혼을 해야 해요."

"때가 되면 하겠지."

"아녜요. 결혼을 서둘러야 해요. 타락하기 전에 말예요."

"아까부터 타락 타락하는데 그 무슨 뜻이지?"

"아무 여자 하구나 놀아나는 것은 타락이에요. 장래 부인에게 대한 배신이구요."

"일일이 옳은 말씀만 하시는군."

"빈정대지 말라니까요. 그러한 타락을 막기 위해 제가 왔다니까요. 전 좋은 여자예요. 제 정도의 여자를 상대하면 최저 한도의 타락으로 그칠 수 있어요. 장래 부인에게 대한 배신으로 되지도 않을 것이구요."

여자는 갖가지란 실감을 새삼스럽게 해 보게 된 것은 미스 김의 육체를 알고 난 직후 그녀의 긴 얘기를 들었기 때문이다.

"전 평생을 그늘에서 살 작정을 했어요."

이런 서두를 하고 미스 김은

"마땅히 자살이라도 했어야 하는 건데 그게 그렇게 되질 않데요. 용기가 없었던 거죠." 하고 한숨을 쉬곤

"입을 다물고 갱생의 길을 걸어보려고 했지만, 그것도 안되데요. 의지가 약한 탓이었죠." 하고 다시 한숨을 보탰다.

"그래서 다방에 나와 편안하게 살 방도를 구한 거죠. 적당하게 생활을 즐기고, 누구에게도 의뢰하지 않고, 누구도 원망하지 않고, 누구도 사랑하지 않고, 누구도 미워하지 않고, 마음에 드는 사람의 청이라면 이렇게 와서 안길 수도 있구요. 요컨대 전 누구의 부담도 되지 않고, 평생을 그늘에서만 살 작정이에요. 위 사장이 좋다고만 하면 위 사장이 결혼할 때까지 봐드려도 돼요. 헤어지자고 하면 언제이건 헤어져 드리고, 그러나 그런 말이 나올 때까진 나름대로 충실한 여자가 될 것이에요."

"왜 그런 생각을 갖게 되었지?"

위한림이 그 까닭을 묻자 미스 김의 대답은…… 미스 김의 이름은 금희. 부산에서 이남 이녀의 맏딸로서 그다지 궁색하지 않은 상의인 집에서 자랐다. 여상(女商) 2학년 때 교사와 육체관계를 가졌다.

임신을 했다. 그 교사에겐 처자가 있었다. 주위가 부끄러워 가게의 금고에서 돈을 훔쳐내 부산을 떠났다. 서울에서 하숙집 주인을 보호 자로 하고 낙태수술을 받았다. 그때 평생 임신을 할 수 없도록 만들 어 달라고 애원을 했다. 의사가 그 애원을 들어주었던 때문인지 다 섯 달이 넘은 후의 수술이어서 무리를 한 때문인지 그 후 임신한 적 이 없었다.

죽을 결심을 했으나 되지도 않았고, 공녀(工女)로서 성실한 생활 을 하려고 하여도 얼마가지 않았다. 이윽고 다방으로 나왔다. 살기 에 그다지 불편이 없다는 점으로 해서 안이하게 그저 나날을 보내 고 있다. 아이를 낳지 못하는 몸이니 남의 아내될 자격을 잃었다. 이 런 처지이고 보니 진정한 사랑을 기대해 볼 수도 없다. 다만 지나치 게 몸을 혹사하는 짓만을 피하고 적당하게 남자의 청을 들어주기도 한다……

"그래서 평생을 그늘에서 살겠다는 얘긴가?"

"그래요."

"아직 늦지 않다고 보는데 마음 바꿔 먹고 노력해 보지 그래."

"노력해서 뭣 하게요. 이런 여자 아내로 삼아 줄 남자 있을까요? 전 어떤 남자의 사랑에도 합당하지 않은 여자예요."

"그렇게 자포자기 할 것까지야."

"자포자긴 안 해요. 아무 남자도 상대해 주지 않을 나이가 되면 전 고아원엘 갈 겁니다. 얼만가의 돈을 모아 가지고 고아들과 같이 살 작정이에요. 제 자신이 아이를 낳고 키우지 못한 죄를 고아들을 보살 피며 보상할 작정입니다."

미스 김의 얼굴에 눈물이 흐르고 있었다. 위한림은 가능한 한 이 여자의 도움이 되어 주어야겠다고 마음을 다졌다.

초라한 여관방에 아침 밥상을 사이로 하고 마주보고 앉았다.

"가난한 부부가 신혼여행 간 기분이네요." 하고 미스 김이 피식 웃었다.

"우리 그만 결혼해 버릴까?"

위한림이 농담답지 않게 말했다.

"쓸데없는 말 말아요."

"왜 쓸데없는 말인가."

위한림은 미스 김의 육체에 일종의 감동을 금할 수 없었던 터였 다. 물론 꼭 그럴 생각은 없었지만 육체의 매력만으로도 아내로 해서 나쁠 것이 없다는 느낌은 있었다. 뭐니 뭐니 해도 남녀 간에 있어선 색정(色情)이 최고라고 하지 않는가. 돈은 떨어져도 살 수 있지만 색 정이 떨어져선 살지 못한다는 말도 있다.

"쓸데없는 말 작작하시구 빨리 결혼할 생각이나 하세요." 하고 미 스 김은 결혼함으로써 얻을 수 있는 이득과 결혼하지 않음으로써 입 을 수 있는 손실을 견주어 보았다.

상식의 테두리를 넘어선 얘기는 아니었지만 창부(娼婦)나 다름없 는 여자로부터 그런 설교를 듣는다는 것이 어쩌면 간들어진 기분이기도 했다. 동시에 결혼을 서둘러야겠다는 마음이 일기도 했으니 이상한 일이었다.

미스 김은 또 이런 말도 했다.

"큰 일을 하려면 좋은 부인을 맞이하기도 해야 하지만 좋은 친구를 사귀어야 해요. 인인성사라고 하잖아요? 독불장군이란 건 없는 거예요. 우리 다방에 많은 손님이 오거든요. 괜찮다 싶은 사람은 거의가 좋은 친구를 가지고 있어요. 아무리 똑똑한 체하는 사람도 친구가 데데하고 보면 체하는 정도에 끝나요. 위 사장님에게도 친구가 많을 것 아녜요? 옛날의 선생님도 계실 거구요. 그 친구나 선생님들과 자주 의논해야 해요. 아는 길도 물어서 가란 말 있잖아요? 위 사장은 참 좋은 사람인데 사무실에 혼자 우뚝 앉아 있는 게 마음에 걸려요."

듣고 있는 동안 위한림이 묘한 갈등에 사로잡혔다. 하찮은 여자의 말이라고만 치고 지나칠 수 없는 그런 대목이 있었기 때문이다.

미스 김의 말이 계속되었다.

"우두커니 혼자 앉아 있을 시간이 있거든 옛날의 선생님을 찾아보는 게 어때요. 성공한 친구들도 찾아보고요. 혹시 좋은 아이디어가 있을는지 모르잖아요?"

"얘기 그만하고 밥이나 먹지." 했으나 위한림의 말엔 어느덧 정이 묻어 있었다.

미스 김은 잠자코 숟갈과 젓가락을 움직이기 시작했다.

위한림이 수저를 놓고 밥 먹고 있는 여자의 거동을 지켜 보았다.

'봄이 오기 전에 가을이 와 버린, 꽃이 피기 전에 열매를 맺은, 열매가 여물기도 전에 서리가 내린, 그런 인생이야말로 안타깝다는' 시(詩)가 될 수도 없는 시정(詩情)과 같은 것이 위한림의 가슴에 괴었다.

"미스 김에게 애를 배게 한 놈의 이름이 뭐지?"

위한림의 말이 거칠었던 모양이다. 미스 김이 놀란 표정으로 얼굴을 들었다.

"그 따위 놈은 가만 둘 수가 없어. 혼을 내줘야지."

"그 사람 혼을 내 준다고 제게 좋은 일이 있을까요?"

미스 김이 처량한 표정으로 되었다.

"그럼 하나의 처녀를 망쳐 놓은 그런 놈을 그냥 둬 두어야 한다는 얘기냐?"

"지나가 버린 얘긴 걸요."

"지나가 버린 일이라도 놈의 죄는 그냥 남아 있어."

"쓸데없는 일예요."

"그런 놈이 아직도 교직에서 턱 버티고 있을 것이라고 생각하니 견딜 수가 없어."

"……."

"미스 김 같은 기막힌 아가씨를 요꼴로 만들어 버린 놈을 가만 둘 수가 없어. 그자의 이름이 뭐지? 지금 어디에 있지?"

"지금의 제 꼴이 어때서요."

"안타까워서 도무지……."

"전 지금 제 나름대로 행복해요. 장차 세계를 제압할 야심을 가진 사람에게 하룻밤 풋사랑이나마 사랑을 받을 수가 있었고, 이처럼 알 뜰한 아침 밥상을 받아들고 있구요."

"그래 그놈을 가만 두겠다는 건가?"

"가만 두지 않으면 어떻게 하겠어요."하고 난 다음 미스 김은

"그런 얘긴 그만두자."고 했다.

"피해자가 모두들 그런 태도이니까 가해자가 자꾸만 생겨난다." 고 위한림이 투덜댔으나

"모든 원인은 제게 있어요. 제가 이 꼴이 된 것은 제 책임인 걸요." 하고 미스 김은 덧붙였다.

"저 같은 여자 일을 두고 신경 쓰지 말구 빨리 세계를 제압할 궁 리나 하세요."

밥상을 치우고도 한참을 환담하다가 바깥으로 나왔다. 미장원으로 가겠다는 미스 김과 헤어져 위한림은 관철동으로 건너려다가 말고, 얼핏 박희진 선생을 뇌리에 떠올렸다.

선생님이나 성공한 친구를 찾아보라는 미스 김의 충고가 되살아 난 때문이었다.

박희진 선생은 위한림이 고등학교 시절 각별한 지도를 받은 선 생이었다. 그 후 Y대학의 교수로 갔다는 얘기만 들었을 뿐 소식을 들 을 수가 없었다.

사무실로 가서 이곳저곳 전화를 걸어 문의한 결과 박희진 선생

의 전화번호를 알았다. 어떤 정치 파동으로 학교를 그만두고 집에 있다고 했다.

위한림이 박희진 선생에게 전화를 걸었다. 박 선생은 집에 있었다.

"위 군이라구? 무슨 일이야." 하며 반기는 소리가 울려왔다.

"괜히 선생님이 생각나서요." 했을 때 위한림의 콧등이 시큰했다.

"어떻게 지내는가."

박 선생의 말이었다.

"그런 저런 얘기를 드리고도 싶고 해서 뵙고자 합니다만, 시간이 있으시겠습니까."

"내사 하루 쉬고 하루 노는 처지니까 시간이 있다."

"그럼 지금 찾아 봬도 좋겠습니까."

"나쁠 것이야 없지. 그러나 집에까지 올 필요 없이 바깥에서 만나는 것이 어떨까."

"좋습니다."

이렇게 해서 위한림은 그날 오후 여섯 시 반 박희진 선생을 J호텔의 커피숍에서 만나기로 되었다.

"그동안 어떻게 지냈느냐."는 박희진의 질문에 위한림이 익살을 섞으며 자기가 걸어온 일, 겪어온 일들을 설명했다. 그러자 박희진이 정색을 하고 다음과 같이 말했다.

"자네의 말을 듣고 있으니 D전선의 정 부장이란 사람, H건설의 김 씨, D철관의 이 상무 같은 사람들이 자네의 술수에 넘어가 기분적으론 자네에게 일을 맡긴 것처럼 들리는데 그런 까닭이 없잖을까?"

"그건 그렇습니다."

"그분들이 동창생이라고 해서 자기의 직무를 해이하게 할 그런 사람들이었을까?"

"그건 아니지요."

"그분들이 자네에게 일을 맡겼을 땐 나름대로의 신중을 기했을 것 아닌가?"

"물론이죠."

"자넬 믿을 만하다, 이 후배는 키워 볼 만하다, 그런 자신이 있었으니까 자네와 거래한 것이 아닐까?"

"물론 그랬을 겁니다."

그러자 박희진이 싸늘한 표정으로 되며,

"그런데 자넨 쓸데없는 익살을 섞어 선배들을 욕되게 하고 자네 자신을 무슨 만화처럼 만들어 버리지 않았나." 하고 나무라는 투가 되었다.

위한림이 할 말을 잃었다.

박희진이 말을 계속했다.

"자네 말은 하여간 위험해. 서울대학의 동창생들이 무슨 벌(閥)같은 것을 만들어 사익(社益)이나 공익을 무시하고 마음대로 일을 저지르는 것같이 들리니까 말이다. 나는 D전선의 정 부장이나 H건설의 김 부장, D철관의 이 상무가 동창회가 무서워 자네에게 일을 맡겼거나 협박에 못 이겨 일을 맡겼다고는 생각하지 않아. 그분들은 어디까지나 자기 직무에 충실하고 최선을 다한 분들인데 어떻게 그런 익살을 토할 수가 있느냐 이 말이다. 오래간만에 만나 가지고 이런 듣기 싫은 소리하고 싶진 않지만 자네의 그 위악취미(僞惡趣味)는 술자리의 안주로서도 위험해. 자네의 자질을 자네 스스로가 망치고 돌아다니는 것까진 탓하지 않겠어. 그러나 모처럼 자네에게 호의를 가진 사람들의 체면까지 먹칠을 할 필요가 있는가 이 말이다."

위한림은 박희진이 말하고자 하는 뜻과 내용을 충분히 이해할 수가 있었다. 그러나 자기가 한 일을 어떻게 정색을 하고 말할 수가 있단 말인가. 정색을 곧이곧대로 말하면 어쭙잖은 성공담같이 될 것이 뻔하지 않은가. 위한림은 이런 뜻의 말로 변명을 했다.

박희진은 그때야 얼굴 표정을 누그럽게 바꾸며

"자네에겐 뜻밖이라고 할 밖에 없는 수줍음이 있어. 그 수줍은 심성이 결국 익살로 되는 것인데 자네의 경우 그 정도가 좀 지나쳐. 자네뿐 아니라 요즘 젊은 사람들이 거의 다 그런 모양이더만." 하고 입맛을 다셨다.

수줍은 심성이 위악취미로 번진다는 박희진의 지적은 들어둘 만하다고 생각했다. 아닌 게 아니라 무슨 점잖은 얘기를 하려고 들면 괜히 거북스러운 느낌이 들어

"제기랄."

"시팔." 하는 접두사가 입에서 튀어나오는 것이다.

"그러나저러나 사업의 기틀을 잡았다고 하니 다행이다." 하고 박희진이 앞으로의 계획을 물었다. 위한림이 누구한테 하는 것처럼 세계를 제압하겠다느니 통합하겠다느니 하는 따위의 광설(廣舌)은 차마 할 수가 없어 짤막하게 말했다.

"무역업을 해보았으면 합니다."

"해볼 만한 일이겠지. 그러나 나는 전혀 문외한이니까, 보탤 말이 없겠군."

이번엔 위한림이 물었다.

"선생님은 대학을 그만두셨다고 들었는데 지금은 뭘 하시고 계십니까?"

"말하지 않았던가, 하루 쉬구 하루 논다구."

"특별히 연구하시는 것은?"

"연구라고 할 것까진 없지만……." 하고 박희진은 프랑스의 젊은 철학자들 책을 읽고 있다고 했다.

"재미 있습니까?"

"재미가 없질 않아."

"대강 어떤 점이 재미가 있습니까?"

"프랑스에선 요즘 묘한 경향이 있더면. 예를 들면 말야. 권력을 무화(無化)하려는 경향!"

"권력의 무화가 뭡니까?"

"권력의 권위를 말살하는 작업이라고나 할까?"

"무슨 뜻인지 도무지."

"요컨대 권력이란 아무것도 아니다. 따라서 추구할 만한 것이 못 된다로 되는 거지. 쿠데타를 해서까지 권력을 잡으려는 아프리카의 야심가들과는 대극(對極)을 이룬 사상이라고나 할 수 있겠지."

"권력을 부정하는 사상은 동양에도 있지 않습니까. 노자(老子)나 장자(莊子) 같은 사람 말입니다. 서양엔 디오게네스가 있었구요."

위한림이 서투른 지식을 피력해 보았다. 박희진은 빙그레 웃으며 이런 말을 했다.

"디오게네스나 노자, 그리고 장자는 로직(logic)으로서 권력을 부정하진 않았다. 일종의 파세틱한 관조, 이를테면 체관의 작용이었지. 말하자면 일종의 인생론으로서의 부정이다. 그런데 프랑스의 젊은 철학자들은 그게 아냐. 권력의 문맥 그대로를 갖고 논리적, 분석적으로 권리의 부정이 아니라 권력의 설 자리를 없애려는 거라. 그러니까 무화라는 표현일 수밖에 없는 거지."

"요컨대 나폴레옹 같은 존재를 우습게 본다 이것 아닙니까?"

"우습게 본다느니, 슬프게 본다느니 하는 감정을 개입시킬 여지도 없어. 그저 권력의 무화이다."

"어렵군요."

"별반 어려울 것도 없어. 서양의 사상사를 주의 깊게 읽고 있으면 신(神)의 무화가 있었고, 포이에르바흐, 니체 같은…… 그리고 돈의 무화가 있었지, 마르크스 같은. 그 연장선상에 권력의 무화가 있게 되었다고 되는 것인데 그런 맥락에서 이해하면 어려운 것도 아냐."

"선생님은 그 사상에 동조하십니까?"

"이해하면 그만이지 동조할 것까지야 있겠는가. 그러나 권력에의 갈증으로 광분하고 있는 현상을 차갑게 볼 수 있는 눈을 가꿀 수는 있지."

반쯤 밖엔 알아들을 수가 없지만 위한림은 박희진 선생을 모시고 있으니 웬지 마음이편해지는 느낌이었다.

"선생님에겐 악착같이 돈을 벌겠다고 덤비고 있는 사람들이 우습게 보이지요?"

위한림이 이렇게 물었을 때 박희진은 빙그레 웃었다.

"흔히들 말하지 않는가. 사람이 이 세상에 태어나서 할 일은 세 가지 가운데 한 가지라구."

"그 세 가지가 뭡니까?"

"혁명, 학문, 사업. 그러니까 자넨 그 기본 과업 하나를 야무지게 해내려고 하는 셈으로 되는 건데 우스울 까닭이 있는가. 뭣이건 철저하면 되는 거야. 문제는 나 같은 사람이지. 학문에도 철저하지 못하고 다른 짓을 하자니 이미 때는 늦었구."

"그런 개탄을 하시기엔 아직 젊으시다고 생각하는데요."

"쑥스러운 얘긴 그만두구 자네 계획이나 설명해 보게."

위한림은 우선 중동에 진출해 보았으면 한다는 말을 꺼냈다.

"중동이라면 아라비아 말인가?"

"아라비아도 포함되겠지요."

"나는 중동이라고 하면 『아라비안나이트』를 연상하고 바그다드의 도적을 상기하는데 자넨 그 동화의 세계에서 돈을 벌려고 하니 대단하군."

"외국 잡지에서 읽은 건데 지금 이란의 팔리비 국왕이 백색혁명이라나 뭐라나 경제적인 부흥을 꿈꾸고 맹렬한 의욕을 불태우고 있다고 합니다. 전 그 의욕에 편승해 보려고 하는 거죠. 아시다시피 이란엔 석유 빼놓고는 생산물이 없는 곳 아닙니까. 필요한 물건이 많을 줄 압니다. 그 물자를 제가 조달할 참이죠."

"괜찮은 아이디어군."

위한림이 말하고 있는 동안에 흥이 나서 이란에 관해 연구한 바를 설명하기 시작했다.

"이란은 페르시아로서 알려진 나라가 아닙니까. 1935년 국왕이 페르시아란 이름을 폐지하고 이름으로 개칭하게 된 건데……."

"꼭 그렇게 개칭해야 할 필연성 있었을까?"

"필연성이 있었던 것 같습니다. 페르시아란 이름은 페르시아만(灣)의 북쪽 해안에 접하고 있는 팔르스 지방을 희랍인들이 페르시스라고 부른 데 연유하고 있었던 겁니다. 약 2,000년 전 서부 아시아에 강대한 나라가 출현했는데 그 근거지가 바로 팔르스 지방이라서 희랍인들은 페르시스라고 불렀던 거죠. 이에 대해 이란 사람들은 아리아 민족임에 자랑을 느끼고 있었고, 자기 나라를 아리아인의 나라라고 부르고 있었던 겁니다. 그 자랑을 구체화하기 위해 이란, 즉 아리아의 나라라 뜻으로 호칭을 바꾼 거죠."

"꽤 유식하군."

"당장 그곳에 가서 한탕 칠 작정인데 그만한 공부도 안 해서야 되겠습니까." 하고 위한림은 이란의 총면적이 약 164만 평방킬로미터로서 우리 나라의 거의 여섯 배쯤이 된다는 것과 국토의 대부분이 고원을 이루고 있다는 것, 해안으로 협소한 평지가 있다는 것, 현재의 추정 인구는 약 이천만 가량이며, 주민들의 일반적 생활 정도는 지극히 낮은 편이란 등등을 설명했다.

"이란 얘기를 듣고 있으니 이란에 가보고 싶구나." 하고 박희진이 멀게 뜨는 눈빛이 되었다.

"제가 이란에 가서 성공하면 선생님을 초청하겠습니다. 이란엔 고대 페르시아 제국의 유허가 많다고 하니 선생님의 학문에 크게 도움이 될 테니까요."

"말만 들어도 고맙군." 하고 박희진이 헤밍웨이의 「노인과 바다」 얘기를 했다.

"몇날 며칠을 상어떼와 싸우다 보니 잡은 고기는 뼈만 남게 되었어. 나는 성공하려고 기를 쓰고 덤비는 사람의 대부분이 그런 꼴로 되는 것이 아닌가 해. 목표에 도달하고 목적지에 이르긴 했는데 남은 것은 아무것도 아니더라 하는. 그런 까닭에 나는 이런 것을 제안하고 싶어. 목적만을 유일하게 추구하지 말고 일을 하고 있는 과정에서 의미를 찾는 거라. 뭐라고 할까. 돈을 벌려고 악착 같이 서둘다가 막상 돈을 벌지 못하는 결과가 되면 정력의 낭비, 시간의 소모만 되는 것 아닌가. 혹시 돈을 벌었다고 해도 건강을 해친다거나 인간성을 망친다거나 하면 결국은 손해가 아닌가. 요컨대 매일매일의 노력 자체에서 보상을 받을 수 있도록 마음을 다져라 이거다. 부산을 목적지로 하고 달려간다고 하자. 부산에만 중점을 둘 것이 아니라 그 과정의 풍경을 감상하는 노력을 게을리 말라는 뜻이다. 성공이란 행운이 없으면 불가능해. 그런데 어떻게 행운만을 믿고 살 수가 있겠나. 불운에 대비할 줄도 알아야 한다 이 말이다. 나는 자네의 의욕을 가상하다고 여기는 동시에 어쩐지 안타까운 생각도 드는군. 그래 말하는 거다. 목표를 성공에 두지 말고 그날그날을 충실히 보내는 데 중점을 두라구."

위한림은 박희진 선생이 무엇을 말하고자 하는 뜻을 알 것만 같았다. 그러나 다음과 같은 말로 되었다.

"올 오아 나싱입니다. 성공하느냐, 죽느냐지요. 그까짓 성공 못하는 인생쯤 아까울 게 있습니까. 오나시스는 삼십 세 이전에 오천만 불을 벌지 못하면 자살하겠다고 마음먹었다는 겁니다. 위한림이 그까짓 오나시스 따위만 못하란 법이 있습니까. 전 기필코 성공할 겁니다. 두고 보시죠. 올 오아 나싱, 바로 이겁니다."

"인생은 그런 호기만으론 되는 게 아니니까."

"그러니까 선생님은 혁명도 사업도 못하시는 것 아닙니까. 학문이 가장 무난하다고 생각하셨겠죠. 하루하루에 충실함을 느낄 수 있는 길은 학문이니까요. 혁명이나 사업은 호기를 빼놓으면 바람 빠진 풍선 같은 겁니다. 올 오아 나싱, 이게 바로 호기 아니겠습니까. 어떤 자가 말했다면서요? 거창한 일을 시도하다가 좌절한 자를 사랑한다고. 엄청난 성공을 바라다가 좌절하면 그 좌절에 또한 영광이 있고 미학이 있는 겁니다. 성공을 바라다가 실패했대서 무(無)만 남는 게 아니죠. 좌절의 미학만은 남지 않겠습니까."

"좌절의 미학까지 튀어나오면 말은 다한 것으로 된다."며 박희진이 웃었다.

"그렇다면 선생님, 오늘밤은 성공의 영광을 위해서 그리고 줄잡아 좌절의 미학을 위해서 한잔 합시다. 제가 대접하겠습니다."

위한림이 호기 있게 말했다.

위한림이 여권수속을 시작한 것은 박희진과 만난 그 이튿날이었다. 큰 소리만을 쾅쾅 치다보니 결국은 자기 말에 자기가 사로잡힌 꼴이 되었다.

여행 목적엔, "수출 확대를 위해 국책에 호응하기 위해 세계의 무역 시장을 시찰한다"로 적어 넣었다.

그런데 이 여권수속, 특히 신원조사란 것이 여의치 않았다. 경찰에서 조사해 간 지 한 달이 넘었는데도 깜깜 무소식이라서 위한림이 당국에 항의하러 갔다.

"되면 되고, 안 되면 안 되고, 무슨 말이 있어야 할 것 아니냐."고 했더니 경찰의 대답은

"본적지에서 조회가 아직 돌아오지 않았다."는 얘기였다.

"나는 당당한 대한민국의 국민이며, 해병대 출신이고, 서울대학 출신이오. 술에 취해서도 유치장 신세 한 번 진 적이 없소. 그런데 내 신분이 어떻다는 거요. 수출 정책에 호응하기 위해 시장조사를 나가려고 하는데 격려까진 못한다고 치더라도 방해할 것까진 없지 않소. 본적지 경찰서의 조회가 없으면 재촉 전화라도 해서 서둘러 줘야 할 게 아니오. 내가 본적지까지 내려가야 한단 말이오?"

위한림이 흥분해서 책상을 칠 기세까지 보였는데도 담당 경찰관의 표정은 바람에 나부끼는 수양버들과 다름이 없었다. 위한림이

"나는 바쁜 몸이오. 대단히 바쁘단 말이오. 하루 빨리 갔으면 노다지를 붙들 수 있을는지 모르는데 하루 뒤에 갔기 때문에 사또 떠나고 나팔 부는 시늉이 될지 모른다 이거요." 했더니 경찰관의 말이 비로소 있었다.

"바쁜 건 댁의 사정이구요. 우리들이 일하는 덴 따라야 할 규칙이 있는 겁니다. 돌아가서 기다리시오."

도리가 없어 돌아올 수밖에 없었는데 며칠이 지나서 다시 가 봤더니 어제야 서류를 치안국에 돌렸다고 했다.

"치안국에선 또 며칠을 있어야 하는 겁니까?"

위한림이 물었다.

"치안국엔 또 치안국의 사정이 있겠죠. 우리가 알 바 없소."라는 냉랭한 대답.

그리고 매일처럼 외무부에 문의를 했으나 아직도 회시가 없다는 것이어서 위한림이 치안국의 담당관을 찾았다.

치안국의 담당관은 서류를 뒤지더니 짤막하게 말했다.

"치안국에서 할 일은 끝냈소."

"끝났으면 외무부에 회시를 해 줘야 될 게 아닙니까?"

"서류는 남산으로 갔소."

"남산?"

"그렇소."

"거겐 뭣하러 가는 거요."

"당신의 경우는 그렇게 돼 있소."

"왜 그렇게 돼 있는 거요."

"그것까진 나도 모르겠소. 지시 사항이오."

"대한민국의 치안국이 조사한 걸 또 누구에게 감독을 받아야 한다는 거요?"

"국외에 나갈 수 있는 사람인지 아닌지 판단해야 할 것 아니오."

담당관은 귀찮다는 감정을 노골적으로 얼굴에 나타냈다.

"남산 누구에게 알아보면 됩니까?"

"그런 건 가르쳐 줄 수 없게 돼 있소."

위한림이 그 발로 찾아간 데는 송용팔의 가게였다.

송용팔은 위한림과는 해병대 동기이다. 청계천에서 자동차 부속품 상점을 하고 있는데도 안테나를 곳곳에 세워 놓고 있는 모양으로 세상 돌아가는 물정과 정보엔 비상한 견식을 가지고 있었다. 그런데다 친구 다음에 아내다 할 정도로 마이홈 주의완 동떨어진 세계에 살고 있고, 특히 해병대 출신이라고 하면 동기는 물론이요, 선후배에 이르기까지 견마지로(犬馬之勞)를 사양하지 않았다.

위한림이 가게에 들어서자 구석진 자리에서 송용팔이

"엇허!" 하고 일어서서 위한림의 손을 덥석 잡았다. 위한림이 소릴 질렀다.

"이 자식 아프다."

송용팔의 악력이 너무나 강했던 까닭이다.

"이걸 아프다는 걸 보니 너, 해병대 기합이 빠졌구나." 하고 송용팔이 씩 웃었다.

"자식아, 해병대 제대한 지가 벌써 수 3년이 지났는데 기합이 빠질 만도 하잖은가."

위한림이 투덜댔다.

"대단히 유감스러운 소릴 들었군. 해병대 기합 빠지면 네놈도 형편이 없다. 알았나?"

"그래 넌 이놈아, 평생 해병대 기합 갖고 살 거냐."

"나는 백 살까지 해병대 할 게다. 무덤의 비석에도 전 해병대원이라고 쓰게 할 거구. 내 제사 지낼 때 지위에도 그렇게 쓰라고 유언

할 거다."

"어지간하군."

"내 인생의 처음은 해병대에 들어가기 위한 준비였고, 지금은 해병대에서 겪은 감격의 그림자에서 살고 있다. 그런데 무슨 바람이 어떻게 불어 날 찾아왔나."

"난 여기 못 올 사람인가?"

"넌 이놈아, 꼭 일이 있어야 오는 놈 아닌가."

"아, 하루 벌어 하루 먹는 놈이 무슨 재주로 일없이 친구를 찾아다니겠나."

"그래 무슨 일인고?"

"아따, 이 자식아 숨이나 좀 돌리고 얘기하자."

"우리 한잔 하러 갈까? 술이나 마시며 얘기를 듣자꾸나."

"아직 해가 중천인데 무슨 술을 먹자고 하노."

"이것 봐라. 너 언제부터 낮밤을 가리게 됐나. 친구 만나면 마시게 돼 있는 게 술 아닌가."

"술은 이따가 마시기로 하고 우선 내 얘기부터 들어 달라."

"뭔데?"

송용팔이 턱 담배를 꺼내 물었다.

그런 일이 있은 후, 위한림은 외무부로부터 서류를 제출하라는 통보를 받고 일주일 후에 여권을 받았다.

위한림은 여권을 받아 포켓에 넣고 누구보다도 먼저 찾아야 할 사람 즉, 송용팔을 찾으러 청계천으로 갔다. 송용팔은 힘있게 악수를 하곤

"잘 됐다. 성공을 빈다."고 간단하게 말했다.

"오늘 밤 내가 술을 사고 싶은데." 위한림이 제안했다.

"술은 내가 산다." 송용팔의 말이었다.

"아냐, 내가 사야 해. 옛날 친구들 모을 수 없을까? 오래간만에 한 자리에 모여 한판 치고 싶구나." 이건 위한림의 센티멘털리즘이 시킨 말이었다.

"돈이야 누가 내건 한자리에 모인다는 건 좋은 일이라."며 송용팔이 수첩을 꺼내놓고 다이얼을 돌리기 시작했다.

그럭저럭 십 명 내외의 친구들관 연락을 취할 수 있었다.

송용팔이 예약을 해두어야겠다며 옆 골목으로 들어갔다. 그 근처의 술집들은 너무 작은 집이 돼 놔서 예약을 해놓지 않곤 십수 명의 사람을 수용할 수 없게 돼 있었기 때문이다.

위한림은 새삼스럽게 송용팔의 사람 됨됨이에 감격하는 마음으로 되었다. 언젠가 그가 한 소리가 기억 속에 되살아났다.

'친구가 있으니까 기분이 좋은기라. 친구들이 모두 건재하다 싶으니 행복한 거라. 나는 변변한 학교도 다니지 못했고, 시골에서 자랐기 때문에 친구라곤 사귈 수 없었는데 군대에 가서 친구를 만난기라. 그래서 군대 시대는 나의 꽃의 시절인기라.'

한없이 선량하고 지칠 줄 모르는 송용팔.

선량하고 지칠 줄 모르는 친구는 물론 송용팔만이 아니다. 위한림은 오늘밤 모여들 친구들의 얼굴을 하나 하나 점검해 보는 기분으로 되며, '나도 그 친구들과 더불어 살겠다는 마음, 힘껏 그들을 돕고 그들의 행복을 나의 행복으로 믿고 사는 그런 사고방식을 익혀야겠다'고 마음을 다졌다.

그러기 위해선 돈을 벌어야만 한다. 굉장한 일을 꾸며 같이 일하는 터전을 만들고 그렇게 해서 얻은 돈을 골고루 나눠 쓰게 되면 그게 일단의 행복은 되지 않겠느냐 하는 공상으로 번져나가기도 했다.

송용팔이 돌아왔다.

싱글벙글하며 그는 다음과 같은 말을 했다.

"우린 운이 좋아. 요전에 간 그 할머니 집엘 갔더니 시골에서 마침 똥돼지를 잡아 갖고 왔다지 않는가. 시골 똥돼지 맛이 있다이. 요맨한 건데 양돈 같은 것 하곤 비교도 안될 정도로 맛있어. 비계도 얄팍하고 살에 탄력이 있고 말야. 제또우란 놈 똥돼지 되게 좋아하거든. 그놈 오늘밤 똥돼지 보면 춤을 출 거야."

제또우란 중앙시장의 청소 감독을 하는 사나이다.

곡절과 시간의 천연은 있었으나 위한림이 여권을 받을 수 있었다는 것은 다행한 일이었다.

그날 밤 군대 시절 당시의 동기 십여 명이 모여 위한림의 장도를 축하하는 파티가 송용팔의 단골 술집에서 열렸다.

위한림은 자기의 일이 잘된 것은 오로지 송용팔이 노력한 덕분이라며 일장의 연설을 했다.

송용팔은 위한림의 연설을 받아 일어서더니,

"느그들 오비이락이란 말 알지. 까마귀 날자 배 떨어지는. 바로 그런 거라. 내가 가만히 있어도 되었을 것인디, 하필이면 그때 내가 슬쩍 입을 달았다, 그것뿐이다. 위한림이 날 보고 고마워할 건 아무것도 없다."며 마시고 먹기나 하자고 했다.

"아아, 청춘은 감미로와라." 하고 중앙시장 청소 감독인 제또우가 자작시를 낭독했다.

제또우는 몇 가지 직장을 전전하다가 지금 시장의 청소 감독으로 있는데 감독이라고 해 봐야 청소부에 털이 붙은 정도의 것이었다. 그러나 제또우는 조금도 그걸 비굴하게 받아들이지 않았다.

"이 세상에 가장 아름다운 직업은 청소 작업이다." 하고 기염을 토하는 바람에 모두들 그를 '청소사령관'이란 존칭으로 받들기로 되어 있었다.

이어 서로 만나지 못한 동안에 각자에게 있었던 체험을 교환하느라고 꽃을 피웠다. 그 가운데서 가장 걸작은 최두세가 가 보았다는 '게이바'의 얘기였다.

"느그 게이바라는 것 아나?" 하고 묻곤 최두세는 우연한 기회 어느 친구와 함께 M극장 근처의 바에 들어간 얘기를 했다.

"얼굴에 두꺼운 화장을 하고 몸을 비비 꼬며 애교를 부리는 여자들이 우글우글하고 있는데 가만보니 이것들이 모두 남자들인기라. 와락 구토증을 일으킬 뻔했는데 조금 참고 있는 동안에 나도 모르게 부자연스러움을 잊고 그 분위기에 어울려 들어갔는데도 문득 문득 불쾌감은 솟아오르더먼. 도대체 어떻게 되어가는 세상인지 이게. 옛날의 기질이 그대로 남아 있었더라면, 야, 이놈들아! 네놈들은 그래도 단군의 후손, 동양예의지국의 국민이 아니냐고 한바탕 야료를 부렸을 건데 늙어가는 처지에 그럴 수도 없고 꼼짝없이 견뎠지."

"그런 바를 당국이 허가하나?"

누군가가 물었다.

"보통 영업집 허가를 얻어 갖고 종업원 사내들이 여장을 했다는 것 뿐일걸. 남자는 여장을 할 수 없다는 법도 없을 거구."

최두세의 말이다.

"그렇더라도 풍기문란 문제는 있을 것 아닌가."

송용팔이 말했다.

"남자가 여장을 하고 애교를 부린다는 것 뿐인데 그걸 갖고 풍기문란이라곤 할 수 없잖아."

제또우의 발언이었다.

"그럼 청소사령관은 그런 바를 용인하겠다 이건가." 하고 송용팔이 대들었다.

"용인해? 천만의 말씀. 내게 권한만 주어 봐. 그런 것 말쑥이 청소해 버릴 테니까."

"도대체 그런 곳이 서울에서 몇 개나 돼?"

위한림이 물었다.

"뭐, 아직은 한두 군데 밖엔 없는 모양이더라. 그러나 그런 것 방치해 두면 앞으로 자꾸 늘어날 걸."

최두세의 대답이었다.

"일본과 미국엔 꽤 성행하고 있어."

그들 가운데서 유일하게 해외여행 경험자인 김달진이 이렇게 서두를 하고,

"뉴욕에서 나는 게이 보이들, 즉 남색 취미를 가진 자들이 데모하는 걸 봤어. 놈들의 플래카드가 걸작이더먼. 우리를 따르면 인구 문제의 걱정이 없다나."

"맞았어, 맞아. 남자놈들이 임신할 까닭이 있나." 하고 송용팔이 호걸풍의 웃음을 웃었다.

"일본과 미국이 하는 짓은 모조리 모방하려고 드니."

제또우의 개탄이었다.

"남색이사 우리나라에도 안 있었나. 남사당이란 게 그것 아닌가."

김달진의 말이다.

"아닌 게 아니라 그것 보통 문제가 아니군. 남색이 인간의 성향에 있다고 치더라도 결코 권장할 문제는 아니거든. 일본이나 미국은 그런 풍조쯤으로 까딱도 하지 않게 자체의 문화력에 제동의 힘도 있지만 우리나라의 사정은 다르지 않은가."

언제나 우국파인 송용팔의 발언은 좌석을 잠잠하게 했다.

"그까짓 것, 대마초 피우는 놈들 단속하듯 당국이 일제 취조를 하면 될 게 아닌가."

제또우는 이렇게 언제나 급진적이다.

"대마초의 경우완 사정이 다르지. 선도하는 방향으로 나가야 해. 대마초를 피우는 자는 증거를 들이대고 취조할 수가 있지만 남색은 밀실에서 하는 짓인데 무슨 증거가 남는가."

이렇게 김달진은 신중론을 폈다.

"일본과 미국에서 허용되고 있으니까 우리도 이용해야 한다, 이건 말도 안돼. 휴전선으로 분단되어 있는 우리나라는 그만큼 취약점을 많이 가지고 있는 거야. 단호히 철퇴를 내려야지. 약간의 무리쯤은 겁낼 것 없어. 남색하는 놈 모조리 끌어다가 무인도에 보내 버려. 거기서 허리가 빠지도록 지랄하다가 죽든지 살든지 상관 말고 내버려 두는 거다."

"청소사령관은 너무 과격해서 탈이다." 하고 김달진이 말을 보탰다.

"개인의 사생활까지 뒤져 적극적으로 폭로하고 탄압할 것이 아니라 그런 일은 절대로 권장할 수 없는 일임을 강조하는 캠페인을 벌이는 거야. 일반인이 그런 바에 드나드는 건 창피스러운 일이란 인식을 단단히 시키는 거라."

"그 정도 갖고 될까?"

최두세가 고개를 갸웃했다.

"아무튼 공공연하게 허용하는 태도는 절대로 불가하다. 만일 그런 걸 공공연하게 허용했다간 머잖아 우리 골목에도 게이바가 생길 것 아닌가." 하고 송용팔이 투덜대다가 정신을 차린 듯

"제기랄, 위한림의 장행회에 남색 문제 토론이 뭣고. 그 따위 불결한 얘기는 걷어치우고 술이나 마시자."

이것이 신호가 되어 모두들 술잔을 들고 소리 질렀다.

"위한림의 장도를 위해 축배."

축배는 계속되었는데 그 사이 사이 친구들의 충고가 하나씩 끼었다.

최두세는

"이왕 이란에 갈 바엔 팔레비 국왕의 사위쯤 되어보는 것도 해롭지 않을 거다. 꿩 먹고 알 먹는단 말 있지 않나 왜. 마누라 얻고 부자되고 국왕의 사위로서 권세도 누리고!" 하며 한창 떠들어 대는데 김달진이

"이 무식이 풍부한 놈아, 팔레비헌텐 위한림의 마누라감이 될 딸이 없단 말이다. 자리를 보고 누워야지." 하고 핀잔을 주었다.

그러자 최두세도 지지 않았다.

"임마 그럴 때 쓰는 말은 자리를 보고 누워야지가 아니라, 소도 언덕을 보고 비빈다로 되는기라."

"팔레비 조카 사위쯤 돼도 땡 잡는 것 아닌가. 위한림의 실력쯤이

면 팔레비 조카딸쯤이야 문제도 없을 걸." 하고 제또우가 거들었다.

"아서 아서, 여자는 뭐라고 해도 국산품이 제일인께. 이란에 가선 여자 같은 건 쳐다보지도 마라. 석유다 석유. 석유 특약점이나 따와라. 그리고 나면 국산품 미녀 데려다 아방궁을 꾸밀 수도 있을 테니깐……." 하고 송용팔이 말을 끼었다.

"팔레비 조카딸쯤 걸머들여 놓으면 석유 같은 것 문제 없을 것 아닌가. 장군을 쏘려면 말을 쏘라! 공자님 말씀이라며?"

제또우의 말이다.

"장군은 석유고, 말은 팔레비의 조카딸이다, 이 말인가?"

최두세가 웃으며 말했다.

"역시 최두세는 영리해. 어른 말을 척척 알아들을 줄 안단 말야."

제또우가 끼득끼득 웃었다.

그러자 아무 말없이 돼지고기만 씹어 먹고 있던 이원상이란 친구가 뚜벅 한마디 했다.

"위 군, 조심해. 중동에 가서 그것 잘못 놀렸다간 싹둑한다쿠더라."

"싹둑하다니 뭐가 싹둑한다 말이고."

최두세가 물었다.

"몰라서 묻나? 죄 없는 자식 주인 잘못 만나 싹둑한단 말이다."

"그것 싹둑하는 건 문제도 아니다. 모가지가 싹둑한다."고 견문이 넓은 김달진이 말했다.

"참말이가, 그것?" 한 것은 송용팔이었다.

"참말이지 않고."

김달진이 중동 어느 나라의 왕녀와 연애하다가 왕녀와 더불어 목을 치여 죽은 영국 청년의 얘기를 했다.

"안되겠다, 위한림이 이란 가는 것 그만둬라. 개가 똥을 참아도 저놈 그건 못 참는 놈인데 푼돈 벌려고 갔다가 모가지 없는 귀신 되겠다. 밥 없으면 밥 주고, 용돈 궁하면 용돈 내가 줄테니까 아예 그런데 가지 마라."

"자아식." 하고 위한림이 가슴을 펴고 말했다.

"이란의 미녀를 다 조져놓고도 까딱없이 모가지는 붙여 가지고 돌아올 테니 걱정 말아라."

"제기랄, 한 몇 년 지내면 테헤란 시가에 위한림 닮은 놈 우글우글하겠구나." 하고 제또우가 떠벌리는 바람에 모두들 와하고 웃었다.

청계천 뒷골목에 청춘이 만발한 느낌이었다. 술이 모자라 가겟집 바깥주인이 줄달음을 쳤다.

풍운아 중동(中東)에

김포에서 비행기를 탔을 경우 어느 사람은 그저 출국으로 된다. 어느 사람은 유학길에 올랐다로 된다. 또 어느 사람은 고국을 등졌다로 되고, 또 다른 어느 사람은 외국으로 도피했다고 되고, 신병 치료차 떠났다로 된다.

그런데 위한림의 경우, 부득이 장도에 올랐다로 될 수밖에 없는 것은 그의 가슴에 T. E. 로렌스완 다른 포부이긴 했으나 그 열도에 있어선 비슷한 정열이 불타고 있었기 때문이다.

로렌스는 영국의 정보장교로서 영국의 국익을 위하여 아라비아에 파견된 사람이다. 그러다가 그는 아라비아에 애정을 느끼게 되어 아라비아인의 기습대를 조직해선 그 선두에서 싸워 아라비아 제국의 독립을 도왔다.

그런데 일차대전 후 연합국이 아라비아인에게 불리한 정책을 펴는 것을 보고 단연 이에 항거하여 싸우다가 이윽고 아라비아를 떠났다. 그 후 고향인 영국의 시골에서 살다가 1935년 5월 13일 오토바이 사고로 죽었다. 향년 47세.

위한림은 이 아라비아의 로렌스로서 알려진 사나이를 좋아했다. 그는 로렌스의 기백을 배우고자 했고, 로렌스의 정의감을 배우려고 했고, 그 기민한 동작을 배우려고 했고, 편협한 국수주의를 박차고 시야를 세계적인 규모로 가지려는 비전을 배우려고 했다.

친구들에게 말은 안 했지만, 위한림이 중동으로 가려는 마음속엔 보통의 사업인들이 돈만을 벌려고 하는 것관 다른 일종의 포부가 있었다. 가능하다면 그 후진된 지역을 개발하는 데 스스로 참여하여 그들과의 우정을 가꾸는 동시에 그들과 우리가 유무상통함으로써 드디어는 우리나라도 이롭게 하고, 그들 나라도 이롭게 하는 데 하나의 인자(因子)가 되었으면 하는 포부였다.

그런 까닭에 비행기 트랩을 오를 때의 그의 마음엔

'또 하나의 조국을 만들기 위해 간다'는 다짐이 있었던 것이다.

또 하나의 조국을 만든다. 이 얼마나 감격스러운 정열이냐.

그런 만큼 위한림의 출국은 기어이 '장도'라고 되어야만 했던 것이다.

때는 바야흐로 1976년 5월 13일. 위한림은 문득 바로 이 날이 41년 전 로렌스가 죽은 날이란 걸 상기했다. 41년 전 중동을 위한 하나의 정열이 죽은 날, 41년 후 중동을 위한 하나의 정열이 그곳을 향해 날아가게 된 셈이다. 그는 우연한 날짜의 일치에 길조의 흐뭇함을 느꼈다.

날씨는 쾌청.

비행기가 높이 날아올랐을 때 금연의 사인이 꺼졌다. 위한림은 고국에 대해 '안녕'이란 인사를 할 마음의 여유가 없었던 것을 부끄럽게 생각하는 마음이 돌았다. 그러한 흥분을 알아차리기라도 한 듯 옆자리에 앉은 중년의 백인이

"처음 비행기를 타는 거요?" 하고 물었다.

"그렇다."고 했더니 그 사나이는 미소를 띠고 덧붙였다.

"비행기를 탈 수 있다는 건 좋은 일이오. 지금의 나는 비행기 여행이 지긋지긋한 처지이지만, 처음 비행기를 탔을 때의 감격을 나는 아직도 잊지 못하고 있소."

그 백인은 이름을 헨리 로르버라고 하고 국적은 오스트레일리아라고 했다.

오스트레일리아인 헨리 로르버의 바로 이웃 자리에 앉게 되었다는 것은 위한림의 행운이었다. 헨리는 위한림의 포부를 듣자 이런 말을 했다.

"외국에 가선 첫째 겸허해야 한다. 부분적인 일에 사로잡히지 말고 언제나 전체적인 시야를 갖도록 애써야 한다. 악착같이 한 가지 일에만 서둘다가 보면 보다 유리한 부분을 지나쳐 버릴 경우가 있다. 사물보다도 좋은 인물에 관심을 두어야 한다. 외국에 가서 성공하느냐 못하느냐는 좋은 사람을 만나느냐 못 만나느냐에 달려 있다."

그리고 또 덧붙이길—

"중동에 가거든 그곳의 종교적 풍습에 경의를 표해야 한다. 그들의 종교를 등한히 한다 싶으면 상대도 해주지 않는다."

이렇게 친절한 충고와 더불어 중동에 관한 자상한 설명도 있었다.

위한림이 고맙다고 하고

"나는 이란에 가면 내게 유리한 것이 무엇인가를 찾기에 앞서 그들에게 유리한 게 무엇인가를 찾아 최선을 다할 작정이다." 하고 했다.

헨리는 위한림의 어깨를 툭 치며

"당신은 성공할 것."이라고 격려를 아끼지 않았다.

동경까지의 두 시간이 채 모자라는 동안에 위한림과 헨리는 백년의 지기처럼 되었다.

일본 동경.—

비자 없이 삼일 동안을 머물 수 있는 편의를 이용하여 위한림은 일본을 주의 깊게 보아둘 작정을 세웠다.

여행에 있어서 검약은 문화가 될 수 있어도 낭비는 문화가 되지 못한다는 말을 위한림이 듣고 있는 터라서 여행 중엔 철저한 검약을 실시할 각오도 되어 있었다. 그는 동경에서 머무는 비용을 100달러로 제한하기로 했다. 요컨대, 보는 호사만 즐기면 되는 것이라고 생각했다.

호텔은 아카사카(赤坂)의 싸구려 호텔로 정했다. 1박에 25달러, 이틀 분이면 50달러. 호텔에서의 식사는 금물이라기에 호텔 근처의 싸구려 식당을 찾았다. 배불리 먹고 1달러로써 되는 식당이었다. 세계에서 제일 물가가 비싼 곳이라고 하지만 싸구려를 찾는 눈앞엔 싼 것이 나타나기 마련이다.

술에 대한 갈증을 억제하기 위해 냉수를 실컷 먹어두고 밤거리를 헤맸다. 길거리에서 신문을 읽을 수 있을 정도로 가로등이 밝았다. 이것이 바로 경제의 차이일지 모른다는 생각이 들었다.

그래도 으슥한 곳이 있었는데 거기 백인 여자가 서 있으면서 위한림에게 윙크를 했다.

"무슨 일이냐?"고 다가가서 위한림이 영어로 물었다.

"최선을 서비스를 하겠다."

백인녀가 속삭인 말이다.

"하우 머치?"

"100달러면 돼요."

위한림이 물어본 것은 호기심 때문이지 그밖에 목적은 없었던 터라 그 자리를 떠나려고 하자 여자는,

"80달러로 하겠다."고 교태를 부렸다.

위한림이 걷기 시작하며 생각했다.

백인녀가 동경의 밤거리에 서서 저따위 수작을 하는 의미가 무엇일까. 일본인의 호색성에 편승해서 돈을 벌어보자는 수작일 것은 뻔한데 그것 또한 경제대국의 증거 같은 것이라고 생각하니 야릇한 기분으로 되었다.

'블론드 머리칼에 파란 눈, 마돈나의 모델이 될 수도 있었을 여자

여! 너는 유럽의 어느 곳에서 태어나, 그 문명 속에서 자랐으면서도 극동의 섬나라에까지 몸을 팔러 왔느냐.'

살큼 시(詩)를 닮은 감정이 피기도 했다. 호텔에서 센티멘털한 하룻밤을 새우고 이튿날은 아침부터 거리를 마구 쏘다녔다. 인구 일천 만이 넘는다는 이 과밀 도시가 규모나 형식에 있어서 형형색색의 집을 난잡하게 안고 있는데도 거리는 비질에 행주질을 곁들인 것처럼 깨끗하다.

위한림은 우선 그 청결함에 충격을 받았다. 어떤 구석진 곳에도 마구 버려진 쓰레기 하나 보이지 않았던 것이다.

백화점을 둘러보았다. 점원들의 한결같은 친절은 천진한 새들이 재잘거리고 있는 화원을 방불케 했다. 이것저것 물건을 보여달라는 수고를 끼치고 아무 말 없이 뒤돌아서는데도 여점원들의 애교는 일그러지지 않았다.

어느 사람에게 거리에서 영어로 길을 묻자, 영어를 모르는 그 사람은, 영어를 알 성싶은 사람을 붙들어서까지 길을 가르쳐 주었다.

위한림이 문득 생각나는 말이 있었다.

"일본인은 정녕 친절하지 않기 위해서 외형으론 지극히 친절하고 내심에 오만을 간직하기 위해 겸손하다."

Y란 소설가가 어느 자리에서 한 말이다. 사실 그럴까.

위한림을 가장 놀라게 한 것은 칸다(神田)의 서점가였다. 서울로 치면 종로구와 중구를 합친 것 만한 면적 가득히 수천 호의 서점이 즐비하게 있는데 그 서점 모두가 성업 중인 것이다.

나우카사(社)란 곳에 러시아의 서적이 더미를 이루고 있었고, 우치야마(內山)란 서점엔 중공 관계의 서적이 쌓였고, 백수사(白水社)엔 프랑스 서적이 가득해 있고, 마루젠(丸善)엔 세계 각국의 서적이 붐비고 있었고, 이와나미(岩波) 서점엔 세계의 고전을 일어로 번역한 책으로 가득 차 있었다. 그밖에 고서점엔 다른 나라에선 도저히 구할 수 없는 희귀본이 수두룩하다는 얘기였다.

일본이 경제대국으로 군림하게 된 것도 개미처럼 근면한 국민성 때문만이 아니고 이처럼 왕성한 지적 정열 때문일 것이라고 풀이할 밖에 없었다.

그 서점가를 돌아다녀 보고나니 육체적 피로에 정신적인 피로가 겹쳤다. 아카사카의 호텔 근처에 돌아왔을 땐 허전하기 짝이 없어 동경에서 쓸 돈을 200달러로 늘려 술을 한잔 하고 싶은 충동을 느꼈다. 그래서 호텔로 들어가지 않고 뒷골목을 헤매고 있는데 '지희의 집'이란 간판이 눈에 띄었다.

'아, 저집이구나.'

위한림은 전에 영화배우를 했던 최지희란 여자가 동경에서 술장사를 한다는 말을 듣고 있었던 터였다.

시계를 보니 오후 여덟 시. 위한림은 망설임 없이 그 집으로 들어섰다. 가운데 좁은 플로어를 두고 벽쪽으로 소파를 둘러 기대놓은 분위기가 서울의 살롱과는 달랐다.

손님은 한산했다. 위한림은 입구 가까운 쪽의 비어 있는 자리를 잡고 앉아 맥주 한 병을 주문해 놓고 웨이터에게 주인을 불러오라고 일렀다.

"아시는 사이입니까?" 하기에 위한림이 가슴을 펴고

"알구 말구, 잘 안다." 해 놓고 속으로 '최지희는 나를 모르겠지만, 난 그녀를 잘 안다'고 중얼거렸다.

최지희가 나타났다. 잘 안다는 사람이 모르는 사람이라서 어리둥절한 모양이었다.

"이리로 앉으슈."

위한림이 최지희를 앉게 해놓곤

"날 모르겠수?" 하고 물었다. 지희는 고개를 갸웃했다.

"아마 모를거요. 알 까닭이 없지. 처음으로 만났으니까. 그러나 나는 당신을 잘 알고 있소. 이래봬도 나는 당신의 팬이었으니까."

그때서야 최지희는 활짝 요염한 웃음을 웃었다.

"본국에서 오셨나요?"

"그렇소."

"온 지 오래 되었어요?"

"어제 왔소."

"동경에 오래 머무실 거예요?"

"내일 아침 떠납니다."

"어디로 가시는데요?"

"중동, 이란."

"뭣 하러 가시죠?"

"팔레비 국왕을 도우러 가오."

"외교관인가요?"

"천만에."

"그럼?"

"팔레비는 목하 경제부흥을 위해 안간힘을 쓰고 있소. 그 경제부흥을 도우러 간단 말이오."

최지희는 위한림의 투박스럽기도 하면서 시원시원한 말투에 흥미를 느꼈던 모양이다. 새로 들어오는 손님들이 있었는데도 눈으로만 인사를 하고 그 자리를 뜨려고는 하지 않았다.

"정말 놀랐어요."

위한림이 뚜벅 말했다.

"무엇에 놀랐다는 거예요."

지희가 물었다.

"영화만 보고도 지희 씨의 매력엔 압도되었습니다만 실물은 참으로 기가 막히는군요. 지희 씨 옆에 앉을 수 있다는 사실만으로도 일본에 온 보람이 있습니다."

"괜히 그런 말씀 마세요."

"이런 찬사엔 이미 식상할 정도이시겠지만, 정말 황홀합니다. 지희 씨의 존재만으로도 일본에서의 국위선양이 되겠네요."

"그런 이빨이 시어오르는 말씀은 그만하고 술이나 드세요."

"술은 들지 않아도 벌써 취한 기분입니다. 그런데 제안이 있는데요, 들어주시겠소?"

"들어보고 나서야 판단할 일 아닐까요?"

"생면부지의 사이인데도 내가 최지희 씨 가게에서 외상술을 마셨다고 한다면 그게 내 친구들 사이에 자랑이 되겠습니까, 안되겠습니까?"

"글쎄요." 하는 지희의 얼굴에 경계의 빛이 있었다.

"걱정 마세요. 강요할 생각은 전연 없으니까요." 하고 맥주로 목을 축이곤 위한림이 이렇게 말했다.

"사실을 말하면 난 동경에서 100달러 이상은 안 쓰겠다고 작정을 했어요. 그런데 이 앞을 지내다가 '지희의 집'이란 간판을 보니 100달러쯤 더 쓸 생각이 생긴 겁니다. 이란에 가서 굶어죽는 한이 있더라도 내가 진작 동경하고 있던 여왕의 집에서 100달러쯤 쓰는 것이 나쁠 것 없다는 충동을 느낀 거죠. 그러니까 그까짓 돈이 문제될 건 없죠. 문제는 대장부가 일단 세운 계획이 초장부터 무너진다는 것, 이것이 문제다, 이겁니다. 그래 제안하는 겁니다. 외상술을 주면 사내의 의지를 굽히지 않고도 위한림 생애 최고의 날이 되는 거고. 참, 내 이름은 위한림입니다. 안 된다면 대장부의 의지를 굽히든지 가버리든지 하겠습니다. 이 맥주값 정도는 100달러 예산 안에서 해결할 수 있는 것이니까요."

지희는 찬찬히 위한림의 머리 끝에서 얼굴, 가슴, 손으로 시선을 옮기고 있더니 그 큰 눈에 애교를 담뿍 담고 외치듯 말했다.

"좋다, 기마에다. 내 외상술 주지."

"그렇게 쉽게 결정해요?"

"이 집은 내 집이고 내 마음대론데 쉽게 결정하지 않고 어떻게 결정해야 하나요? 일본엔 성공불(成功拂)이란 게 있어요. 성공하면 받는다, 이거지."

"성공불, 좋습니다. 듣던 중 반가운 소리군요."

"이미 결정했으니까 뭐든 시키세요."

지희가 웃으며 말했다.

위한림이 메뉴를 펴놓고 읽어 내려갔다.

"첫째 산토리 위스키 큰 병으로 하나. 야, 두부 김치가 있군. 이것 하나, 비프를 스틱으로 한 것 한 쟁반. 커틀릿으로 한 것 한 쟁반, 영계 튀긴 것도 있군요. 그리고 야채와 과일……"

"혼자서 그걸 다 자시게요?" 하고 최지희가 웃음을 터뜨렸다.

"아닙니다. 대한 남아 중동으로 진출하는 장행의 파티인데 크게 한판해야 할 것 아닙니까. 이 집에 있는 아가씨들 전부 불러와요. 외상이면 소라도 잡아 먹는다는 게 한국인의 기질 아닙니까. 외상을 지려면 빡빡한 짐이 되도록 저야지 쩨쩨하게 질 바에야 외상을 하나마나 아닙니까."

"좋았어. 자, 기분이다. 최지희 오랜만에 기분 한번 내보자. 이왕 줄 바엔 치마 벗고 주란 말이 있잖나. 한국말엔 기막힌 말도 다 있는기라."

지희는 갑자기 경상도 사투리로 말투를 바꾸곤 웨이터를 불렀다.

웨이터는 눈을 둥그렇게 하고 지희가 들먹이는 말을 듣고 있더니 뭔가 일본말로 지껄였다.

지희가 소리를 높였다.

"무슨 잔소리고. 가지고 오라쿠면 가지고 오는기지."

그리고는 호스티스들을 둘러보며,

"느그도 손님 없는 애들은 이리로 모이거라. 위, 위 뭐라고 했지?"

"위한림."

"위한림 씨가 한턱 하겠단다. 그 대신 팁은 외상이다. 외상요랑 하고?"

"팁도 지희 씨가 알아 줘야지요."

"하모 하모, 그렇다. 내가 지불하지."

호스티스 셋이 우르르 와서 빈 자리를 채웠다.

"헌데 지희 씨, 만일 내가 이 외상값을 갚지 못하게 되면 어떡허죠?" 하고 위한림이 물었다.

"성공을 했는데도 외상값 갚지 않으면 그건 사람이 아니고 강도다. 강도헌테 당한 요랑하지 우쩔끼고."

"실패했을 경우엔?"

"노름하다 잃은 요랑하지 뭐."

"인도양이나 아라비아 사막에서 객사라도 하면?"

"부의금 선금 낸 요량하지 뭐. 그런 것 걱정 없어, 실패도 안 할끼고 인도양에 빠져 죽지도 않을 끼고 사막에서 실종되지도 않을 테니까."

"그걸 어떻게 알죠?"

"이래봬도 나는 관상 볼 줄 아는기라. 사람 볼 줄 아는기라."

최지희가 사람 볼 줄 아는 밤에 그날 밤 뜻밖에도 '지희의 집'에서 호탕한 파티가 벌어졌다.

"이래서 인생은 좋은 거다." 하고 위한림이 스트레이트로 위스키를 마시곤

"인생은 아름다워라." 하고 노래를 비롯해서 〈백마강 달밤〉, 〈추풍령〉, 〈해병대의 노래〉를 불러 젖혔다.

호스티스들 가운덴 프로 가수 뺨칠 정도의 가수도 있어 각기 아름다운 목소리를 뽑냈다.

이윽고 춤판이 벌어져 〈늴리리 타령〉이 나오고 〈쾌지나 칭칭〉이 나오고 또 일전하여 〈성불사〉, 〈봉선화〉 등으로 옮겨져 향수의 눈물이 흐르기조차 했다.

막판에 가선 위한림이 "오늘 밤 나와 호텔에 같이 갈 년 지원하라."고 떠벌리다가 최지희의 주먹을 등골에 받았다.

그러나저러나 위한림의 '동경 바이 나이트'는 언젠가 들은 일이 있는 어느 부호의 낭자(狼藉)함을 방불케 했다. 그리고 그 의미는 성

공한 후에 하기로 하고 축하연부터 먼저 했다는 데 있었다.

위한림이 숙취의 몸을 비행기에 실었다. 한데 그것도 인생에 있어서의 하나의 방편이었다.

비행기가 상승하여 금연의 사인과 안전벨트를 끌러도 좋다는 사인이 있기가 바쁘게 위한림은 스튜어디스를 부려먹기 시작했다.

"위장약 가지고 오라."는 것이 첫째 명령이었고, 다음엔

"쿨탑 가지고 오라."로 되고, 또 다음엔

"우황청심환 없느냐."로 되고, 또 다음엔

"아스피린이든지, 마이신이든지 속 편하게 하는 것을 가지고 오라."고 하고, 이윽고,

"스카치를 큰 글라스 꽉 차게 스트레이트로 가지고 오라."는 명령으로 되었다. 도리없이 스튜어디스 하나가 위한림의 전속으로 붙게 되었다.

홍콩이 가까워졌을 무렵 숙취의 고통에서 회복한 위한림은

"비행기에서 스튜어디스 심부름 많이 시킨 사람을 기네스북에 기록할 양이면 내가 해당될 것이다."며 스튜어디스를 웃기고 스튜어디스의 주소를 써달라고 했다. 그 이유인즉

"이 은혜를 갚기 위해 결혼식 때는 주먹 크기만한 다이아몬드를 선사하겠다."는 것이다. 스튜어디스도 여자의 심리에서 벗어날 수 없는 것인가 보았다. 여자란 자기에게 애를 먹이고 그 애먹인 사실을 인식하여 감사하는 사나이에게 각별한 정을 느끼는 것이다.

항공사의 이름, 스튜어디스의 국적과 이름을 밝힐 수 없기 때문에 X사의 Y양이라고 할 수밖에 없는데 위한림은 그 인연을 계기로 하여 홍콩에서 짤막한 로맨스를 갖게 되었다.

위한림은 홍콩에서 이틀을 머물렀다. 그때의 일기에 "나는 홍콩을 사랑한다."고 한 것은 Y양과의 짧은 로맨스를 길이 간직하기 위해서 한 기록인 것이다.

그러한 계기가 있었던 탓으로 위한림은 홍콩에 애착을 느끼고 홍콩의 의미를 적극적으로 탐색하려고 했다.

위한림에게 있어서 홍콩은 인간의 물욕이 최소한도의 의장(擬裝)으로 노출되어 있는 곳이며, 정치의 간섭이 최소한도로 줄어든 사회현상의 패턴을 보여주는 곳이었다. 그런 만큼 정치가 경제의 집중적 표현이란 뜻으로서의 표본이기도 했다.

세계 어느 나라엔들 돈이 위세를 부리지 않을까만 홍콩이야말로 돈이 절대적인 권위를 가진 곳이다. 그것을 의심하지 않는 곳이 홍콩이며, 그것을 굳게 믿고 사는 사람들이 홍콩인이다.

위한림은 홍콩의 내부를 분석할 기술과 장비만 있으면 홍콩을 통해서 세계의 병리를 밝힐 수 있을 것이라고 믿었고, 그가 본격적인 무역업을 개시한다면 그 거점은 당분간 홍콩으로 삼아야 할 것이라고 생각했다. 무역은 다각적이어야 하고 그것이 경제법칙 이외의 영향을 최소한도로 줄이기 위해선 홍콩에서 입수하지 못할 상품이란 없다. 홍콩에서 팔아먹지 못할 물건이란 것도 없다. 홍콩이 중공으로 귀속되는 날엔 어떻게 될지 몰라도 홍콩을 제외하곤 무역을 논할 수가 없다. 이것이 홍콩에서 얻은 위한림의 견식이었다.

위한림이 홍콩에선 300달러를 썼다. 홍콩에서도 지출 100달러를 넘기지 않으려고 했는데 스튜어디스 Y양과의 해프닝이 있었기 때문에 부득이한 노릇이었다. 어쩌면 모험적이기도 한 로맨스의 연출비로써 200달러의 과다지출은 아까울 것도 아니었다.

위한림은 Y양에게 선물을 할 양으로 미라마 호텔에서 가까운 상가에 들어섰다.

그때 Y양의 말이 있었다.

"홍콩에서 물건을 사는 건 위험해요. 가짜가 많으니까요."

그 말이 힌트가 되었다.

"우리는 가짜를 삽시다. 그 가짜가 진짜로 된다면 즐거운 일 아뇨?" 하고 위한림이 어느 보석상에 가서

"가짜 다이아몬드 오 캐럿짜리를 사고 싶은데요." 했다.

"우린 가짜를 팔지 않습니다."

점원이 쌀쌀하게 대답했다.

"유럽에서 다이아나 진주를 사면 그것과 똑같은 모조품을 끼워준다고 하던데요."

위한림이 소설에서 읽은 지식을 피력했다.

"보석을 사시면 우리도 그런 모조품을 끼워드릴 수 있습니다."

"그 모조품을 사겠다는 거요."

"모조품만을 팔 수는 없습니다."

"그럼 할 수 없지."

위한림이 그 가게를 나와서 5미터쯤 갔을 때 어떤 사나이가 그와 나란히 서서 걸으며 낮은 말소리로

"모조품 팔겠소. 얼마나 사실 거냐."고 했다.

"값이 얼마요."

"5캐럿 상당은 50달러, 3캐럿 상당은 30달러."

"5캐럿은 25달러, 3캐럿은 10달러로 하시오."

"그렇겐 안되겠소."

"안되면 할 수 없지."

사나이는 5캐럿은 30달러, 3캐럿은 20달러로 하겠다기에 위한림이 응했다. 거래는 으슥한 다방에서 이루어졌다. 5캐럿 2개, 3캐럿 2개를 100달러에 샀다.

내친 걸음에 시계점엘 들어가 가짜 롤레스 시계를 사겠다고 했다. 가짜는 팔지 않는다는 대답도 보석상과 같았고, 그 가게를 나오자 어떤 놈이 따라오는 사정도 같았다. 100달러를 주고 이른바, 금딱지 롤렉스 시계 2개를 샀다. 물론 가짜이다. 가짜지만 외형으로 보아선 진짜와 조금도 다름이 없었다.

서울에서 흔히 금딱지 롤렉스 시계를 차고 으스대는 치들을 보아왔는데 그 구십구 퍼센트까지가 가짜일 것이란 짐작이 갔다. 위한림은 그 엉터리 없는 놈들에게 복수나 한 것처럼 기분이 후련했다.

휘파람이라도 불고 싶은 들뜬 기분으로 Y양과 더불어 이 거리 저 거리를 걸었다.

"나는 평생 당신과 더불어 이렇게 홍콩 거리를 헤맨 기억을 잊지 않을 것이오."

이렇게 이가 시어오를 듯한 말을 예사로 한 것도 들뜬 기분의 탓일 것이었다.

"아마 나도 그럴 거예요." 하면서 Y양은 살큼 웃었다. 그러나 그 웃음은 그늘진 웃음이라고 위한림이 느꼈다. 이유가 뭘까 싶었으나 묻지 않았다.

호텔로 돌아가 위한림이 사가지고 온 물건을 탁자 위에 꺼내 놓자 Y양이 물었다.

"가짜를 어디다 쓸 거예요."

"첫째, 노리개로선 그저 그만 아닙니까." 하고 위한림이 꾸러미를 풀어 오 캐럿짜릴 손바닥 위에 얹었다.

"이 정교한 물건을 보시오. 진짜 가짜를 따질 것 없이 이만하면 예술품 아닙니까. 보석이란 원래 상징적인 것 아닐까요? 보석엔 재물로서의 의미와 상징으로서의 의미가 있는 건데, 이런 가짜가 되면 재물의 의미는 없어지고 상징의 의미만 남는 겁니다. 그 상징의 의미로서 이걸 당신에게 드리겠소. 언제가 될지 모르지만 진짜와 바꿔 드릴 날이 있을 겁니다. 그때까지의 약속으로도 의미는 있지 않겠습니까. 따져 말한다면 이건 가짜지만 내 마음은 진짜다, 이겁니다." 하고 위한림이 Y양에게 건넸다.

"그런 말씀을 듣고 보니 갑자기 소중한 물건으로 보이네요."

Y양은 정성스럽게 그 가짜 돌을 받아들고 말했다. 그리고 물었다.

"이것도 입국할 땐 신고를 해야겠지요?"

"진실로 가짜란 증명만 할 수 있으면 신고할 필요도 없을걸요."

그런데 그 '진짜로 가짜'란 말이 Y양을 웃겼다.

"그러고 보니 이 모조품엔 진짜의 뜻이 있긴 있는 거로군." 하고 위한림도 웃었다.

그는 남긴 오 캐럿짜리는 돌아갈 때 동경의 최지희에게 선물할 작정을 했다.

'이 보석은 가짜지만 약속의 뜻으론 가짜가 아니다. 먼 뒷날 진짜와 바꿔 드릴 날이 있을지 모르니까. 아무튼 내 마음은 진짜이오.' 하는 말을 보태면 불쾌하겐 생각지 않을 것이리라.

"아무튼 말이오." 하고 위한림이 Y양에게 말했다.

"가짜를 진짜라고 아는 데 화(禍)가 있는 것이지 가짜를 가짜로 아는 덴 탈이 없을 뿐만 아니라 유머가 섞이게 됩니다. 홍콩에서 가짜를 샀다고 투덜대는 사람이 있겠지만, 그건 자기가 자기에게 속은 것이지 홍콩을 탓할 건덕지는 없어요. 그런 뜻에서 홍콩은 사기꾼이 우글거리는 도시가 아니라 유머가 풍성한 도시라고 할 수 있는 거죠."

"미스터 위의 말을 들으니 홍콩에 대한 인식이 달라지는 것 같애요. 전 홍콩을 그저 지저분한 곳으로만 알고 있었어요. 그런 때문에 공항에서 숙사, 숙사로부터 공항까지만 왕래했을 뿐예요."

"그건 앞으로도 그렇게 해야 하우."

위한림이 묘한 함축을 섞어 이렇게 말했다.

스튜어디스란 자유로운 것 같지만 결코 그렇지 않다. Y양은 엄격한 규칙의 그물 사이를 빠져나와 위한림을 위해 짧은 동안이나마 로맨스의 히로인이 되어 준 것이다.

이윽고 Y양과 작별할 시간이 왔다. 숙소로 돌아가는 그녀를 택시에 태워 보내고 위한림은 빅토리아 지구로 향했다.

갑자기 허전한 느낌이 들었다.

그러나 그의 홍콩에 애착하는 감정을 감쇄하는 것은 아니었다.

방콕은 그냥 지나쳐 버리기로 했다.

싱가포르에선 비행기의 사정으로 하룻밤을 묵게 되었다. 바쁜 용무를 가진 것도 아닌 위한림에겐 뜻하지 않은 행운이었다. 하룻밤의 숙식비를 항공회사가 부담하기로 되어 있는 것이니, 말하자면 공짜로 싱가포르의 이십사 시간을 즐길 수 있게 된 것이니 말이다.

위한림은 이 미니 공화국에 아련한 동경을 가지고 있었던 터라 주어진 이십사 시간을 충실히 이용할 계획을 세웠다. 싱가포르의 오후 세 시는 꽤나 더웠지만 바다로부터 불어오는 바람 탓인지, 청결하게 정돈된 거리의 탓인지 그 더위가 고통스럽진 않았다.

호텔의 매점에서 싱가포르의 어제와 오늘을 개관할 수 있는 책자와 한 장의 관광지도를 샀다. 짧은 동안 관찰을 세밀히 하려면 우선 사전에 필요한 지식을 준비해야 하는 것이다.

싱가포르는 말레이 반도의 남쪽 끝에 있는 작은 섬이다. 조홀수도(水道)로 알려진 곳이 말레이 반도와의 접점(接點)이다. 이구는 이백팔십만. 그 칠십오 프로가 중국계, 말레이인, 인도인, 유럽인 기타로써 나머지 이십 프로를 이룬다.

싱가포르란 명칭의 유래는 산스크리트어로서 '사자(獅子)의 거리'를 의미하는 '싱가퓨라'에 비롯된 것이라고 하는데 그 옛날 그 일대가 사자들의 서식처였던 까닭인지 모른다.

1292년 '마르코폴로'가 이 섬을 통과한 것으로 되어 있으나 그의 『동방견문록』에 이름이 없는 것을 보면 그땐 존재조차 없었던 곳인 모양이다.

싱가포르가 역사에 등장하는 것은 1824년 영국의 동인도 회사가 이 섬을 소유하게 되면서부터다. 영국은 이곳을 통상적(通商的), 군사적 거점으로 하여 극동의 경략(經略)을 본격화했다. 120년이 지나 이곳은 영·일 양군의 격전지가 되었고, 이차대전 후 우여곡절을 겪어 1965년 8월 영연방(英聯邦)내의 독립국으로서 발족했다.

수상은 이광요라고 하는 중국계. 정체는 민주주의지만 '인민행동당'의 일당 독재다. 그런데 그 독재의 수법이 교묘해서 장기집권인데도 주민의 반발은 거의 없다. 중계무역항으로서 발전시키는 동시에 공업화를 서둘러 주민의 생활은 총체적으로 윤택하다.

건물은 영국의 유물로서 육중하며 우아하고 거리는 아름다울 만큼 청결하다.

위한림이 지금은 정부청사, 그 옛날은 총독부였던 마제스틱한 건물과 잔디와 열대식물로써 장식된 뜰과 정문에 서 있는 완구의 병정이랄 밖에 없는 호위병 앞을 지나며 언젠가 많은 돈을 벌어 태평양 가운데 섬을 사선 싱가포르를 닮은 미니 공화국을 만들어 보았으면 하고 공상했다.

위한림이 택시 운전사에게 물었다.

"이광요 수상을 어떻게 생각하오."

"띵 하오."

대단히 좋다는 대답이었다. 중국계의 운전사였다.

그런데 악어집을 찾아갈 때 탔던 택시의 운전사는 말레이인이었는데 같은 질문에 대답은 달랐다.

말레이인 운전사는 내가 중국인이 아님을 확인하자 "노 굿."이라고 서슴없이 말했던 것이다.

호텔로 돌아와 저녁 식사를 하고 아직 해가 있기에 위한림이 다시 나섰다. 같이 비행기를 타고 온 희랍의 처녀에게 눈독을 들여 꾀어서 함께 걸었으면 했지만 재빠른 일본의 상사맨에게 가로채였다. 분했지만 도리가 없었다. 택시를 잡아 타고 묘지로 가자고 했다. 싱가포르의 묘지가 유명하다고 들었기 때문이다.

묘지는 시심에 자리를 잡고 공원이 경관을 이루고 있었다. 세 부분으로 나눠져 있었다. 백인 묘지, 중국인 묘지, 말레이인 묘지.

눈부신 태양과 화려한 경색 속에 자리 잡고 있는 무덤의 정경은 위한림으로 하여금 갖가지 생각을 하게 했다. 말레이인의 경우는 별도로 치고, 백인이나 중국인은 멀리 조국에서 떠나 온 사람들이다. 결국 그들은 이 무덤에 묻히기 위해 이곳으로 온 셈이 되었다.

백인들의 무덤은 그들의 전통을 따라 각기 엄숙한 의미를 가지고 있었다. 중국인들의 무덤도 그들의 전통에 따른 엄숙성을 가지고 있었지만 생존시의 빈부차가 사후에 있어서도 너무나 뚜렷했다.

중국인 무덤 근처에 일본인 묘소도 있었는데 그 가운데 눈에 뜨이는 것이 있어 보았더니 '육군원수 사내수일지묘(陸軍元帥 寺內壽一之墓)'라고 되어 있었다.

'그의 무덤이 이곳에 웬일일까' 하고 마침 그 근처에서 서성거리는 사람에게 물어보았더니 사내(寺內)란 자는 이차대전 때 일본 남방총군(日本南方總軍)의 총사령관으로서 이곳에서 병사했다고 한다.

이렇게 말한 사람은 또 하나의 묘비를 가리켰다. 큼직한 바위를 바탕으로 하고 자연석을 깎아 세운 비였다. 비면엔 '이엽적사미(二葉的四迷)'라고 새겨져 있었다. 설명자는 이렇게 말했다.

"저 사람은 일본 현대문학(現代文學)의 선구자였소. 그가 유럽여행을 마치고 돌아오는 도중 이 싱가포르에서 죽었소. 그래 그를 기념하기 위해 저 비석을 세운 것이오."

대체로 보아 일본인 묘지가 백인 묘지, 중국인 묘지, 말레이인 묘지 보다 깨끗하게 정돈되어 있었는데 그 이유는 매년 일본으로부터 성묘단(省墓團)이 와서 묘역을 청소하기 때문이라고 했다.

싱가포르에까지 와서 일본인의 미덕을 발견하는 것은 야릇한 심정이었지만, 불과 30년 전 그 행패가 극심했던 일본인에 대한 현지인의 감정이 거의 흔적도 없이 지워져 가고 있다는 사실 또한 놀랄 만한 일이었다. 세월이 일종의 치유력을 갖는 것은 그 건망증(健忘症) 때문인지 모른다는 감회가 새로웠다.

위한림은 전쟁 직후 약 오백 명의 한국적 일군군속(韓國籍 日軍 軍屬屬)이 전범(戰犯)으로 몰려 이곳에서 사형당했다는 얘기를 듣고 있었기 때문에 그 무덤을 찾아보려고 했으나 아는 사람이 없었고 해가 저물어 가고 있었다.

밤엔 부두 근처의 비어홀을 찾아갔다.

흑·백·황 갖가지 빛깔의 마도로스들이 각기의 말과 흥을 발산하며 술을 마시고 있는 광경에 싱가포르의 의미를 파악한 느낌이었다.

싱가포르를 떠나며 위한림이 생각한 것은 '싱가포르엔 윤택하고 편리한 생활은 있을지 모르되 문화는 없다'란 것이었다.

싱가포르를 떠난 비행기는 뉴델리에 기착했다가 테헤란으로 향한다.

위한림은 마하트마 간디의 나라이며, 마하트마 간디를 죽인 놈의 나라이기도 한 인도를 보고 싶었으나 다음 기회로 미루기로 하고 공항 대기실에 앉았다가 그냥 비행기를 탔다.

비행기가 만 피드 이상의 고도를 잡았을 때 아래에 보이는 것은 황토 빛깔의 평원이었다. 사람이 사는 부락 하나 보이지 않는 것이다.

날씨가 청명해서 시계가 터져 있는데도 부락 하나 보이지 않는 것은 그곳에 부락이 없었기 때문이 아니고 있기는 하되 보이진 않는다는 사실을 알았다. 그 이유는 집이란 집이 흙을 이겨 지붕을 만들고 벽을 만든 것이기 때문에 높은 데서 보면 전부 흙빛깔이 되기 때문이다. 인도의 빈곤을 알 것만 같았다.

뉴델리에서 옆좌석에 앉은 늙은 백인녀가 말을 걸어왔다.

"당신도 뉴델리에서 왔소?"

"아닙니다."

"그럼 어디에서?"

"싱가포르."

"아아, 싱가포르. 그럼 당신은 싱가포르인인가요?"

"아닙니다. 코리언입니다."

"코리언이면 노우스? 사우스?"

"물론, 사우스죠."

물론이라고 해놓고 위한림이 속으로 웃었다. 사우스라고 발음할 땐 뭔가 모르는 우월의식이 있었기 때문이다. 동족에 대해 남쪽에 산다는 이유만으로 우월의식을 가졌다는 사실에 일종의 민망함을 느꼈다.

'내가 그처럼 경박하단 말인가.' 싶었을 때 또 백인녀의 말이 있었다.

"인도에 온 적이 있어요?"

"없습니다."

"그것 유감이로군요."

"뭐가 유감입니까?"

"세계에서 외국인이 가 볼 데가 있다면 인도라고 나는 생각해요."

"왜 그렇습니까?"

"세계에서 가장 훌륭한 나라이니까요."

그 말은 위한림을 놀라게 했다.

"당신은 어느 나라 사람이오." 하고 물었다.

"난 영국인입니다."

"그럼 영국보다도 인도가 훌륭한 나라란 말인가요?"

"오브 코스."

"이상한 말 다 듣네요. 그런 말 들어보긴 처음입니다."

"그렇다면 내가 설명해 드리지요."

이런 전제를 해놓고 백인녀가 한 얘기는—

"인도는 가난해요. 그런데도 도둑이 없어요. 인도인의 생활은 고
통스러워요. 그런데도 인간으로서의 품위를 잃지 않아요. 인도엔 갖
가지 모순이 있어요. 그런데도 그 모순을 성급하게 풀려고 하지 않아
요. 인도엔 인간을 압박하는 조건이 많아요. 그런데도 인도인은 보다
착한 생활을 하려고 노력하고 있어요. 한마디로 말해 인도는 이 세계

에서 가장 비참한 곳이에요. 그런데도 이 세계에서 가장 행복한 사람은 인도에 살고 있어요. 그만하면 알겠지요?"

위한림이 모른다고 했다. 그러자 백인녀는 다음과 같이 계속했다.

"유럽은 썩어가고 있어요. 편리주의 때문에 썩어가고 있어요. 물질주의 때문에 썩어가고 있어요. 개인주의 때문에 썩어가고 있어요. 인간에게 있어서 가장 소중한 것은 우애와 진실과 정신의 광휘인데 유럽 사람들은 그 소중한 것 전부를 잃어가고 있어요. 경제 제일주의가 유럽의 문명을 부패시키는 병균이에요. 그런데 인도는 그렇지가 않습니다. 인도에 물질주의는 자라지 않습니다."

"당신은 인도에서 살고 계십니까?"

위한림이 물었다.

"그래요."

"몇 년쯤?"

"거의 40년이 되어 갑니다."

"인도에서 뭣 하고 계십니까?"

"고아원과 양로원을 경영하고 있어요."

"규모가 큽니까?"

"규모랄 건 없습니다. 수용할 수 있는 데까지 수용하고 나가고 싶은 사람은 언제든지 나가게 하고 있으니까요."

"수용할 수 있는 데까지라고 하셨는데 그것이 바로 규모 아니겠습니까. 이를테면 시설의 한계란 것이……."

백인녀는 보일까 말까한 웃음을 띠었다.

"시설, 문제 없어요. 재울 데가 없으면 이웃의 어느 집에라도 갔다 맡기니까요. 이웃에 맡길 데가 없으면 기차를 타고 두 시간 세 시간 걸리는 곳에까지 가서 맡기니까요."

"그래 고아들이나 노인들을 맡아 줍니까?"

"맡아 주지 않구요. 굶어도 같이 굶구 먹을 것이 있으면 나눠 먹으라고 부탁합니다. 내게 돈이 생기면 보답도 하구요. 인도엔 정신주의가 살아 있으니까 그게 되는 겁니다."

"그렇다면 그런 일을 정치에 맡기면 될 게 아닙니까. 당신 말마따나 모든 사람이 그처럼 호응하고 협조를 한다면 말입니다."

"정치에 맡길 부분이 있고, 맡기지 못하는 부분이 있습니다. 그리고 이런 일은 정치에 맡길 것이 아니라 개인이 해야 합니다. 고아들이 커서 자기들은 사랑에 의해서 컸다고 자각해야 되니까요. 정치의 힘으로 하면 사랑을 자각할 수가 없습니다. 자기들을 키운 것은 제도의 힘이라고 생각할 테니까요. 노인들도 그렇습니다. 자기들은 사랑 속에서 죽을 수 있다고 생각하며 행복하게 여생을 보낼 수 있습니다. 고아원과 양로원을 함께 경영하는 것도 의미가 있지요. 고아들은 노인들한테서 할머니 할아버지를 발견하고 노인들은 고아들 속에서 자기들의 손주를 발견하게 되니까요."

"어떤 종교단체의 후원은 없습니까?"

"종교단체뿐 아니라 어떤 단체의 호의도 받아들입니다."

"당신은 어떤 교단에 속해 있는 것 아닙니까?"

"젊었을 땐 속해 있었지요. 그러나 지금은 속해 있지 않습니다."

"신앙은?"

"있지요."

"크리스찬?"

"아닙니다."

"불교?"

"그것도 아닙니다."

"힌두교?"

"아닙니다. 그저 우주를 주재하는 관대한 섭리에 대한 신앙이죠. 예수교의 신도, 힌두교의 신도, 불교도의 신도, 마호메트교의 신도를 포옹하는 위대한 신령에 대한 신앙입니다."

"지금 어디로 가시는 길입니까."

"영국으로 갑니다."

"뭣 하러 갑니까."

"물질주의자들에게 물질을 뺏으러 갑니다. 1년에 한 번씩 가는 겁니다."

"성과가 있습니까?"

"있구 말구요."

백인녀는 힘있게 말했다. 그녀의 얼굴은 주름살에도 불구하고 청량한 빛으로 빛나고 있었다.

5월 20일.

밤하늘에서 내려다보는 테헤란은 그 도시의 규모대로 펼쳐진 다이아몬드의 방석이었다. 석유가 풍부하니 그만큼 전력을 왕성하게 소비할 수 있었기 때문이라고 보았다.

메헤라버드 공항, 즉 테헤란 공항에 도착한 것은 밤 열한 시, 서울과의 시차는 다섯 시간 반. 입국 수속은 비교적 간단했다.

택시를 타고 시가의 중심부에 있는 호텔에 데리고 가 달라고 일렀다. 운전사가 데려다 준 곳은 페르두시 광장에 있는 콘티넨탈 호텔.

그날 밤은 목욕을 하고 빨리 자리에 들었다. 테헤란을 정복하기 위해 침입한 밀정 같은 기분이 돋아나 몸은 피곤한데도 좀처럼 잠을 이룰 수가 없었다.

아침이 되었다. 커튼을 걷었다. 5월의 햇빛이 찬란한 가운데 동상이 중앙에 서 있는 광장이 나타났다. 광장의 중심부는 다원형으로 되어 있고, 동상을 중심으로 오른편에 완형 삼각형의 연못이 햇빛을 반사하고 있었다. 다원형 주변으로는 자동차가 달리고 있었는데 버스가 이층으로 되어 있는 것이 이색적이었다.

아침밥을 먹고 호텔의 매점에서 테헤란 안내서와 지도를 사들고 바깥으로 나갔다. 먼저 동상 있는 곳으로 가 보았다. 동상의 주인공은 페르두시. 페르두시는 이란이 자랑으로 하고 있는 국민시인이라고 안내서에 적혀 있었다.

조금 걸으니 시청이 있고, 시청에서 50미터쯤 상거에 국민공원이 있었다. 공원은 꽤 짜임새 있게 꾸며져 있었다. 나무가 적은 이란에선 보잘것없는 나무도 귀중품으로 느껴졌다. 이름 모를 나무 그늘의 벤치에 앉아 담배를 피워 물고 지도를 펴놓곤 안내서를 읽기 시작했다.

테헤란이 이란의 수도가 된 것은 카자르 왕조시대 약 160년 전의 일이다. 1793년 여름 테헤란을 방문한 프랑스의 외교사절이자 박물학자인 올리비에는 인구를 일만팔천 정도라고 추정했지만 1808년 이곳을 방문한 프랑스의 르도느 장군은 사람들이 피서를 떠나지 않는 겨울철 인구는 5만을 넘는다고 추정했다.

테헤란이 대도시로서 발전한 것은 19세기 후반기, 나세룻디 샤의 통치기에서였다. 이 시대의 이란은 열강의 압력으로 문호를 개방하지 않을 수 없게 되었고, 재화가 급격하게 국외로 유출했기 때문에 국가 재정은 파탄하여 반식민지가 되었다.

이차대전이 시작한 얼마 후 이집트, 영국군이 진주해 와서 레자 샤(국왕)을 퇴위시키고 현재의 국왕 팔레비가 즉위했다. 테헤란은 전쟁의 영향으로 인플레와 기아 상태를 빚었다. 그런 가운데서 민주주의 세력이 성장했다. 1946년 테헤란은 백만의 인구로 부풀었다.

1950년 석유 국유화 투쟁으로 이란의 내셔널리즘은 크게 팽창했으나 1953년 모자덱 정권의 실각으로 미국 세력을 배경으로 한 현 팔레비 국왕 중심의 지배권력 구조가 강화되고 있다.

이란의 경제는 석유 이권료 서방측의 경제원조에 의한 장기 개발

계획의 추진 등을 특징으로 하고 있다. 테헤란의 공공사업도 이 개발 계획의 일환으로 되어 있다.

안내서를 띄엄띄엄 읽어보곤 위한림이 걷기 시작했다. 얼마 걷지 않았는데 막사가 나타났다. 꽤 큰 규모의 막사인데 널찍한 연병장이 곁들어 있었다. 도심지에 바로 막사와 연병장이 있다는 것이 이상한 느낌이었다.

위한림이 길 가는 사람을 붙들고 물었다. 그러나 영어를 할 줄 몰랐던지 손가락으로 막사를 가리키며 뭐라고 떠들기만 했다.

그때 학생풍의 사나이가 지나갔다.

"이곳이 무엇이오." 하고 물었다.

"막사다." 하는 대답이어서

"막사란 것까진 아는데 무엇하는 막사냐."고 물었다.

"근위사단이오." 하는 대답이 돌아왔다.

즉 팔레비 국왕의 정권을 방위하기 위한 사단이었던 것이다.

근위사단 앞길을 줄곧 걸었다.

그러면서 "테헤란 대학이 어디 있느냐."고 지나가는 사람에게 물었다.

"20미터쯤 걸어가면 보인다." 며 방향을 가리켜 주었다.

아니나 다를까 대학 캠퍼스 같은 것이 보였다. 사오 층으로 된 건물이 모두 ㄷ형으로 배열되어 있었다. 최근에 지은 건물들이었다.

교정 한 구석에 동상이 서 있었다. 군복 차림을 한 현 국왕 팔레비의 동상이었다.

위한림이 학생 하나를 붙들고 물었다.

"너희들 대학에선 학생들의 정치적 관심이 없나?"

"있다."

"요즘은 어떤가." 했더니 학생의 표정이 돌연 사납게 되며

"당신은 비밀경찰의 요원 같지도 않은데 왜 그런 것을 물어보느냐."고 따지는 말투가 되었다.

"나는 코리아에서 왔다." 고 대답했더니

이번엔 저편에서 질문이 있었다.

"코리아에서 테헤란까지 뭣하러 왔느냐."

"테헤란 대학에 유학을 했으면 하고 왔다."

그러자 학생의 표정이 누그러지면서

"무슨 학과를 택할 거냐."고 물었다.

"페르시아 문명, 특히 페르시아의 고대문학을 연구했으면 한다."

학생의 눈이 동그랗게 되었다.

"코리아에서 우리 페르시아 문명을 연구하러 왔다니 반갑다. 나는 당신의 도움이 되고 싶다."

"고맙다."

"그럼 교수를 소개해 줄까?"

"그처럼 서둘 필요는 없다. 나는 어젯밤 테헤란에 도착했을 뿐이니 지금은 테헤란을 구경하고 싶다."

"그것 좋은 아이디어다. 내가 안내해 주마. 여기서 잠깐 기다려라. 내 자동차 가지고 올게."

학생은 주차장을 향해 달리더니 빨갛게 칠한 스포츠카를 몰고 나타났다. 호사로운 스포츠카를 가지고 있는 것으로 보아 그 학생은 유복한 집의 아들이란 짐작이 들었다. 학생의 이름은 에브람 아키미, 지적 수준이 대단히 높았다. 그가 위한림을 태우고 제일 먼저 간 곳은 테헤란에서 사막으로 뻗은 콤가도(街道)였다. 그 일직선으로 된 탄탄대로를 시속 120킬로로 달리며 아키미는 이런 말을 했다.

"이 가도가 포장된 것은 극히 최근의 일이다. 테헤란을 이해하려면 줄잡아 100킬로쯤 상거를 두고 이 가도를 달려 테헤란으로 들어와야 한다. 사막 속에 홀연 대도시가 나타난 의미를 비로소 알게 될 것이다."

일망무진의 들 가운데 사원풍의 건물이 양편에 나타났다. 그런데 그것은 테헤란에서 본 모스크완 달랐다.

아키미는 "저것은 다점(茶店)이오. 캐러밴이 이용했던 곳이죠." 하고 잠깐 쉬어 가라고 했다.

그 다점에서 구기차와 비슷한 맛의 차를 마시고 아키미는 자동차를 테헤란으로 방향을 바꾸어 달렸다. 아닌 게 아니라, 지평선 저편으로 테헤란 시가 서서히 윤곽을 드러내는 과정이 퍽 흥미로웠다. 사막 속의 도시란 풍정이 센티멘털하게 가슴을 쳤다.

일단 호텔로 돌아와 점심을 같이하고 오후엔 이층 버스를 타고 시내를 구경했다. 이란의 국회의사당 앞을 지날 때 아키미는 문주(門柱) 위에 칼을 한쪽 앞발로 들고 서 있는 사자상을 가리키며,

"저 사자가 이란의 심벌입니다." 했다.

거리를 걸어다니는 여자들은 거개 차돌을 쓰고 있었으나 얼굴을 그냥 내놓은 경우가 많았다. 회교국의 여자들은 차돌로써 얼굴을 가리고 눈만 내어 놓은 것이 보통인데 그러나 이란은 그만큼 개방이 되어 있는 것이다.

차돌은 흰 것과 검은 것, 간혹 물방울 무늬인 것도 있었다. 가끔 순 서양식 복장을 한 젊은 여자들을 볼 수가 있었는데 아키미의 말에 의하면 그 여자들은 지나치게 첨단적이어서 보수적인 사람들의 환영을 받지 못한다고 했다.

이른바 바자르란 데도 가보았다. 바자르는 상가라고 고쳐 말할 수 있는 곳이다. 귀금속점이 꽤 많았다. 신기한 것은 융단의 거래처였다. 산더미처럼 페르시아 융단을 쌓아 놓고 침을 튀겨가며 상담을 하고 있는 풍경이 엑조틱했다. 어느 곳엘 갔더니 융단을 도로 위에 펴놓고 통행인들이 마음대로 밟고 다니게 하고 있었다. 천을 보다 튼튼하게 하기 위한 방법이라고 했다. 융단은 주요한 수출품이며, 일 평방 미터에 우리 돈을 수십만 원씩이나 하는 고가품도 있다는 것이다. 상가를 벗어나선 거리를 이곳저곳 산책했다. 길가에서 이발을 하고 있는 풍경이 있었다. 가두의 노점에서 유럽의 잡지를 팔고 있었다. 위한림이 아키미에게 물었다.

"테헤란의 평균적 시민들이 저런 잡지를 읽을 정도로 어학력이 있느냐."

아키미는 어깨를 으쓱하더니

"그림 보기 위해 사는 사람이 있을 거라."고 했다.

테헤란의 첫날에 에브람 아키미 같은 청년을 알게 된 것은 기막힌 다행이었다. 위한림은 김포를 떠난 비행기 안에서 중요한 것은 좋은 사람을 아는 일이라고 한 오스트레일리아인의 말을 상기했다.

저녁때 호텔에서 식사를 하며 위한림이 이란의 역사, 정치, 정세에 관해 말해달라고 아키미에게 부탁했다. 아키미는 자기가 아는 대로 말해 주겠다며 다음과 같이 시작했다.

"아득한 옛날 일은 생략하고 근세사부터 말해 보지요."

아키미의 설명은 이렇게 이어졌다.

1857년부터 1921년까지 이란 정부는 영국의 대사 또는 러시아 대사의 동의 없인 아무것도 할 수 없었다. 병정 하나 움직이지 못했고, 무슨 사업이든 하나 할 수 없었고, 이란인에 국한된 법률 한 조문 만들 수도 없었다.

이란의 정치는 그 양국 대사의 임의대로 이루어졌고, 이란은 무조건 복종해야 하는 노예나 하녀와 다름 없었다. 영국 대사와 러시아 대사의 외교 통첩은 그대로 명령이었다. 만일 조금이라도 불복하는 눈치가 보이면 협박을 곁들인 압력이 가해져 왔다.

"그건 좀 심하지 않은가. 영국이 왜 그런 태도를 취했을까?"

위한림이 물었다.

"영국은 어떠한 희생을 각오하고서라도 인도에의 길을 확보해 두고 싶었던 때문이오." 하고 아키미는 얘기를 계속했다.

이런 동안 두 사람의 프랑스인 지질학자 코드와 고고학자 모르강이 고대 페르시아 시대에 이미 나프타란 이름으로 알려져 있던 석유 광맥이 이란에 있다는 것을 확인했다. 1872년 영국의 귀족 줄리어스 로이터가 이란 전토의 석유 채굴권을 획득했다. 그러나 석유를 파내 돈을 벌겠다는 그의 노력은 수포로 돌아갔다. 그는 전 재산을 잃기 전에 석유 채굴을 단념하고 그 대신 통신사를 차렸다.

"유명한 로이터 통신은 바로 그 사람이 만든 거요." 하고 아키미는 웃었다. 이 청년은 자기가 아는 체하는 것을 수줍게 여기고 있는 것이 분명했다.

두 프랑스인의 노력은 오스트레일리아의 은행가 녹스 다시에 의해 결실을 보았다. 녹스 다시는 퀸즐랜드의 금광에 투자할 돈을 이곳으로 돌렸다. 1901년 러시아의 방해가 있었지만 녹스는 페르시아 국왕으로부터 러시아 제국의 인접 지역을 제외한 이란의 전 영토에 있는 천연가스, 석유, 아스팔트 및 석유 부산물의 탐사, 채굴, 운반 매매 등에 관해 60년 유효 기한으로 독점권을 갖게 되었다.

그러나 녹스 다시는 낙관할 수가 없었다. 투자금액이 너무 막대해지자 그는 그 이권을 앙그로 파샨 회사에 양도했다. 이 회사는 1935년 앙그로 이라니언 석유회사로 개칭하게 된다.

1908년 5월, 드디어 석유가 솔로몬 사원의 폐허에서 분출했다. 그 이래 녹스 다시의 이름이 석유사에 남게 되었다.

"그러나 그는 한 번도 이란에 와 본 적도 없고, 한 방울의 원유도 구경하지 못했을 겁니다. 내가 석유 이야기를 하는 것은 이란의 근세사는 곧 석유사가 되기 때문입니다." 하고 아키미는 찻잔을 들었다.

아키미의 영어는 유창하진 않았지만 정확했다. 다시 말해 외국어로서 영어를 배운 외국인이 더욱 잘 알아 들을 수 있는 그런 영어였다고 할 수 있다.

아키미는 이란의 근세사를 설명해 나가는 가운데 점점 흥분했다.

"이란의 근세사 아니 현대사는 악몽의 연속이라고 밖에 할 수 없습니다. 솔로몬 사원의 폐허에서 석유가 분출한 무렵의 이란엔 정부가 없는 거나 다름이 없었소. 북부는 러시아가 지배하고 남부는 영국이 지배하고 있었는데 권력은 친영파인 대토지 소유자에 있었거나, 시골에선 산적에게 있었거나 했던 것이오. 농업·공업·상업은 중세의 정도에서 벗어나지 못했고, 석유·어업·전신·세관 등 주요 자원과 이권은 모조리 외국인의 손에 있었으니까요. 국민의 평균 연령은 삼십 세 이하, 소아 사망률은 세계 제일. 국민의 90 퍼센트는 문맹. 고등교육기관이란 것은 그 무렵 테헤란에 하나가 있었을 뿐이었죠. 이란이 그런 꼴로 된 원인 가운덴 물론 우리 민족의 무지와 무력이 있었겠지만 그 결정적인 화근은 무능한 정부, 봉건귀족 계급의 이기주의, 서양의 식민주의, 그 가운데 최대의 원흉은 영국이라고 할 수 있죠. 그러나 나는 영국을 탓하진 않습니다……."

이어 그의 설명을 요약하면 1907년 영국과 러시아 사이에 이란을 분할하는 조약이 성립되었다. 독일의 위협이 나타나게 되자 영국과 러시아는 독일의 진출을 막기 위해 이란을 분할 점령하여 서로 간섭하지 않을 것은 물론 제삼국의 간섭도 이를 배제하자는 것이다.

이란은 혼란의 도가니가 되었다. 이윽고 1919년의 베르사이유 조약에 의해 이란은 영국의 보호국이 되었다. 북부 이란은 볼셰비키 혁명의 영향을 받아 내일에라도 공산혁명이 발생할 것 같은 정세가 되었다.

이러한 틈서리를 타고 레자 한이란 사나이가 쿠데타를 일으켰다. 1925년 10월 31일 카자르 왕조는 종언을 고하고 레자 한이 국왕으로 되었다. 그 사람이 팔레비 국왕의 아버지다.

레자 한은 정권만이 아니라 카자르 왕조의 보물까지도 인수했다. 영국 왕실의 보물은 '빛의 산(山)'이라고 하는데 팔레비가 소유하고 있는 보물은 '빛의 바다'라고 할 만큼 엄청나다.

레자 한은 무척이나 이란의 독립과 근대화를 위해 애를 쓴 모양이었지만 영국의 압력을 무릅쓰고까지 그를 지지하는 민중의 세력을 규합하진 못했다. 1941년 레자 한은 퇴위하고 말았다.

"그때 레자 한의 의사로 그의 아들 팔레비가 후계자로서의 지명을 받는 동시 만장일치로 의회의 동의를 받았다고 하는데 사실은 그때의 사정은 미스터리로 되어 있는 것입니다." 하고 아키미는 그 문제에 관해선 구체적인 언급은 피하고 레자 한은 1944년 망명지인 남아연방의 요하네스버그에서 죽었다는 얘기만 덧붙였다.

1925년 국왕이 된 이래 1941년에 퇴위했으니 16년간 권세를 지탱한 셈이다.

아키미가 말하길 꺼려한 사실을 위한림은 알고 있었다. 우연한 기회 미국의 잡지를 통해 팔레비가 레자 한의 후계자로서 등극한 비밀을 알았던 것이다.

영국은 전 카자르 왕조의 후예이며, 당시 영국 해군사관으로 근무하고 있던 사람을 국왕에 등극시키려 했는데 미국이 이란의 국회의원들을 설득하는 공작을 벌여 그 공작이 성공했다. 미국은 미국 나름으로 이란의 석유 이권(石油利權)을 등한히 할 수 없었고, 소련과 영국의 틈서리를 비집고 들어서려면 그들의 뜻대로 되는 사람이 이란 국왕으로 되어야 하는 것이었다. 말하자면 팔레비는 자기 아버지의 뜻에 의해 국왕이 된 것이 아니고 미국의 덕택으로 국왕이 된 셈이다.

그러나 위한림은 그런 말을 삼가고 "요컨대 팔레비 왕조의 정통성이란 건 극히 취약한 것 아닙니까?" 하고 물었다.

"한마디로 말해 취약하죠. 그러니까 문제가 끝날 날이 없는 겁니다. 국왕파는 그 근거가 빈약하니까 경찰력을 강화하여 정권의 안전을 꾀하려고 하고 그 작폐가 또한 민심을 이반(離反)케 하는 겁니다. 이란의 성직자들 가운덴 팔레비의 권위를 전혀 인정하지 않으려는 부류마저 있습니다. 그래도 지금은 팔레비 체제가 조금 안정되어 있는 것 같습니다만, 한땐 붕괴 직전에까지 갔었습니다."

그 사건의 요약은—

이란을 휩쓸고 있는 혼란을 팔레비는 수습할 수가 없었다. 그래서 민족주의자이며 이란 정치세력 가운데 가장 강력한 국민전선(國民戰線)의 대표자 모사덱을 수상에 임명했다. 1951년 4월의 일이다. 모사덱은 열렬한 반식민지주의자였고, 외국에 석유채굴권을 주어선 안 된다는 주장자였다. 팔레비는 자기도 그런 것을 희망하면서 하지 못했던 일을 모사덱을 통해서 시도해 보고 만일 실패하면 그것으로써 모사덱의 세력을 꺾어 버리자는 양면정략(兩面政略)을 쓴 것이다.

모사덱이 세력을 가지고 있던 의회는 1951일년 4월, 모사덱 수상의 요청으로 석유 국유화법안을 가결했다. 팔레비는 이 신법안에 서명했다. 모사덱은 세계가 이란의 석유 없인 지탱하지 못한다는 것과 외국의 도움 없이도 석유를 팔아먹을 수 있다고 생각했던 것인데 이것이 잘못이었다.

첫째 영국이 가만 있지 않았다. 외국인 기술자가 일체의 협조를 거절해 버렸다. 앙그론 이라니안 석유회사는 항구를 폐쇄했다. 이란 정부에 대한 석유이권료(石油利權料)의 지불을 정지했다. 그리고 그들이 과반(過半)의 권리를 가졌다는 이유로 석유의 매각에 반대했다. 아바단의 정유소는 조업을 중지했다. 이란은 국영 석유회사를 가지고 있었으나 그 방대한 석유를 팔려고 해도 운반할 수단도, 팔 수 있는 수단도 없었다.

영국은 군함을 아바단 해안에 출동시키고 육군을 이라크 국경에 배치하고 낙하산 부대는 키프로스에서 대기태세를 취했다. 팔레비는 모사덱을 사임시키고 솔타네를 수상에 임명했다. 솔타네는 신문기자 회견석상에서 석유 국유화를 취소하겠다는 발언을 했다. 거센 항의의 불꽃이 올랐다. 테헤란은 수습할 수 없는 소란에 빠져 들었다.

"영국의 압력이 두려워 팔레비는 솔타네를 수상으로 임명한 것이지요?"

위한림이 물었다.

"물론이죠." 하는 아키미의 대답이었다. 위한림이 다시 물었다.

"석유 국유화 정책을 취소하겠다는 것도 팔레비의 의사가 아니었을까요?"

"솔타네 자기의 생각만으로 어떻게 그런 중대 발언을 하겠습니까. 그러니까 그 발언이 있은 후 국민의 반감이 팔레비에게 집중된 겁니다. 영국의 비위를 거스르지 않으려다가 발등에 불이 떨어진 거죠. 팔레비는 국민들의 반감을 진정하는 것이 시급하다고 느끼고 모사덱을 재임명하게 되었습니다."

그런데 모사덱은 만만치 않은 사람이었다. 팔레비가 궁지에 몰려 있다는 사실을 미끼로 자기에게 비상대권을 맡기라고 요구하고 이 요구에 응하지 않으면 수상직에 취임할 수 없다고 버텼다. 팔레비는 그 요구를 거절할 수가 없었다.

모사덱의 재등장은 석유 국유화 정책 취소에 항의하는 군중들의 소란을 완화시키는 덴 효과가 있었다. 그러나 모사덱은 자기 정치세력의 배경인 좌익 세력의 요구와 우익 세력의 요구를 동시에 만족시킬 순 없었다. 국회, 특히 상원은 모사덱의 급진적인 정책에 반대하고 있었다.

모사덱은 이럴 수도 저럴 수도 없는 처지에 몰리자 비상대권을 휘둘러 상원을 폐지하고 최고재판소를 해체하는 동시, 그때 진행 중인 총선거를 중지하고 국회의 기능을 정지했다.

정치의 혼란이 경제의 혼란을 야기하는 것은 필연적인 사실이다. 악성화한 인플레는 이윽고 이란의 경제를 파국으로 몰아넣었다.

이란의 석유는 완전히 판로를 잃었다. 영국은 이라크와 쿠웨이트에서 석유를 사들여 세계의 석유시장을 조종하곤 이란의 석유 진출을 막아 버린 것이다. 이렇게 해서 모사덱의 석유 국유화 정책이 이란을 파멸시킨 화인(禍因)이 되었다.

이 무렵 팔레비는 궁여지책으로 미국 CIA에 협조를 청했다. 미국은 영국과 소련 사이에 끼어 허우적거리고 있는 이란에서 화중지율(火中之栗)을 주울 작정으로 호시탐탐하고 있던 터라 팔레비의 요청을 즉각 받아들였다. 그러지 않아도 팔레비와 미국 CIA는 당초부터 밀접한 관계를 맺고 있었다.

1953년 8월 팔레비는 모사덱을 파면시켰다. 모사덱은 팔레비의 명령을 듣지 않고 군사 쿠데타를 획책했다. 위험을 느낀 팔레비는 스스로 비행기를 조종하여 이란을 탈출, 로마로 향했다. 도중 이라크 주재의 이란 대사가 모사덱의 지시를 받고 팔레비를 체포하려고 한 일막이 있었다.

테헤란을 중심으로 이란 각지에 폭동이 연일 계속되었다. 공산당의 조종을 받은 폭동도 있었고, 우익 세력이 계획한 폭동도 있었다. 그런 가운데 어느 날, 1953년 8월 19일, 이란의 군대 일부가 전차대를 앞장 세워 모사덱 수상관저를 포위했다.

모사덱은 담을 넘어 도망쳤다. 이로써 모사덱 정권은 붕괴했다. 팔레비가 돌아와 국왕의 권위를 회복하고 모사덱을 체포했다.

위한림은 아키미의 얘기를 들으며 우리나라 구한말의 정세를 연상했다. 청국과 일본이 각축을 벌이고 있는 틈을 타서 아라사가 진출한 사정, 임금이 아라사 공관에 피신해 있다가 다시 왕궁으로 돌아간 사정 등······.

다만 이란과 한국이 다른 것은 이란엔 석유가 있고, 한국엔 석유가 없었다는 사실뿐이다. 만일 한국에 석유가 있었더라면 한국의 근세사는 더욱 복잡했을 것이었다.

위한림이 아키미의 얘기 도중에 말을 끼웠다.

"석유사가 곧 이란의 근세사라고 당신이 말했는데, 정말 실감이 나는군."

"석유는 이란의 은총이며 저주이기도 합니다." 하고 아키미는 얘기를 계속했다.

모사덱의 실각은 미국 CIA의 공작이 주효한 것이라고 할 수 있지만 민심이 모사덱을 떠난 것도 사실이었다. 당시 석유 국유화는 이란의 이상이긴 해도 현실로선 난관이었다. 영국의 압력이 너무나 강했기 때문이다. 그 압력에 대항하기 위해 모사덱은 소련을 이용한 것인데 국민 대다수는 영국의 압력도 달갑게 여기지 않았지만, 이에 못지않게 소련에 대해서도 반발하고 있었다. 모사덱은 자기의 정략에 사로잡혀 너무나 깊숙이 소련의 술수에 빠져들어 있었던 것이다. 그것을 국민들이 눈치챘다.

"만일 모사덱의 쿠데타가 성공했더라면 이란은 그로부터 한 달 이내에 공산국가가 되었을 것이다……."

"그런 확실한 근거라도 있었소?"

위한림이 물었다.

"있었지. 공산당이 성급하게도 지네들의 사인이 든 우표를 미리 준비하고 있었으니까." 하는 아키미의 대답에 위한림은

"그럼 모사덱이 공산당이었단 말인가?" 하고 물었다.

"대지주, 대부호인 모사덱이 공산당이었을 까닭이 없지. 아까 말한 대로 소련을 이용하려 했다가 거꾸로 이용을 당한 거지. 그 후 밝혀진 일이지만 모사덱은 이란이 공산국으로 발족되기만 하면 얼마 되지 않아 말살될 운명에 있었소. 본인은 그걸 몰랐지."

"모사덱의 그 후는?"

"3년 동안 감옥에 있었소. 모두들 그가 사형될 것이라고 믿었는

데 무슨 영문인지 팔레비가 그를 사면했어요. 아마다바드의 자기 영지에서 여생을 편안히 살다가 1967년에 죽었소."

"팔레비가 그를 사면한 것은 관용의 덕을 베푼 것이 아니라, 그를 처형했을 때 야기되는 국민의 반발이 두려웠던 때문이 아닐까?"

"그런 것도 이유가 되겠지요."

"미스터 아키미, 당신은 모사덱을 어떻게 생각합니까?"

"그의 이상을 나쁘다고 할 순 없지만, 공산당과 손을 잡은 것이 그의 실수였소. 아무튼 그는 비극적 인물이오. 이란 또는 이란과 비슷한 후진국에 있을 수 있는 비극적 인물이죠."

"지금 이란에서 공산당은 어떤 상황인가요."

"지하로 들어가 버렸소. 가끔 테러를 획책하기도 하는데 정치 세력으로서의 공산당은 없어진 거나 다를 바가 없소. 소련의 저의를 알고 있는 이상 이란 국민은 공산당의 조종을 받지 않을 겁니다."

"그 후 이란의 석유사는 어떻게 전개되었습니까."

위한림이 화제를 다시 석유 문제로 돌렸다.

"이란이 세계 팔대 석유회사의 연합체인 컨소시엄과 기본적인 합의에 도달한 건 1954년인데 이 합의에 의해 이란은 석유 채굴에 따른 이익금 50퍼센트를 받게 되었소. 그전엔 30퍼센트밖엔 받지 못했던 거죠. 그리고 1958년 이후는 이익금의 75퍼센트를 받게 된 겁니다. 현재는 이란이 스스로의 자원과 생산에 대한 주도권을 장악하고 있습니다. 컨소시엄은 우리가 팔고 싶은 석유의 구매자 노릇을 할 뿐이죠. 석유 국유화가 점차로 궤도에 오른 셈입니다."

"그렇게 된 데는 팔레비의 노력이 있었지 않았겠습니까."

"물론이죠."

"그럼 이란의 정치가 안정된 셈이군요."

"아직도 불안 요소는 있습니다. 팔레비에 대해 불문곡직 반대하는 자도 있구요. 그러나 당분간은 이런 추세로 나갈 겁니다. 현재 이란의 구심점은 팔레비를 두곤 달리 찾을 데가 없으니까요."

위한림이 팔레비의 이른바 백색혁명에 대해서 물었다.

일찍이 팔레비는 다음과 같은 목적을 세웠다. ① 모든 사람에게 식량을, ② 모든 사람에게 집을, ③ 모든 사람에게 의복을, ④ 모든 사람에게 건강한 생활을, ⑤ 모든 사람에게 교육을.

이 목표를 달성하기 위해선 다음과 같은 정책이 필요하다로 되었다.

① 농지개혁, ② 산림과 목장의 국유화, ③ 국영기업의 주식회사 전환, ④ 노동자에 대한 기업이익의 분배, ⑤ 완전한 보통선거 실시, 부인의 참정권 실현, ⑥ 교육보급부대의 창설, ⑦ 건강부대의 창설, ⑧ 개발부대와 부흥부대의 창설, ⑨ '공정(公正)의 집'이라고 불리는 마을 재판소(裁判所)의 설치, ⑩ 모든 수자원의 국유화, ⑪ 전국의 도시 개혁, ⑫ 행정개혁, ⑬ 대기업의 주식 49퍼센트를 노동자에게 매각, 그 대가는 국고에서 부담하고 배당금에 의해 상환한다. ⑭ 소비자 보호가격 설정, ⑮ 무상 초등교육(8년간), 중등교육, 대학교육도 교

육을 받은 기간에 해당하는 기간 국가에 봉사하는 조건으로 무료로 한다. ⑯ 두 살까지의 신생아와 그 모친에 대한 식량의 무상배급, ⑰ 모든 국민에 대한 사회보장과 연금의 보급, ⑱ 토지 건물에 대한 투기의 방지, ⑲ 부패·뇌물·타락심리에 대한 과감한 투쟁

대강 듣기만 해도 거창해서 위한림이 물었다.

"그런 목표가 어느 정도까지 달성되어 있습니까."

"글쎄요. 농업부문에 있어선 장족의 발전을 했다고 할 수 있겠지만 타부문은 지지부진의 상태입니다. 정치가 강력해질수록 부패가 심해지는 형편이니까요."

아키미의 대답은 우울했다.

"팔레비의 정책 방향은 옳다고 할 수 있지 않겠소?"

위한림의 질문에 아키미는 수긍하는 태도였지만

"워낙 그를 둘러싼 공무원들이 부패하고 있어서 그의 의욕이 국민들에게 먹혀 들어가지 않는다."고 하고 이런 얘기를 했다.

팔레비는 사회정화의 수단으로 지원한 학생들을 감시자로 등용시켜 소매가격이 적정선을 지키고 있는가를 감시하도록 했다. 이것이 화근이었다. 학생들은 너무나 열성적인 나머지 상인들에게 협박적인 언동을 취했다. 상인들은 팔레비 정부를 원망하게 되었다.

공무원의 기강은 해이했다. 언제나 신분상의 불안을 느끼고 있었기 때문엔 좋은 자리에 있을 때 한 재산 만들어야겠다는 의식을 근절하기란 힘든 것이다.

아키미는 다음과 같이 말했다.

"이에 끈덕진 반체제 세력이 적(赤)과 흑(黑)의 동맹 전선을 펴고 있으니 이런 상황에서 팔레비 정부로선 하기 힘든 일이 한두 가지가 아닐 겁니다."

"적과 흑이란 뭡니까?"

"프랑스의 소설가 스탕달적인 표현이죠. 적은 공산당, 흑은 종교단체. 팔레비 정부는 공산당과 종교단체에 의해 협공을 받고 있는 셈이거든요."

"종교단체를 체제편으로 끌어들일 수가 있을 텐데요."

"그게 힘든 겁니다. 종단마다 특수한 이해관계가 있는데 그것을 골고루 만족시키려다간 현대적 개념으로써의 민주주의가 불가능하게 됩니다. 극단적으로 말하면 백색혁명이고 뭐고가 없는 것이지요. 뿐만 아니라 회교도의 종단 가운덴 팔레비가 하는 짓이면 무어든 반대하자는 파가 상당수의 신도를 가지고 있습니다."

"팔레비의 고민을 짐작할 수 있겠네요."

"고민 정도가 아니지요. 언제나 전전긍긍하는 상태일 겁니다. 아마 어디선가 암살의 음모가 두세 건쯤 진행되고 있을지 모르죠."

위한림은 그의 마음을 알 것 같기도 해서 그 이상 추궁할 생각을 포기하고 "술이나 한잔 하자."고 했다.

"난 술을 마실 수 없습니다."

아키미의 거절이었다.

"덕택으로 이란을 어느 정도 이해할 것 같습니다. 앞으로 계속 가르쳐 주시오." 했더니 아키미는

"코리아에서 온 학생을 알게 된 것을 다행으로 생각한다."며

"언제이건 필요하면 불러주든지 찾아오십시오." 하고 한 장의 명함을 탁자 위에 놓았다.

아키미가 돌아가고 난 후 위한림이 곰곰 생각했다.

'아키미 덕택으로 이란의 정치학 입문은 배운 셈이지만 사업에 관해선 백지 상태로 남았다. 내일은 어떤 행동을 취할까. 이란에 살고 있는 교포를 찾아볼 수밖에 없다……'

위한림은 수첩을 꺼내 서울을 떠날 때 어느 친구가 적어준 교포의 주소를 확인해 보았다.

비둘기와 뱀

반영환이라고 했다.

위한림이 테헤란에선 처음 만난 동포의 이름이다.

그는 카즈빈 거리와 시멘트리 거리가 합치는 꽤 번화한 거리에서 식당을 경영하고 있었다. 프랑스 요리란 간판을 내걸고 주로 한국 요리를 하고 있는 모양이었다.

거무스름한 얼굴과 완강한 체격으로 보아 민족의상만 두르면 일견 이란 사람으로 보일 수도 있는 분위기를 띤 쾌활한 성미를 가진 사람이었는데 위한림을 만나자 어색하게 반가워했다.

만 리 이방에서 만나게 된 동족이 반갑지 않을 까닭이 없으니 반가운 것이지만, 그 반가움을 어떻게 표현해야 좋을지 모르는 까닭에 어색한 것이다. 이를테면 어색한 반가움이란 것은 해외에 나가 사는 사람이 아직 생활의 터전을 잡지 못했을 때 동족을 만나는 경우 느끼는 감정이며 표정이다.

그것은 또한 반가움과 경계의 동시적인 표현이기도 하다. 해외에 사는 동포들에게 있어 가장 경계해야 할 사람이 동포라고 볼 때 어쩔 수 없는 노릇이다.

영리한 위한림이 상대방의 그런 심리적 움직임을 모를 리가 없다. 이편에서 스스로 거리를 두어야겠다고 생각하고 극히 이례적인 질문을 했다.

"고향은 어디십니까?"

"이북입니다. 그러나 열 살 때부터 인천에서 살았습니다."

"그럼 해방 직후 넘어오신 거로군요."

"그렇습니다."

이로써 나이는 짐작되었다. 1945년에 10살이면 1976년엔 40세 아니면 41세일 것이었다.

"테헤란에 오신 것은……."

"얼마 안 됩니다. 베트남에서 미군이 철수할 무렵에 왔으니까요."

"베트남에 계셨구먼요."

"군속으로 갔다가 그곳에서 살게 되었소."

이로써 프랑스 요리의 간판을 건 근거를 알았다. 베트남에서 프랑스 요리의 요령을 익힌 것이었을 것이다.

"왜 고국으로 돌아오시질 않구."

"빈털터리로 돌아가서 뭘 합니까. 내친 걸음에 해외에서 한몫 잡아야죠."

"돈벌이가 됩니까."

"우선 식당을 차려 놓고 기회를 보는 겁니다. 먹는 장사니까 굶어 죽진 않겠지요."

"테헤란의 우리 교포는 얼마나 됩니까."

"대강 백 명쯤 될 겁니다. 대부분이 베트남에서 왔지요."

"모두들 뭘 합니까."

"나처럼 식당 하는 사람도 있고 트럭 운전사 하는 사람도 있고 잡화상을 하는 사람도 있습니다."

"크게 성공한 사람은……."

"아직은 없습니다."

"한국인이 사는 데 특별히 위험하다고 생각되는 일은 없습니까?"

"그런 건 없습니다."

이쯤 되니 물어볼 말이 없어졌다.

다음은 질문이 저편에서 왔다.

"형 씨는 무슨 용무로 오셨소?"

"이란을 근거로 사업을 할까 해서요."

"이란에서 사업에 성공하기란 힘들 겁니다. 이란 사람들은 약아요. 닳아먹을 대로 닳아 있거든요. 그들이 되레 우리의 등을 처먹으려고 하니까요."

"워낙 고생스런 환경에서 살아왔으니 그런 점도 있겠죠."

그 식당에서 볶음밥에 곁들여 양고기 수프를 한 사발 먹고 값을 받지 않겠다는 것을 굳이 치르곤 바깥으로 나왔다. 어슬렁어슬렁 테헤란 역 쪽을 향해 걷고 있는데 "형 씨!" 하고 뒤에서 부르는 소리가 있었다. 뒤돌아보았다. 아까 식당에서 본 얼굴이었다. 위한림이 앉은 테이블에서 서너 칸 떨어진 곳에서 혼자 식사를 하고 있던 사나이다. 나이는 삼십 대로 보였다.

위한림의 가까이에 와 서더니 물었다.

"형 씬 본국에서 바로 왔소?"

"그렇소."

"요즘 본국 형편이 어떻습니까." 하더니 "아, 참!" 하고 자기소개를 했다.

이동길이란 이름이며, 고향은 경상남도이고 테헤란 청과회사의 트럭 운전사라고 했다.

"요즘 본국의 사정은 퍽 좋아졌습니다. 수출도 대폭 늘고, 새마을 운동도 잘 되구 실업자는 거의 없어졌구요."

위한림이 이렇게 말하자, 이동길은 먼 눈빛이 되었다. 망향의 심정이 괸 그런 눈빛이었다.

"이 형은 가족을 가졌나요."

"딸이 둘이나 있고, 그러니까 나까지 가족이 넷입니다."

"그럼 부인과 같이 나왔나요."

"아닙니다. 베트남에서 결혼했습니다. 군속으로 있을 때 베트남 여자지요. 베트남 여자를 데리고 고국으로 갈 수도 없고, 베트남에서 버티고 살 형편도 아니고 해서 이란으로 오긴 했는데 앞일이 막막합니다."

"살기가 힘듭니까."

"운전사 노릇해서 버는 돈 갖곤 살기가 힘듭니다. 장사를 하재도 자본이 없고, 고국으로 돌아간다고 해도 비행기 삯을 변통 못할 처지니까요."

그런 말을 들어도 위한림으로선 어떻게 할 도리가 없었다. 그 자신의 호주머니도 빈약하기 짝이 없는 것이다.

"이란에 진출한 우리 상사 같은 게 있을 텐데 그리로 찾아가 보시지요. 현지 사정을 잘 아는 사람을 필요로 할 텐데요."

"외국인 회사에서 빌어먹었으면 먹었지 본국에서 나온 상사엔 안 갈랍니다. 자기들은 양반으로 치고, 우리를 대하는 건 종놈이나 거지를 대하듯 하니까요."

그 말을 한 침이 마르기도 전에

"형 씨가 테헤란에서 무슨 일을 하실 계획이면 절 써 주십시오. 월급은 미화로 오륙백 달러만 주면 힘껏 일을 하겠습니다."고 하는 이동길을 위한림이 말끄러미 쳐다보곤 말은 하지 않았다. 그러자 이동길이 말을 바꿨다.

"형 씨는 지금 어딜 가십니까."

"대사관에 가 볼 참이오."

"대사관은 부카레스트 애비뉴에 있는데 제가 데려다드릴까요."

181

"그럴 필요 없습니다. 택시를 타면 되겠지요."

"그럼 제가 택시를 잡아드리겠습니다."

"택시는 내가 잡죠."

역 가까이에서 택시를 잡았다. 이동길이

"지금 계시는 호텔 이름이 뭡니까." 하고 물었다.

위한림이 못 들은 체하고 택시를 타곤 손을 들어 인사를 했다. 택시가 달릴 무렵에야 뉘우침이 솟아 올랐다. 설령 좋지 못한 인상을 받았기로서니 동포에 대해 너무했다는 뉘우침이었다.

은근무례란 말이 있다.

공손한 체하면서 기실 무례한 태도를 말한다.

이란 대사관 직원이 위한림에게 보인 태도가 바로 그런 것이었다.

문간이나 복도에서 동족으로 보이는 낯선 사람을 만났으면 "누구냐.""어디서 왔느냐." 하고 인사말을 건넬 만한데 본체만체 지나가 버릴 뿐 아니라 "여보시오." 하고 몇 번쯤 불렀을 때야 겨우 시선을 돌렸는데 그 얼굴이 또한 이른바 포커페이스란 것이었다.

"저 위한림입니다."

"예."

"문의할 일이 있어서 왔는데요."

"예."

들어오란 말도 가란 말도 말을 해보란 말도 없이 그저 선 채 "예.", "예."라고만 연발하고 있는 사나이의 포커페이스를 지켜보고 섰다가

"난 어제 테헤란에 왔는데요."

"예." 할 뿐,

"대강 이곳 사정을 설명 듣고 참고로 하고 싶은데요."

"예."

어떤 일을 알고 싶으냐고 반문이라도 있으면 말을 계속하겠는데 이런 식이고 보니 상대를 하고 있기가 거북했다.

"좋소, 됐어요." 하고 위한림이 되돌아서 버렸다.

대사관을 나오며 곰곰 생각했다.

그 사람들에겐 이미 정열이 상실되어 있다. 동족이 찾아가면 동족이 찾아왔다는 의식에 앞서 문제가 하나 찾아왔다고 생각하는 모양이다. 아니 귀찮은 문제, 어쩌면 골칫거리가 될지 모르는 문제로 취급하는 것이다.

저 녀석이 없었더라면 일도 없고 따라서 문제도 없어 남아도는 시간에 책이나 읽고, 퇴근 시간이 되면 집으로 돌아가 적적하게 기다리고 있는 아내에게 뽀뽀하며 재미나게 지낼 수 있을 텐데 공연한 놈이 찾아와 갖고 귀찮게 구니, 제기랄…… 이런 심리로 된 것이 뻔했다.

외교관 또는 대사관 근무자가 모두 그러할까만 외교관 가운덴 간혹 무사주의자가 있는가 보았다. 그것은 혹시 수재들에게 있기 쉬운 싸늘한 타산에 근거하는 것인진 몰랐지만 햇수만 차면 확실히 승진하고 엉뚱한 일만 없으면 그 신분이 보장되어 있는 관료 사회가 필연적으로 만들어 내는 병폐일 것이라고도 생각했다.

그러나저러나 섭섭한 기분은 한량이 없었다. 외지에 나가 있는 사람에게 있어선 대사관이나 영사관이 조국, 바로 그것이 아닌가.

그러다가 위한림이 아까 자기가 이동길에게 대해 취한 행동을 상기했다. 그는 조그마한 불쾌감을 견디지 못해 호텔의 이름조차 말하지 않았던 것이다. 송곳으로 찔린 듯한 아픔이 명치뼈 근처에서 욱신거렸다. 은근무례한 대사관 직원을 탓할 자격도 구실도 없다는 뉘우침으로 다시 그 식당으로 가서 이동길과 만날 수 있는 기회를 포착해야겠다는 결심으로 번졌다.

택시로 반영환의 식당으로 달렸다.

이동길에 대한 연락 방법을 묻자, 적이 반영환이 놀라는 표정으로 물었다.

"왜 그러십니까. 그 사람이 무슨 실수라도 한 게 아닙니까?"

"실수는 내가 한 겁니다." 하고, 무슨 일이냐고 묻는 반영환의 질문에 대해선 애매한 웃음으로 얼버무리곤 호텔의 주소와 호실이 적힌 쪽지를 내밀었다.

"이동길 씨 만나거든 이것을 전해 주세요."

그렇게라도 해놓고 나니 다소 마음의 평정을 찾았다. 위한림은 호텔까지의 상당한 거리를 걸어서 가기로 했다. 낯선 거리에 빨리 익숙해지려면 걷는 것이 최고다.

어쩌면 테헤란이 사업의 근거지가 될지 모른다고 생각한 위한림은 거리에 익숙하는 동시 정을 붙여야겠다고 마음먹었다. 그런데 어느 도시를 사랑할 수 있으려면 그 도시의 여자를 사랑하고 사랑을 받는 기회를 가져야 한다. 아무리 어느 도시의 경치가 아름답더라도 그 도시의 여성으로부터 정성스럽고 구체적인 사랑을 받을 수 없었다면 그림엽서 속에서 살고 있는 거나 다를 바가 없다.

이것은 어떤 소설가가 쓴 기행문 가운데 있었던 내용인데 위한림이 여행을 해보고 나서야 절실한 공감을 가졌다.

지저분해도 홍콩을 애착하게 된 것은 그 도시에서 하룻밤의 풋사랑이라도 있었기 때문이고, 그림처럼 아름다운 싱가포르엔 엷은 엑조티시즘 이외의 것을 느끼지 못한 것은 그 도시에선 로맨스를 얻지 못했기 때문이다.

위한림은 이 생소한 도시 테헤란도 아름다운 애인을 만날 수만 있다면 기막힌 고장이 될 것이란 어슴푸레한 기대감을 가져보며 거리를 걸었다.

도중에 책점이 있었다.

영어로 간판이 되어 있는 것을 보면 영어책이 있을 것이었다. 위한림이 성큼 가게 안으로 들어가서 젊은 주제에 수염을 덥수룩하게 기른 점원에게 영어로 물었다.

"페르시아를 대표할 만한 문학서가 없습니까."

"페르시아어로 된 것 말인가요."

"아닙니다. 영역으로 된 것."

"현대의 것이 영역으로 된 것은 지금 우리 가게엔 없는데요."

"옛날 것이라도 좋습니다."

"그럼 이것이 어떨까요." 하고 점원이 안쪽 구석에서 한 권의 책을 뽑아 왔다. 책 표지에 그리스탄이라고 표기되어 있고 그 아래에 로즈가든 『장미원』이란 영어가 있었다.

"1200년대의 문학자인데, 우리 이란이 최대의 자랑으로 알고 있는 문인입니다."

점원의 보충 설명이었다.

페르시아 문학을 전공할 작정이면 모르되 페르시아 문학을 슬쩍 더듬어 보았으면 하는 정도의 생각밖엔 없는 사람이 1200년대의 페르시아 문학을 읽어 무엇 하나 싶었지만, "이 책의 저자는 사디라고 합니다만, 1,000년 가까운 세월을 겪었는데도 아직 우리 이란 사람들의 가슴속에 살아있다." 하는 점원의 말에 촉발되어 위한림이 그 책을 사기로 했다.

상담과 정치담 이외에 이란인과 공통적인 화제를 가질 수 있다는 것이 나쁠 까닭이 없다고 느낀 때문이었다.

이 책을 읽을 수 있었다는 것이 위한림의 앞날에 중대한 작용을 하는 것이지만, 그러나 너무 앞지른 얘기로 된다.

『장미원』의 영역자(英譯者)는 그 책의 앞부분에 사디의 생애를 간단하게 적고 있었다.

그의 본명은 뭇샤리프 딘, 그의 생년은 1184년, 그의 몰년은

1291년, 107세의 장수를 누린 셈이다. 일설엔 102세를 살았다고 하고 또 일설엔 110세를 살았다고 한다는데 요컨대 사막에서의 인간으로선 지금도 평균 연령이 30세 안팎인 이란의 인간으로선 놀랄 만한 장수자라고 할 수 있다.

그런 만큼 그는 대여행자(大旅行者)이기도 했다. 그의 작품『그리스탄』과『부스탄(果樹園)』에 그 여행 기록이 기재되어 있다고 한다.

출생지는 시라즈. 그는 젊어서 바그다드 대학에 유학하고 장성함에 따라 주옥의 명편을 써서 그 이름은 중근동의 세계에 널리 알려지게 되었다.

그는 1226년대 여행을 시작함에 있어 일시 고향인 시라즈에 돌아와 있다가 고향에 터키가 침입하는 소란이 파급되자 고향을 떠났다. 그때의 사정을 사디는『장미원』의 서두에서 다음과 같이 쓰고 있다.

당신은 알 것이다.
왜 내가 오랫동안 유랑의 나그네가 되었는가를!
터키인들의 박해가 귀찮아 나는 고향을 떠났다.
그리고 보았다. 세상이 흑인들의 머리칼처럼 헝클어져 있는 것을!
모두들 사람의 자식들인 것은 분명했지만
하나 같이 이리떼처럼 피에 굶주린 탐욕스런 무리들이었다.

위한림은 이 대목을 읽었을 때 눈을 크게 떴다. 그 문장은 1,000년 전의 문장이 아니었기 때문이다. 현대의 감각으로써도 충분히 통하는 지혜와 감동이 거기에 있었다.

위한림은 그 책에 열중했다.

평이하고 유려한 현대 영어로 번역되어 있는 탓으로 쉽게 이해할 수가 있었는데 그 편언척구(片言隻句)엔 가슴을 치는 것이 있었다.

위한림이 책의 제목이 『장미원』으로 된 까닭을 나름대로 짐작했다. 그 책에 담겨진 지혜와 갈등이 사막에 피어난 장미처럼 아름답고 싱그럽다는 뜻일 것이었다. 사막에 장미를 꽃피우는 마음먹이로 그글을 썼다는 사디의 자각을 짐작할 수도 있었다. 그러나 장미는 장미라도 그것은 시들지 않은 장미였다. 1,000년 가까운 세월 속에서도 시들지 않고 싱그럽게 피어 있는 장미의 뜰!

위한림이 이런 것을 읽었다.

나는 어떤 아랍인이 바스라의 보석상들과 어울린 자리에서 다음과 같이 말하는 것을 들었다. '사막에서 길을 잃고 굶주림 때문에 죽을 뻔했을 때 나는 하나의 포대(布袋)를 발견했다. 볶은 밀이라고 기대하고 기뻐했는데 그 포대엔 진주가 가득 들어 있었다. 아아, 그때의 슬픔과 낙담을 나는 잊을 수가 없다.'

사디는 이렇게 얘기하고 다음과 같은 에피그램을 시로 덧붙인다.

황량한 사막 가운데서 목이 마른 자의 입에 진주가 무슨 소용이 있을까. 양식이 없어 쓰러진 자의 허리춤에 황금과 하자프(陶器片)가 달려 있은들 그것이 무슨 소용일까.

위한림은 이 얘기에 순수한 감동을 느꼈거니와 한편,『장미원』에 있는 얘기를 미끼로 이란인과 친숙해질 수 있는 방편을 꿈꾸어 보기도 했다. 지식은 교양에 보탬이 됨으로써 보람이 있는 것이기도 하지만 상대방을 사로잡기 위한 술수의 수단이 되기도 하는 것이니 위한림이 이런 불순한 생각을 해 보았다고 해서 탓할 것은 없다. 성공하기 위해 가장 먼저 팔아야 하는 것은 양심이고, 두 번째 팔아야 할 것은 순진이라고 한 것은 로마의 철학자다.

그런데 위한림은 다음의 얘기를 읽곤 자신의 운명을 혹시 예시한 것이나 아닐까 하는 섬찟한 충격을 받았다.

『장미원』제3장 제15화

나는 어느 상인을 보았다. 이 상인은 150타(駄)의 상품과 40인의 노예를 소유하고 있었다. 어느 날 밤, 키시의 섬에서 이 상인이 나를 자기 방으로 초대해서 이런저런 얘기를 하며 지낸 적이 있었는데 그 상인은,

"나는 톨키스탄에 창고를 가지고 있소. 어떤 상품은 인도에 보관시켜 놓고 있고, 어느 지방의 지권(地券)을 가지고 있으며 내 상품의

보증인은 누구인데⋯⋯." 하다간 "난 요다음엔 알렉산드리아에 갈 계획입니다. 그곳은 기후가 좋거든요." 했는가 하면 이런 말도 했다.

"그러나 서쪽 해로는 위험해. 다른 방면으로 마지막 여행을 할까 해. 그 여행을 끝내면 나는 은퇴해서 편안히 여생을 지낼 참이다."

그래서 나는 그 여행이 어떤 것인가를 물었더니 그의 얘기는,

"페르시아의 유황을 중국에 가지고 가고 싶다. 중국에선 유황이 비싸다거든. 그리곤 중국의 도자기를 루우므로 가지고 오고 루우므의 비단을 인도로, 인도의 강철을 아레포제로, 아레포제의 거울을 야만으로, 야만의 면포를 페르시아로⋯⋯ 그쯤하고 나면 일체 여행은 끝내고 가게에만 앉아 있을 작정이다."

이런 씨알머리 없는 소리를 장장하다가 보니 기력이 없어진 모양으로 상인이 내게 말했다.

"자, 사디. 이번엔 당신이 얘기해 보구려. 본 것, 들은 것을."

그래서 나는 다음과 같이 말해 주었다.

"당신도 들은 적이 있지요. 구르의 사막에서 캐러밴(隊商)의 우두머리가 낙타의 등에서 떨어지며 했다는 말을 그는 이렇게 말했다더군요. 번뇌에 사로잡힌 탐욕스런 눈을 채우는 건 만족인가, 또는 분묘(墳墓)의 흙인가."

위한림은 잠깐 책을 덮고 생각했다.

'나 자신 지금 번뇌에 사로잡힌 탐욕의 눈을 갖고 이란을 찾아 왔

다. 이란을 찾아온 하루만에 나는 사디의 충고를 읽은 셈이다……'

그러나 그건 위한림의 반성에 도움이 되지 않았다. 인간의 탐욕
은 인간의 생명보다도 강인한 것인지 몰랐다.

말하자면 위한림의 야심은 사디의 충고를 넘어선 곳에 있었다.
사디는 위한림의 지식에 얼만가의 보탬이 될 뿐으로 그칠 것이지만
위한림은 그와의 만남만은 소중히 할 작정을 했다. 그러나 그런 뜻만
으로 끝나지 않았다는 것이 인생의 우연이며 운명인 것이다.

일주일 후 위한림은 시라즈에 있었다. 테헤란에서 고도(古都) 이
스파한이 남방 420킬로, 거기서 시라즈까지가 또 남쪽으로 480킬로.

위한림은 이스파한에서 하루를 묵고 시라즈로 왔다. 시라즈는 우
리나라로 치면 고도 경주에 비견할 수 있는 도시이지만, 그 정취는
전연 다르다.

위한림은 그 도시의 입구가 되어 있는 시문(市門) 앞에 섰을 때 자
기도 모르게 탄성을 올렸다. 이미 1,000년을 지났다는 시문은 모자이
크 스타일의 장식으로 단아했는데 그곳에서 조망된 신록의 가로수,
그 신록 속에서 꿈꾸듯 수려한 거리가 위한림의 가슴을 친 것이다.

안내서의 기록에 의하면 옛날 나그네가 이 문 앞에 서서 시라즈
의 수려한 풍경에 매료된 나머지 "아랄아호, 아크바르(알라신은 위대하
도다)" 하고 외쳤다고 되어 있는데 사실 그랬을 것이란 실감이 났다.

가도가도 사막이고 험한 암산의 연속인 곳에서 홀연 이런 도시
가 나타나고 보면 알라의 신을 찬양하는 외침이 터져 나올 만도 할

것이었다.

그러나 위한림이 이스파한에 이어 이 도시를 찾은 것은 관광할 목적이 아니었다. 수일 동안 그의 뇌리엔 이란의 정치 정세, 경제 계획에 따른 어떤 설계가 이루어져 간 것인데, 그 설계를 이란의 고도를 순방하면서 다듬어 보자는 데 있었다. 물론 시라즈를 찾게 된 동기 가운데 가장 큰 것은 그가 심취한 『장미원』의 작가 사디의 고향이 시라즈였다는 사실이다.

위한림은 녹음이 많고 한가하며 밝은 거리를 걷다가 시의 중심 부쯤에서 사디의 석상을 보았다. 높이 3미터가 되는 화강석 대석(臺石) 위에 2미터쯤으로 된 사디의 전신상이 경건한 모습으로 서서 시가를 굽어보고 있었다.

위한림은 『장미원』 마지막의 글귀를 외워 보았다. 그것은, "두 사람이 죽어 회한을 남겼다. 하나는 재물을 가졌으면서도 이를 즐기지 못했고, 하나는 알면서도 행하지 못했다."는 얘기를 적곤 다음과 같이 끝맺고 있는 대목이다.

"나는 나의 형편에 따라 충언(忠言)을 써서 평생을 바쳤다. 비록 사람들의 귀에 이르지 못했다고 하더라도 사자(使者)의 본분은 전달하는 데 있다. 이 책을 읽은 사람은 작자를 위해 신의 은총을 빌어다오. 당신이 바라는 행복을 당신은 열심히 추구하고 그 연후에 이것을 쓴 자를 위해 신의 용서를 빌어다오."

당당한 자신이며 겸허한 자족이다. 위한림은 고국에 돌아가면 이른바 글을 쓰겠다고 하는 친구들에게 꼭 이 말을 전하리라 다짐하며 사디의 석상을 오랫동안 지켜보았다.

그때 관광객으로 보이는 백인 중년 부부가 옆으로 와서 대석에 새겨진 문자를 읽으며 "페르시아에도 문학이 있었던가." 하는 뜻의 말을 속삭이고 있었다. 그리곤 위한림에게 물었다.

"당신은 이 사람을 아는가." 하고. 위한림의 대답은 이러했다.

"내가 이 어른을 안 건 불과 일주일 전입니다. 그러나 이 어른을 통해 나는 이란을 이해할 수 있고 이란을 사랑할 수 있게 되었습니다."

위한림은 그 길로 사디의 무덤을 찾았다. 주위에 녹음과 화단을 장식하여 천장을 돔풍으로 만들고, 그 돔을 일곱 개의 석주(石柱)가 받들고 있는 가운데 석관(石棺)이 놓여 있었다.

그 묘역의 풍치만 보더라도 이란 사람들 특히, 시라즈의 시민들이 사디를 얼마나 존경하고 있는지 알 수가 있었다. 동시에 우리 한국에 이처럼 경애를 받고 있는 문학자가 있을까 하는 생각을 해 보았다. 쓸쓸했다.

안내서에서 기록된 대로 또 하나의 무덤을 찾았다. 그것은 하페스의 무덤이었다. 하페스는 사디보다 1세기 후에 나타난 시인이라고 되어 있었다. 그 묘역은 사디의 것보다 훨씬 현란하고 정교했다. 그는 시라즈를 특히 사랑했다고 해서 이곳에 묘역을 만든 것이라고 하는데 안내서는 다음과 같이 기록하고 있었다.

"키프로스의 고목(古木) 그늘에서 엮은 그의 시는 14세기 페르시아 문학을 대표할 뿐 아니라, 페르시아에 문학이 존재하는 한 영원히 빛날 것이다."

위한림은 테헤란으로 돌아가자마자 하페스의 저서를 입수하리라고 마음먹었다.

위한림은 두 묘역을 소요하며 '결국 나의 이러한 감상은 비둘기의 센티멘털리즘 이상도 이하도 아닐 것이다.'고 느꼈다. 돈을 벌겠다고 이란에 와서 사디나 하페스의 문학에 관심을 둔다는 것 자체가 웃기는 얘기가 아닌가.

그는 바자르가 있는 곳을 찾아 걸었다. 시라즈의 바자르는 특히 직물(織物)로서 유명하다는 얘기다.

안내서의 지도를 따라 위한림이 천천히 걸음을 옮겨 놓았다. 1,000년 전과 현재가 혼재(混在)해 있는 곳, 이곳에서는 세세연년화상사(歲歲年年花相似)일 텐데 세세연년인부동(歲歲年年人不同)인 사정은 다를 것이 없으리라.

시라즈의 바자르는 낮인데도 서클라인의 형광등이 눈부셨다. 모스크풍으로 지은 옛날의 건물을 사용하고 있기 때문에 조명 없인 낮에도 어두운 것이다.

펼친 채 줄에 달아 놓은 것도 있고 육중하게 쌓아 놓은 상품도 있었다. 상인들이 뭐라고 지껄이며 위한림의 흥미를 끌려고 했지만 그는 담담한 표정으로 이곳저곳을 둘러보았다. 그 가운데 위한림의 관심을 끄는 태피스트리가 몇 개 눈에 띄었지만, 그런 것을 사려고 들기엔 호주머니 사정이 너무나 빈약했다.

바자르를 둘러 나왔을 땐 긴 초여름의 해가 기울어가고 있었다. 그는 갑자기 공복을 느꼈다. 새벽 이스파한을 출발한 이래 전혀 요기를 하지 않았던 것이다.

바자르의 입구 근처에 식당이 있었다. 양고기 냄새에 유혹이 되었다. 위한림이 그 가게에 들어가서 자리를 정하긴 했는데 영어가 전혀 통하지 않아 방금 냄비에서 끓고 있는 음식을 가리켰다.

그것은 양고기와 감자 비슷한 것을 섞어 삶은 음식이었다. 위한림은 그것에 안남미밥 한 접시를 먹었다. 짠 듯했으나 시장한 터라 그런대로 맛이 있었다.

사건은 그 다음에 발생했다.

음식을 먹고 값을 치르려고 지갑을 꺼냈는데 지갑 속엔 한 푼의 돈도 없었다. 도둑을 맞았으면 지갑째 없어졌을 것인데 지갑은 있고 돈만 없어졌다는 사실이 이상하기만 했다.

빈 지갑을 꺼내 들고 우물쭈물 하고 있는 위한림의 태도를 무전취식하려는 뻔뻔스러움으로 보았던지 주인의 날카로운 말이 날아왔다.

힐난하는 말일 것이란 짐작만 갔지 말뜻은 알아들을 수 없었다. 위한림이 정중한 태도로

"보시다시피 돈이 없습니다. 아니 돈이 없어졌습니다. 어떻게 양해를 해주시면 다른 방법으로 보상을 하겠습니다."라고 영어로 말

했다.

불행하게도 상대방은 전혀 영어를 알아듣지 못하는 모양이었다. 그 큰 눈을 아라비안나이트의 괴물처럼 치켜 뜨고 팔을 마구 휘두르며 고함을 질렀다. 가게 안의 사람들 시선이 일제히 쏠렸다.

위한림이 그들을 둘러보며

"누군가 영어할 줄 아는 사람 없느냐."고 물었으나 모두들 말똥말똥 봄바람에 스친 망아지 얼굴들이다.

도리가 없었다. 상대방이 못 알아듣는다는 것을 알면서도 간청했다. 결코 고의로 그랬다는 것이 아니라는 것, 허락만 해주면 테헤란에 돌아가서 돈을 부쳐 주겠다는 것 등을 두서없이 영어로 지껄였다. 그러나 상대방의 태도는 더욱 험악하게 될 뿐이었다.

위한림은 뭔가 음식값이 될 게 없나 하고 궁리하다가 숄더백에 들어 있는 안전면도기를 상기했다. 그것은 홍콩에서 산 것인데 그런 유의 물건치고는 고급에 속하는 것이어서 얼른 그걸 꺼내 들고

"이걸 드리겠습니다. 음식값이 얼만 줄은 몰라도 이걸로 충당이 될 줄 압니다." 했지만, 상대방은 숫제 그 물건엔 눈도 거들떠보지 않고 어딘가를 가리키며 고함을 마구 질렀다. 낌새로 보아 경찰서로 가자는 시늉일 것이었다.

위한림은 무전취식으로 경찰 문제라도 되면 창피스럽기 짝이 없다고 당황했다. 며칠 전에 만난 대사관 직원의 냉담한 표정이 떠올랐다. 그 표정에 경멸과 저주의 빛이 깃들 것은 명약관화한 일이었

다. 그는 숄더백을 벗어 그것을 제공하겠다는 시늉을 해보였다. 그래도 막무가내였다.

상대방은 두르고 있는 에이프런 같은 것을 벗어 점원에게 내던지며 뭐라고 지껄였다. 경찰서로 데리고 갈 준비 동작으로 보였다.

위한림은 서글펐다. 사디와 하페스를 숭상하는 시라즈의 시민이 조그마한 실수를 했다고 해서 외로운 나그네를 이처럼 괴롭히는가 싶으니 이때까지 시라즈에 대해 가꾸고 있던 애착이 사라져 가는 것을 느꼈다. 그 기분이 뭣보다도 괴로웠다.

위한림은 마지막으로 용서를 빌어보고 그래도 안되면 경찰서 아니라 산수갑산에라도 갈 작정으로,

"당신들의 신 알라에게 맹세하겠소. 지금 내가 가진 것이란 이 숄더백과 그 속에 든 세면도구 밖에 없는데 이것이라도 받아 두시면 테헤란으로 돌아가는 즉시 돈을 보내드리리다." 하고 숄더백을 들이밀었다.

상대방은 숄더백을 홱 밀치곤 위한림의 팔을 잡아끌었다.

이 광경을 길거리에서 보고 있던 사람이 선뜻 가게 안으로 들어서더니 주인을 보고 뭐라고 물었다. 하얀 양복을 맵시 있게 입고 헬멧을 쓴 꽤 핸섬한 중년 신사였다. 이 사람이면 영어를 알겠지 하고 위한림이 가까이로 다가갔다.

아니나 다를까 그 사람의 영어는 그의 옷차림처럼 스마트했다.

위한림의 얘기와 상대방 얘기를 번갈아 듣곤

"이 사건은 금전의 문제가 아니라 언어의 문제라."고 유머러스하게 익살을 떠는 것을 보면 꽤 교양이 있는 사람이었다.

그가 위한림에게 물었다.

"테헤란으로 가면 돈을 갚아 줄 수 있느냐."

"갚아 줄 수 있다."

"그걸 어떻게 보장하겠는가."

"당신들에게 알라신이 있는 것처럼 우리 코리언에겐 옥황상제가 있다. 옥황상제 앞에 맹세하겠다."

"그럼 좋다." 하고 그 사나이는 수첩을 꺼내곤 거기에 호텔 이름과 호실 그리고 위한림의 성명을 적으라고 했다.

위한림이 그가 시키는 대로 수첩에 써 넣었다. 그는 위한림의 필적을 감정하듯 하더니

"썩 유려한 필적인데 어디서 교육을 받았느냐."고 물었다.

"국립 서울대학에서 배웠다."

"테헤란 대학과 비슷한 대학인가?"

"테헤란 대학의 내막을 모르니 비교할 수가 없지만, 영국 대학으로 치면 옥스퍼드나 케임브리지와 비견할 수 있다. 게다가 대학에 들어가긴 전 다닌 경기고등학교는 영국의 이튼과 해로 고등학교 보다 나았으면 나았지 못하지 않다."

그러자 그 사나이의 얼굴에 빈축에 가까운 웃음이 감돌 듯하더니 이런 말을 했다.

"이란에서 무언가를 하려거든 영국에 빗대놓고 자랑하는 따위의 말은 삼가야 한다."

"나는 자랑한 것이 아니고, 당신의 인식을 돕기 위해 예를 들었을 뿐이다."

"아무튼 좋다." 하고 그는 지갑을 꺼내 위한림의 음식값을 치렀다. 그리고는

"나는 모레면 테헤란으로 간다. 테헤란에 돌아가거든 이리로 전화를 하라."며 명함을 건넸다.

그 명함은 양면으로 적혀 있었는데 한쪽 면엔 이란 문자로 되어 있고 한쪽 면은 로마자로 되어 있었다. 이름은 에도사 모르니에라고 읽혔다.

"에도사 모르니에?"

"그렇다." 하고 같이 큰 길까지 나와서 그는 대기시켜 놓은 자동차에 오르려고 했다. 자동차는 최신형 캐딜락이었다.

"미스터 에도사."

위한림이 불러 세웠다.

그가 뒤돌아봤다.

"이제 막 당신이 내 사정을 알지 않았는가. 내겐 호텔 숙박비도 없고 테헤란으로 돌아갈 차비도 없다. 내가 테헤란으로 돌아가야만 아까 빈 돈도 갚을 수 있지 않겠는가. 그러니 여기서 하룻밤 자고 테헤란으로 돌아갈 수 있을 만한 액수의 돈을 융통해 달라."

에도사는 애매한 표정으로 뭔가를 생각하는 듯 하더니 물었다.

"여기서 특별히 볼 일이 있는가?"

"없다."

"그러면 이 차에 타라. 나는 지금 페르세폴리스로 갈 참이다. 오늘 밤은 페르세폴리스에서 자게 될 거다. 거기 가서 같이 밤을 지내자."

시라즈에서 페르세폴리스까진 약 60킬로의 상거(相距)다. 쾌속으로 달리는 캐딜락 안에서 주고받은 말의 내용으로써 위한림은 에도사 모르니에란 사람이 이란의 고급관료 아니면 팔레비 왕의 측근에 자리 잡고 있는 사람일 거라는 눈치를 챘다.

한국인 또는 한국 정부의 이란에 대한 태도를 알고 싶어 하는 열의가 노골적이 아닐 정도로 은근했고, 남북한 문제에 대한 관심도 보통 인간의 그런 것이 아니었다.

그런 눈치를 채고 보니 위한림의 말도 자연 조심성을 띠게 되었다. 위한림이 시라즈의 바자르에서 있었던 사건에 관해 다소의 변명을 보태야 할 필요를 느꼈다.

"시라즈의 식당에선 내가 경솔했던 겁니다. 식당에 들어가기에 앞서 지갑을 챙겨 보아야 하는 건데 그걸 깜박 잊었거든요. 그런데 알고도 모를 일입니다. 지갑은 있고 지갑 안에 든 돈이 없어졌다는 사실 말입니다."

"듣고 보니 사과를 해야 할 사람은 이편입니다. 객지에서 재물을 잃는 것처럼 난처한 일은 없으니까요. 그건 그렇고 지갑은 두고 돈만 가져갔다는 게 이상하군요."

"아라비안나이트의 마술사가 나타났다고 하면 지갑의 내용을 꿰뚫어 볼 수도 있었을 텐데."

"바그다드에서나 있을 일이 시라즈에서 있었다는 게……." 하며 에도사는 웃었다.

위한림은 말이 내친 김에

"우리 한국에서 외국인이 그런 실수를 했다고 하면 좀 더 관대했을 텐데 이란 사람들은 성격이 과격한 편 아닙니까."

"그러니까 시라즈에서 내가 말하지 않았소. 돈의 문제가 아니라 언어의 문제라고. 그런데다 우리나라의 인접국으로서는 많은 나라가 있습니다. 이라크·리비아·예멘·암만·사우디·아프간, 그리고 각지의 이민족, 그들이 밀고 들어와서 적잖은 작폐가 끊어지질 않습니다. 상인들은 특히 신경질이 될밖에 없지요. 사람을 보면 아니 이민족을 보면 도둑놈으로 알아야 할 판이니까."

"그렇더라도 사디 같은 문학자를 존경하는 시라즈의 시민이 그처럼 용렬할 줄이야. 이건 내 행동을 선반에 올려 놓고 남만 탓하는 것 같아 죄송한 생각이 듭니다만."

"사디라뇨?"

에도사의 눈이 빛났다.

"『장미원』을 쓴 사디 말입니다."

"당신이 어찌 사디를 압니까."

"알 뿐만 아니라 대단히 좋아합니다. 내가 시라즈에 온 것도 실은 사디의 고향을 예방한다는 뜻이었습니다."

"이건 대단한 일인데요."

"대단할 것도 없습니다. 좋은 문학은 세계 공통 재산이 아닙니까?" 하고 위한림은『장미원』속의 감동적인 내용 몇 개를 들먹이곤

"사디의 훌륭한 점은 다른 성자들처럼 현세를 초월해 버리는 것이 아니라 현세의 희로애락을 직시하면서도 보다 나은 지혜를 탐구하려는 데 있다."는 평을 보탰다.

에도사의 감격이 육안으로도 역력히 보였다. 그는 위한림의 손을 덥석 잡으며

"코리아에서 온 청년이 이란이 자랑하는 사디에게 심취해 있다는 사실은 참으로 놀랍다."며 페르세폴리스에 가거든 밤새워 얘기를 하자며 흥분했다.

페르세폴리스!

해발 1,710미터의 고원에 침묵해 있는 고대 페르시아 제국의 폐도(廢都), 서양의 문명사가들은 지나간 문명의 광휘를 슬퍼할 때 이 페르세폴리스를 보기로 들먹인다.

정신의 페르세폴리스는 물질의 수사와 더불어 황폐했다고 기록에 의하면 그 유래는 다음과 같다.

— 기원전 520년, 즉 지금으로부터 약 2,400년 전, 페르시아 제국의 황제 다리우스가 궁전 겸 요새(要塞)로서 기공하여 그의 후손 크

세륵세스, 알탁셀크세스 등에 의해 100여 년에 걸쳐 증축해서 완성한 세계 무쌍의 궁전이었다.

페르시아치곤 녹색이 짙은 평원을 앞으로 하고자 '자비(慈悲)의 산'을 동쪽으로 하여 동서 약300미터, 남북 약450미터의 굉장한 규모이다. 이 궁전을 짓기 위해 페르시아의 기공(技工)들은 물론 인근 점령 지역에서 선발된 수만 인의 기술자가 동원되었다. 그 견고, 그 화려는 유례를 볼 수 없을 만큼 월등했다.

그러나 세위(勢威) 200년을 채우지 못하고 기원전 331년 다리우스 3세 때 알렉산더대왕의 원정군에 의해 일거에 괴멸하여 이후 천 수백 년 동안 폐허로서 토사에 매몰되어 버렸다. 전부가 매몰되고 그 일부만이 노출되어 있었던 것을 고고학자들이 착목했다. 1931년부터 8년 동안 미국의 고고학 조사단이 본격적인 발굴 작업을 계속했다.

지금 위한림이 석양 속에 서서 바라보고 있는 페르세폴리스는 미국의 조사단에 의해 발굴된 페르세폴리스의 흔적이다.

위한림은 허공을 향해 우뚝우뚝 서 있는 석주(石柱)와 초석, 회랑의 흔적 사이를 소요하며 페르시아 제국의 성시를 공상하고 알렉산더대왕이란 인물의 존재를 실감했다. 승리자 알렉산더도 패배자 다리우스도 이렇게 폐허의 처량한 광경만 남겨 놓고 온데간데가 없다.

그야말로 정신문명의 상징이었던 페르세폴리스는 물질적 번영의 상징이었던 수사와 더불어 사라져 없어지고, 여기 그 폐허만 남아 있는 것이다.

페르세폴리스 호텔은 시라즈에서 온 가도가 페르세폴리스의 들머리에 이르렀을 지역의 숲 속에 있었다. 산책에서 돌아온 위한림을 로비에서 기다리고 있던 에도사는 감상이 어떠냐고 위한림에게 물었다.

"잘못하면 허무주의자가 될까 두렵다." 고 위한림이 말하자

"페르세폴리스에서 허무주의적 기분으로 안되는 사람이 있다면 그자는 머저리일 것이다."고 웃곤

"그러나 이 허무주의의 표본 같은 폐허를 8년 동안이나 발굴하고 지금도 발굴 사업을 계속하고 있는 또 하나의 허무주의에 경의를 표해야 할 것이라."고 이르고

"허무주의와 허무주의가 합쳐 이만한 위적을 만들어 내었다는 것이 기적에 가깝다."고 덧붙였다.

그래 위한림이

"허무주의와 허무주의의 상승(相乘) 즉, 마이너스와 마이너스를 곱하면 플러스가 되는 이치가 바로 이것 아닙니까." 했더니 에도사는

"원더풀, 엑설런트." 란 표현을 쓰기까지 하며

"당신 같은 청년을 만난 것은 내 최대의 영광이다." 하고 흐뭇해 했다.

페르세폴리스에 있어서의 하룻밤은 위한림에게 있어서는 실로 운명적인 밤이다.

해가 지자 달이 기다렸다는 듯이 자비의 산 위에 솟아올랐다. 음력 열사흘쯤으로 되는 달이었을까. 한쪽 언저리를 살큼 뭉개 놓은 둥근 쟁반 같은 달이 그을은 오렌지 빛깔로 신비로웠다. 달만이 아니라 신비로운 것은 자비의 산이었다. 낮에 볼 땐 회색의 석회암으로 되어 있는 볼품없는 나산(裸山)이었던 것이 달빛 아래선 그윽한 호백색으로 물들어 있는 것이다. 낮엔 찾아볼 수 없었던 '자비'의 뜻이 밤에 이르러서 그 의미를 나타낸 것 같다는 까닭은 너그러운 경사가 부드러운 선으로 되고 그윽한 호백빛이 보는 사람의 가슴을 유연하게 달래는 듯하기 때문이다.

위한림은 호텔의 창가에 에도사와 나란히 앉아서 자비산 상의 달을 보며 "우리 동양엔 달을 두고 읊은 무수한 명시가 있는데 학력이 모자라 그것을 소개할 수 없는 것이 유감이라."고 했다.

"우리 페르시아에도 달에 관한 시문이 적지 않습니다. 그러나 나는 달을 보면 시보다는 역사를 생각합니다. 더욱이 페르세폴리스에선 저 달은 알렉산더를 보았을 것이다. 저 달은 페르세폴리스의 전성기를 보았을 것이다. 저 달은 다리우스 황제를 보았을 것이다. 하는……."

에도사 모르니에의 감상이었다.

"그러나 미스터 위."

에도사는 이렇게 불러 놓고

"당신은 이란에 달과 시와 역사의 유적을 감상하러 온 것은 아닐 테지요." 했다.

"물론입니다."

"그럼 그 목적을 말해 보시오."

"돈을 벌었으면 합니다, 엄청난 돈을…… 하지만 전제 조건이 있습니다. 그저 덮어놓고 돈만 벌면 그만이란 게 아니라 이란의 국익을 위해 보람 있는 공헌을 함으로써 그 반대 급부격으로 돈을 벌고 싶습니다."

"좋은 의견이오. 간단하게 말해 사업의 세계는 기브 앤드 테이크니까요. 상대에게 이익을 주지 않고 자기만 돈을 벌겠다는 건 형식이야 어떻든 약탈이며 절도입니다. 우리 이란은 그런 사업가를 용납하지 않습니다. 헌데 물어도 될까요?"

"물으십시오."

"돈을 많이 벌어 어떻게 하시렵니까."

"세계정부를 만드는 기금으로 썼으면 합니다."

"세계정부?"

위한림의 대답은 일종의 공상담이 될 수밖에 없었다. 그런데도 끝까지 경청하고 있더니 에도사는

"마땅히 정의감 있고 정열 있는 청년은 그만한 포부를 가져야지요. 그러나 불가능한 일입니다. 오늘날 세계기구로서 만들어 놓은 유엔의 꼬락서니를 보십시오. 나는 한때 유엔에서 일한 적이 있습니다만 지금 유엔은 완전히 정열을 잃고 있습니다. 갈수록 그런 경향은

농후해질 겁니다. 불원 해체가 되겠지요. 그처럼 열성적으로 각국의 협력을 얻어 만들어 놓은 유엔이 저 꼴인데 당신이 기도하는 세계국가가 어떻게 가능하겠습니까?" 하고 말하는데 그 태도는 진지했다.

위한림은 마음으로부터 존경하는 마음이 일었다. 한 청년의 한갓 공상담을 그처럼 진지하게 취급해 주었다는 그 사실에 대한 감격이었다.

유엔이 화제에 오른 김에 위한림이 다음과 같이 말해 보았다.

"유엔이 그 헌장에 기록된 목적 수행을 위해서 매년 300억 달러 내지 500억 달러를 쓸 수 있다면 유엔은 그야말로 평화기구로서의 보람을 다할 수 있지 않겠습니까. 단 그 돈은 일체 대국의 간섭을 배제하고 세계의 평화와 인류의 행복만을 염원하는 하나의 위원회에 의해 운영되어야 합니다. 비아프라에 기근이 있으면 그 대책을 위해 그 해의 오백억을 집중적으로 몽땅 쓰는 겁니다. 그렇게 되면 당장의 대책에도 성과가 있고 항구적인 대책도 될 수 있겠지요. 아무튼 세계에서 선발된 가장 지적인 두뇌가 평화와 행복을 저해하는 원인과 문제를 찾아내어 적절한 해결책을 강구하는 겁니다. 그렇게 되면 우선 유엔의 위신이 높아지고 세계 각국은 일류의 인물을 그곳에 파견하게 될 것이며, 따라서 유엔의 세계 평화기구로서의 활성을 되찾게 된다 이겁니다. 세계정부의 기초가 잡혀나가는 거죠."

에도사는 빙그레 웃었다.

"참 좋은 아이디어인데 돈은 누가 내는 겁니까."

"세계 각국이 형편에 따라 각출하는 거죠."

"미국이나 소련 등 대국은 자기들의 국가적 이익에 직접적으로 보탬이 되지 않는 한 한 푼의 돈도 내려고 하지 않을 겁니다. 마음대로 쓰십시오, 하고 돈을 내놓을 나라가 있을 것 같습니까?"

"내가 어느 책에서 읽은 바에 의하면 69년에서 70년에 이르기까지의 1년 동안에 세계 각국이 쓴 전비(戰費)는 2,040억 달러라고 했습니다. 그리고 그동안에 세계 전역에 걸쳐 전사한 자가 이십만이었다고 합니다. 그러니 사람 하나를 죽이기 위해 일인당 100만 달러 이상이 들었다는 계산이 됩니다. 이런 어리석고 어처구니 없는 일이 도대체 있을 수 있는 일입니까."

"그 통계는 어디서 나온 건가요?"

"바로 유엔 사무국에서 나온 숫자입니다."

"흠!" 하고 생각하는 빛이더니 에도사는

"정확을 기하면 인간들이 서로가 서로를 죽이기 위해서 쓰이는 돈은 줄잡아도 연간 그 이상이 될 겁니다. 참으로 어처구니가 없죠." 하며 한숨을 쉬었다.

"그러니까 말입니다. 500억이라면 그 2000억의 사분의 일이 아닙니까. 그러니 국방비의 비례에 맞춰 유엔에 평화비(平和費)를 내도록 하면……."

"옳은 의견이 통하지 않는 게 국제정치란 겁니다. 그러니까 파워 폴리틱스라고 하는 거죠. 하여간 미스터 위. 당신의 세계정부 구상은 모어의 유토피아나 다름없이 실현될 가능성은 없을 거요. 그런 까닭에 목적이 세계정부 실현에 있다고 하면 돈을 벌 필요 없이 당신은 학문을 하는 것이 좋지 않을까 싶은데요."

"그런데 나는 학문보다는 돈을 버는 데 더욱 흥미가 있습니다. 그건 그렇고 에도사 씨, 당신은 세계 문제를 어떻게 생각하고 있습니까?"

"솔직하게 말하면 나는 세계 문제 같은 덴 흥미가 없습니다. 이란 문제로써 내 머리는 꽉 차 있는 거죠."

그리고 에도사는 다음과 같이 설명을 보탰다.

"어느 나라치고 복잡한 문제를 가지고 있지 않을까만, 우리 이란의 문제는 더욱 더 복잡합니다. 당신의 나라 코리아는 남북의 대립으로 해서 결정적인 난국에 있지만 우리 이란은 그런 정도가 아닙니다. 공식적으론 국토의 분단이 없으나 내용적으론 당신의 나라보다 그 분단 상황이 더욱 심각합니다. 이란의 북부는 소련의 직접적 위협하에 놓여 있으니까요. 게다가 종교적인 분열이 또한 가혹합니다. 똑같이 알라신을 믿는다고 하면서 그 내용에 들어서면 서로가 원수로 되어 있습니다. 이외에 또 신구(新舊)의 대립이 있습니다. 토지 문제에 관한 확집이 있습니다. 석유 문제는 재물의 문제이기에 앞서 암적인 의미를 가지고 있습니다. 이란에 석유가 있는 이상 우리의 정치는 우리 마음대로 될 수가 없습니다. 석유에 대해 주도권을 잡으려고 하면 메이저와 야합하고 있는 세력이 정부를 전복하려 하고 농민을 위하려고 하면 대토지 소유자가 음모를 꾸밉니다. 이 교파를 두둔하는 듯한 결과가 되는 정책을 펴면 저 교파가 반기를 들고. 교파의 이해관계로부터 초연하려고 하면 모든 교파들이 공동전선을 펴고 덤벼 듭니다. 간단하게 말해서 이란은 이런 나라입니다. 세계 문제에 관심을 둘 겨를이 있을 것 같습니까?"

"에도사 씨는 팔레비 왕을 어떻게 생각하십니까?"

위한림이 조심스럽게 물었다.

그러자 에도사는 심각한 표정을 부드러운 표정으로 바꾸며

"그 문제에 관해선 내가 먼저 할 얘기가 아니고, 미스터 위의 발언이 먼저 있어야겠다."고 했다.

"나는 이란에 온 지가 얼마되지 않으니 뭐라고 꼬집어 대답할 수가 없습니다."

"시험 문제에 대한 답안 같은 답을 듣고자 하는 건 아닙니다. 당신의 직감적이고 소박한 의견을 듣고자 할 뿐입니다. 이란에 온 진얼마되지 않았다고 하나 당신은 이란에 대해 상당히 연구한 사람으로 보입니다."

위한림은 솔직하게 말할밖에 없어 다음과 같이 설명했다.

"나는 팔레비가 제창한 백색혁명에 공감하고 있습니다. 그런 까닭에 현재 이란에 있어서의 정치 노선으로선 팔레비 왕의 노선이 최선의 것이 아닐까 합니다. 그 노선 이외에 이란이 갈 곳은 없다고 생각합니다. 달리 무슨 방도가 있겠습니까. 팔레비 왕이 없어지면 혼

란이 있을 뿐이라고 나는 생각하는데 이건 국외자의 피상적인 견해일지도 모르지요."

"결코 피상적인 견해가 아닙니다. 옳게 보신 겁니다. 지금 상황에 있어서 팔레비 노선은 최상 최선의 노선입니다. 그런데 그것이 충분하게 대중 손에 먹혀 들어가질 않습니다. 뿐만 아니라 우리 이란엔 무작정 본능적으로 반대하기 위해 반대하는 심성의 소유자가 상당수 있습니다. 일단 적이라고 쳐놓으면 숫제 말을 듣지도 않고 믿으려고도 안 하는 거죠. 팔레비의 백색혁명이 성공만 하면 이란의 앞날은 밝은 것으로 될 것이지만, 과연 그만한 시간이 허용될지."

에도사의 얼굴엔 암울한 빛이 있었다.

에도사의 얼굴에 침울한 빛이 돌았을 때, 위한림이 발언을 했다.

"백색혁명의 취지가 흐려진 이유는 그 속도가 너무 늦기 때문이라고 생각합니다."

에도사는 위한림의 말을 금방 납득하지 못하는 것 같았다. 그러자 위한림이 말을 보탰다.

"대강 7개년계획 또는 15년 기한으로 정책이 진행되니까, 그 성과가 국민의 눈에 선명하지 않다는 데 그들 대중이 따라오지 못하는 이유가 있다는 겁니다."

"현재의 템포마저 너무나 급진적이라고 반발하는 부류가 있는데."

"그런 부류는 어떤 일에건 반발할 부류니까 신경 쓸 필요 없고,

요컨대 국민 대중의 눈이 나날이 그 성과에 놀라도록 해야 한다, 즉 사업을 빠른 시간에 진행시켜야 한다는 뜻입니다. 20층 빌딩을 짓는데 12개월 걸리지 않고 한 달 안으로 짓는다, 어제 진흙바닥이었던 길이 오늘 보니 포장된 대로가 되어 있다, 어제의 소작인이 오늘 지주가 되어 있다, 이런 식으로 해치워야 한다는 겁니다. 얼핏 안 일입니다만 이란의 토지 개혁은 토지를 분배 받은 농부가 토지를 완전히 자기 소유로 하기까지 15년이 걸리는데 이게 안된단 말입니다. 빈궁 속에서 토지를 분배 받아 놓으면 15년간 상환하는 동안에 경작비와 빚 등으로 어느새 그 토지를 포기해야 할 상황으로 몰려드는 겁니다. 그러니까 토지를 분배와 동시에 농민이 소유하도록 해주고 상환은 국가가 책임을 지는 그런 방법으로 했을 때 비로소 농민은 국가에 감사를 드리고 그 국가에 충성할 생각을 가꿀 것이 아닙니까?"

"미스터 위의 의견은 훌륭하지만, 우리 이란 정부엔 그처럼 막대한 자금이 없소. 그런 예산을 편성할 수가 없다는 얘기요."

이에 이르러 위한림은

"우리 코리아의 수도 서울에 한 시장이 있었는데 그 사람이 시장으로 있었던 시기의 얘기입니다."

전제하고 다음과 같이 설명했다.

"그 시장의 전임자 시절엔 다리 하나, 육교 하나, 제대로 만들 수가 없었습니다. 그 이유는 그 시장이 무능했기 때문이 아니라 예산이 부족했기 때문입니다. 서울시 당시의 예산으로썬 방대한 시청 직원의 인건비를 지불할 정도에도 미흡한 상황이었습니다. 그런데 그 시장이 등장하자 지하도를 만든다, 도로를 넓힌다, 한강의 제방을 튼튼히 한다, 육교를 만든다 등등으로 갑자기 대공사를 시작하게 된 것입니다. 동시에 엄청난 도시계획을 발표했던 것입니다. 시민들이 놀라기에 앞서 신문기자들이 놀랐습니다. 당신은 예산도 없는데 무슨 돈으로 이런 공사를 하고 그런 거창한 계획을 세웠는가 하고 기자들이 물었습니다. 그때 그 시장은 경영행정이란 말을 썼습니다. 길을 포장하고 환경을 고침으로써 즉, 공사를 함으로써 평당 만 원밖에 안되던 시유지를 열 배 백 배의 가치가 있는 땅으로 만들어 그렇게 해서 남은 돈으로 다시 새로운 공사를 시작한다는 겁니다. 그 시장은 그런 방식으로 서울시의 면목을 바꿔 놓았을 뿐 아니라 예산에만 얽매인 행정을 경영행정의 방향으로 발전시키는 업적을 남긴 겁니다. 이란에도 그런 인물 그런 방식이 있게 되면 현저한 변화가 있을 줄 압니다.”

에도사는 그 시장이란 인물에 대단한 흥미를 느꼈던 모양으로 구체적인 질문을 하기 시작했다.

그런데 위한림이 시장 얘기를 꺼냈을 뿐이지 자기 자신이 그 시장의 업적을 골고루 마스터 하고 있는 것은 아니어서

“아무튼 그분이 시장으로 취임하지 않았더라면, 지금의 서울이 어떻게 되어 있을까 싶을 정도로 대단한 업적을 남긴 겁니다. 그 가운데의 하나가……” 하고 여의도 얘기를 시작했다.

"서울을 관류하고 있는 한강의 중류에 290만 평방 미터 가량의 델터가 있습니다. 당시 미군이 그 일부를 군용비행장으로 쓰고 있고 나머지는 버려진 땅이었지요. 아무 데도 쓸모가 없는…… 그 시장은 이 델터에 착목한 겁니다. 첫째 토지를 유용하게 이용함으로써 시수익(市收益)을 올리고 동시에 미관을 도우며 나아가 한강개발의 출발점으로 하자는 목적이었던 거죠. 미군 사령관을 납득시켜 군용비행장을 다른 곳으로 옮기는 문제도 만만치 않았던가 봅니다. 그러나 그건 그 시장의 성의와 정열로 끝내 해결되었고 문제는 공사였습니다."

당시 위한림이 들은 사실이었다. 그 사람이 일본으로부터 전문가를 초청하여 계획을 설명하고 공비와 기간을 묻자, 일본인 기술자는 공사비를 약 500억 원으로 잡고 기간은 3년이 필요하다고 했다는 것이다.

시장은 서울시 자력으로 감당하기로 하고 1960년 1월 4일 기공식을 올렸다. 그리고는 기공한 지 꼭 100일 만에 7,600미터에 이르는 윤중제(輪中堤)를 완공했다. 백년 빈도(百年頻度)의 대홍수를 감안한 높이의 석축을 7,600미터 길이로 100일 만에 쌓아올리고 그 둘레에 가로수까지 심었다는 것은 실로 기록적인 일이 아닐 수 없다.

"지금 그곳엔 백만 명을 수용할 수 있는 대광장이 있고 국회의사당을 비롯한 고층 공공건물과 아울러 최신식 상가, 고급 아파트가 임립하여 흡사 뉴욕 맨해튼 같은 경관을 이루고 있습니다. 공비는 223억 원쯤 들었다고 하는데 대광장을 할애하고도 그 토지를 팔아 358

억 원 상당의 수익을 올렸다고 하니 대단하지 않습니까."

"참으로 대단한 인물이군." 하고 에도사는 감탄했다.

"내가 말하는 것은 이란에도 그런 일꾼이 있어야 한다 그겁니다."

"찾기 힘들겠지요. 그 시장이 서울시를 만들고 있을 때 나는 학생이었고, 더욱이 공과대학생이었지만 처음엔 놀라기만 했을 뿐입니다. 불도저 시장이란 별명이 유포하고 있어 그렇게만 생각했죠. 그런데 지금 와서 생각하니 그 불도저는 천재적인 두뇌를 가진 불도저였더라 그겁니다. 나는 그분의 행정에서 많은 것을 배웠죠. 창의력과 실행력만 있으면 불모의 땅을 옥토로 만들고 결핍을 풍성으로 화할 수 있다는 것을. 그 시장의 업적은 그 자체도 큰 가치를 지닌 것이지만 그보다도 교육적인 효과가 더 크다고 생각해요."

"그런 걸 파악하고 있는 걸 보니 당신도 대성하겠소."

"요컨대 3년 걸릴 일을 100일 동안에 해치우는 그런 기적을 만들어 나가기만 하면 이란 국민들의 정부에 대한 지지도가 훨씬 늘어날 것 아닙니까."

"국민의 지지는 문제될 것 없습니다. 이란 국민의 절대 다수는 팔레비를 지지하고 있으니까요."

에도사는 이렇게 말하고 문제는 참신한 아이디어와 추진할 세력이라고 했다.

"그러나 반체제 세력이 없는 건 아니지 않습니까."

"아까도 말했지만 있지요. 그런데 그들은 팔레비 왕이 어떤 좋은 정치를 해도 반대할 사람들이니 문제될 게 없습니다."

"도대체 그들은 어떤 사람들입니까."

"시아교도들입니다."

"수가 많습니까."

"그들의 말에 따르면, 전세계에 8,600만의 교도가 깔려 있다고 하지만 확인할 순 없습니다."

"이란 국내는 어때요."

"이란에 있어서의 이슬람교도의 70퍼센트까지가 시아교도입니다. 그러나 극렬분자는 극히 소수입니다."

"시아파의 지도자는……."

"호메이니란 노인입니다. 아마 금년 73세? 74세쯤 되었을 겁니다."

"지금 이란에 있습니까."

"파리에 망명하고 있죠."

"그렇다면 힘을 쓰지 못했겠군요."

"그렇습니다. 정치력으론 거의 무방하다고 할 수 있죠."

아닌 게 아니라, 당시 팔레비는 호메이니의 존재를 거의 매몰시키고 있었다. 파리에서 간혹 선동적인 연설을 하고 있었지만, 그의 말이 이란의 일반 국민에게까지 이르지 못했다. 팔레비의 비밀경찰 사바크가 철저하게 그 세력을 봉쇄하고 있었던 것이다.

그러나 에도사의 판단은 어긋났다. 아니 팔레비 자신의 판단이 어긋났다.

홀연 호메이니의 파리에서의 원격조정이 팔레비의 왕조를 일조에 쓰러뜨린 것이다.

호메이니의 승리는 실로 불가사의한 것이다. 유력한 동맹자도 없고 전차도 병사도 없고 최후의 순간까지 총 한방 쏘지 않고 이란의 전국민을 일시에 결집해서 홍수와도 같은 세력을 만들어 금성철벽에 비유할 수 있는 팔레비 왕조를 타도하기에 이르렀으니 말이다. 그 이유가 어디에 있었을까. 그러나 이것은 수삼 년 후에나 물을 문제인 것이다.

에도사와 위한림의 대화는 끝간 델 몰랐다. 화제가 세계 경제에까지 넓혀지기도 하고 인생론으로 되기도 했다.

그 이튿날 아침 에도사는

"나는 오늘 밤 이 페르세폴리스 호텔에서 귀빈을 모시게 되어 있습니다. 그 준비 차 왔습니다. 그러니 내일 귀빈들과 함께 테헤란으로 돌아갈 것입니다. 당신은 오늘 떠나야 합니다. 귀빈들 때문에 이 호텔은 오늘 독점 예약이 되어 있습니다. 우리 테헤란에서 만납시다." 하고 풍부한 여비를 위한림에게 주었다.

위한림은 오후 한 시쯤에 그곳을 떠나 시라즈로 향했다. 에도사가 마련해 준 택시를 타고 시라즈로 가는 도중 십수 대가 넘는 고급 차량의 행렬을 만났다. 지나가는 자동차를 유심히 바라보고 있더니 운전사가 중얼거렸다.

"아슈라프 공주의 일행이군."

위한림이 아슈라프 공주가 누구냐고 물었다. 운전사의 대답은 퉁명스러웠다.

"팔레비 왕의 누님이 되는 사람이오."

"팔레비 왕의 누님이라구요?"

"그렇다니까요. 국왕 다음으로 강력한 여자지요. 불가능한 일이 없는 여자입니다."

일주일 후 위한림은 에도사로부터 전화를 받았다. 그리고 그날 밤 테헤란에선 제일간다는 요리집 '에머럴드'에서 에도사와 만찬을 같이하게 되었다.

그동안의 소식을 교환한 후 위한림이 말했다.

"페르세폴리스에서 시라즈로 오는 도중 아슈라프 공주 일행을 만났습니다. 당신이 대기하고 있던 귀빈이란 그 일행을 만났던 거죠?"

"그렇습니다. 그런데 미스터 위는 어떻게 그것이 아슈라프 공주의 일행이란 것을 알았습니까?"

"운전사의 말을 들었죠."

"그랬었군요. 그때의 손님들은 전 이집트 국왕이었던 팔크의 가족들입니다."

"팔크라면 모나코에서 죽은 팔크……."

"어떻게 그런 것까지 알고 있습니까. 팔크는 죽어도 가족은 남아 있으니까요. 국왕 폐하의 전 왕후가 팔크 왕의 누이동생이어서 서로 간에 친교를 계속하고 있는 터입니다."

"돌연 과거가 되살아난 기분입니다." 하고 위한림이 물었다.

"실례가 될지 모르겠습니다만, 그런데 당신과 그분들의 관계는 어떻게 되는 겁니까."

"실례될 것도 없지요."

에도사는 소다수 잔을 들어 한 모금 마시곤 덧붙였다.

"사실을 말하면 나는 아슈라프 공주의 비서실장입니다."

행동거지 그리고 주변 사람들이 그에게 대하는 정중한 태도로 보아 그가 상당한 지위의 사람이란 걸 이미 짐작하긴 했지만, 이란 의 제이인자라고 할 수 있는 아슈라프의 비서실장이라고 듣곤 놀라 지 않을 수 없었다.

에도사는 수프를 마시고 나서 이렇게 시작했다.

"나는 미스터 위의 힘이 되어 주고 싶습니다. 아슈라프 공주께 말 씀을 드렸더니 그런 훌륭한 청년이면 적극적으로 도와주란 분부가 있었습니다. 우선 무엇부터 도와드릴까요?"

위한림이 어안이 벙벙했다. 우선, "감사하다." 해놓고 천천히 생각 해 보고 부탁을 드리겠다고 했다.

식사가 끝난 뒤 위한림이 시라즈와 페르세폴리스에서 빌린 돈을 갚아주려고 하자 에도사는 사양했다. 그러나 위한림이 "다소를 막 론하고 이런 거래 관계는 말쑥이 해놓아야 한다." 며 돈을 내밀었다.

에도사는 그 돈을 받곤 빙그레 웃으며

"거래는 이로써 끝났으니 이젠 내 호의를 받아 주시오." 하고 이란 왕실의 문장(紋章)이 든 봉투를 내밀었다.

"이건 뭡니까?"

"아슈라프 공주님의 호의입니다. 아까도 말했지만, 내가 미스터 위의 얘기를 했더니 이 돈을 주신 겁니다."

"나는 사업상 돈을 부탁하기도 하고 받기도 하겠습니다만, 이 돈은 받을 순 없습니다."

"아닙니다. 미스터 위가 이란에서 무언가를 하려면 아슈라프 공주님의 호의를 무시해선 안 됩니다."

에도사의 말은 단호했다.

에도사와 헤어져 위한림이 호텔로 돌아와 봉투를 열었다. 5,000달러 상당의 이란 지폐가 들어 있었다.

상거래를 하기 위해선 상대방의 경제 동향을 미리 파악해야 한다. 그리고 그 바람을 타야만 한다. 이란은 목하 건설 붐을 일으키고 있었다. 도로의 개척과 포장공사를 비롯해서 방대한 주택건설 사업이 진행 중에 있었고, 한편 농지개량, 경지정리 사업이 한창이었다.

위한림이 착안한 것은 건설 자재의 공급이다. 첫째 시멘트, 둘째가 철강, 셋째 비료, 그리고 화공약품, 그는 밤을 새워 두 종류의 계획서를 작성했다. 하나는 그가 공급할 수 있는 품목의 종류와 수량을 적은 간단한 것이었는데 그 품목 가운데 어느 것인가를 위한림을 통해 사주겠다고 했을 때보다 구체적으로 물동 경로(物動經路)와 공급 가능한 시기, 가격을 적은 계획서를 제출할 요량이었다.

대강의 계획서가 작성되었을 무렵 위한림이 에도사에게 전화를 걸었다. 에도사는 먼젓번 같이 식사를 한 적이 있는 레스토랑 에머럴드를 지정하고 그날 밤 여덟 시에 만나자고 했다.

"며칠 전의 말씀에 감사를 느끼고 그 뜻에 따라 이런 계획서를 만들어 보았다."며 위한림이 계획서를 에도사 앞에 꺼내 놓았다. 에도사는 "이 품목을 전부 납품할 수가 있느냐."며 놀란 표정을 지었다.

"물론입니다."

이렇게 말하면서도 위한림은 그 종이에 적혀 있는 물자를 자기가 확보하고 있는 것은 아니다. 시멘트는 한국, 비료도 한국에서 가지고 오면 될 것이고 철강은 스웨덴이나 인도에서, 중장비는 미국에서 하는 식의 막연한 아이디어가 있었을 뿐이다.

"자신이 있습니까?"

에도사가 거듭 물었다.

"자신이 있습니다."

위한림이 단호하게 말했다.

"당신은 한국에 사업체를 가지고 있소?"

"가지고 있습니다."라고 위한림은 출국할 때 찍어 온 명함을 내놓았다. 그 명함엔 '통세산업주식회사 사장 위한림'이라고 로마자로 기록되어 있었다.

"당신의 회사는 무엇을 합니까?"

"기계공장을 가지고 있고, 무역부도 갖추고 있습니다."

에도사는 명함을 만지작거리고 있더니

"처음 거래에 여러 가지를 곁들이는 것보다 품목을 하나로 합시다. 그럴 경우 당신은 어느 품목을 선택하겠습니까?" 하고 물었다.

"시멘트를 선택하겠소."

"그렇게 말하는 까닭은?"

"시멘트는 우리 한국에서 대량으로 생산하고 있으니 수월하게 가지고 올 수 있기 때문입니다."

"우리 이란에선 지금 시멘트를 가장 필요로 하고 있습니다. 그런데 언제나 시멘트가 부족한 상태입니다. 시멘트만 가지고 올 수 있다면 그런 다행이 없을 겁니다. 미스터 위가 시멘트를 공급할 수 있다면 만사는 순조롭게 될 것입니다." 하고 에도사는 며칠 후 장차 위한림과 거래할 창구가 될 이란 상사의 대표자를 호텔로 보내겠다고 했다.

미란 포헤이다란 이름을 지닌 사나이는 나이 40세 안팎, 전형적인 이란인이란 인상이었다. 무성한 구렛나루에 둘러싸인 입에서 가끔 금니가 반짝하는 데 애교가 있었다.

에도사의 분부를 받고 왔다는 그는 '아슈포 테헤란 상회'의 부사장이란 명함을 내어놓고 정중하게 위한림 앞에 머리를 숙였다.

그리고 곧 상담에 들어갔다.

"에도사 씨의 말에 의하면 시멘트를 우리에게 공급하겠다고 하셨다는데 향후 1년 간 이내에 대강 얼마만큼의 양을 공급할 수가 있겠습니까?"

"삼십만 톤쯤은 수월할 것으로 장담할 수 있소."

"삼십만 톤?" 하고 미란 포헤이다는 눈을 반짝했다. 그 태도엔 놀랍다는 것과 반갑다는 감정이 고루 섞여 있는 듯했다.

"값은 얼마나 되겠습니까?"

"꽤나 성미가 급하시군요."

"대강의 윤곽을 알아야 결정을 내릴 수 있기 때문입니다."

"아무래도 톤당 70달러는 받아야 하겠습니다."

이것은 어젯밤 위한림이 서울에 전화를 걸어 알아본 결과를 말한 것이었다. 서울로부터의 회답은 다음과 같았다. 톤당 60달러면 15달러 내외의 마진이 생긴다는 것이고, 현재 한국에서 수출하고 있는 시멘트의 단가는 중동 도착지 가격으로 50달러 정도로 되어 있다고 했다. 그런데 위한림은 앞으로 네고(談合)할 여유를 남겨 놓기 위해 70달러라고 한 것이다.

"가격 문제는 앞으로 다시 토론을 해야겠습니다." 하면서도 포헤이다는 그 가격을 수첩에다 적어 넣었다.

"한국과 이란과의 거리가 워낙 멀으니까요. 운송비가 들어 그만한 가격이 아니고선 채산이 맞지 않습니다." 하고 위한림이 못을 박았다.

포헤이다는

"가격 문제가 결정되는 대로 계약을 해야겠는데 어떤 형식으로 하겠습니까." 하고 중간에 무역상사를 끼울 필요가 없겠느냐고 물었다.

위한림은 그 제안을 당연하다고 보았다. 이쪽 회사의 실적이나 신용을 전혀 알지 못하니 믿을 만한 무역상사를 사이에 둘 필요가 있는 것이다. 그러나 그렇게 되면 그 상담은 실패할 것이 뻔했다. 위한림이 가지고 있는 업체래야 선반기를 중심으로 한 조그마한 하청공장에 불과했고, 무역부라는 것도 일종의 유령적 존재에 불과했기 때문이다. 누구이건 실적과 신용조사를 하게 되면 상담은 그 자리에서 끝장이 날 것이었다.

사실 위한림은 이렇게 가까운 시일 내에 이런 행운이 굴러올 줄은 꿈에도 상상하지 않았었다. 이란과 아라비아에서 어느 정도 교두보를 잡아두고 일단 한국으로 돌아가 만반의 계획을 세울 작정이었던 것이다.

위한림이 낭떠러지에서 뛰어내리는 기분으로 되며 다음과 같이 말했다.

"내 업체 안에 무역부가 있습니다. 그런데 무엇 때문에 다른 무역 상사를 끌어들일 필요가 있습니까. 피차 필요 없는 비용만 들이는 결과밖엔 더 될 것이 없습니다. 신용에 관한 일이면 에도사 씨에게 물어보십시오. 에도사 씨가 날 신용하지 않는다면 난 이 일을 안 해도 좋소. 이 상담이 있게 된 동기를 만든 것도 에도사 씨이니까요.”

“잘 알고 있습니다. 나는 미스터 위의 신용을 들먹이는 게 아니고 편리한 방법을 강구하기 위해서 무역상사를 들먹인 것입니다. 이 상담의 시작이 에도사 씨에게 있다는 것을 누구보다도 잘 알고 있는 건 내가 아닙니까. 그분은 무엇이건 미스터 위에게 편리하도록 일을 진행하라고 분부하셨습니다. 제 말을 오해하시지 말기 바랍니다. 그리고 원컨대 에도사 씨에게 나의 성의를 의심케 하는 말은 말아 주시길 간절히 빕니다.”

위한림은 포헤이다가 에도사를 얼마나 겁내고 있는가를 짐작할 수 있었다.

“그런 걱정은 마시고 이 일이 빨리 진행되도록 힘쓰십시오.” 하고 위한림이 활달하게 말했다.

포헤이다는 3일 간의 여유를 달라며 위한림의 방을 나갔다.

혼자가 된 위한림은 활기가 돋아나기 시작한 거리를 내다보며 공상에 잠겼다.

시멘트 30만 톤, 단가 70달러면 자그만치 2,100만 달러의 거래다. 50만 달러 정도의 엘 시를 보고도 기절초풍하는 한국의 무역 풍토에 2,100만 달러의 엘 시를 갖다 놓았을 경우를 상상하니 입언저리에 웃음이 번졌다.

그러다가 위한림은 한국의 속담에 있는 솥장수 얘기를 상기하고 동시에 병아리를 까기에 앞서 병아리를 헤아리지 말라는 영국의 이언(俚諺)을 생각하기도 했다.

그는 불현듯 바깥으로 나갔다. 테헤란에서 사업을 하려면 몇몇 동포의 도움이 필요하다는 사실을 깨달았기 때문이다.

택시로 카즈빈 거리로 달렸다.

한국식당의 주인 반영환을 만나 의논할 작정이었다. 위한림이 식당에 들어서자 반영환은 삼십 사오 세의 한국인인 듯한 사나이와 얘기를 하고 있더니 일어섰다.

"한 번쯤 더 찾아 주실 줄 알고 기다렸는데 오시지 않아 오늘 호텔로 찾아뵐 참이었습니다." 하고 반영환이 옆에 있는 사람을 소개했다.

"백도준이란 사람인데요. 태권도 사범으로 와 있습니다. 이란 경찰엔 꽤 이름이 알려진 사람입니다."

백도준이란 사나이는 일어서서 제법 폼을 잡으며 손을 내밀었다.

"백도준입니다. 앞으로 많은 지도 바랍니다."

"나 위한림입니다. 테헤란은 처음입니다. 지도를 받을 사람은 바로 납니다." 하고 자리에 앉곤 물었다.

"혹시 아슈포 테헤란 상회를 아십니까?"

"테헤란에 사는 사람 치고 아슈포를 모르는 사람이 있겠습니까?"

반영환의 대답이었다.

"아슈포가 그렇게 대단한 회산가요?"

위한림이 거듭 물었다.

"대단하다마다요."

이번엔 백도준이 말을 끼었다.

"아슈포는 이란 최대의 회사입니다. 표면상으론 민간기업처럼 하고 있지만 내면으론 그 유명한 팔레비 재단과 밀접한 관계를 가지고 있다는 건 공공연한 비밀입니다. 일설엔 아슈라프 공주의 것이라고 하는 사람도 있습니다만 둘러치나 메어치나 한가지겠죠. 그런데 아슈포 상회는 왜 묻는 거죠."

백도준의 눈빛에 야유하는 듯한 느낌이 보였다.

"아슈포 테헤란이 나의 거래선이 될지 몰라서 묻는 겁니다."

위한림이 아무렇지 않게 대답했다.

"위 형, 위 형이라고 하셨죠? 그게 사실입니까?"

백도준의 얼굴에 놀란 빛이 번졌다.

"사실이 아닌 얘기를 뭣 때문에 하겠소."

"어떤 거래를 하는 건데요."

반영환이 물었다.

"이란이 필요로 하고자 하는 물자를 그 창구를 통해 내가 공급할 참입니다."

위한림이 태연하게 이렇게 말하자 백도준의 표정이 금방 냉소적으로 바뀌었다. 그리곤 한다는 말이

"위 형, 조심하십시오. 테헤란엔 사기꾼이 우글거리고 있습니다.

심지어는 왕실과 다리를 놓아 주겠다며 사기를 치는 놈까지 있으니까요."

이에 덧붙여 반영환도 한마디 했다.

"백도준 씨의 말이 옳습니다. 허무맹랑한 도깨비 같은 사기꾼이 우글거리고 있는 곳이 바로 테헤란입니다. 어쩌다 호텔의 로비에서나 거리에서 만난 사람의 말을 믿고 움직였다간 알거지가 될지 모릅니다. 그 점 명심하십시오."

그러나 위한림이 한 술 더 떴다.

"이란하고도 테헤란까지 와서 사기를 당해보는 것도 공부가 안 되겠습니까. 내가 지금 가지고 있는 돈이래야 기껏 만 달러 안팎인데 그까짓 것 털려 보았자 별로 아프지도 않을 겁니다. 그러니 한번 해 볼 참이오. 사긴가 아닌가는 뚜껑을 열어놓고 봐야 하는 거구. 아무튼 곧 사무실이 필요하게 될 것 같아요. 그것을 부탁드리러 왔습니다."

"사무실이야 구하려면 얼마든지 있을 겁니다. 그러나 사업의 내용을 알아야만 다소의 힘이 되지 않겠습니까."

반영환의 말이었다.

"내용은 차차 말씀드리겠습니다. 이삼 일 내로 아슈포 회사와 계약이 이루어질 테니 그때 구체적으로 말씀 드리죠."

"위 형!" 하고 백도준이 정색을 하고 말했다.

"당신은 수월하게 아슈포, 아슈포 하는데, 우리의 충고를 들으십시오. 한국에서 이렇다 할 상사 사람들이 아슈포와 교섭을 하려다가 그 회사의 문간에도 들어서지 못하고 말았습니다. 그자들이 상대하는 건, 미국 상사, 아니면 일본 상사, 프랑스 상사, 그리고 스위스 상사 정도입니다. 도대체 당신은 누구 말을 믿고 사무실을 얻겠다는 거요. 아슈포 회사에 가보기나 하셨수?"

"난 아직 아슈포 회사가 어디에 붙어 있는지도 모릅니다."

그러자 백도준이 다시 냉소적인 표정으로 되며 뱉듯이 말했다.

"그거 보슈. 아슈포 회사가 어디에 있는 줄도 모르면서 무슨 계약을 하겠다는 겁니까."

"록펠러의 소재지를 모르면 록펠러재단과 계약을 맺지 못하는 건가요?

위한림이 슬슬 장난기가 생겨 이렇게 떠벌렸다. 그런 가운데 반영환만이 진지했다.

"위 형, 아슈포와 계약한다는 건 대단한 일입니다. 그런데 현재 누구와 얘기를 진행하시고 있습니까. 아까도 말씀 드렸듯이 테헤란이 하두 맹랑한 곳이 돼놔서 물어보는 겁니다."

"걱정하실 것 없습니다."

위한림이 가슴을 펴고 말했다.

백도준의 냉소적인 얼굴이 얄미워 위한림의 심술이 동했다.

"백 형, 어떨까요? 사무실도 지키고 전화도 받고 할 예쁜 아가씨가 필요할 것 같은데 구할 수 있겠수."

"돈 있으면 뭣이 없겠수."

심히 가소롭다는 백도준의 말투다.

"이란 아가씨는 풍속이 안 맞아 안될 테고 프랑스 아까씨가 좋겠는데, 영어도 할 줄 알고 페르시아 말도 잘 하는……." 하면서 위한림이 싱글벙글했다.

"프랑스 말까지 할 줄 아는 영국 아가씨는 어떻겠소."

백도준은 완전히 빈정거리는 투가 되었다.

"영국 아가씨도 나쁠 것이 없지만, 이란의 왕실은 영국인을 싫어하는 모양 아뇨?"

"알 것은 죄다 알고 있군요."

백도준의 빈정거리는 태도엔 아랑곳하지 않고 위한림이 말했다.

"어때요. 좋은 프랑스 아가씨 소개하슈. 내 비서로 쓰게요. 실력이 없으면 그만두시구."

"그만두시오. 나 잠꼬대 같은 소리 듣고 얼쩡얼쩡할 사람 아니오."

위한림이 싸늘하게 웃었다.

"내 말이 잠꼬대라구요?"

"그럼 잠꼬대가 아니고 뭐요. 시시하게시리, 아슈포가 어떠니 여비서가 어떠니 허구."

"백 형, 초면의 사람에게 말이 좀 과하지 않소."

반영환이 사이에 들었다.

"걱정하실 것 없습니다." 하며 반영환의 말을 막고 위한림이 웃음을 머금고 백도준을 지켜봤다. 약간의 완력이 있는데다가 이란의 경찰과 통해 있다는 것으로 우쭐하고 있는 꼴이 얄밉기도 해서 이 자를 어떻게 골려주나 궁리를 하다가 물었다.

"여보슈 백 형, 테헤란에서 당신 제자가 몇 사람이나 되우."

"테헤란의 경찰관은 모두 내 제자요."

"그것 대단하시군. 그 백 이용해서 우리 사업 한번 합시다."

"당신 아슈포와 거래한다며?"

"그걸 잠꼬대라고 하니까 부탁하는 것 아니오."

"내 도움을 청하려면 당신의 그 엉뚱한 태도를 고쳐야 하겠소."

"백 형, 왜 이러시우."

반영환이 백도준을 나무랐다.

"내 말에 틀린 게 있수. 테헤란에 왔으면 먼저 와 있는 선배에게 최소한의 예의는 지켜야 할 것이고 충고를 했으면 고분고분 들을 줄도 알아야 할 것 아뇨. 그런데 이 사람 태도가 뭐요. 어디서 얻어 들었는지 아슈포의 이름만은 들어갔고 우리 앞에서 으스대려고 드니 그게 될 말이기나 하우. 모처럼 충고를 했는데도 뭐, 테헤란에서 사기를 당하는 것도 공부가 된다구. 만 달러쯤 없애도 까딱 안 한다구. 이런 사람들이 해외로 돌아다니니 한국 사람 망신만 시키게 된다 이거야."

"할 말 다했수."

위한림이 여전히 웃음을 머금고 말했다.

"그만 했으면 알아 듣겠지."

백도준이 콧방귀를 뀌었다.

위한림이 호주머니 속에서 포헤이다의 명함을 꺼내 반영환에게 보이며,

"실은 이 사람하고 상담을 진행 중인데 이 사람이 사기꾼일까요?" 하고 물었다.

순식간에 반영환의 얼굴빛이 변했다.

"이게 뭐 대단하다고 그러십니까."

위한림이 아무렇지 않게 보여주었던 명함을 포켓에 도로 집어넣곤 뇌까렸다.

겨우 정신을 차린 모양으로 백도준이 물었다.

"그 명함 어디서 난 거요?" 하는 걸 보면 어지간히도 의심이 많은 놈이다.

"어디서 난 거라니. 본인으로부터 직접 받은 거요."

그러자 반영환이 물었다.

"어떻게 그런 사람을 만날 수 있었소?"

"내 호텔로 찾아왔습니다."

백도준은 도저히 믿기지 않는다는 표정이었다. 반영환이 어름어름 말했다.

"포헤이다라고 하면 이란에선 대단한 실력자입니다. 아슈포, 테헤란 회사의 네 부사장 가운데 하나이지만 실질적으로 사장이나 다

를 바 없는 사람입니다. 그런 사람이 어떻게……."

위한림이 슬그머니 화가 났다. 이 친구들은 끝내 의심을 하고 있는 것이다. 그렇다면 본때를 뵈줘야겠다는 감정이 발끈했다.

"반 형, 그리고 백 형, 당신들은 사람을 뭘로 보구 있는 거요. 포혜이다가 이란의 실력자란 것을 나도 알고 있소. 실력자면 어떻단 말요. 그도 사람일 것은 틀림없는 사실 아니오. 사람이 사람을 안다는 것이 뭐 대단하다고 그래요. 사람의 말을 끝까지 들어주는 게 예의 아니겠소. 그런데 당신들의 말을 들으면 내가 무슨 협잡이라도 하려는 것처럼 되어 있지 않소."

"그런 건 아닙니다. 다만……." 하고 반영환이 변명을 늘어 놓았다.

이란의 정세와 교포들의 현황으로선 생각할 수도 없는 일이기 때문에 놀라움이 앞섰다는 것뿐이지 의심하는 것이 아니란 구구한 변명이었다.

위한림은 앞으로 이란에서 일을 하려면 어차피 이 친구들의 힘을 다소는 빌어야 하는 것이어서 이 기회에 놈들의 마음을 사로잡아 놓아야겠다고 생각하고 허세를 부리기 시작했다.

"사람이라고 해서 똑같은 건 아니오. 천하를 호령하는 진시황 같은 사람도 있고, 초개처럼 짓밟혀 죽어야 하는 놈도 있소. 똑같은 노력을 하는데도 어떤 놈은 록펠러나 로스차일드처럼 재벌이 되고, 어떤 놈은 빚더미 속에서 헤어나지 못하고 자살하는 수도 있거든요. 이란이라고 해서 누구에게나 똑같은 줄 아시오. 어느 사람에겐 일확천금 할 땅이고, 어느 사람에겐 망신을 당할 곳이기도 하오. 사람의 내일 일을 모르는 거니까 장담할 순 없지만, 난 여기서 미화로 1억 불을 벌 참이오. 그럴 계획이 벌써 서 있소. 그래 당신들에게도 혜택이 될 수 있도록 하기 위해 모처럼 찾아왔더니 두 분의 말을 듣고 태도를 보곤 만정이 떨어진 기분이오. 참말로 기분 나쁘오. 앞으로 당신들의 협력을 구하지 않을 테니 마음들 놓으시오."

위한림이 야무지게 뱉어 놓고 식당을 나서려는데 반영환이

"기분이 상했으면 용서하시오. 어디 조용한 데 가서 우리 차분히 애기 해봅시다." 하고 위한림을 붙들었다. 그런데 백도준의 얼굴에서 여전히 냉소가 사라지지 않고 있었다.

위한림이 며칠 전 에도사로부터 받은 돈 봉투를 꺼내놓고 말했다.

"당신들은 포헤이다란 사람을 문제로 하고 있는 것 같소만 이 봉투를 보시오. 왕실의 문장(紋章)이 새겨져 있죠? 내가 상대로 하고 있는 사람은 아슈라프 공주요. 아슈라프 공주는 팔레비 왕의 누님이오. 그분이 내가 이란에 머무르는 동안 쓰라고 보낸 돈 봉투란 말요. 그리고 포헤이다는 그 심부름꾼에 불과하단 말이오."

이렇게 말하고 있는 위한림은 이가 시어 오르는 느낌이었지만 일종의 깡패 근성이 슬슬 고개를 쳐든 것이었다.

의심이 많은 놈일수록, 자존심이 강한 체하는 놈일수록, 콧대가 높은 놈일수록, 기를 쓰고 남을 경멸하려고 드는 놈일수록 절대적인 강자 앞에선 고양이 앞에 쥐처럼 벌벌 떤다는 사실을 알고 있는 것이

즉 깡패 근성이며, 그 절대적인 강자의 자세를 허세로써 강작(强作)하는 것이 곧 깡패인 것이다.

허세를 강작하는 데도 일편의 근거는 있어야 한다. 그 근거로선 이 경우 아슈라프 공주의 이름과 왕실의 문장이 찍힌 봉투면 족하다고 짐작하곤 위한림이 한바탕 뽐내게 된 것인데 의심이 많기가 어느 나라 사람을 닮은 백도준도 이윽고 위한림의 술수에 걸려들지 않곤 배겨내지 못했던 모양이다. 이제까진 냉소가 서려 있던 얼굴에 비굴한 빛이 돋아나더니

"위 형, 그럴 것 없이 우리 앞으로 손잡고 일해 봅시다." 하며 손을 비볐다.

이때다 싶어 위한림이 언성을 높였다.

"나와 앞으로 손잡고 일을 할 작정이면 위 형이란 말은 거두시오. 위 사장님이라고 하든지 위 선생님이라고 하든지 해야 할 거요. 나와 같이 일할 생각이 없다면 위 형도 좋구 미스터 위도 좋소."

"뭐 그게 어려울 것 있습니까. 위 사장님, 너그럽게 보아 주십시오." 하고 백도준이 덧붙였다.

"최선을 다해 위 사장님의 사업을 돕겠습니다."

위한림은 백도준이란 인간의 정도를 파악한 느낌이었다. 앞으로 이놈을 종놈처럼 부려 먹어야겠다고 생각하며 얼굴의 표정을 누그럽게 하곤 반영환에게 물었다.

"혹시 브랜디가 없소?"

"왜 브랜디가 없겠습니까. 위 사장님, 이래봬도 여기가 프랑스 요리집인데요." 하고는 반영환이 이층으로 올라가더니 브랜디 한 병을 가지고 내려왔다.

"이거 한 병 얼마 하죠?"

위한림이 물었다.

"100달러쯤 받습니다. 이란에선 술값이 터무니없이 비쌉니다. 더욱이 외국 술은 그렇습니다. 그러나 이건 제가 서비스 하겠습니다. 이란에서 큰 일을 하시려는 위 사장님의 앞날을 축복하는 뜻에서 말입니다."

하고 반영환이 안주와 글라스를 준비하는 것이었으나 위한림은 에도사로부터 받은 돈 봉투에서 100달러 상당의 돈을 꺼내 탁자 위에 놓으며, "이 술값은 당신들의 협력을 부탁하는 처지에서 내가 치러야 하겠다고." 고 웃겼다.

한 병의 브랜디를 비우는 동안 위한림과 두 사나이와의 사이는 완전히 주종 관계처럼 되었다.

얼큰하게 취한 의식 속에서 위한림이 땅꾼 앞의 뱀, 뱀 앞의 개구리, 개구리 앞의 파리란 상념을 되풀이 하며 빙그레 웃었다.

머큐리의 심술

무릇 어떤 일이 성취되려면 정열을 필요로 한다. 때론 그것이 정의감이기도 하다. 때론 그것이 탐구심이기도 하다. 때론 그것이 복수심일 경우도 있다. 때론 그것이 권력과 금욕에 대한 야심일 수가 있고 때론 허세에 따른 충동일 수도 있다.

어느 인간의 일생에 있어서 허세가 뜻밖의 작용력을 가질 수가 있는 것인데 이 허세 여하에 따라 영웅과 범인의 구별이 생겨나기도 하고 승리와 패배의 갈림길이 될 수도 있다. 유방(劉邦)의 승리와 항우(項羽)의 패배를 결정지운 것은 한군(漢軍)의 허세, 즉 오늘날까지 '사면초가(四面楚歌)'라고 전해 내려오는 그 사실이었다.

위한림이 이런 사실까지 당시 인식하고 있었을까만 일종의 허세로서 백도준과 반영환을 부하로 만들어 버렸다는 그 사실로 인해 부득이 분발에 분발을 곱하지 않을 수 없게 되었다. 허세가 허세로서 탄로 나는 날 위한림은 엄청난 보복을 받아야 할 것이며 스스로 망신을 사는 셈이 될 것이었다. 그러니 자연 먼젓번의 허세를 지탱하기 위해선 새로운 허세를 만들어 나가야 하고 그 허세를 뒷받침하기 위해 혼신의 노력을 다해야만 했다.

백도준과 반영환에게 사무실을 물색하라고 일러놓고 자기는 하루 종일 전화통을 붙들고 앉아 서울 전화를 기다려야만 했다. 엘 시, 즉 신용장(信用狀)을 개설하려면 한국은행의 보증을 받아야 하는데 그 교섭을 시켜야 했고 시멘트업계의 현황도 파악해야만 했다. 그러기 위해선 텔렉스를 개설하기도 해야 하는 것이다.

불행 중 다행으로 위한림은 서울에 있는 친구 사무소 텔렉스를 쓸 수 있도록 약속이 되어 있었기 때문에 테헤란에서 사무실을 차려 텔렉스를 개설하면 되게 되어 있었다.

포헤이다와의 2차 상담이 시작되기에 앞서 위한림이 테헤란에서 텔렉스를 개설하려는 것은 서울에서의 진행 상황을 소상하게 알아야만 신용장의 종류를 선택함과 함께 거래 방식을 결정할 수 있기 때문이었다.

십중팔구 위한림의 회사로선 은행의 보증을 받기가 힘든 사정인데 만일 그렇게 되었을 경우엔 다른 상사와 아슈포 테헤란을 연결시켜 자기는 브로커로서의 커미션만을 받는 처지가 된다. 그러나 위한림의 기분으로선 도저히 그럴 수가 없었다. 이란의 건설자재를 몽땅 공급하겠다고 장담한 인간이 어떻게 그런 쩨쩨한 꼴을 보일 수 있겠는가 말이다.

위한림은 두 가지 방향만을 고집할 작정을 세웠다. 하나는 무슨 수단을 쓰건 아슈포 테헤란의 신용장에 상응하는 신용장을 한국은행으로 하여금 발급토록 하든지, 그것이 안되면 아슈포 테헤란으로부터 무환신용장(無換信用狀)을 받아 내든지 해야겠다는 것이다.

포헤이다가 위한림을 찾아온 것은 먼젓번 방문이 있은 지 일주일 후였다. 포헤이다의 첫말은 이랬다.

"검토해 본 결과 첫 거래로서 시멘트 30만 톤은 너무 거창하니 처음엔 10만 톤쯤 하는 것이 어떨까요. 10만 톤을 들여오는 도중에 또 십만 톤을 계약하도록 하구."

위한림이 그 제안을 승인했다. 10만 톤 단위로 해서 계속 사주기만 한다면, 기어이 한꺼번에 30만 톤을 하겠다고 고집할 필요가 없기 때문이다.

다음엔 가격 문제였다.

"시멘트의 국제시세는 빤한 것입니다. 그런데 톤당 70달러면 좀 무리하지 않을까 해서……."

하고 포헤이다는 위한림의 눈치를 살폈다.

"시멘트의 가격은 시멘트 자체만으로 결정되는 것은 아니지 않습니까. 운반비를 계산에 넣어야죠. 그런데 한국과 이란 사이에 시멘트 수송은 처음이니 선박비는 대강 짐작할 수밖에 없고 게다가 하역사정을 잘 모르니 체선비(滯船費)의 계산도 대강 봐두어야 하지 않겠습니까. 그런 조건을 감안하면 톤당 70달러가 무리한 값은 아닐 것 같은데요."

239

위한림의 말을 끝까지 듣고 있더니 포헤이다는 되도록 실례가 되지 않으려고 애쓰는 태도로

"그래도 70달러는 과합니다." 하고 난색을 나타냈다. 그리고 이유를 다음과 같이 달았다.

"우리 회사는 나 하나의 의사로 움직이는 것이 아닌 데다가 감사가 상당히 까다롭습니다."

"감사 없는 회사가 어디 있겠소." 하고 웃으며 위한림이 말을 보탰다.

"귀사와의 거래에 있어서 나도 약간의 이익을 보아야 하지 않겠습니까. 우리 이번 거래에 이익을 남겨 갖고 칸이나 몬테카를로에 별장이나 하나 지읍시다. 내막적으론 포헤이다 씨의 소유로 해드려도 좋소."

뇌물을 좋아하는 이란인의 성향에 맞춘 말이었고 신용장을 유리하게 받아내기 위한 포석이기도 했다.

"듣기만 해도 반가운 소립니다만 톤당 70달러는 아무래도……."

포헤이다는 난처하다는 표정을 지었다.

"그럼 포헤이다 씨는 얼마쯤으로 했으면 합니까."

"내 짐작으론 60달러면……."

"그건 너무 합니다. 10달러로서 10만 톤이면 100만 달러가 날아가 버리는 것 아닙니까. 시멘트가 어디 그처럼 남는 장사입니까. 그러나 모처럼 하시는 말씀이니 65달러로 해드리죠."

포헤이다는 생각에 빠졌다. 한참을 움직이지 않고 있더니 전화를 빌어야겠다고 했다.

포헤이다의 전화는 사오 분을 끌었다. 주고 받는 말이란 말이 돼서 한마디도 알아들을 수가 없었다. 위한림은 빨리 이란 말을 배워야겠다고 작심했다. 그 점을 일찍 깨닫지 못한 것이 실수로구나 하는 생각도 들었다.

전화를 끝내고 나더니

"좋습니다. 톤당 65달러로 합시다." 하고 포헤이다가 손을 내밀었다. 거래인간에 합의가 이루어지는 순간 악수를 하는 것이 이란인들의 관습이었다. 일본인들은 삼박수를 친다고 들었다. 우리 한국엔 어떤 관습이 있는 걸까.

잇달아 신용장 문제가 나왔다. 위한림이 눈 딱 감고 말했다.

"이번의 첫 거래는 번거로운 절차를 피하고 무환신용장으로 해주십시오. 값은 이란 도착 달러로 하고 그 사항에 관해서만 이란은행의 지불보증을 받아주시오."

"그런 신용장을 우리 회사에선 발급한 선례가 없는데……."

포헤이다가 중얼거렸다.

"물건을 가지고 와서 대금을 받겠다는 얘긴데 그게 뭐 그처럼 까다로운 일입니까. 사실을 말하면 아직 텔렉스를 개설하고 있지 못하기 때문에 보통 신용장으로 하려면 여간 번거로운 게 아닙니다. 게다가 우리나라의 무역 절차는 꽤 까다롭습니다. 무환신용장으로 할 경우 시멘트의 수출에 관해서 메이커와 상공부와 나와의 합의로 되지만 거기에 은행이 개재하게 되면 타상사와의 밸런스 문제가 생겨나서 차일피일 시간을 끌게도 됩니다. 무환신용장일 경우 물론 곤란한 문제가 있지만 그건 내가 해결해야 할 문제구요. 아슈포 테헤란과는 전혀 관계가 없는 일로 됩니다."

위한림이 열을 띠고 말했다.

"그 사정 대강 알겠습니다만 은행이 무환신용장에 지불보증하는 것을 꺼려할 것이니까 하는 말입니다. 은행은 은행끼리 서로 양해하길 바람직하다고 생각할 테니까요."

"그 점은 아슈포 테헤란이 이란은행에 요구함으로써 해결될 일 아닙니까. 이란은행은 아슈포 테헤란 회사를 무시할 수가 없을 테니 말입니다."

그러자 포헤이다는

"이 문제만은 에도사 씨와 의논한 후 결정하겠습니다."라고 했다.

위한림이 가슴이 철렁했다. 아무리 에도사 씨가 자기에게 호의를 가지고 있다고 해도 회사의 관례까질 무시하고 보아주라고는 하지 못할 것이 아닌가 싶어서였다.

위한림은 아무튼 포헤이다를 이 자리에서 설복시켜야겠다고 마음을 먹었다.

"포헤이다 씨, 나를 믿어 줄 수가 없습니까? 나는 이 기회를 통해 한국 제일의 사업가가 되려고 합니다. 내가 한국은행의 보증도 없이 무환신용장으로써 시멘트 10만 톤을 수출할 수 있게만 된다면 난 영웅이 되는 겁니다. 포헤이다 씨, 영웅을 하나 만드실 생각이 없습니까. 날 영웅으로 만들어 주기만 하면 포헤이다 씨에게도 적잖은 혜택이 있을 겁니다. 영웅 위한림이 죽을 때까지 포헤이다 씨의 은혜를 잊지 않을 것이니까요. 이번 일은 단순한 상거래의 뜻만이 있는 것이 아니라 무명의 청년을 영웅으로 만드는 획기적인 일이 되기도 할 겁니다. 영웅이 되었다 하면 그 다음의 일은 순탄합니다. 다음의 거래부턴 당당히 서로 신용장을 주고 받을 수 있게 되겠죠. 포헤이다 씨 솔직히 말해 당신이 보통 신용장을 고집하신다면 중간 상사를 끼울 수밖에 없고 나는 일개 브로커가 되는 겁니다. 브로커도 나쁠 까닭이 없지만 생각해 보십시오. 보잘 것 없는 브로커와 영웅적 사업가는 천양지차가 있는 것 아닙니까. 뿐만 아니라 우리의 모처럼의 결연(結緣)으로 얻을 수 있는 이득의 태반을 엉뚱한 놈들에게 주어버리는 결과가 되지 않습니까. 포헤이다 씨, 날 영웅으로 만들어 주시오. 일은 일대로 잘 되고, 남에게 이득을 빼앗기지 않고, 새로운 영웅을 하나 만드는 결과가 되고, 이런 기막힌 일이 포헤이다 씨 당신의 결정에 달려 있는 겁니다. 부탁합니다……."

위한림의 웅변에 반했는지, 위한림의 장광설에 염증을 느꼈는지 알 까닭이 없지만 포헤이다는

"알았습니다. 당신이 원하는 신용장을 발급해 드리도록 노력하겠습니다."

포헤이다는 그 약속을 삼 일 후에 이행했다. 에도사로부턴 격려의 전화가 왔는데 그는

"이번 일을 성공적으로 완수하면 앞으로 아슈포 테헤란과의 유대를 통해서 미스터 위의 이란에서의 사업은 순풍에 돛을 단 것처럼 될 것입니다." 라는 뜻의 말을 보냈다.

반영환과 백도준은 완전히 태도를 바꿨다. 위한림을 보스로 모시는데 깍듯이 했다. 위한림이 이동길까지도 스태프에 끼웠다. 아무래도 많은 사람을 필요할 사정이었기 때문이다.

사무실은 바파라비가(街)에 있는 칠 층 건물의 삼 층에 있는 이십 평 남짓한 방으로 정했다. 바파라비가는 테헤란 역에서 정면으로 트인 거리로서 테헤란 대학과는 일직선이 되어 있었다.

그런 때문만이 아니라 위한림은 테헤란 대학생 아키미의 협조를 구했다. 학문하러 왔다는 사람이 갑자기 사업을 하겠다고 나서는 것이 약간 어색스러웠으나 테헤란에서 사업을 하려면 이란 사람 하나쯤의 협조가 있어야 할 것이었다.

다행히도 아키미는 "학문을 하기 위해서도 경제적인 뒷받침이 있어야 하는 것 아니냐."며 사업의 내용과 어떻게 시작해서 사업을 하게 되었는가의 동기를 물었다.

위한림이 "에도사란 사람을 아느냐."고 반문했다.

"모른다."는 대답이어서 포헤이다의 이름을 들먹여 보았다. 아키미는 전 주소대사(駐蘇大使)에 포헤이다란 사람이 있었다며, "그 사람

을 말하는 것이냐?"고 했다.

"전직까진 모르나 지금 아슈포 테헤란의 부사장을 하고 있다."

"그럼 그 사람은 아니군." 하고 아키미가 물었다.

"그런 사람을 어떻게 알았는가?"

위한림은 시라즈에서 에도사를 만난 얘기, 페르세폴리스에서 한
밤을 같이 지낸 얘기, 에도사의 소개로 포헤이다를 알았다는 경위
를 설명했다.

조심성 있게 듣고 있더니 아키미가

"사업을 하려면 아슈포와 손을 잡는 게 유리하지. 유리하고 말고.
그런데……." 하고 말꼬리를 흐렸다.

"그런데 어떻단 말인가?"

"별 게 아니오."

아키미는 더 이상 말하려 하지 않았다. 그 태도가 더욱 의심스
러워

"당신이 내 일에 협조하겠다면 별 게 아닌 얘기까지도 속시원하
게 털어 놓아야 할 게 아니냐."고 위한림이 따졌다.

"국왕 팔레비가 이란 국민의 전적인 신뢰를 받고 있지 못하는 이
유가 바로 그 아슈포 테헤란 회사 때문입니다." 하고 아키미는 다음
과 같은 말을 했다.

팔레비는 이란 국민의 복지를 위해 이른바 팔레비 재단이란 것
을 만들었는데 그 팔레비 재단의 원동력이 아슈포 테헤란이다. 그런

데 아슈포 테헤란은 이란국의 이권이란 이권은 거의 다 독점하다시피 하고 있다. 요컨대 아키미가 하고자 한 말은 아슈포 테헤란이 그렇게 이권을 독점해 놓곤 그 수입을 이란 국민의 복지를 위해 쓰질 않고 팔레비의 개인 재산으로 축적하고 있기 때문에 팔레비가 아무리 이란 국민을 위한다고 떠들어도 국민들이 마음속으론 납득하지 않는다는 얘기였다.

"팔레비가 그 사실을 알고 있을까?"

"아마 알지 못하고 있을지 모르지."

"그런 사실을 알려야지 그럼."

"첩첩이 인의 장막에 둘러싸여 있는데 어떻게 알린단 말요."

"측근에 충성스런 신하가 없단 말요."

"충성스런 신하야 있겠지요. 그러나 그 충성스런 신하들이 모두 아슈포 테헤란의 혜택을 받고 있다면 그들인들 어떻게 하겠소. 그들은 아슈포 테헤란이 튼튼하면 팔레비의 왕권이 튼튼하고 팔레비의 왕권이 튼튼하면 이란이 튼튼하다는 사고방식을 가지고 있는 게 분명해요. 그런데다 항상 불안하니까 최악의 경우를 생각하게도 되는 거죠."

"최악의 경우란?"

"권좌에서 물러났을 때 경제적으로나마 편하게 살아야겠다는……."

"팔레비의 위치가 그처럼 불안한가요?"

"그렇진 않습니다. 그러나 이란의 정세는 예측할 수가 없으니까요. 이란 국민 전체를 생각하기보다 국왕 자신과 가족을 더 많이 생각하게 되는 것도 무리는 아닌 얘깁니다."

"지금 팔레비에 대한 최대의 정적은 누굽니까?"

"호메이니라고 하는 시아파의 지도자가 있지요."

"현실적으로 거창한 세력을 가지고 있습니까?"

"파리에 망명하고 있으니까 그다지 큰 힘은 아닙니다."

"그렇다면 뭐……."

"그러나 간단한 문제는 아니죠. 이란은 그야말로 유전지대 아닙니까. 어쩌다 불이 붙기 시작하면 감당 못하게 될 수도 있는 겁니다."

"혹시 당신은 호메이니를 지지하고 있는 것 아닙니까?"

"천만에요. 그럴 리야 없겠지만 호메이니의 세력이 만일 이란을 휩쓸게 된다면 이란에서 시곗바늘이 거꾸로 돌아가는 상황이 벌어질 겁니다. 그러나 지금의 상태로선 좋으나 궂으나 팔레비 노선을 따를 수밖에 없다는 것이 나의 의견입니다."

아키미의 태도에 거짓이 없는 것 같아서 위한림이 안심했다. 위한림의 사업이 성공하려면 팔레비의 정권이 든든해야 하는 것이며 그런 뜻으로서도 아키미가 팔레비의 반대파여선 안되는 것이다. 그래서 다시 물었다.

"미스터 아키미, 아슈포 테헤란과 손을 잡았다고 해서 내 일에 무관심하진 않겠지요."

"그럴 리가 있겠소. 사실이 그렇다는 얘길 했을 뿐이오. 그러나 아슈포 회사가 정치적으로 어떻건 미스터 위가 상관할 바는 없지 않소. 당신은 돈만 벌면 되는 거니까." 하고 아키미는 구김살 없이 웃었다.

위한림은

"우선 전화도 받고 텔렉스도 받으며 타이프라이터도 잘 치는 아가씨를 구해야겠다."는 구체적인 얘기로 들어갔다.

"노력해 보겠소."

아키미의 대답은 시원시원했다.

'통세사업 테헤란지점'이란 간판을 걸고 텔렉스를 개설하기로 했다.

타이피스트 겸 비서로서 아말리아 멜라니란 아가씨가 아키미의 추천으로 들어왔다. 아프간인을 아버지로 하고 벨기에인을 어머니로 한 이 아가씨의 나이는 27세, 스위스인의 상사에서 일하고 있다가 스위스인과 충돌하고 그만두었다는 경력의 소유자. 우선 그 경력으로 해서 위한림과 아말리아는 의기상투하는 사이가 되었다. 아말리아는 영어, 프랑스어, 독일어에 능통하고 있을 뿐 아니라 페르시아어, 아프간어에도 물론 익숙하고 있었다.

개점하고 난 며칠은 이를테면 개점 휴업의 상태로 한산하였기에 위한림은 아말리아로부터 페르시아어를 배우게 되었다.

위한림은 아우 창림에게 서울 사무소를 지키라고 하고 구체적인 지시를 보냈다. 시멘트 10만 톤을 사들이기 위한 자금 조달과 수집 선적에 관한 지시였다. 당초 위한림은 신용장을 들고 바로 한국으로 돌아가려고 했던 것인데 대사관의 통상관계 참사관이 본국에서 해야 할 일은 간단하지만 이란에서의 일이 복잡하니 본국에 대한 지휘는 텔렉스나 전화로 하고 테헤란 지점의 기초를 공고히 해두어야 한다고 충고하자 당분간 테헤란을 떠나지 않기로 한 것이다.

본국에서의 연락을 기다리고 있는데 페르시아어를 가르치고 있던 아말리아가 도중에 이런 말을 했다.

"사업, 특히 무역이란 다각적이어야 하는데 시멘트 한 종목만을 쳐다보고 멍청하게 앉아 있는 것은 시간의 낭비가 아니냐?"

그 말에 위한림이 귀가 번쩍했다.

아말리아는 스위스 상사에 있었을 때의 경험을 말했다. 스위스 상사는 이란에 필요한 품목을 대소 관계없이 일람표를 만들어 놓고 전 세계 시장을 두루 살펴 그 가격을 검토하곤 이란 상사와 교섭을 벌인다고 했다. 그리고는

"지금 이란이 필요로 하고 있는 물건을 적어보자."며 연필과 종이를 꺼내 놓았다.

자질구레한 것을 제외하고 대강 적어보니 시멘트 말고는 철근, 접착제, 고무제품, 완구, 비료 등으로 되었다.

"이 가운데 한국에서 가장 수월하게 구할 수 있는 게 뭐예요?"

아말리아가 물었다.

"완구와 비료."

"완구는 일본제품을 능가하지 못할 것 아닐까요?"

일본 상품에 정통해 있는 아말리아의 질문이었다.

"질이 떨어진 것은 저렴한 가격으로 보충할 수가 있지."

"이란의 아이들에겐 완구가 너무나 부족해요. 완구를 들여오면 혹시 수지가 맞을지 몰라요." 하고 아말리아는 자기가 전에 있었던 스위스 상사는 완구로 한몫 단단히 보았다고 덧붙였다.

"티끌 모아 태산이란 한국의 속담이 있지만 코 묻은 돈 노려 뭣 하겠느냐."

이런 농담 끝에

"비료를 가지고 와 보자." 하는 결론을 내렸다.

"그럼 농업회사 연합회에 전화를 걸어보지요." 하고 아말리아는 자기 수첩을 꺼내보며 다이얼을 돌리기 시작했다. 비서로서 아말리아를 얻었다는 것은 이만저만한 다행이 아니었다.

노는 입에 염불하는 셈으로 시작한 교섭이 뜻밖에도 성과를 보았다. 농업회사 연합회의 토질개량부 부장이란 직함을 띤 사나이는 며칠째 교섭 끝에 질소, 인산, 가리, 그리고 화합비료 등 각 종목에 걸쳐 각각 1만 톤씩을 "상부의 결재가 나는 대로 발주하겠다."고 통고해 왔다.

그것이 성공하게 되면 줄잡아 50만 달러 가까운 순이익이 생기게 되었다.

위한림이 비료 문제의 교섭에 성공한 것은 순전히 아말리아의 덕택이었다. 삼 푼 정도의 커미션을 제공한다는 암시를 상대방에게 주라고 한 것도 아말리아였고 아슈포 테헤란과 거래하고 있다는 사실을 강하게 풍기라고 한 것도 아말리아의 지혜였다. 결과적으로 볼 때 삼 푼의 커미션을 주겠다고 하지 않아도 그 교섭은 실패했을 것이고 아무리 커미션을 주겠다고 해도 아슈포 테헤란과 거래하고 있다는 실적이 없었더라면 무방한 노릇이었던 것이다.

그런데 시멘트에 관한 문제가 진척되지 않았다. 위한림은 신용장의 사본만 보이면 시멘트 회사에서 당장 달라붙을 줄 알았는데 시멘트 회사는 달갑지 않은 반응을 보였다는 것이고, 우선 시멘트를 인수하고 대금은 후불하겠다는 문제에 대해선 결정적으로 난색을 보였다는 것이니 답답할 노릇이었다.

수출조성자금을 알아보라고 했더니 그것은 실적 있는 회사만 보는 혜택이고 신규로 시작할 경우 은행 융자와 맞먹는 담보를 필요로 해야 한다는 것이니 요컨대 그림의 떡이었다.

위한림이 아우 창림에게 전화로 "관리도 한국인이고 은행인도 한국사람 아닌가. 똑같은 국어를 쓰는 사람끼리 말이 안 통할 까닭이 있나. 650만 달러 수출이 어디냐. 이것이 잘 되면 6,500만 달러, 6억 5,000만 달러의 수출이 가능하게 된다. 너에게 입이 없느냐, 배짱이 없느냐. 대동강 물을 팔아먹은 놈도 있다는데 뻔한 산술 문제를 풀지 못한다면 죽어라 죽어. 어느 놈 불알에 매달리든지, 어떤 놈을 최면술에 걸든지 해서 시멘트 10만 톤 빨리 선적하도록 해라. 담보가 필요하거든 우리 판잣집은 물론이고 일가집 친구집 모조리 다 잡혀라.

배로 해서 갚는다고 약속해라……."

말하는 자기 자신도 납득하지 못하는 소리를 함부로 지껄여 댔다. 그리고는 "이것 하나 해결 못하면 페르시아만에 빠져 죽든지, 이란에서 흔한 석유 뒤집어 쓰고 분신자살이라도 해야겠다."고 으름장을 놓았다.

그런데도 본국으로부턴 좀처럼 희소식이 돌아오지 않았다. 그러나 그 고통스러운 시간을 견딜 수 있었던 것은 비료 문제가 해결되었기 때문이었다. 무환신용장의 어려움을 뼈저리게 느낀 위한림은 비료 구입만은 테헤란에 주재해 있는 T상사를 중간에 개재시키기로 하고 일 할의 커미션만을 받기로 했다.

이런 조치는 위한림의 필요에서 나온 것이긴 했지만, 이면상으론 T상사의 체면을 보아준 것으로 되었다. 아슈포 테헤란과의 관계를 안 T상사 지점장이 뭔가 자기들에게도 일거리를 달라고 애원하고 있었기 때문에 정에 못이긴 체 양보한 것이다.

그 덕으로 위한림은 다소 용돈에 여유가 생겼다. 계속 허세를 부릴 수도 있었다.

아슈포 테헤란과 거래하고 있다는 사실, 농업회사 연합회와의 관계가 알려지자 저편에서 연락을 취해 오는 상사가 생기게 되었다.

'이비타 건설회사'의 부사장이란 사람이 어느 날 위한림에게 면회를 신청했다. 요지는 철근을 20만 톤 가량 알선해 줄 수 없느냐는 것이었다.

당시 이란에선 각 방면으로 토목사업과 건축사업이 한창이라서 시멘트와 마찬가지로 철근이 태부족이었다. 경쟁적 입장에 있는 건설회사들은 철근의 입수에 혈안이 되어 있었다.

이비타 건설회사의 부사장은 국제시세의 1할쯤 높은 가격으로라도 철근을 사들이겠다며 확실한 보장만 있으면 철근 대금 전액을 은행에 예치하여 그 증서를 제공하겠다고까지 했다. 이런 예는 별로 없는 것이지만 각 회사의 공사가 철근 때문에 지연되어 있다는 사실을 감안하면 납득이 가지 않는 일은 아니었다.

이란 정부는 기일 내에 공사를 완공하는 업체를 골라 앞으로의 대공사는 그 업체에 주겠다고 선언한 바도 있었다.

철근이 어디에 붙어 있는지도 모르면서 위한림은 사뭇 자신이 있는 것처럼 고개를 끄덕끄덕 하곤 수일 내에 회답을 하겠노라며 이비타의 부사장을 돌려보냈다.

그 사람이 가고 난 후 시종 통역을 맡고 있었던 아말리아가 물었다.

"위 사장, 철근 가지고 올 데가 있어요?"

"미국이나 스웨덴에서 가지고 올까?"

그러자 아말리아가 말했다.

"미국과 스웨덴의 철근은 아슈포가 독점하고 있어요. 뿐만 아니라 아슈포를 통하지 않으면 철근 들여오기란 불가능해요. 아슈포도 건축사업을 하고 있거든요. 이비타가 골탕먹고 있는 것은 아슈포 때문이에요. 이비타가 위 사장을 찾아온 것은 혹시 아슈포를 달래서 철근을 입수하는 길이 있지 않을까 해서입니다. 틀림없어요."

"그럼 포헤이다 씨에게 부탁해 볼까?"

"천만에요. 시멘트 문제도 아직 해결해 놓지 않고 그런 말을 한다고 해서 통할 일도 아니구요. 오히려 앞날의 일을 곤란하게만 할 겁니다."

"그렇다면 어떻게 해야 하지?"

아말리아는 웃음을 머금고 무슨 말을 하려는 눈치더니 타이프라이터 앞으로 가 앉았다. 위한림이 물었다.

"일본에서 가지고 올 수 없을까?"

"노오, 일본의 철근도 아슈포의 것이에요."

"큰일났군."

"코리아엔 철근이 없나요?"

"포항제철이란 게 있긴 있는데, 지금 한국에서도 철근은 성수기일 테니 팔 것까진 없을 거다."

"그런데 왜 아까 사장께선 무슨 요량이 있기나 한 것처럼 고개를 끄덕끄덕 하셨죠?"

"우리 한국엔 북더기 힘 믿고 광대줄 탄다는 말이 있지. 난 아말리아의 지혜를 믿고 고개를 끄덕끄덕 한 거다."

아말리아는 터지려는 웃음을 간신히 참으며 위한림을 째려보곤,

"오늘 밤 내가 연구해 보겠어요. 그 대신 오는 일요일엔 니샤푸르

에 데려다주어야 해요.” 하고 속삭이듯 했다.

니샤푸르는 이란 북동쪽에 있는 정서적인 소도시다.

“아말리아가 가겠다면 니샤푸르가 아니라 지구 끝까지라도 가겠다.”

스위스 상사에 근무한 적이 있었던 아말리아의 경력이 이번에도 큰 도움이 되었다.

이비타 건설회사의 부사장이 찾아온 그 이튿날 아말리아는 수선화처럼 청조한 웃음을 띠고 위한림에게 아침 인사를 하더니 텔렉스 앞에 앉았다.

위한림의 지시 없인 그런 일이 없었던 일이라, 위한림이 뭣을 할 거냐고 물었다.

“철근 20만 톤을 사들이는 교섭을 할까 하구요.”

아말리아의 장난스러운 대답이었다.

“어디, 누구하고?”

“인도 뉴델리에 인도양 상회라고 하는 무역상사가 있어요. 그 사람을 내가 잘 알거든요.”

“인도에 철근이 있을까?”

“인도엔 철근이 풍부해요.”

“그렇다면 아슈포가……”

“아슈포와 물론 관련이 있지만, 인도 상인은 독점 계약 같은 건 안 해요.”

"그렇더라도 무작정 텔렉스를 친다고 해서 될까?"

"걱정 마세요. 어젯밤 전화로 통했어요. 약속을 받고서 하는 텔렉스예요. 어젯밤 전화료는 내야 합니다."

"내구 말구."

"아마 200달러는 넘을 거예요. 인도와의 통화는 비싸게 쳐요."

"200달러 아니라 2,000달러라도 좋아."

아말리아는 째려보는 표정이 되더니

"그런 말을 상인이 해서는 안 돼요." 하고 텔렉스의 키를 누르기 시작했다.

위한림이 내용을 일러줄 필요가 없었다. 아말리아 자신이 통역을 한 까닭에 거래의 내용을 잘 알고 있는 것이다.

텔렉스를 치고 나서 아말리아는

"내일 아침에 회신을 하라고 했으니까 구체적인 사실을 알려올 겁니다." 하고 인도양 상회의 사장 구자나라와 친숙하게 된 경위를 설명했다.

구자나라는 스위스 상사를 통해 꽤 큰 규모의 거래를 이란을 상대로 했다. 그때 구자나라가 숫자상 큰 실수를 했다. 만일 아말리아가 몰래 통고해 주지 않았더라면 구자나라는 앉아서 수백만 달러의 손해를 볼 뻔했다. 그 후 구자나라는 아말리아의 은혜를 평생 잊지 못하겠다며, 언제이건 무슨 일이 있거든 자기에게 연락하라고 했다.

스위스 회사와 아말리아 사이가 험악하게 된 원인 가운데의 하나가 그 사건이었다. 물론 그 사건을 표면적으로 문제 삼지는 않았다. 정직한 스위스인이 상대방의 실수를 정정해 주었다는 행위를 탓할 순 없었기 때문이다.

아말리아의 말대로 그 이튿날 인도에서 회신이 왔다. 철근 20만 톤의 거래는 수월하게 진행되었다. 위한림은 책정된 커미션 100만 달러 가운데 그 1할을 철근이 도착하기에 앞서 신용장이 교환된 시점에서 받았다.

이래저래 위한림의 테헤란에서의 사업은 번창일로에 있었는데 가장 중요한 시멘트 문제가 난산(難産)이었다.

무더운 여름이 지나도록 풀리지 않은 채 난항하고 있더니 9월 초 다음과 같은 텔렉스가 들어왔다.

"천신만고로 5만 톤까진 확보하고 선적 단계에 들어갔는데 돌연 정부에서 시멘트 금수령을 발표했음. 금수령이 내리고 난 후론 한 스푼의 시멘트도 구할 수 없음. 각종 공사, 특히 농촌의 새마을 운동 때문에 한국에서도 시멘트는 품귀 현상임."

"제기랄." 하고 위한림이 텔렉스 용지를 내동댕이 쳤다.

시멘트는 한국에서 남아 돌아갈 정도로 생산되고 있다는 전제 하에 아슈포 테헤란과 계약한 것인데, 국내의 수요를 충족시킬 수가 없어 금수령을 내렸다고 하니, 마른 하늘에 벼락을 맞은 기분이었다.

위한림이 흥분한 이유를 알아차린 아말리아가 조용해 말했다.

"이럴 때일수록 침착해야 합니다. 당장 결판을 낼 생각 말고 하루 이틀 머리를 식혔다가 활로를 찾아야 해요."

"고맙다."고 했으나 그런 위안의 말 갖고 해결될 일은 아닌 것이다.

인도 상사와의 일은 아말리아에게 맡겨 두기로 하고 위한림이 한국으로 돌아가기로 했다.

"한국으로 돌아가면 무슨 해결책이 서나요."

아말리아가 물었다.

"그건 가봐야 알죠."

"미스터 위가 간다고 금수령이 해제될 것은 아니지 않아요."

"아냐, 무슨 음모가 있는 것 같애. 큰 상사들이 신인의 진출을 막기 위한 계교일지도 몰라."

"그렇다면 더욱 곤란한 문제가 아뇨?"

"아무튼 곤란하오. 이 시멘트 문제를 해결하지 못하면 이란에 있어서의 나의 사업은 끝장이 되는 거요."

"사정이 정 그렇다면 시멘트를 한국에서만 구할 생각 말구 다른 곳에서 구할 생각을 해보면 어때요."

"그것도 하나의 방법이겠지만, 아슈포 테헤란이 살 수 없는 시멘트를 우리가 어디서 구하겠소."

아말리아는 연필을 입에 물고 잠자코 있더니 이런 소릴 했다.

"이란은 국교가 없는 나라에선 물건을 사지 않아요. 아슈포 테헤란이 시멘트를 사지 못하는 것은 그런 제약이 있기 때문입니다. 우리는 이란에 있지만 외국상사니까 이란과 국교가 없는 나라에서도 물건을 살 수 있지 않을까요. 그것을 국교가 있는 나라의 배에 싣고 들어오면 어떤 물건이든지 이란과 우리의 거래로 되지 않을까 하는데요."

"그런 공작은 뒤에 가서 할 일익 선결 문제는 어디서 시멘트를 사야 하는가에 있지 않소."

"그걸 한번 생각해 봅시다." 하고 아말리아는 전화의 다이얼을 돌리기 시작했다.

한편 위한림은 백도준과 반영환, 이동길에게

"내가 없는 동안 시멘트가 도착했을 경우엔……" 하고 구체적인 지시를 했다.

10만 톤 전량은 못 되더라도 5만 톤의 선적은 가능하다고 보았기 때문이다.

위한림이 계속 테헤란에 남아 있을 수 있었더라면 갖가지 이로운 일이 많을 것이란 짐작은 이비타의 철근 주문으로써도 해 볼 수 있는 일이지만 사태가 이렇게 되고 보니 그저 애가 닳기만 했다. 위한림이 밤중에도 헛소리로 '시멘트'라고 할 만큼 되었다.

테헤란 공항을 떠나는 직전까지도 시멘트를 어디서 구해야 할지 몰랐는데 공항 대기실에 들어가려는 찰나 아말리아가 속삭였다.

"큰소리로 할 순 없는 얘기지만 시멘트는 대만에 있답니다. 이란 정부가 사전에 그것을 알면 안 돼요. 극비리에 추진해 보세요."

아말리아의 말이 구원이었다.

한국의 금수령을 뚫고 시멘트를 구해야 한다는 한 가지 선으론 불안하기 짝이 없었는데 '대만'이란 가능선이 떠오르고 보니 그 사실만으로도 위한림은 숨을 쉴 수 있었던 것이다.

그 여유를 빌어 위한림이 비행기 내에서 스튜어디스들에게 농담을 건넬 수도 있었다. 그렇게 해서 약간의 친근감을 갖게 된 어떤 스튜어디스에게 위한림이

"혹시 이 비행기 안에 자유중국, 즉 대만인 승객이 있는가를 알아봐 달라."고 했다.

잠시 후 스튜어디스는

"대만인 부부가 타고 있어요." 하고 창쪽에 앉아 있는 초로의 부부를 가리켜 주었다. 위한림이 그들을 관찰했다. 사업가라고 판단할 수 있었다.

비행기가 뉴델리 공항에서 쉬게 되었을 때 공항 대기실에서 위한림이 자연스럽게 그 대만인에게 접근했다. 대만인은 경계하는 빛 없이 동양의 청년을 맞이하고 위한림이 명함을 내밀자 자기도 명함을 꺼내 위한림에게 넘겼다.

그의 명함엔 정민중(程敏中)이란 이름과 대북창성공사(臺北昌成公司)란 회사명이 찍혀져 있었다.

정(程)이란 성을 보자 위한림은 선뜻 『명심보감(明心寶鑑)』 생각이 났다. 그 책엔 흔하게 정명도(程明道)니 정이천(程伊川)이니 하는 이름이 나타나 있는 것이다. 위한림이

"혹시 선생님은 정명도, 정이천 선생님의 후예가 아니십니까?"하고 넌지시 물었다.

정민중은 깜짝 놀라는 표정으로 되더니

"당신이 정명도 선생을 어떻게 아느냐."고 되물었다.

"존경하는 선생님이니까요. 나는 두 정 선생님의 훈도 속에서 살았다고 해도 과언이 아닙니다."

위한림이 침착하게 말했다.

"당신은 아직 젊은데 어떻게 중국의 학문을 하실 수 있었소."

정민중의 말에 감동이 서렸다.

"알고 계시다시피 우리 한국은 고래로 유교의 나라가 아닙니까. 유교라고 해도 그 가운덴 왕양명학(王陽明學), 육상산학(陸象山學)이 있기도 한데 우리나라에선 정주학(程朱學)만 숭상합니다. 그런 까닭에 두 정 선생(二程先生)의 영향은 공자님 다음만큼이나 큽니다."

위한림의 말에 정민중은 감동을 넘어 아연하다는 표정으로 되었다. 사실을 말하면 위한림이 고등학교 동양사 시간에 얻어 들은 조각 지식을 피력한 것에 불과한 것인데 낯선 이국의 공항에서 자기와 같은 성을 가진 대선달(大先達)의 이름을 들은 것만으로도 기가 막혔던 것이다.

"대단한 청년을 만났구려." 하며 그 대만인은 원더풀, 원더풀을 연발하고 심지어는 스플렌디드란 어휘까지 사용했다. 원래 익숙하지 못한 외국어를 쓸 때 표현이 과대하게 되기 마련인 것인데 정민

261

중의 경우는 그런 것만도 아니라는 것을 그 후의 그의 태도로써 알 수 있었다.

"요즈음 우리 중국에선 위대한 선일들을 무시하는 풍조가 휩쓸고 있습니다. 그런데 한국의 청년이 옛것을 소중히 하고 있다는 것을 알고 보니 실로 큰 감격이 아닐 수 없습니다."

정민중은 은테 안경 속의 눈을 부드럽게 반짝이며 천천히 말을 엮었다.

"정명도 정이천 선생과 내 성의 글자가 같은 뿐이지 같은 핏줄이라곤 말할 수 없소. 우리 가보(家譜)엔 그 어른들의 이름이 없습니다. 천 수백 년이 지나는 동안 파가 자꾸만 갈라지는 바람에 어디에선가 연결을 잃어버린 때문일지 모르기는 합니다만 계통을 세울 수 없을 정도가 되면 타족이라고 해야겠지요. 그러나 그 두 어른과 성을 같이 하고 있다는 사실만으로도 명예스럽게 생각하고 있는데 오늘 한국의 청년으로부터 그 사실을 상기할 기회를 얻었으니 반갑기 한량 없습니다."

정민중은 진정으로 그렇게 생각하는 모양으로 말하고 있는 도중에도 몇 번이나 고개를 끄덕끄덕 했다.

위한림이 한 발 더 디디고 들어섰다.

"나는 중국 사람을 보면 남의 나라 사람으로 느껴지지 않습니다. 조상들이 사귀어 온 심정이 유전처럼 가슴 속에 흐르고 있는 때문인지 모르지요."

"나도 그렇소. 중국과 한국은 고래로 형제의 나라가 아닙니까?"

정민중이 맞장구를 쳤다.

"더욱이 대만에 살고 있는 중국인과 남한에 살고 있는 우리들은 같은 우환을 지닌, 이를테면 동병상련하는 사이가 아닙니까. 그런 뜻에서 나는 장중정 총통(蔣中正總統)을 동양의 도의를 대표하는 세계적인 지도자라고 생각하며 존경합니다."

위한림의 이 말은 조금 지나쳤을지 몰랐다. 정민중은 애매한 웃음을 띠며

"아무렴 세계적인 지도자이죠. 총통께서 위 선생의 말을 들으면 아주 기뻐하시겠습니다." 하곤

"청년은 대강 어떤 사업을 하느냐."고 물었다.

위한림이 기다리고 있던 기회였다.

그는 중동을 상대로 무역을 한다며, 그의 사업 규모와 사업 내용을 상대방의 의혹을 사지 않을 정도로 과장 설명하고 나서

"한국에 하룻강아지 범 무서운 줄 모른다는 속담이 있는데 그 말이 꼭 옳아요. 경험 없는 자가 사업을 하려니까 여간 힘이 들지 않습니다. 역시 나이 자신 어른을 모시고 그 지도를 받아야 한다고 생각합니다." 하고 겸손했다.

"청년처럼 생각하고 노년처럼 행동하라고 했던가, 노년처럼 생각하고 청년처럼 행동하라고 했던가. 노소동락도 인생에 불가결하고 노소동업도 불가결한 것인데 요즘 젊은 사람들은 모두 자기들만 잘

났다고 하니 노인들이 설 자리가 있습니까 어디. 그런데 위 선생은 그렇질 않으니 기특하단 말입니다."

들고 보니 대만에서도 젊은 세대가 늙은 세대를 푸대접하는 풍조가 일고 있는 모양이었다.

위한림이 화제를 바꾸었다.

"앞으로 대만의 물자를 사야 할 경우가 있을지 모릅니다. 그때는 아무쪼록 협력해 주시기 바랍니다. 거래에 있어서 신용을 철저하게 지킬 테니까요."

"대강 무슨 물자를?"

"예컨대 시멘트, 대만의 특산물 같은 것 말입니다."

"상거래엔 원칙이 있는 것인데 그 원칙에 따르기만 하면 어려울 게 있겠습니까?"

위한림은 좀 더 구체적인 얘기를 해야겠다고 작정하고 물었다.

"대만에서 시멘트를 살 수도 있습니까?"

"대만에 시멘트는 풍부합니다. 얼마쯤 사려는 겁니까."

"5만 톤. 가능하다면 10만 톤도 좋습니다."

"돈만 있으면 살 수 있겠지요. 그러나 거래되는 값이 문제가 되지 않겠습니까."

"내 형편으론 톤당 40달러에 살 수 있었으면 하는데요. 현지 시세로."

"대만의 시멘트 시세를 알 수 없으니 뭐라고 말할 수 없군요."

"아무튼 값만 맞으면 사주시겠습니까?"

"그거야 여부가 있습니까?"

"그럼 제가 본국으로 돌아가서 연락 드리겠습니다."

"그렇게 하시오." 하고 정민중은 빨간 가죽 표지의 수첩을 꺼내더니 또박또박한 한자로 기입했다. 여간 꼼꼼한 성격이 아닌 것 같았다.

그리고 나서도 시간은 있었다.

갖가지 화제가 올랐다.

정민중의 고향은 절강성(浙江省) 항주(杭州)라고 했다. 태호(太湖)라고 하는 호수를 낀 절경의 곳인데 공산당 수중으로 실함된 것이 못내 섭섭하다며 30년이 지난 지금 와서도 가끔 꿈을 꾼다고 했다.

아들 둘, 딸 셋이지만 아들 둘, 딸 둘은 현재 미국에 있고 딸 하나만 데리고 있는데 그 딸마저 불원 미국으로 떠날 준비를 하고 있다는 것이어서

"대만에 영주하실 생각이 없는 것이로군요." 하고 위한림이 물었다.

"나는 대만을 떠나지 않을 겁니다. 그런데도 자식들은 그런 마음이 없는가 봅니다. 대만을 고향이라고 생각할 수 없는 까닭입니다. 대만이나 미국이나 객지엔 다름없다는 그런 심정인가 봅니다."

정민중의 말엔 슬픔이 섞였다.

"아무래도 정치적으로 불안하니까 그런 생각도 들겠지요."

265

"생각하면 불행해요. 고향에 살지 못하게 되었다는 사정이 말입니다. 미국에 가봤자 그게 뭐겠소. 평생 나그네 신세를 면하지 못하고 기껏 이등시민의 테두리를 벗어나지 못할 것을. 인간이란 먹고 살기만 하면 그만인, 그런 것은 아닐 테니까요."

"정 선생님의 심정을 알 것 같습니다."

"나는 가끔 미국의 자식들 집에 갑니다만 한국에서 간 이민도 꽤 많은 모양입니다."

"그렇습니다. 우리는 이민을 조국의 확대라고 생각하고 있습니다. 그러니까 자연 많은 사람이 이민을 가게 되는 거죠."

"조국의 확대라! 그럴 듯한 말이긴 한데." 하고 한숨을 쉬곤 정민중이 물었다.

"그럼 위 선생도 이민을 가실 생각이 있소?"

"천만에요. 일단 그렇게 긍정은 합니다만, 내겐 절대로 이민 갈 생각이 없습니다."

"공산군이 밀고 내려 와도?"

"싸우지요 끝까지, 놈들과 끝까지 싸우다가 죽었으면 죽었지 이민은 안 갈 겁니다. 잠깐 동안의 여행이면 모르되 내 나라를 두고 어딜 갑니까."

"위 선생과 같은 생각을 가진 사람이 한국엔 많습니까?"

정민중이 진지하게 물었다.

"아마 대부분이 나처럼 생각하고 있을 겁니다."

위한림이 자신있게 말했다.

"부럽군."

정민중이

"우리 대만엔 그렇게 생각하는 사람이 극히 소수일 것 같습니다."

하곤 다음과 같은 얘기를 했다.

"돈이 있는 사람은 그런 사람 나름으로, 돈이 없는 사람은 또 그런 사람 나름으로 거의 대부분이 미국에 기반을 둘 생각을 하고 있습니다. 심지어는 여자들이 임신하길 기다려 교묘하게 기회를 포착해서 미국에 건너가려고 하지요. 아시겠지만 미국에서 탄생하는 아이는 나면서부터 미국 시민이 됩니다. 아이가 미국 시민이 되면 어머니와 아버지 형제들은 차례로 미국 시민이 될 수 있는 거지요. 그처럼 모두들의 마음이 들떠 있다, 이 말입니다. 공산당이 되건 뭣이 되건 이 이상 생활이 나빠질 까닭이 없다고 생각하는 대만인, 즉 본도인(本島人)은 예외겠지만……."

"대만이 독립할 가능성은 없습니까?"

엉뚱하다고 생각하면서 위한림이 이렇게 말해 보았다.

"현재 독립해 있지 않습니까?"

정민중의 대답은 간단했다.

"두 개의 중국으로서의 그런 독립 말고 본토와 전혀 연관지우지 않고 대만으로서의 독립 말입니다."

"그건 아마 불가능할 겁니다. 자유 중국의 지도자들은 설혹 본토에까지 세위를 현실적으론 미치고 있지 않아도 관념상으론 대륙을 우리의 판도라고 생각하고 있으니까요. 대만만 분리 독립한다는 것은 광대한 대륙과 10억의 인구를 미리 포기하는 것으로 됩니다. 민족적, 도의적, 실리적으로도 절대 불가한 일입니다."

정민중의 말은 단호했다. 위한림은 정민중의 그 말이 바로 국민당의 이데올로기라고 짐작했다. 그러나 다음과 같이 말해 보지 않을 수 없었다.

"정치는 어디까지나 현실이 아닙니까. 이대로 끌고가다가 공산당이 덮치면 중과부적으로 최악의 사태가 될지 모르는 일 아닙니까. 그러니 그런 사태를 미연에 방지하기 위해서 미리 수단을 쓸 필요가 있는 것이 아니겠습니까."

"나는 대만의 문제를 무력으로 해결될 문제는 아니라고 생각합니다. 세계의 문제이며, 국제적인 문제입니다. 공산당이 대만을 무력으로 침범하게 된다면 삼차전은 필지의 사실이 되는 겁니다. 그리고 앞으로의 전쟁은 수량의 전쟁이 아니라 핵무기의 전쟁이 될 겁니다. 본토이건 대만이건 민족의 전멸을 예상할 수 있는 전쟁을 감히 일으키겠습니까."

"만의 하나라는 경우가 있지 않겠소."

"그렇습니다. 만의 하나의 경우 때문에 일부 인사들이 들떠 있는 겁니다. 불행한 일이죠."하고 정민중은

"우리는 피차 어려운 시대에 어려운 나라에 살고 있는 동지입니

다. 서로 도와가며 삽시다." 하며 위한림에게 악수를 청했다.

뉴델리 공항 대기실에서의 정민중과의 만남은 위한림에게 대단한 용기를 주었다. 한국에서 시멘트 금수령이 당분간 해제되지 않는다고 해도 대안을 준비할 수 있었기 때문이다.

정민중은 홍콩에서 내렸다. 그가 내릴 무렵 두 사람은 다시 한 번 뉴델리 공항에서의 약속을 재확인했다.

일본 동경에 도착한 위한림은 마음이 바빠 공항 근처의 호텔에서 자고 내일의 첫 비행기를 탈까 했지만 거리낌 없이 외상술을 준 최지희와의 약속을 상기했다. 중동에서 돌아올 때 외상값을 갚겠노라고 맹세했던 것이다.

'의리를 잃는다면 해병대 사나이가 아니다.'

위한림이 호기를 부릴 경우이면 언제나 해병대 의식이 고개를 쳐든다.

동경의 아카사카는 그 밤도 흥청거렸다. 석 달 전 100달러만을 쓰겠다고 기를 쓰고 잡담 속을 헤매고 있던 스스로의 모습을 찾기라도 하듯 두리번거리며 위한림은 자기 호주머니 속에 들어 있는 1만 달러 이상의 돈을 의식하곤 내심으로 웃었다.

시계가 열시를 가리키는 것을 보고 위한림이 '지희의 집'에 들어섰다. 혼자인 낯선 손님이라서 그런지 웨이터의 태도는 애매했다. 환영하는 것도 아닌 내쫓으려는 것도 아닌 엉거주춤한 웨이터에게 약간 우악스러운 인상을 쓰며 위한림이

"최 마담 어디에 있느냐."고 한국말로 물었다.

홀엔 손님이 가득 차 있었다. 안내가 없으면 비집고 앉을 스페이스가 없었다.

우물쭈물하고 있는 웨이터에게 날카롭게 쏘았다.

"외상값 갚으러 왔다. 마담을 불러."

그때 저편 안쪽에서

"누구시더라?" 하는 표정을 하고 최지희가 나타났다. 아카사카의 '밤의 여왕(女王)'이란 호칭에 알맞은 유연하고 우아한 맵시였다.

"날 모르시겠수?"

지희는 고개를 갸웃했다.

"내 인상이 그처럼 흐리멍텅한가? 외상값 갚으러 왔소."

그때서야 지희는 "아아, 그분." 하고 손뼉을 치고 "이리로 오시라."며 위한림의 손을 끌었다.

구석진 자리를 마련하고 자기도 앉으며 지희가 물었다.

"언제 돌아오셨어요?"

"방금. 호텔에 짐을 놓자 말자 달려 왔소. 외상값 갚으려구."

"아유 성미도 급하셔라. 나 외상이고 뭐고 다 잊어버렸다오."

"날 신용할 수 없었단 얘긴가요?"

"그런 건 아니죠. 어쨌건 무사히 돌아오셔서 반갑군요."

"사막에 실종하지도 않고 인도양에 빠져 죽지도 않고 돌아왔으니 대단하지 않소."

"그래요, 그래요. 술은 뭘로 하실까?"

"외상이 얼만지 계산부터 합시다."

"그건 장부를 들여다 봐야 하니까 나중에 하기로 하구요."

위한림이 하이볼을 시켜놓고 호주머니에서 보석함을 꺼내 탁자 위에 놓았다. 홍콩에서 산 가짜 다이아몬드 오 캐럿짜리였다.

"이것 뭔데요?"

"마담에게 주는 보너스요."

"보너스?"

지희의 눈이 반짝했다.

"열어나 보시오."

위한림이 무뚝뚝한 표정을 지었다.

지희가 남색 벨벳 커버의 작은 상자를 열었다. 찬란한 빛이 솟아 나듯 지희의 눈을 쏘았다.

"어머나……."

신음하듯 하고 들여다보고 있더니 물었다.

"이것 얼마, 아니 몇 캐럿?"

"오 캐럿."

"오 캐럿?"

지희의 눈이 둥그렇게 되었다.

"그러나 이건 가짜요." 하고 위한림이 싱글벙글했다.

"가짜라도 진짜 같네요."

그때서야 지희는 납득한 듯 웃었다.

"진짜도 가짜라는 점에선 진짜지만 지희 씨, 이건 내 마음의 표적입니다. 내가 결정적으로 성공했을 땐 꼭 이것 크기만 한 다이아를 선사하겠다는, 이를테면 약속의 심벌로서 드리는 겁니다."

"그 마음 고마워요. 진짜처럼 간직하겠어요." 하더니 지희는

"오늘 밤도 빅 파티를 해야죠." 하고 웨이터를 불렀다. 위한림이 지희를

"오늘 밤은 간단히 합시다." 하고 만류했다.

"중동엘 갔다 오더니 기분의 규모가 작게 되었군."

지희의 말에 위한림이

"전번엔 외상이었으니까 소라도 잡아먹을 기분을 낸 거지만, 오늘 밤은 현금이거든요." 하고 웃었다.

"전번엔 외상이구 오늘은 내가 한턱하죠 뭐. 오 캐럿짜리 다이아도 받았겠다, 기분 낼만 하잖아요?"

"그건 안 되겠소. 빈대에도 낯짝이 있고 벼룩에도 체면이 있다는데." 하고 위한림이 스카치 한 병과 치즈 크래커만을 시켰다.

그래도 기분이 좋았다.

지희도,

"술 장수 10년에 처음 있는 일이다." 하고 기뻐하곤 그동안 돈을 얼마나 벌었느냐고 물었다.

"벌긴 뭘 벌어요. 외상 갚고 용돈이 될 만큼 만들었을 뿐이오."

"그게 대강 얼만데요."

"남 호주머니 사정 알아서 뭣 할거요."

"괜히 알고 싶네요."

"솔직히 말하면 난 돈 보다도 더 귀중한 것을 얻었소."

"그게 뭔데요."

"무(無)에서 유(有)를 만들어내는 기술."

"나도 그것 배우고 싶군요."

"그게 예사로 되는 일로 아시우."

이래선 안된다고 한 가닥 이성이 자꾸만 브레이크를 거는데도 술잔의 수에 비례해서 호언장담의 도수가 높아만 갔다. 로마를 점령하고 베네치아에 기착한 27세의 장군 나폴레옹의 기분을 닮았다고나 할까. 아무튼 위한림은 기분이 좋았다. 영업시간이 끝날 무렵 지희가 속삭였다.

"마음에 드는 아가씨가 있거든 말해요. 호텔로 보내 줄테니."

"당신이 온다면야 좋지만 딴 여자는 싫소."

이렇게 말하자 지희가 위한림의 등을 쳤다.

"몹쓸 사람, 난 오르지 못할 나무야."

김포공항에 내려서니 다소의 감회가 있었다. 아침 열 시경의 바람이 가을의 감촉이었다.

5월에 떠나 9월에 돌아온 것이다.

환송해 준 친구들과 한자리 가져야 하지 않을까 하는 생각을 안 해본 건 아니지만, 위한림은 그런 센티멘털리즘은 당분간 보류하기로 했다.

이미 낙착이 되었다고만 믿었던 시멘트 5만 톤까지의 국외 반출이 난감한 형편이 되어 있었다. 주택공사를 비롯해서 큼직큼직한 건설회사가 수천동의 아파트를 짓고 있고, 새마을 사업의 일환으로 농촌의 취락구조 개량사업에 불이 붙어 있었고, 고속도로 공사까지 곁들였으니 상상 외로 시멘트는 품귀 현상을 빚고 있어 시멘트의 티켓을 따는 것만으로도 이권이 될 정도로 엄청난 암시세(暗時勢)가 형성되어 있었다.

그런 까닭에 현금을 주고도 살 수 없는 형편인데 은행의 지불보증이 있다손 치더라도 외상거래는 불가능하게 되어 있었고 수출 조성자금이 있다지만 금수령이 내린 물자 수출을 위해 정부가 조성금, 또는 수출자금을 융통해 줄 리가 만무한 것이다.

그렇다고 해서 가만 있을 순 없었다. 신용장을 들고 상공부 고관을 찾아가

"내 신용의 실추는 국가 신용의 실추가 되는 것이오." 하고 애원하기도 하고 공갈하기도 했다.

하루는 하도 답답해서 시멘트 회사에 취직하고 있는 고등학교 동기생을 찾아갔다. 그리곤 다짜고짜

"이 녀석아, 시멘트 공장에 있으니까 뭔가 방법을 알 것 아닌가.

그 방법 좀 가르쳐 달라."고 떼를 썼다.

시멘트 회사의 친구는 침이 마르도록 늘어 놓는 위한림의 얘기를 끝까지 들어는 주더니 따끔하게 뇌까렸다.

"아, 이 미친 놈아! 시멘트 10만 톤의 티켓을 따내기만 하면 당장 벼락부자가 될 수 있다. 이란까지 가서 팔아먹지 않더라도 이 자리에 앉아서도 당장 부자가 된다, 이 말이다. 그런데 뭐 이 판국에 시멘트를 수출하겠다구? 수출 제일이라고 떠들고 있으면서 시멘트엔 금수령이 내렸다고 하면 천치 같은 놈이라도 대강의 사정은 짐작할 거다."

"대강이 아니라 구구절절 다 안다. 그러나 무슨 방법이 있을 것 아닌가."

"난 몰라. 아니 회장, 사장이라도 마음대로 못한다. 정부의 지시에 따라 배정하게 돼 있어. 그런 형편인데 나같은 산따로에게 무슨 수가 있겠나."

"방법이 아주 없단 말인가."

"한 가지 방법은 있지."

"그게 뭔데,"

"주무장관의 공문을 받는 일이다. 주무장관이 공문으로 주라고만 하면 지금 정부가 추진하고 있는 모든 계획을 중지하고라도 자네에게 시멘트를 돌려 줄 걸세."

친구의 말은 의견이라기보다 위한림에게 대한 야유였다.

위한림이 발끈 성을 냈다.

"끝끝내 나에게 시멘트를 안 주기만 해봐라. 다이너마이트를 시멘트 공장에다 터뜨리고 말 테니까."

이렇게 위한림은 뱉듯이 해놓고 나왔지만 앞일이 난감하기만 했다. 그는 이윽고 잠꼬대로 '시멘트'라고 외칠 만큼 되었다.

국내에선 10만 톤은커녕 5만 톤도 구할 수 없다는 사태를 파악하자 위한림이 대만 정민중에게 전화를 했다. 시멘트 10만 톤만 구해 달라는 부탁이었다.

정민중의 대답은 다음과 같았다.

"두 달쯤 외지에 있다가 돌아와 보니 대만의 시멘트 사정이 급변해 있었습니다. 각국에서 바이어들이 들어와 저마다 시멘트를 사려고 서두는 바람에 시멘트 값이 엄청나게 등귀해 있는 데다가 품귀 현상까지 빚어지고 있었습니다. 그러니 톤당 40달러로썬 어림없고 50달러 이상이라야만 겨우 말을 통해 볼 수 있는 형편입니다. 50달러 이상을 준다고 해도 10만 톤은 어림없습니다. 다행히, 나의 요구를 거절하지 못하는 시멘트 회사가 있기 때문에 5만 톤쯤은 어떻게 할 수 있을 것 같습니다. 그러니 그 이상은 기대하지 마십시오. 오만 톤에 관해서도 시기를 놓치면 안 되니 빨리 손을 써야 하겠습니다."

위한림은 현지 시세 50달러로썬 그다지 수지를 맞출 수 없겠다는 계산을 하면서도 물에 빠진 사람 지푸라기에라도 매달리는 심정이 되지 않을 수 없어서 50달러라도 좋으니 일을 진행시켜 달라고 일렀다.

"꼭 그러시다면 50달러를 중심으로 상한(上限)과 하한(下限)을 각각 5달러씩으로 짐작하고 대금지불 선적 기타에 관해서 구체적인 의논이 있어야 하지 않겠습니까?" 하는 정민중의 말이었다.

"내일 밤에 다시 연락하겠습니다." 하고 위한림이 일단 전화를 끊었다.

상한과 하한에 각각 5달러씩 예상하라는 말은 톤당 최고 55달러도 될 수도 있고 최하 45달러도 될 수도 있다는 얘긴데, 요컨대 55달러를 각오해야 된다는 것이나 다를 바가 없었다. 선비(船費), 세금, 보험료, 도착 후의 하역비, 체화료, 기타 잡비를 계상하면 커미션을 감안하지 않더라도 현지 도착에 70달러 정도의 대금 갖고는 수지를 맞추기가 극난할 것이었다. 이것도 만사 순조롭게 진행되었을 경우의 얘기다.

게다가 대금 지불 방식에 문제가 있었다. 한국은행이 지불보증을 해준다고 해도 첫 거래엔 다소의 현금이 건너가야 할 것이었다. 이란과 대만 사이엔 국교가 단절되어 있는 형편이니 테헤란은행의 지불보증은 통하지 않을 것이었고, 테헤란은행의 지불보증을 담보로 한국은행이 지불보증하는 절차가 있어야 할 것인데 그것이 가능할 것인지.

상업의 신을 머큐리라고 한다던가. 머큐리는 심술쟁이다. 위한림은 어안이 벙벙해서 갈피를 잡을 수가 없었다. 유일한 신념은 아슈포 테헤란과의 이 첫 거래만 성공하면 탄탄대로가 트인다는 것. 이란을 내 것으로 만들 수 있을 것이란 것뿐이다.

야심만으로 일이 되는 것은 아니지만 야심없인 길이 트이지 않는다. 위한림은 공격 대상으로 은행, 시멘트 회사, 상공부로 정하고 작전을 전개해야만 했다.

강이 있으면 헤엄쳐서라도 건너야 하고 산이 있으면 기를 쓰고 넘어야 하는 것이다. 위한림은 먼저 '이란과의 교역은 절대로 필요하다. 그런데 이 첫 거래에 실패하면 한국은 이란에 발을 붙일 수 없게 된다. 나의 신용이 국가의 신용이다.' 하는 신념을 요약해서 공격 대상에 육박했다.

그렇다고 해서 위한림이 시멘트에만 매달려 있었던 것은 아니다. 그의 언저리에 로맨스의 분위기가 다소곳이 피어나고 있었다.

"사업은 사업이고 이 자식아, 장가들 생각 없느냐."고 해병대 시대의 친구가 말을 걸어왔다. 위한림인들 평생을 총각으로 늙을 생각은 아니라서

"어디 그럴 듯한 규수가 있느냐."고 물었다.

"너한텐 약간 과할 줄 모르지만 기막힌 아가씨가 있다."

친구는 싱글벙글했다. 그리고 덧붙이길 그 아가씨는 S대학의 프랑스 문학과를 나온 재원이며 얼굴과 맵시는 잉그리드 버그먼과 오드리 헵번을 합쳐 두 개로 나눠 놓은 것 같다고 했다.

"그렇다면 임마, 절세의 미인이라 할 만한데 나도 S대학에 다녀

본 놈이라, 그 대학엔 머리 좋은 여학생은 있어도 그런 미인 여학생이 있을 까닭이 없다."고 위한림은 일소에 붙였다.

그러자 그 친구는 발끈했다.

"내가 언제 너에게 거짓말 하든. 내가 잘 아는 사람이 알고 있는 사람의 누이동생인데 언제 소개해 줄 테니 그 다음은 자네가 알아서 해라."

듣고 보니 결혼 적령기가 되었다뿐 상대방으로부터 무슨 구체적인 의사 표시도 없는 것을 그 친구 혼자만 마음이 달아서 끄집어 낸 얘기였다.

"나는 장가를 간 놈이니까 처다볼 처지도 못되는데 하도 좋아서 말야. 자네를 생각한 거라. 냉정히 생각하면 자네 따위도 상대가 안 될지 모르지만, 그러나 자네에겐 뭔가 있는 것 같아서 다리를 놓아 주려는 기라. 성공하면 이놈아, 넌 땡이 잡는다."고 친구는 슬슬 위한림의 구미를 돋우었다.

위한림은 아무튼 한번 만나도록 해달라고 했다. 밑져야 본전이 아닌가 하는 심산이었다.

그랬는데 임창숙이란 그 아가씨를 만나자마자 단번에 마음이 홀렸다. 30년을 사는 동안 무수한 여자를 만나 보았지만 한눈에 반한 여자는 임창숙 밖엔 없었다.

소개한 사람들이 물러가고 단둘이 되었을 때 위한림이 단도직입적으로 물었다.

279

"여자가 S대학엔 뭣하러 갔습니까."

딴은 델리키트한 질문을 했다고 싶었는데 대답은 극히 평이했다.

"그 대학 말곤 다니고 싶은 대학이 없어서죠."

괜한 수줍음도 없고 건방진 느낌도 전혀 없는 자연스러운 태도이며 말이었다.

"하필이면 프랑스 문학을 전공한 이유는 뭡니까."

"프랑스에 대한 호기심이 가장 강했던 탓이었습니다."

"계속 프랑스 문학을 할 건가요?"

"가능하면 할 작정입니다."

"결혼과 학문이 양립된다고 생각하십니까?"

"양립 못될 바도 아니겠죠."

"양립할 수 있는 결혼을 하겠다, 그 말씀이신가요?"

"상대방이 훌륭하고 상대방을 돕는 게 보다 보람이 있겠다고 판단하면 군이 학문을 고집할 생각은 없어요."

임창숙의 대답은 어디까지나 담담했다.

묻는 말에 또박또박 대답하는 데도 숙녀다운 청아함을 잃지 않는다는 것은 보통의 매너가 아니라고 감탄한 위한림은

"어떤 상대이면 결혼해도 무방하겠다고 생각한 그런 남성상이 있습니까." 하고 물었다.

임창숙은 이번엔 고개를 살레살레 흔들었을 뿐 말은 없었다.

그때 위한림의 주착이 나타났다.

"예를 들면 말입니다. 요즘 여자들은 이런 생각을 한다지 않습니까. 얼굴은 알랭 들롱처럼 생기고 체격은 버트 랭커스터처럼 되었고 돈은 록펠러처럼 많은 남자를 이상으로 삼는다는……."

임창숙은 입 언저리에 가벼운 미소를 띠었다. 그리고는

"그럼 이만 실례하겠어요." 하고 일어서려고 했다. 농담이 시작되면 이제 용무는 끝났다는 그런 태도였다.

위한림이 당황했다.

"잠깐만 더 앉아계시지요." 해놓고 뒷말이 이어지지 않아

"왜 미스 임께선 내게 관한 것을 물어 보시지 않습니까." 했다. 자기가 생각해도 우문이었다. 아니나 다를까 임창숙은

"별로 물어 볼 게 없어서요." 하고 일어서 버렸다.

위한림은 부랴부랴 카운터에서 셈을 마치고 달려나와 호텔 입구에서 임창숙과 나란히 섰다.

맑은 하늘, 가을의 태양이 아름다웠다.

"오늘은 스모그가 덜 하네요. 북악 스카이웨이 쪽으로 드라이브라도 안 하시렵니까."

위한림의 입에 침이 말랐다.

"지금부터 일이 있어서요."

임창숙의 얼굴엔 여전히 미소가 있었다.

"그럼 언제 또 만나뵐 기회를 주시겠습니까."

"짬이 있으면 그렇게 하지요."

"그 짬을 만들어 달라는 겁니다."

"언제이건 연락하세요." 하는 말을 남겨 놓고 임창숙은 차례가 된 택시를 탔다. 그런데 위한림은 그 택시에 비집고 들어설 용기를 잃었다.

택시가 시야에서 멀어져 가는 것을 보며 위한림은 자기가 임창숙의 관심 밖으로 밀려났다는 사실을 깨달았다. 다소나마 결혼 상대로서 관심을 느꼈다면 여자는 그런 행동을 취하지 않을 것이었다.

놓친 고기는 크게 생각이 된다지만 그는 큰 것을 놓쳤다는 아쉬움과 함께 만일 그 여자를 차지할 수 없을 경우 결혼 자체에 스스로 환멸을 느낄 것이란 예감을 가졌다.

'안 돼, 안 되고 말고.'

그는 어떤 수단을 써서라도 임창숙을 놓칠 수 없다고 마음먹었다. 그 발심이 그냥 그대로 사업에 대한 열기로 이어졌다. 임창숙을 붙들 수 있는 방법도 아슈포 테헤란과의 거래의 성공에 따라 발전될 수 있으리란 믿음과 같은 것이 솟아났기 때문이다.

사랑과 재산이 동일선상에 있다는 자각처럼 사람에게 용기와 박력을 주는 작용은 없는 것이다.

위한림의 정력과 아이디어가 샘솟듯 했다. 이윽고 특례 가운데의 특례로서 시멘트 5만 톤의 수출 승인을 얻었다. 자금난은 여전했지만 제일의 난관은 무난히 통과한 셈이다.

대만 정민중 씨와의 교섭도 유리하게 낙착을 보았다. 톤당 50달러로 5만 톤을 확보했다는 것이며 은행의 지불보증만 확실하면 우선 소요되는 현찰은 정민중 씨가 입체하겠노라고 연락해 온 것이다.

이러한 진척 상황에 힘입어 친구를 통해 임창숙을 다시 만날 수 있는 기회를 획책했다. 며칠 후 임창숙이 자기의 오빠와 같이 만나겠다고 회답해 왔다. 위한림은 장소를 명동의 어느 중국 요리집으로 하고 시간을 오후 여섯 시로 정했다.

오빠를 데리고 온다는 사실에 대해선 두 가지 추측을 할 수 있었다. 한 가지는 결혼상대자로서 방불할 정도이니 오빠에게 결정적인 감정을 의뢰한 것이 아닌가 하는 낙관적인 추측이고, 다른 한 가지는 모처럼의 초대를 거절할 수가 없으니 오빠를 데리고 와서 어색한 고비에 대처하겠다는 요량이 아닌가 하는 비관적인 추측이었다.

위한림으로선 어느 편이건 좋았다. 아내로 삼고 싶은 여자가 그만한 신중함을 가졌다는 것이 반가웠고 오빠란 사람이 나타남으로써 '장군을 쏘려면 먼저 말을 쏘라.'는 격언을 실제로 시험해 볼 수 있는 계기가 되겠기 때문이다. 여자의 마음을 사로잡긴 힘들지 모르나 남자의 마음을 사로잡긴 쉽다는 것이 위한림의 자신이기도 했다.

중국요리집 특실에 좌정하여 수인사가 끝나자마자 위한림이 임창숙의 오빠를 보고 시작했다.

"남남북녀라고 하지 않습니까. 들으니 미스 임께선 부모님의 고향이 이북이라고 하대요. 난 경상돕니다. 북쪽의 숙녀와 남쪽의 군자가 서울 한복판에서 만난 것 아닙니까. 결혼의 제일 조건은 이로써 충족된 것 아닙니까."

임창숙 못지 않게 준수한 얼굴을 가진 오빠는

"그것 참 좋은 말입니다." 하고 웃었다.

"게다가 나도 서울대학, 숙녀께서도 서울대학 아닙니까. 그렇다면 제이 조건도 충족된 셈이죠?"

"그렇군요."

오빠가 맞장구를 쳤다.

"그리고 민족우생학적(民族優生學的)으로 봐서 잘 생긴 여자와 못 생긴 남자, 또는 잘 생긴 남자와 못 생긴 여자의 결합이 절대 필요불가결하다고 생각합니다. 잘 생긴 사람끼리만 만나다고 하면 인구의 절대다수는 못 생긴 사람이 차지합니다. 그런 점에서 또 우리의 결합은 제삼 조건을 충족시키는 것 아닙니까."

"그 말엔 이론이 있는데요." 하고 임창숙의 오빠가 말했다.

"위 선생은 보통 미남이 아니신데 제삼 조건이 어떻게 충족된다는 겁니까."

"그럼 제삼 조건은 보류합시다. 단지 남은 문제는 내가 지금은 가난하다는 사실입니다. 상대하곤 결합할 수 없다로 되면 문제는 끝납니다. 그런데 임 선생께서 협력만 해주신다면 난 대재벌이 될 수가 있습니다. 지금 나의 형편으로선 일종의 예비재벌이지요. 당장에 1천만 달러 거래가 성립될 시점에 와 있습니다. 우리의 결혼이 성사되면 그것도 성사되어 재벌로서의 단서가 열리는 것이고 우리의 결합이 성사되지 못하면 와해될 지경에 있습니다. 그 이유는 간단하죠. 가장 소중한 것을 놓치고 돈 벌면 뭣 합니까. 거래고 뭐고 집어치워 버릴 작정입니다."

"은근히 협박하시네요." 하고 임창숙의 오빠가 웃었다.

"협박이 아니고 사실입니다. 만일 확인해 보고 싶으시면 지금 진행 중에 있는 거래의 과정을 증거를 통해 보여드리죠."

위한림은 저도 모르게 흥분하고 있었다.

"세상 물정을 알기 위해 참고로 그런 거래과정을 알고 싶긴 하지만 누이동생의 결혼 문제를 두곤 구태여 알고 싶지 않습니다. 재벌이되고 안 되고에 결혼문제가 관계 있을 까닭이 없고 결혼문제의 결정은 당사자에게 있는 것이지 내게 있는 것이 아니니까요."

임창숙의 오빠는 조용조용 이렇게 말했다.

"당사자인 미스 임께서 너무 냉담한 것 같아서 이렇게 호소하는 것 아닙니까."

뜻하지 않게 위한림은 풀이 죽은 말투가 되었다.

"그렇진 않을 겁니다. 냉담한 여자가, 아직 처녀의 신분으로 나까지 끌고 이런 자리에 나오겠습니까."

이때 임창숙이

"오빠, 그건 오해예요." 하고 말을 끼었다.

"세상 공부하기 위해 이런 자리에 나와 볼 만도 하잖아요."

"그 말씀 마음에 들었습니다. 뭐든 세상 공부가 되는 거니까요.

자, 쑥스런 소린 집어치우고 술이나 마십시다. 술 마시는 것도 세상 공부 아니겠습니까." 하고 위한림이 배갈을 임창숙 남매의 잔에 가득 따르고 자기 잔에도 채웠다.

다행히도 임창숙의 오빠는 좋은 술 상대였다. 어느 건축회사의 중견 간부인 그는 직책상 탓인지 술 자리에 익숙해 있었다. 자연 화제에 사업문제가 끼었다. 위한림은 조심스럽게 말을 가려 무(無)에서 유(有)를 만들어 나간 과정을 설명하기도 하고 사업적인 부분은 생략하고 중동에 관한 애기를 늘어놓았다.

페르시아 문화의 발굴에 있어서 프랑스의 지식인이 얼마나 많은 공헌을 했는가를 구체적인 예를 들며 설명하기 시작했을 때 위한림은 임창숙의 얼굴에 생생하게 호기심이 돋아나는 것을 놓치지 않았다.

'옳지, 내 베이스에 말려들었다.'고 짐작한 위한림은 사디의 『장미원』을 비롯하여 시라즈 페르세폴리스에까지 화제를 뻗쳤다.

그리고는 일전하여

"나는 사업을 하기 위한 사업에 그다지 흥미가 없다." 는 전제로 세계정부에 대한 나름대로의 포부를 펴곤

"이런 센티멘털리즘 때문에 혹시 사업에 실패할지 모르지만 그래도 후회하진 않겠습니다." 하고 끝을 맺었다.

"위 선생은 사업가라고 하기보다 사상가이군."

임창숙의 오빠가 농담답지 않게 말했을 때 임창숙이

"또 언제 이란에 가게 되느냐."고 물었다.

위한림이 웃으며 말했다.

"한 달 후쯤에 이란으로 떠납니다. 그런데 이란에서 돌아오느냐 안 돌아오느냐 하는 문제는 아마 미스 임에게 그 키가 있는 것 같습니다."

임창숙의 오빠 임창국도 범상한 사람은 아니다.

"위 형이 이란에서 돌아오고 안 돌아오곤 우리가 알 바가 아니지만, 장부의 진퇴가 그처럼 호락호락하다면 생각해 볼 문젠데요." 하고 비꼬았다.

"그럴 만큼 창숙 씨에게 내 운명을 걸었다, 그 얘기 아닙니까."

위한림도 지지 않고 맞섰다.

"본인의 의사는 모르겠소만, 여자 하나에게 운명을 거는 그런 남자를 난 존경할 수 없을 것 같소."

임창국의 말엔 약간 취기가 섞였다.

"로미오도, 안토니우스도, 그보다도 에드워드 8세를 인정하지 않겠다는 말씀인데 그럼 임 형, 여자 말고 사내가 운명을 걸 만한 다른 어떤 게 있습니까. 가르쳐주시오."

위한림의 말에도 취기가 있었다.

"겨우 배갈 한 잔 사놓고 기막힌 교훈을 얻어낼 참이군."

임창국이 껄껄 웃었다.

"배갈이 모자란다면 100년 지난 포도주라도 사겠소. 여자 말고 사내가 어디에다 운명을 걸어야 하죠?"

두 사람의 대화는 술자리에서의 환담이란 느낌의 것으로 변했다. 어느덧 서로 격의(隔意)를 느끼지 않게 된 것이다.

"난 필요 없는 사람 같아요."

임창숙이 말을 끼웠다.

"필요가 없다니, 너 때문에 위 형이나 나나 허튼소릴 하고 있는 게 아니냐."

임창국의 말이었다.

"허튼소리면 하나마나예요."

"에드워드 8세를 무시해선 안 된다는 내 말이 허튼소릴 까닭이 없죠. 나는 에드워드 8세를 가장 존경합니다."

"나는 경멸해요."

임창숙의 말은 결연했다.

"왜 그렇습니까."

위한림이 당황했다.

"너무나 지나친 에고이스트이니까요. 영국 국민의 사랑을 받고 있는 사람이면 국민의 기분도 대강은 알아야 할 게 아녜요? 어떻게 한 사람의 과부를 위해서 전 국민을 실망시킬 수가 있겠어요. 적어도 일국의 임금이 말입니다. 사랑을 위해서 왕관을 버렸다고 하지만 그건 왕관을 써보지 않은 사람의 입장에선 신비롭게도 비치겠죠. 그러나 왕관을 쓴 사람의 입장에선 왕관을 버리는 것이 무한한 자유에의 기대와 같은 것 아니겠어요? 어떻게 자기 하나 편하게 살기 위해 전 국민의 기대를 저버릴 수 있겠어요. 에드워드 8세를 존경한다면 당 현종(唐玄宗)도, 이조의 연산군(燕山君)도 존경해야 할 거예요. 한마디로 말해 자기의 향락을 위해 에고이즘을 관철했다는 것 뿐 아녜요?"

임창숙의 당당한 논조에 두 사나이는 놀랐다. 임창국은

"숙아, 너 언제 그처럼 말 주변이 늘었니?" 했고, 위한림은

"나는 다른 것이 아닌 그 철저한 에고이즘을 존경하는 겁니다. 에고이즘이 없는 사람은 없지만 대강의 경우, 그처럼 철저할 순 없으니까요." 하고 말을 꾸몄다. 그러자 임창국이

"위 형, 단념 하시오. 우리 숙인 먼 곳에 놓고 존경할 대상이지 데리고 살 아내는 못되오. 너무 똑똑한 아내는 위생상 해로워요." 하고 껄껄 웃었다.

"명마는 소질적으로 한마(悍馬)라고 들었는데요. 그처럼 쉽게 단념하진 않을 겁니다." 하며 위한림이 임창숙의 눈치를 살폈다. 마음의 탓만이 아니라, 그녀의 눈에 부드러운 빛이 있었다.

"꼭 그렇다면 좋소." 하고 임창국이

"창숙의 의사완 무관하게 나는 당신의 그 사업이라고 하는 것 내용을 좀 알아보아야 하겠소. 그렇게 하겠다는 것은 위 형이 재벌이 될 수 있나 없나를 따져볼 목적 때문이 아니고 위 형의 말에 진실이 있나 없나를 알아보기 위한 것이오. 그러나 한 가지 말해 둘 것은 내

가 따져 본 결과가 위 형의 프로포즈에 영향을 줄지도, 안 줄지도 모른다는 사실이오. 나는 다만 위 형과 친구가 되고 싶을 뿐이오. 비록 위 형 한 말이 허풍이었다고 해도 말입니다."

위한림은 그 제안에 동의하고 내일 오후 다섯 시 관철동 사무실로 오라고 했다. 테헤란 은행의 신용장, 시멘트 수출 허가, 대만과의 사이에 오간 텔렉스철 등을 보여주면 될 게 아닌가 싶어서였다.

다시 술을 주문하려고 하자 임창국이 일어섰다.

"나는 갈 테니 두 사람끼리만 얘기해 보슈. 단 열한 시까진 어떤 일이 있더라도 숙일 우리집 앞에까지 데려다주어야 합니다."

이 말을 남겨 놓고 임창국이 떠났다.

사, 오 분쯤 지나 위한림과 임창숙도 중국 요리집에서 나와 명동을 걸었다.

시작은 아홉 시 반, 명동의 밤은 붐비고 있었다. 보이는 것은 구둣방이고 양장점이고 미장원이었다.

"이 근처에 창숙 씨의 단골집이 없습니까? 양장점이나 구둣가게에."

위한림이 물었다.

"명동엔 단골집이 없어요."

"그럼 어디에."

"단골로 옷을 사거나 구두를 사거나 하는 곳은 없어요."

"그건 또 왜 그렇습니까."

"옷이 필요하면 동대문 시장엘 가요. 구두가 필요해도 그렇구요."

"검약이 몸에 배셨군요."

"전 검약할 줄도 몰라요."

"그런데 왜."

"내가 가진 돈이 있어야 검약을 하건 절약을 하건 할 수 있을 것 아녜요? 그런데 난 돈을 가져 본 적이 없어요. 필요한 만큼 어머니에게 타고 있으니까요."

"돈을 가졌으면, 하는 생각 없으세요?"

"가끔 있죠."

"어떤 때입니까."

"책점에 갔을 때죠. 외국에서, 특히 파리에서 책이 들어 왔을 때 책점에 가면, 그런 생각을 해보죠."

"책이 그렇게 좋습니까?"

"그밖에 좋은 게 무엇 있겠어요."

"그럼 창숙 씬 밥을 태워 놓고도 책만 읽고 있겠군요."

"그럴는지도 모르죠. 그러니까 남의 아내 노릇을 할 자신이 없어요."

"그럼 됐습니다."

"왜요?"

"창숙 씬 남의 아내 노릇은 못해도 내 아내 노릇은 할 수 있을 것 같아서요."

"어째서 그렇죠?"

"나는 책 읽는 아내를 필요로 합니다. 내겐 책 읽을 시간이 없으니까요."

로얄 호텔의 다실에 들렀다.

위한림은 커피를 마시고 임창숙은 아이스크림을 먹었다.

"솔직히 말해 보십시오. 창숙 씬 결혼에 대한 관심보다도 프랑스에 유학가고 싶은 것 아닙니까?"

창숙이 대답하기까지 상당한 시간을 생각했다. 그리곤 한다는 말이

"그렇진 않아요."

"그 말씀의 뜻은?"

"프랑스 문학을 한 것은 잘못이었나봐요."

창숙의 말이 기어드는 듯했다.

"왜 그런 말씀을 하십니까."

"내 나이 또래의 프랑스인이 프랑스 문학을 연구한 결과하고 내가 알고 있는 프랑스 문학의 지식을 비교하면 엄청난 차이가 있을 것 같아요. 대학교수와 초등학교 학생과의 차쯤이나 될 것이에요. 그렇다면 난 무엇을 하고 있는 건가, 하는 생각이 든단 말예요."

"프랑스 본국을 무대로 하고 생각하면 그렇게 될지 모르지만 한국을 중심으로 생각하면 창숙 씨가 프랑스 문학을 한 의미와 보람이 있을 것 아닙니까?"

"물론 있겠죠. 있겠지만 그게 허망하단 말입니다. 프랑스 문학뿐만이 아니라 일반적으로 외국문학을 한다는 사실 자체가 말예요. 기껏 어학을 가르친다는 것, 외국의 작품을 번역하고 소개나 하는 것. 그런데다 살 보람을 느끼며 살아가야 한다는 게 허망하지 않아요? 사르트르를 연구하는 사람이 자기가 사르트르나 된 것처럼 말하고 있는 것을 보면 우스워요. 카뮈를 번역했대서 카뮈처럼 되는 겁니까? 하기야 외국문학을 하는 사람이 있어야 하고 더욱 더 장려도 해야겠죠. 그러나 어디까지나 그런 게 본질적인 인간 활동은 아니지 않는가, 하는 생각이 든단 말입니다."

"그렇게 생각하지 말고 자기의 문학을 하는 데 있어서 필요하고 편리한 수단으로 외국문학을 하는 것이라고 생각하면 어떨까요."

"큰 재능이 있는 사람은 그것이 가능하겠죠. 그러나 내 경우에 있어선 프랑스어를 익히고 프랑스의 문학을 이해하려는 것만으로도 힘이 벅차요. 번역하고 소개까지 하려면 숨이 가쁠 지경이 되고요. 그런데다 프루스트를 읽고 리드를 읽은 견식으로 자기문학을 하려고 하면 카스텔라 공장을 구경하고 나서 밀가루 떡을 굽는 것 같은 허전한 기분이 들게 아녜요?"

"알 것 같습니다. 그런데 현재 한국에서 창숙 씨처럼 외국 문학자에 관해 생각하고 있는 사람이 몇 사람이나 되겠어요."

"영문학이 한국문학보다 월등하다. 그런데 나는 영문학을 연구하는 사람이다. 그러니까 내가 월등하다. 이런 생각을 하는 사람들이

더러 있는 것 같더군요."

"설마 그렇기야 하겠어요? 대학교수들 가운덴 읽지도 않고 현재의 한국문학을 무시하는 사람이 있긴 합니다만. 학생들은 그런 교수를 탐탁하게 생각하진 않아요."

임창숙의 말은 조용조용했다. 위한림은 이런 여자를 아내로 하면 거북한 데가 있을 것이란 생각을 하면서도, 이 여자를 놓치지 말아야겠다는 마음으로 초조할 지경이었다.

로얄 호텔에서 나와 성당 앞을 지나며 위한림이 문득 작년 이맘때쯤 있었던 일을 상기했다.

그때도 갑자기 혼담이 있어 E여대 가정과 출신의 아가씨와 교제하고 있었다. 아버지는 손꼽히는 재벌이었고 그 아가씨는 그런 아버지를 가진 사람답지 않게 겸손하고 유순한 성격이었다.

위한림은 그 아가씨에게 호감을 가졌을 뿐 아니라 아가씨의 아버지를 디딤돌로 했으면 하는 정략적인 계산도 없지 않아서 바싹 열을 올렸다.

그 아가씨를 세 번짼가 네 번째 만났던 밤이었다. 위한림은 그 아가씨를 데리고 명동의 술집을 차례차례 헤맸다. 포부가 원대할 뿐 아니라 주량 또한 영웅적, 호걸적이란 걸 보여주기 위해서였다. 술을 마실수록 기고만장하게 되의 그의 말대로라면 천하가 그의 발 아래에 있을 정도였다.

그래도 그 아가씨는 싫단 말 한마디 없이 따라다녔다. 그러다가 보니 어느덧 통행금지 시간이 가까워져 있었다. 택시를 잡으려고 해도 잡히질 않아 명동에서 신문로까지 걸었다.

신문로에 있는 그 아가씨의 궁궐 같은 집 앞에 이르렀을 때가 정확하게 자정. 그때부터 통행을 했다간 단속에 걸릴 판인데 대문을 열어준 아가씨 집에선 그런 일에 관한 걱정은 한마디도 않고 위한림의 코앞에서 대문을 닫아 버렸다. 장래의 사위에게 이런 법이 있느냐고 분개했지만 어쩔 수가 없었다.

그때까지 마신 술이 일시에 올라 정신없을 만큼 취한 상태가 되었는데 방범대원에게 붙들렸다. 고분고분했을 까닭이 없다. 무슨 근거로 나를 붙드느냐고 호통을 치기도 해서 방범대원들의 감정을 상해 놓았다. 파출소까지 끌려갔다. 파출소에 가서 위한림은 신문로에 처가가 있다고 우겼다. 경찰관은 장인 이름을 대라고 했다. 그런데 너무 술에 취한 탓으로 아가씨 아버지 이름을 잊어 먹었다. 도리 없이 하룻밤을 파출소에서 잘 수밖에 없었다. 그리고 그 혼담은 위한림편에서 포기해 버렸다. 그따위 인심인 집에 장가 들어봤자 좋은 일 없겠다고 판단했기 때문이다.

위한림은 그때의 일을 상기하며 빙그레 웃었다. 그 웃는 얼굴이 가로등에 비쳤던 모양으로 임창숙이 물었다.

"왜 그처럼 웃죠?"

위한림이 바른대로 대답할 순 없어

"서울대학 출신 하고도 프랑스 문학을 전공한 재원과 이렇게 밤

길을 걷고 있으니 괜히 기분이 좋아지네요." 하고 말을 꾸몄다.

"위 선생도 서울대학 출신이라며요?"

"그러나 나는 해머나 휘두르는 직공과 출신 아닙니까."

"위 선생은 자기 하시는 일에 불만인가요?"

"천만에요. 돈을 번다는 건 신나는 일입니다."

"돈 벌어 뭣할 거에요?"

이 질문이 계기가 되었다. 위한림은 자기의 구상을 설명하기 시작했다.

세계 제일의 해운왕이 되어 장차 세계정부를 세우는 기초를 닦을 것이란 이야기였다. 위한림은 그 얘기에 광채를 보태기 위해 버트런드 러셀, 로맹 롤랑까지를 원용했다.

그리고는 다음과 같이 결론을 지었다.

"그래서 미스 임과 같은 숙녀를 아내로 모셔야 하는 겁니다."

그 이튿날 임창숙의 오빠 임창국은 이것저것 서류를 들춰보고 보충 설명을 요구하기도 하고 나더니

"위 형의 표현은 황당하지만 실속은 그렇지도 않군요." 하는 말을 남겨 놓고 돌아갔다.

그리고 며칠 후 임창국이 전화를 걸어왔다.

"창숙이 대강 OK할 것 같은데 결정은 위 형을 직접 만나 할 작정이랍니다. 나는 끝까지 반대했는데 내가 시집 갈 것도 아니니 본인의 의향에 맡겨둘 수 밖에요. 창숙인 문학적 계산을 하고 있는 모양

이오. 막판에 가서 실수가 없도록 하시오."

"어떻게 하면 실수가 되지 않겠습니까."

"과대망상증이란 진단이 안 나오도록만 하면 될 거요."

"과대망상증은 내 장긴데 그걸 빼면 뭣 남겠소."

"하여간 알아서 하슈."

이 전화가 있은 지 한 시간쯤 지나서 임창숙으로부터 전화가 왔다. 오후 다섯 시쯤에 북악 스카이웨이 팔각정에서 만나자는 얘기였다.

"시내에서 만나 같이 택시를 타고 팔각정으로 가면 될 게 아닙니까." 했으나 임창숙은 따로따로 가서 만나는 것이 좋겠다고 고집했다.

정한 시각에 팔각정에서 만났다.

코카콜라를 사이에 두고 다음과 같은 말들이 오갔다.

"아직도 저와 결혼할 의사를 가지고 계세요?"

"아직도가 아니라 언제나, 아니 영원토록입니다."

"그럼, 조건이 있어요."

"말해 보시지요."

"제게 보통 아내들이 하는 직을 요구하지 마세요."

"그렇다면 밥이나 빨래는 내가 해야 하나요?"

"그런 구체적인 얘긴 들먹이지 마세요."

"그럽시다. 그럼, 조건이란 건 그것뿐이오?"

"또 있어요. 전 시집을 살 생각이 아예 없으니 시집 식구들은 절 손님 대접해줘야겠어요."

"그렇게 하도록 하죠."

"제가 읽고 싶어 하는 책은 죄다 사줘야 합니다."

"언제나 도서관에 가 계시도록 하면 안되겠습니까."

"안 돼요. 전 도서관에선 책을 못 읽어요. 대체로 한국의 도서관은 책 읽는 데가 아니고 학생들이 시험 공부하는 곳이에요."

"그렇다면 원하시는 대로 책을 사 드리겠소."

"약속에 틀림이 없겠죠?"

"그렇소."

"그럼 내일이건, 모레이건 제 부모님을 만나주세요."

요담을 끝내고 콜라를 마셨다. 임창숙은 일어서더니

"위 선생님은 저리로 내려가세요. 전 이리로 내려가겠습니다."하고 활달한 걸음걸이로 내려가 버렸다.

위한림은 '닭 쫓던 개'라는 말을 얼핏 생각했다. 자기의 모습이 꼭 그 꼴과 같다고 느꼈다.

아무튼 평생의 반려는 선택된 셈이었다. 별난 남편에 알맞은 별난 아내일 것이라고 생각하고 위한림은 피식 웃었다.

운명의 미소

11월 초, 위한림은 홍콩으로 나는 비행기 속에 있었다. 시멘트 5만 톤을 인천에서 선적한 이튿날 결혼식을 치르고 대만의 시멘트를 출하시키기 위해 떠나는 것이다.

위한림은 금연 사인이 꺼지자 담배를 입에 물고 이 주일에 걸친 신혼생활을 회상하며 빙그레 웃었다.

임창숙은 결혼 전 요구 조건이라며 "시집 살 생각 없으니 손님 대접을 해 달라."고 하더니 신혼여행에서 돌아오자마자 에이프런을 두르고 부엌으로 들어갔다. 뿐만 아니라 아버지와 어머니에게 깍듯이 며느리 노릇을 하고, 동생들의 빨래도 하고, 기울 것은 깁기도 하는 열성을 보였다. 프랑스 문학은 온데간데없고 알뜰한 주부, 상냥한 며느리로서의 전신이었다.

"책 읽다가 여가가 없는 나 대신 책을 읽으라고 했는데 왜 이러시오." 하고 위한림이 빈정댔을 때 창숙의 대답은 이랬다.

"우선 며느리로서 점수를 따 놓구요."

"시집 살긴 싫다며?"

"시집 사는 게 아니고 전 내 살림을 사는 거예요."

"손님 대접하란 요구는?"

"그저 해 본 소리구요."

그런 대화를 비행기 속에서 상기해 보는 것은 흐뭇한 노릇이었다.

임창숙은 착한 아내, 효성 있는 며느리 되길 단단히 작심한 것 같았다.

"저 때문에 서울대학 출신의 여자는 며느리론선 낙제다. 하는 세평이 나면 곤란하지 않아요." 하던 창숙의 미소가 그저 반갑기만 하다. 위한림은 '운명의 미소'라는 상념을 떠올렸다. 그런데 그것은 실감이기도 했다.

창숙과의 만남은 확실히 운명의 미소를 느끼게 한 사실이었다. 시멘트 관계의 모든 애로가 일시에 트인 것은 약혼을 한 그 이튿날의 일이었다.

그는 아내 창숙의 행운을 보며 만사가 순조로울 것이란 예감 같은 것을 갖기도 했다. 종래의 가족에다 또 하나 이 세상에서 가장 가깝게 지내야 할 존재를 보탰다는 사실은 행복의 증거가 아닐 수 없다.

"제가 당신의 행운이 되었으면 해요."

설악산 관광호텔의 일실에서 창숙이 나직이 속삭인 말이다. 그건 "당신을 사랑하겠어요." 하는 말 이상의 무게와 향기를 가진 말이었다. 위한림은 진심으로 프랑스 문학에 감사하고 싶은 마음이 되었다.

프랑스 문학의 소양 없이 어떻게 "제가 당신의 행운이 되었으면 해요." 하는 향기로운 말이 있을 수 있었겠는가 말이다.

이러한 마음으로 황홀해 있는데 어느덧 비행기는 바다 위를 날고 있었다. 스튜어디스가 식사를 날라 왔다. 그런데도 장난스러운 생각이 일지 않았다. 점잖게 식사 쟁반을 받아들고 신사적으로 웃어 주었을 뿐이다. 만일 임창숙과 결혼하지 않았더라면 뭔가 객기를 부려 보았을 것인데 싶으니 갑자기 어른이 된 기분이었다.

'나도 이대로 철이 들 텐가?'

대견스럽기도 하면서 웬지 섭섭하기도 했다. 진정 결혼은 사랑의 무덤인가. 그러나 한편 용기가 솟기도 했다. 사업가로서의 꿈, 해운왕으로서의 꿈, 이윽고 실현해야 할 세계연방, 세계정부의 꿈에 정열과 의욕을 쏟아야만 하는 것이다.

운명의 미소는 홍콩에서도 있었다.

공항엔 동생 철림이 기다리고 있었다.

택시를 타자 철림이 물었다.

"호텔로 먼저 갈까요, 지사로 먼저 갈까요."

"지사로 먼저 가자."고 했다.

위한림은 삼각무역(三角貿易)을 할 필요상 홍콩에 지점을 차리기로 하고 동생을 미리 보내 놓았던 것이다.

"놀라지 마시오, 형님."

철림이 빙글빙글했다.

"뭘 놀라지 말라는 건가."

위한림이 퉁명스럽게 물었다.

"사무실 평수가 삼십 평쯤 됩니다."

"뭐라구? 임마, 본사의 평수가 열 평 남짓한데 지점 평수가 삼십 평이라면 밸런스가 맞지 않지 않는가. 그건 그렇고 그 넓은 스페이스를 어디다 쓸려고."

"스페이스는 넓을수록 좋은 것 아닙니까. 물구나무를 서서 몇 바퀴 돌면 운동이 됩니다."

"물구나무 서려고 그 넓은 사무실을 얻었단 말인가?"

"홍콩 상인들 놀래줘야죠. 우선 사무실만 보고도 장래가 있는 회사라는 인상을 받을 수 있게요."

"그렇더라도 이놈이."

"열 평짜리 사무실과 삼십 평짜리 사무실 임대료는 그다지 큰 차가 아닙니다. 불과 두 배. 그쯤입니다. 홍콩에선 좁은 방일수록 비쌉니다. 그럴 바에야 큼직하게 시작하자, 이건데. 형님도 가보시면 마음에 들겁니다."

"이왕 결정한 건 어쩔 수 없다만, 그런 배짱 어디서 배웠노."

"형님에게서 배운 것 아닙니까."

"미친 놈." 하고 위한림이 웃을 수밖에 없었다.

"그런데 형님, 또 놀랄 게 있습니다."

"그건 또 뭔데."

"사무원으로 기막힌 홍콩 아가씨를 채용했습니다."

"그건 놀랄 게 아니라 반가운 일 아닌가."

"그런 아가씨를 구했다는 내 수완에 놀라라는 것 아닙니까. 미스 홍콩에 출전하면 틀림없이 당선될 그런 아가씨니까요."

"얼굴만 빤질해 갖고 바보면 어디다 써 먹어."

"영리하기론 고딘 누 이상입니다."

"고딘 누가 또 뭐냐."

"전에 베트남 휘어잡고 있던 고딘 디엠의 제수 아닙니까."

"아는 것도 많구나."

"형님에게 따라갈 수야 있겠습니까."

"고딘 누도 좋다만, 그년은 베트남을 말아 먹은 여자가 아니냐. 그 홍콩 아가씨가 우리 회사 말아 먹으면 어떻게 해."

"아직 말아 먹힐 건덕지도 없으니까요."

형제가 이런 농담을 주고 받고 있는 사이 택시는 나단 로드(彌敦道)의 중간쯤에 있는 고층 빌딩 앞에 섰다. 위한림이 택시에서 내려 처음 본 것이 빌딩 한 가운데 쯤에 큼직하게 달려 있는 신아대주루(新雅大酒樓)란 간판이었다.

"임마, 이 술집에 사무실을 차렸단 말인가."

위한림이 물었다.

"형님에게 편리하도록 한 겁니다. 그러나 술집은 일부를 쓰고 있을 뿐입니다. 같은 건물에 있는 사람들에겐 이 할을 디스카운트 해

준답니다." 하고 철림이 앞장을 서서 건물 안으로 들어갔다.

엘리베이터를 내려 얼만가를 걷곤 707이란 패널이 붙은 방 앞에 섰다. 그리곤 철림이

"형님 어때요. 럭키 세븐이 두 갭니다. 럭키, 럭키, 세븐, 세븐. 이 때문에 큼직한 방인데도 눈 지긋 감고 계약한 겁니다." 하고 도어를 열었다.

학교의 교실만한 텅 빈 방이 나타났다. 그런데 한구석에서 금속 성으로 카랑한 목소리가 났다.

"컴인 미스터 위."

소리 나는 쪽에 훤칠한 키의 속눈썹이 짙은 아주 잘 생긴 꾸냥(姑娘)이 일어서 있었다. 철림의 말 따라 미스 홍콩하고도 남을 만한 미인이었다.

철림이 소개했다.

"미스 왕입니다. 이편은 내 형이구."

미스 왕이 손을 내밀었다. 위한림이 그 손을 잡았다. 부드럽고 따스한 감촉의 손이었다.

"만나서 반갑소."

얼떨떨한 영어로 위한림이 한마디 했다.

"형님, 이 여자에게 반하면 안됩니다. 당장 형수님께 고자질 할 테니까요."

철림이 한국말로 소곤거렸다.

한쪽 벽에 기대 놓은 소파에 가 앉으며 위한림이 한숨을 쉬었다.

"왜 한숨입니까."

철림이 물었다.

"임마, 이 방을 방답게 꾸미기 위해서도 수십만 달러 들겠다."

"걱정 없습니다. 그런 것 수십억 달러 벌면 될 게 아닙니까. 모두들 붐비며 사는 이곳에서 큼직한 방 차려 놓고 저런 미인 비서 데리고 있으면 저절로 신이 나서 일 잘 될 겁니다. 차터은행의 부사장 로빈손이란 놈을, 이 사무소에 들자마자 데리고 왔더니 멋진 시작이라고 하더군요. 아, 참, 내일에라도 형님이 그 로빈손이란 놈을 만나야 할 겁니다. 형님 선전을 잔뜩 해놨으니까요. 이란의 팔레비 누이동생과 목하 열애 중이라구요."

"너 참말로 그따위 소릴!"

"돈 들지 않고 배상해야 할 위험이 없는 소리면 무슨 말이라도 해서 안 될 것 있습니까."

철림은 능글능글했다.

"아무래도 이놈이 나보다 한술 더 뜨는 놈이다." 하고 위한림이 피식 웃었다.

미스 왕이 갖다 놓은 중국 차를 마시며 철림은 장난기 없는 얼굴로 되면서

"나도 대강 홍콩의 생리를 알 것 같습니다." 하고 했다.

"홍콩에 온 지 한 달도 안 된 놈이 홍콩의 생리를 어떻게 알았단

말이냐." 하고 위한림이 얼굴을 찌푸렸다. 호랑이를 무서워 할 줄 모르는 하룻강아지 같은 놈을 어떻게 견제해야 할까 하는 생각을 해 보는 기분으로 되었다.

철림은 어릴 적부터 자기 형을 영웅처럼 아니 신처럼 믿고 있는 놈이다. 그것이 망상이란 것을 깨우쳐 줘야겠다고 생각하고 위한림이 이렇게 시작했다.

"임마 철림아, 들어라. 아무래도 넌 나를 과신하고 있는 것 같다. 난 영웅도 아니고 신도 아니다. 엉뚱한 짓 하지 말고 내 시키는 대로만 해, 앞으론……."

그러자 철림은

"큰일 날 소리 마세요. 형은 영웅이고, 천재고, 올마이티입니다. 그런 신앙 없인 난 일 못해요. 봇짐 싸 짊어지고 홍콩을 떠날래요."

"이 자식은 남의 말을 끝까지 듣지도 않구."

위한림이 화를 내려고 하자

"형님, 저 아가씨가 오해하겠습니다. 형제가 만나자마자 싸움을 시작했다구. 그러니 형님 내 말을 들으시오. 형님 시키는 대로 하지 않고 내가 무얼 하겠소. 그러니까 그런 걱정을 붙들어 매시고, 단 그 시키는 일을 어떻게 하는가 하는 방법의 문제는 내게 일임 하시오. 지점을 내기 위한 사무실을 마련하라, 그 명령대로 이렇게 사무실 만들지 않았습니까. 형님은 열 평짜리쯤을 예상하셨겠지만, 난 삼십 평짜리를 마련했습니다. 이렇게 명령의 성과(成果)가 세 배로 나타나면 그리고 그런 게 연속되다면 왔다 아닙니까."

말이 이렇게 나오자 위한림은 응수할 말을 얼른 준비할 수가 없었는데 철림은 계속했다.

"산술적으로 하려고 해봤자 별수없고 고등수학적으로 해야 한다는 건 형님의 철학 아닙니까. 아까 형을 과신하지 말라고 했는데 그건 천부당 만부당한 말입니다. 나는 형님만을 믿고 까부는 겁니다. 우리 형은 올마이티다 싶으니 용기가 솟는 겁니다. 자신이 생기는 겁니다. 차터은행의 로빈손을 만나서 당당하게 군 것도 형님을 믿기 때문입니다. 난 아무것도 아니다. 그러나 우리 형은 최고다, 신이다, 싶으니 눈썹 한번 깜짝 않고 무슨 소리도 할 수 있었던 겁니다. 알겠어요? 내 기분. 만일 형님이 없었을 경우, 난 아무것도 아닙니다. 형은 발광체(發光體)이고, 나는 그 빛의 반사를 이용해서 반짝거릴 뿐입니다. 나는 어디까지나 형님을 올마이티라고 믿을 테니까 그렇게 아십시오. 올마이티는 올마이티답게 당당하게 굴어야죠. 그건 그렇고 어머니와 아버진 편하게 계십니까?"

위한림이 말없이 고개만 끄덕였다.

"형수님은요?"

"그저 그렇지."

"정림과 윤희는요?"

"다 잘 있어."

정림은 남동생이고 윤희는 누이동생이다.

허황한 소릴 지껄이고 있으면서도 가족에 대한 생각은 순진한 그대로 남아 있는 것이로구나 싶으니 그가 약간 지나친 짓을 했다고 해서 탓할 마음으론 되지 않았다.

"어차피 이런 사무실을 얻었으니 체모는 갖춰야 될 게 아닌가. 우선 책걸상 서너 벌 하고 응접 세트라도 구입하도록 해라."

"벌써 주문해 놓았습니다. 미스 왕의 친척이 신계에서 꽤 큰 가구점을 하고 있어요. 공장도 가지고 있구요. 헌 부대에 새 술을 담을 수 있는가 하는 말이 성서의 어느 구절에 있다면요. 이 방에 맞는 사이즈로 전부 새 것을 마련할 작정입니다. 기성제품 같은 걸 갖다 놓을 생각 없습니다. 사흘만 기다려 주시오. 형님 책상은 아주 근사한 걸로 주문했지요."

"임마, 본사의 사장이 지점에 책상을 가지면 뭣 하니."

"아닙니다. 앞으로의 우리 사업은 홍콩을 중심으로 해야 할 겁니다. 아무래도 삼각형의 정점은 이곳입니다. 형님이 안 계셔도 형님의 상징처럼 책상과 의자는 군림하고 있어야죠."

"이놈아, 너한텐 손 바짝 들었다."

위한림은 갑자기 피로를 느꼈다.

우연의 일치 이상의 것은 아니었지만, 위한림이 묵게 된 호텔의 방이 전번 스튜어디스 Y와 짤막한 로맨스를 꽃피운 바로 그 방이어서 놀란 기분이었다.

그러나 결혼을 한 탓인지 Y와의 만남에 대한 기억은 달콤한 빛깔을 잃고 있었다.

아침에 철림이 왔다. 커피를 같이 마시고 나서 철림이

"오늘은 몇 개의 은행을 들러야 할 겁니다." 하고 먼저 차터은행
으로 가자고 했다.

미리 약속이 되어 있다고 해서 정각 열한 시에 차터은행의 부사
장실을 찾았다.

해럴드 로빈손이란 이름의 부사장은 먼저 철림의 어깨를 안고 친
밀감을 보이곤 위한림에게 손을 뻗어 정중한 악수를 했다.

"제씨로부터 많은 얘길 들었습니다."

로빈손의 첫말이었다.

위한림은 철림이 수선을 떨었을 것을 짐작하고 되도록 과묵하게
점잖게 로빈손을 대해야겠다고 계산하고

"철림은 아직 어려서 본의 아닌 실수를 했을지 모르겠다." 며 사
과하는 말을 보냈다.

"천만의 말씀." 이라고 하고 로빈손은

"유위, 유능한 동생을 두어 귀하의 사업에 큰 도움이 될 것입니
다." 하는 막상 과장이 아닌 찬사를 덧붙였다. 유위(有爲)란 뜻으론 '데
아링' 유능하다는 뜻으로 '에이블'이란 영어를 쓴 것이 위한림의 인
상에 남았다.

이런저런 외교적 인사가 끝나고 난 후 위한림이 정중하게 이란을

비롯한 중동 전역에 걸친 사업 계획을 세 배쯤 과장하여, 그러나 실감을 갖도록 설명하고 나서

"일의 진척 속도와 자금의 수급 속도가 왕왕 안 맞을 경우가 있을지 모르니 그럴 땐 협력을 바란다."고 했다.

"우리 은행이 요구하는 최소 한도의 요식에만 응해 준다면 전폭적인 협력을 아끼지 않겠다는 로빈손의 대답이 있었다.

"최소 한도의 요식이란 뭔가."

위한림이 물었다.

"자금을 방출할 수 있는 근거를 말하는 것인데 세계 어떤 은행에서 발행한 것이건 지불보증서만 있으면 되는 거죠. 지불보증서를 텔렉스로서 확인하는 시간 여유만 주면 그만입니다." 하고 로빈손은 구체적인 설명을 했다.

가령 테헤란은행에서 지불보증을 했다면 그 액수의 8할에 해당하는 액수를 명시된 기한의 이자를 공제하고 텔렉스의 조회가 끝난 두 시간 이내에 지불한다는 것이다.

그리고 그 상환이 끝나는 것과 동시에 나머지 2할에 해당하는 돈도 금리 계산을 하고 즉시 그 은행에서 입체해 줄 수도 있다고 했다.

위한림은 한국의 은행관행(銀行慣行)과는 너무나 달라 한국의 경우를 설명한 뒤에

"담보, 또는 담보어음 같은 절차는?" 하고 물었다.

"아시다시피 홍콩은 중계 무역(中繼貿易)의 근거지입니다. 만사가

바쁘게 돌아가죠. 그런데 귀국에서와 같이 움직였다간 이곳의 은행은 문을 닫아야 할 겁니다."

만면에 웃음을 띠고 로빈손은 이렇게 설명했다. 위한림은 그 웃음이야말로 은행가다운 웃음이라고 느꼈다.

차터은행에서 나와 대한은행의 구룡지점에 들렀다. 한마디로 말해 본국의 은행원으로부턴 느끼지 못할 분위기를 가진 사람들이었다.

위한림이 내놓은 명함을 들여다 보고 있던 한명석이란 이름의 지점장은 시계를 힐끔 보곤

"마침 점심시간이 되었으니 식사나 하며 얘기합시다." 하고 위한림의 대답이 없는데도 일어섰다. 그리고는 정관호란 차장을 부르고 유, 김, 두 대리도 불렀다.

"본국에서 훌륭한 사업가가 오셨으니 우리 같이 식사나 하며 고견을 들읍시다."

한명석이 이렇게 말하며 폼을 잡았는데 그 태도가 밉질 않았다.

철림과 한림을 섞어 일행이 여섯이 되었다. 은행 바로 이웃에 있는 레스토랑 이층의 별실을 차지하고 앉았다.

"경기가 좋습니까?" 하고 위한림이 물었다.

"경기가 하두 좋아 불원 홍콩 구룡에 본점을 차리고 서울의 대한은행을 지점으로 할까, 하고 구상 중입니다."

한명석이 호탕하게 웃었다.

위한림은 차터은행에 갔다 온 얘기를 하고 물었다.

"홍콩은행의 관행은 한국과 다른 것 같던데요."

"다릅니다. 그래 놓으니 우리가 행세하기가 무척이나 힘이 들어요. 돌다리도 두드려 보고 건너는 게 우리 은행인데 그들은 돌다리라고 인정하면 두드려 볼 생각도 없이 건너버리거든요."

"두드려 보고 건너기라도 하면 좋게요? 한국의 은행은 돌다리를 몇 번이나 두드려 보고도, 그것이 안전한 줄을 뻔히 알면서도 건너려 하지 않는다 이겁니다. 제 말 이해하시겠소?"

위한림이 빈정거리는 투로 말했더니

"그렇습니다. 한국의 은행은 바로 그겁니다. 돌다리를 두드려 보고도 안 건너는 경우가 많죠."

한명석이 맞장구를 쳤다.

이런 밀이 도화신이 되어 은행에 대한 비판이 화세가 되었나. 위한림은 은행 때문에 골탕을 먹은 체험을 열거하곤 한국에 있어서의 은행의 비능률성을 비난했다.

그러자 한명석은

"그 책임은 은행에만 추궁할 게 아닙니다. 한국의 은행은 관청 아닙니까. 은행의 생리만으로 돌아가는 게 아니거든요. 은행을 지배하는 것은 은행의 외적인 힘이란 사실을 알아두셔야 합니다." 하곤 은행원으로서의 비애를 털어놓았다.

"하기야 은행은 날씨 좋을 때 우산 빌려주고 비가 올 때 빼앗아 가는 곳이라고 인식되어 있으니 힘 약한 놈은 불평할 처지도 못되지

만." 위한림이 이렇게 말하자

"그러나 은행을 귀신 같이 이용하는 사람도 있습니다. 나는 현대에 있어서 사업에 성공할 사람은 은행을 이용할 줄 아는 사람이라고 생각해요. 은행을 이용할 줄 모르는 사람은 아무리 그 사업 내용이 훌륭해도 안되고 말데요. 기껏 구멍가게 정도에서 끝나고 말데요."

한명석이 몇 개의 예를 들었다.

"좋은 말 들었소. 한 지점장님, 그 은행 이용법 좀 가르쳐 주시오." 하며 위한림이 활짝 웃었다.

식사와 환담이 동시에 진행되었는데 위한림이 한명석 지점장을 비롯해서 정 관호 차장, 유, 김 대리 등이 국내에선 흔하게 볼 수 있는 그런 은행원이 아니란 것을 알아차렸다.

활달하면서도 절도가 있고 호방한 듯하면서도 신중하고 대국을 보는 견식과 아울러 작은 것도 등한히 하지 않는 주의력을 가지고 있는데다 화술에도 능했다.

'홍콩이라고 하는 치열한 경쟁사회에 파견한 사람들인 만큼 은행에서도 신중한 인선을 했을 것이다.' 하는 느낌을 가졌다.

동시에 은행원은 거개 차가울 정도로 상대방을 저울질 해보는 습성이 있는 것인데 대한은행 홍콩 지점원들도 그 예외가 아닐 것이었다. 위한림은 그들에게 깔봐선 안 된다고 일단 마음을 다졌다.

한명석이

"위 사장님의 사업은 꽤 장래성이 있어 보이는데." 하고 말을 꺼

내자 위한림은

"뭣 시멘트 몇 부대 실어 나르고 A국에 있는 물자 B국으로 옮기는 따위의 일이 사업 축에나 들겠습니까." 하며 스스로 과소평가하고 이란을 비롯한 중동의 사정을 물으면 위한림이 경제적인 동향엔 전혀 언급이 없고 그 문화적인 사정만을 열을 올려 설명했다. 경제인으로선 아직 미미한 존재이지만 문화인으로선 일류란 인식을 상대방에 심기 위해서였다. 그러면서도 간혹 경제인으로서의 매서운 일면을 보이는 것도 잊지 않았다. 예컨대

"한 건 해가지고 이득을 보겠다는 급급한 태도는 보따리 장수가 할 짓이고 되도록 규모를 넓혀 결과적으로 이득의 총액이 많아지도록 계산해야만 해외시장에서 승리할 수 있다기 보다, 승리할 단서를 잡게 될 겁니다." 하는 세련된 표현을 하는 것이다.

요컨대 보통의 사업가에겐 결여된 문화적 센스를 가졌다는 것을 보여줌과 동시에 그런 센스 때문에 사업에 성공할지 모른다는 기대를 상대방이 갖게 말을 꾸며 나갔다.

"그런데 지점의 규모를 꽤 크게 잡으셨더군요."

정관호 차장이 말을 끼었을 때다. 위한림은 자기의 동생 위철림을 가리키며

"내 동생이 철없는 짓을 한 겁니다. 사무실의 규모와 지점의 규모가 정비례하는 것은 아닐 텐데." 하곤 일이 시작되기도 전에 사무실만 근사하게 꾸미는 수작을 하는 따위의 사람과 자기를 엄연히 구별

했다. 그러자 위철림이 가만있지 않았다.

"형님, 그런 말씀 마시오. 앞으론 반 년이 못 되어 그 사무실도 비좁게 될 겁니다."

"뭘 믿고 그런 소릴 하니."

"형님 믿고 그럽니다."

"미안합니다. 손님들 앞에 내 동생은 모든 게 다 좋은데. 나를 지나치게 과대평가하는 게 유일한 결점입니다."

이때 한명석이 한마디 했다.

"형제간에 신뢰를 받을 수 있다는 것, 이것 대단한 일입니다."

철림이 흥분을 섞어 말했다.

"우리 형님은 천잽니다. 아이디어에 있어서도 실행에 있어서도."

부득이 위한림은 결코 자기가 천재일 수 없다는 변명을 아니할 수 없게 되었는데 그것이 또한 철림을 자극했다.

"여러분, 한번 들어보시오. 중고품 선반기 하나로 시작해서 형님은 한국 최초로 크레인을 만들었습니다. 그것도 엄청난 크레인을 가진 크레인이죠. 또 한국 최초로 케이블의 진공건조기를 만들었습니다. 일본놈도 섣불리 시작하지 못하는 일도 했습니다. 그것뿐입니까. 형님은 이란에 가자마자 시멘트 10만 톤의 신용장을 얻어냈고 철강 수만 톤을 제삼국에서 갖다주는 판인 플레이를 했습니다. 금수령이 내린 시멘트를 수출하고 비행기기 안에서의 네고[交涉]로 대만산 시멘트 5만 톤을 얻어냈습니다. 이만하면 천재가 아닙니까?"

은행원들은 웃고만 있었다. 미묘한 분위기였다. 위한림이

"집어쳐." 하고 동생을 나무라고 나서 덧붙였다.

"그건 천재도 아니고 소질도 아냐. 단순히 운수가 좋았을 뿐이다. 요행이었다, 이 말이다. 그런데 사업이란 요행만으로 되는 건 아니다. 요행을 믿는다는 건 도박을 하는 거나 다름이 없어. 사업에서 요행의 부분을 없애고 치밀한 계획과 방법을 도입하는 것이 가장 중요한 일이다. 그 치밀한 계획과 방법에 어긋나는 짓이 네가 얻어 놓은 그 사무실이다. 알기나 해? 그리고 운수가 좋았다는 것뿐인 일을 가지고 천재니 뭐니 이빨이 시어오를 지경이다. 그만둬라."

철림이 또 뭐라고 하려는 것을 위한림이 억제하고 은행원들에게

"괜히 형제가 떠들어대서 미안합니다." 하고 사과했다.

한명석이 기대해 볼 만하다며 자기들로서도 응분한 협력을 하겠다고 호의를 보였다. 위한림은

"한국의 은행을 이용할 정도론 내 사업이 건실한 기초를 갖지 못한 것 같아요. 돌다리를 두드려 보고도 건널 듯 말 듯하는 게 한국의 은행인데 아직 나무다리조차도 아닌 우리 업체에 여러분의 호의가 있기로서니." 하곤, 신용장만 확인하면 언제이건 자금을 대출해 주겠다던 차터은행을 들먹여

"당분간은 그 은행과 거래를 할 작정이지요." 했다. 한명석이 웃으며,

"아무리 차터은행이라도 신용장 확인만으론 돈이 나오질 않습

니다. 선적(船積)의 확인이 있고 보험계약의 확인이 있고 나서야 돈이 나갑니다. 그 정도론 우리도 편리를 보아드릴 수가 있습니다." 했을 때 위한림은

"선적하는 데도 돈이 들고 보험계약에도 돈이 드는데 차터은행은 그 은행의 신용으로 선적과 보험계약까질 가능하게 해 준다는 게고 우리 은행은 선적과 보험계약은 우리 책임으로 하라는 것이니 그 차이는 엄청난 것 아니야."고 응수했다.

사실은 위한림이 그런 경위를 확인하고 한 말은 아니었는데 뒤에 알고 보니 홍콩의 모든 은행은 우리나라 은행 말고는 그런 관행을 따르고 있었다. 대한은행의 구룡지점이 대담하게 행동할 수 있도록 계기를 만든 것은 위한림이었다.

아무리 현재가 훌륭해도 쇠운(衰運)에 있는 업체라고 보면 경계하는 것이 은행이고 현재는 약간 빈약하더라도 승운(乘運)에 있는 업체라고 보면 등한히 하지 않는 것이 또한 은행이다.

대한은행 구룡지점은 위한림의 업체를 승운의 업체라고 보았다. 그렇다고 해서 은행이 터무니없는 지원을 할 까닭은 없지만 대한은행 구룡지점은 본국에서의 관행보다 홍콩에서의 관행을 따르기로 했다.

구체적으로 말하면 은행의 관행엔 두 가지가 있다. 결과적으로 이득이 있을 줄을 확인하면서도 그 결과에 이르기까지의 조건에 미비점이 많을 경우엔 은행은 그 미비점을 업자가 보완하지 않는 한 자

금 방출을 결정하지 않는 방식이 그 하나고 결과적으로 이득이 있다는 것을 확인했을 경우 은행이 서둘러 적극적으로 그 미비점을 보완해 주는 방식이 또한 있는 것이다.

한국 내의 은행은 전자의 방식을 따른다. 은행의 기구 자체에 미비점을 보완하는 역할을 맡은 부서라는 것이 아예 없다. 한국의 은행은 일본의 은행을 모범으로 만들어진 탓이라고 하고 자금 자체가 그런 방식까지 허용할 정도로 윤택하지 않을뿐더러 그 운영에 있어서 정치성이 심하게 개재되기 때문이다.

서구의 은행을 모방한 홍콩은행엔 일체의 정치성이 없다. 순전히 은행 고유의 생리로써만 움직인다. 틈이 있기만 하면 물이 스며들 듯하고 이익이 있다고만 보면 어디에든지 뛰어든다. P라는 결과가 확실하기만 하면 A, B에서 시작된 미비점 전부를 은행의 노력으로써 보완해 준다. 은행의 기구 자체에 그런 것을 맡는 부서가 준비되어 있기도 하다.

대한은행 구룡지점은 그것이 소재하는 지역적 사정으로 정치력의 영향을 덜 받는 탓도 있어 위한림의 업체를 위해 홍콩은행의 관행을 따를 작정을 했다. 전도유망한 업체를 차터은행의 고객으로 만들 필요가 없다는 일종의 오기가 있었기 때문이다.

이것은 결국 위한림의 전술이 승리한 것이지만 운명의 미소임엔 틀림이 없었다.

그렇게 해서 대만산 시멘트의 선적과 발송도 무난히 치를 수 있었다. 뿐만 아니라 위한림의 무역 사업에 있어서 은행이 맡아야 할 절차는 전부 대한은행 구룡지점이 전담하기로 하고 위한림의 업체에 들어오는 모든 돈은 풀 형태로 그 은행에서 취급하기로 했다.

위한림이 홍콩에서 머무르는 동안 배운 것도 많았고 발견한 것도 많았다. 그 가운데 두드러진 것은 어떤 물자는 한국 본토에서 사는 것보다 홍콩에서 사는 것이 훨씬 가격이 저렴하다는 사실이었다. 그런 품목의 이름은 여러 가지 관계로 밝힐 수가 없지만 어떤 상품은 본국에서 살 때의 가격 이분의 일 내지 삼분의 일로 살 수가 있었다. 차차 치열해지는 수출경쟁(輸出競爭)이 그런 덤핑 현상으로 나타나는 집약적인 현상이 바로 홍콩이었던 것이다.

이러한 예는 한국의 상품만이 아니다. 대만 상품도 그렇고, 중공 상품도 그랬다. 일본제 상품도 더러 그런 것이 있었다. 비록 지점일망정 은행을 하나 끼고 있으면 덤핑된 상품을 요리하는 것만으로도 굉장한 수익을 올릴 수 있다. 홍콩은 과연 배금주의자(拜金主義者)들의 소굴이 될 만한 곳이었다.

77년의 마지막 날을 홍콩에서 보내고 78년 이란으로 떠나며 위한림이 아내 임창숙에게 다음과 같은 편지를 띄웠다.

"이제 77년을 졸업하고 78년 1월 5일 이란으로 떠납니다. 두어 달 머무는 동안 홍콩에서 토성(土星)을 얻었소. 이건 자랑이 아니라 보고일 따름이오. 77년을 졸업했다고 하나 나는 이 해를 영원히 잊지 못할 것이오. 그 이유는 당신이 충분히 짐작할 수 있는 것이기 때문에 내 입으로 말하진 않겠소. 남편이 없는 곳에서 좋은 아내 노릇은 하지 못할 테니 애써 좋은 며느리가 못될 바에야 건강한 여자로만 계시소서."

편지 가운데 '토성'을 운운한 것은 위한림과 임창숙과의 사이에 정해놓은 암호에 따른 것이다. 즉 토성을 얻었다고 하면 100만 달러, 금성을 얻었다면 500만 달러, 목성을 얻었다고 하면 1,000만 달러, 수성을 얻었다고 하면 2,000만 달러, 화성을 얻었다고 하면 5,000만 달러, 달(月)을 얻었다고 하면 1억 달러 상당의 외형거래를 한다는 뜻이다.

위한림은 두 달 가까운 사이 홍콩에서 외형 100만 달러에 해당하는 거래를 했다는 사실을 아내인 임창숙에게 알린 것이다.

도중 뉴델리에서 내려 아말리아의 소개로 철강을 공급해준 인도상사를 찾아가 보기로 했다. 그러나 그 인도상사의 사장은 유럽에 여행 중이라서 만나지 못하고 대사관 직원이 권하는 대로 지희천(池希天)이란 사람을 만나 보았다.

지희천 씨는 육이오 동란 때 유엔군의 포로가 된 북한 인민군의 장교였는데 포로로 있을 동안 반공으로 돌아 휴전조약이 있었을 무렵 거주지를 중립국으로 택한 사람이다. 대사관 직원의 말은

"그분을 만나 보시면 유익한 얘기를 들어볼 수 있을 뿐만 아니라 당신이 하는 사업에 많은 도움이 될 것입니다."

아니나 다를까, 위한림은 지희천 씨를 만나 충격에 가까운 감동

을 얻었다.

50년부터 78년까지, 그 25년 동안 지희천 씨는 굳은 의지로써 일관하여 오늘날 인도에서 두 손꼽힐 만한 대사업가가 된 사람이다. 그는 첫인상부터가 비범했다.

"처음엔 멕시코로 갈 작정이었는데 멕시코로 보내줘야죠. 하는 수없이 수용소 일부에 계사를 지어 닭을 치게 되었소."라고 시작한 지희천 씨의 얘기는 그야말로 무에서 유를 만들어 낸 인간의 기적담이었다. 그런데 그 기적엔 행운이니 요행이니 하는 것은 전혀 없고 처음부터 끝까지 피와 땀으로 엮어진 고투의 기록이었다.

"모처럼 시작한 양계는 수지가 맞을 만한 무렵에 그 장소를 내놓으라는 지주의 강압 때문에 일시 폐업할 수밖에 없었습니다." 할 땐 이십 수년 전의 그때를 회상하고 눈물을 흘리기조차 했다.

양계를 그만둔 뒤에 조그마한 장사를 시작했는데 그것이 오늘날 대사업체를 이루었고 일대 종합무역상사로 발전하기까지 했다며 지희천 씨는 다음과 같은 말을 보탰다.

"앞으로 내가 할 일은 조국을 위해 조금이라도 도움이 되었으면 하는 그런 일입니다. 조국이 내게 어떻게 했건 나는 조국을 잊을 수가 없습니다."

조국이란 무엇일까.

지희천 씨에게 있어서 조국이란 화란(禍亂)의 장소 이외의 아무것도 아닐 것 같았다. 20세가 되었을 때 일제의 징병으로 끌려갔다.

일본의 패전으로 구사일생 돌아와 보니 부모님은 만주에 이주하고 있었다. 만주까지 찾아갔을 땐 중공군의 압박을 받았다. 부모의 생명을 유지시키기 위해선 한 집에 하나씩 장정을 중공군에 입대시켜야 했다. 군인으로서의 경험이 있다고 해서 지희천 씨가 입대를 지원했다. 그렇게 해서 한인부대가 편성되었는데 중공군이 중국 전토를 장악하자 그 한인부대는 김일성의 지배하에 편입되었다. 이럭저럭 하고 있는데 김일성이 남침전쟁을 일으켰다. 지희천 씨는 그 전쟁이 부당한 것으로 알고 포항지구에서 자기가 지휘하는 부대를 이끌고 투항했다. 그때 지희천 씨의 계급은 대좌, 즉 대령이었다.

포로가 되자 그는 사상을 분명히 했다. 반공포로로서다. 그러나 석방되진 않았다. 이승만 정부의 그에게 대한 태도는 애매했다. 이윽고 그는 거주지로서 멕시코를 선택하고 일단 인도에 인계된 것인데 그때부터 새로운 고난이 시작되었다. 영락없는 거지신세가 되어 수년을 지냈다. 강철 같은 의지가 아니었더라면 살아남지 못했을 것이었다.

요컨대 그는 조국으로부터의 혜택이란 전혀 모르고 조국에 의한 쓴 고난만을 맛본 셈이다. 그런데도 그는 조국을 들먹이고 있었다. 위한림이 장난기를 부려

"조국이 그처럼 소중한 것인가요?" 하고 물어보았다.

"조국이 얼마나 소중한가는 외지에서 살아보지 않은 사람은 아마 모를 겁니다. 나같은 고생을 하고 보면 조국이 곧 생명이란 것을

알게 됩니다. 가령 내게 조국이 없다고 칩시다. 인도는 이처럼 날 대접해 줄 까닭이 없습니다. 조국이 내게 무엇을 해주었다는 게 문제가 아니라 조국의 존재 자체가 그대로 나의 힘이 되고 의미가 되는 겁니다. 듣자하니 위 사장도 외지에서 생활하실 모양인데 아무쪼록 조국을 소중하게 하는 방향으로 노력해야 할 겁니다."

지희천 씨의 말은 간곡했다.

"국가적 이익을 앞세워 못할 짓이 없는 이 세계가 진실로 평화로운 사회로 되려면 국가적 이익보다 인류의 행복을 추구하는 방향으로 되어야 할 것 아닙니까. 아무리 길이 멀어도 인간이 이상으로 할 것은 그것 밖엔 없지 않을까요?"

"고맙소." 하고 지희천 씨는 위한림의 손을 덥석 잡았다. 냉소는 아니더라도 세상 모르는 놈의 잠꼬대로서 무시당할 줄만 알았는데 지희천 씨는 뜻밖에도

"젊은 분이 그런 생각까지 하고 있다고 들으니 정말 고마운 느낌이요. 인간의 이상은 마땅히 그러해야죠. 나는 전적으로 동감입니다. 그러나 그 이상을 위해서도 조국을 소중히 해야 하는 겁니다. 훌륭한 조국을 가진 사람이라야 그런 일도 추진시킬 수 있는 겁니다. 조국 없는 인간이 아무리 그런 소리를 떠들어 대봤자 거지의 잠꼬대처럼 될 테니까요. 첫째 조국을 위하는 방향으로 열심히 돈을 버십시오." 하는 격려를 아끼지 않았다.

세계정복의 아이디어에 동조해 주었다는 까닭만이 아니라 위한

림은 지희천 씨에게 사업가로서의 스승을 보았다.

무엇보다도 모범으로 할 만한 것은 극기의 정신이었다.

"운명에 이기려면 자기에게 이겨야 합니다. 자기 속에 있는 게으른 습성, 자기 속에 있는 향락심, 자기 속에 있는 거만, 자기 속에 있는 안이한 생각, 자기 속에 있는 자포자기 하기 쉬운 경향, 이런 것을 이겨내지 않곤 설혹 성공을 한다고 했자, 일시적인 요행에 불과한 것이며 급기야는 물거품처럼 사라져 버릴 그런 겁니다. 그러나 극기 끝에 이루어진 것은 비록 그것이 작은 것일지라도 튼튼한 반석을 이루게 될 근본입니다. 인간의 승리에 통하는 것이지요." 하고 지희천 씨는 종업원들이 입지 못할 정도 이상의 옷은 입어 본 적이 없고 종업원들이 먹지 못할 정도 이상의 음식은 손님을 대접하는 경우를 제외하곤 먹어본 적이 없다고 했다.

유행병으로 근처의 닭들이 다 죽었는데도 한 마리도 죽지 않고 수만 마리의 닭을 보전한 것은 행운의 탓이 아니고 극기의 탓이었다고도 한다.

처음 건설업을 시작하여 조그마한 공사를 하청 받았을 때 지희천 씨는 한 사람의 인부도 희생시키지 않고 완공하는 데 목적을 두었다고 했다. 인도의 기후는 격렬한 것이어서 자칫 잘못하면 건강을 상할 뿐 아니라 치명적인 위험마저 있기 쉬운데 지희천 씨는 언제나 자기 체력을 감안하여 인부들에게 일을 시켰다는 것이다.

완공의 축하는 그 공사를 끝냈다는 데 중점을 두지 않고 모두가 무사하다는 데 중점을 둔 축하를 했다. 그러니까 지희천 씨는 언제나 작업의 위험한 부분에서 앞장을 서고 관례의 배나 되는 휴식시간을 인부들에게 제공해 왔다는 것이며 이렇게 해서 말단 인부에 이르기까지 즐기며 일할 수 있는 분위기를 만들었다고도 했다.

"내가 그렇게 한 덴 내 운명이 너무나 가혹했기 때문입니다. 사람이 어떤 때가 가장 고통스러운가를 나는 알고 있습니다. 내가 겪은 슬픔을 남이 겪지 않도록 내 힘 자라나는 데까진 노력해야겠다는 것, 그러지 않고선 내가 고생한 보람이 없다는 것, 이것이 나의 신념이지요."

이렇게도 말하는 지희천 씨는

"생각하면 본의 아니게 인도에 정착하게 된 것은 커다란 은총이었소. 이곳은 마하트마 간디의 나라 아닙니까. 나는 내 사업에 있어서 간디의 정신을 실천할 작정으로 있습니다. 간디의 정신이 곧 세계정부의 정신 아니겠소." 하곤 헤어질 무렵엔 그 투박한 손을 위한림의 어깨에 얹고 말했다.

"위 선생, 잘 해보시오. 언젠가 또 만나 세계정부의 구상을 구체적으로 해 봅시다. 당신을 소중하게 하시오. 그러나 잊지 마시오. 나의 가장 큰 적은 나 자신이란 것을, 나폴레옹 말 가운데 꼭 기억해 둬야 할 말은, 나의 적은 내 자신이었다는 말이오."

시멘트가 이란에 도착했다는 전화 연락을 받고 위한림은 뉴델리를 출발했다. 인도에서 일주일 넘어 체재한 셈이다. 지희천 씨와의 만남이 감격스러웠던 때문도 있었지만 테헤란에서 시멘트를 기다리는 초조감이 견디기 힘들 것 같아서였다. 시멘트의 이란 도착은 계약 기일 보다 두 달이나 늦어 있었던 것이다.

테헤란 공항엔 아말리아 멜라니가 나와 있었다.

세관문을 통과하고 나오자 아말리아는 달려와 위한림의 목을 안았다. 긴 여행에서 돌아온 남편이나 애인에게 대하는 동작과 조금도 다를 것이 없었다.

"다른 사람에겐 위 사장의 도착을 알리지 않았어요." 하는 것이 인사 끝에 한 아말리아의 첫 말이었다.

"왜?"

"얄미워서요. 호텔에 가서 얘기할게요." 하고 아말리아는 위한림의 짐을 챙겨 자기가 운전하는 자동차에 실었다.

수 개월 만에 보는 테헤란의 거리에서 위한림은 고향을 느꼈다.

"요즘 이란은 어때요?"

옆자리에서 아말리아의 옆얼굴을 보며 위한림이 물었다.

"테헤란 대학생들이 데모를 시작했어요."

아말리아는 아무렇지 않게 말했다.

"이유는?"

"사바크에 끌려간 테헤란 대학의 학생이 행방불명이 되었다는 거예요."

사바크란 팔레비 국왕의 비밀경찰이다.

"행방불명이라니?"

"학생들의 주장은 사바크에 끌려간 그 학생이 혹시 잘못된 게 아니냐는 겁니다."

"사실이 그럴까?"

"알 수 없죠. 그러나 사바크가 지나친 것만은 사실이에요. 이란 국민의 대부분은 팔레비를 지지하고 있어요. 팔레비가 잘 한다고 모두들 납득하고 있는데 사바크 때문에 감정이 뒤틀어져 있는 겁니다. 그처럼 안 해도 될 건데 왜 그러는지 알 수가 없어요. 아마 과잉충성이겠죠. 이란이 어떻게 되어도 좋다, 사바크 꼴만 안 보면 좋겠다, 사바크가 없어지려면 팔레비가 없어져야 한다, 이런 기분이 슬슬 침투하고 있는 거예요. 그걸 반대파가 이용하고 있구요."

"팔레비는 지지하되 사바크는 밉다 이거로군."

"사바크가 미우니 팔레비도 밉다로 되겠지요."

위한림이 한국에 있는 속담이라면서

"삼간초옥 타는 건 아깝지만 빈대새끼 타죽는 건 고소하다는 말이 있다."고 했더니 아말리아는

"바로 그거예요." 하고 웃었다.

"정세가 정 그렇다면 팔레비 정권도 위험하단 얘기가 아닌가."

"이대로 나가다간 무슨 일이 있을지 모르죠. 그러나 오늘 내일 어떻다는 건 없을 겁니다."

"역사라는 건 그런 게 아니지."

위한림이 생각에 잠겼다. 자유당 정권의 최후를 상기하고 있었다.

사무실 옆에 숙소가 있었는데도 아말리아가 굳이 위한림을 콘티넨탈 호텔로 데리고 온 덴 이유가 있었다.

"한 시간 동안에 샤워를 하세요." 하고 방을 나간 아말리아는 한 시간이 지나자 다시 돌아와서 이렇게 시작했다.

"나는 코리아 사람들을 납득할 수가 없어요."

위한림이 그 까닭을 물었다.

아말리아의 설명은—

'위한림이 테헤란을 떠나자마자 백도준이 낭설을 퍼뜨리기 시작했다. 위한림이 사기꾼이란 것이다. 처음엔 은근히 그런 바람을 피우는 정도였는데 3개월이 지나자 노골적으로 되었다.'

'위한림이 서울에 공장을 가지고 있다고 하지만 그건 형편없는 땜질 공장에 불과하다.'

'시멘트 10만 톤은커녕 1만 톤도 구하지 못할 것이 뻔하다. 신용장은 사기를 치기 위한 방편으로 이용하고 있을 뿐이다.'

'무역회사란 것도 거짓말이다. 책상 두 개 놓고 간판만 버젓이 달아놓고 있는 엉터리 회사다.'

'회사라고 하지만 직원은 둘 밖에 없다. 그 직원이란 것도 위한림의 동생들이다. 세 형제가 짜고 사기를 한다.'

'시멘트는 한국에선 금수품이다. 금수품인 줄 알면서도 아슈포 테헤란과 계약을 했다. 그건 아슈포 테헤란과 거래한다는 사실을 미

끼로 사기를 치기 위한 수단이다.'

'위한림이 다시 테헤란에 나타나면 경찰에 연락해서 당장 추방령을 내려야 한다.'

'틀림없이 시멘트를 못 가지고 온 데 대해 횡설수설 변명을 늘어놓을 것이니 그런 것을 믿어선 안 된다.'

'아슈포 테헤란과의 관계를 이용해서 위한림은 벌써 수백만 달러의 돈을 테헤란에서 벌었다. 그건 분명히 불법행위다. 테헤란의 세무당국으로 하여금 철저하게 조사를 시켜야 할 것이다.'

"이런 소릴 지껄였을 뿐만 아니라 아슈포 테헤란에 투서까지 한 모양이에요. 시멘트의 입하 기일이 지나자 포헤이다 씨로부터 날 만나자는 전화가 왔어요. 만났죠. 그랬더니 아까 들먹인 것 같은 사실을 말하며 약속대로 시멘트가 도착하지 않으면 아슈포 테헤란 회사는 곤경에 처하게 된다며 걱정을 하는 겁니다. 그래서 내가 말했죠. 시일이 다소 늦을진 모르지만 시멘트는 꼭 도착할 터이니 안심하라구요. 그렇게 말하면서도 난 자신이 없었어요. 그때 대학생 아키미가 용기를 주었어요. 미스터 위는 절대로 사기꾼이 아니다. 그만한 문화인이 사기꾼일 수 없다구요. 백도준이 한 말은 전부가 거짓말이죠?"

위한림은 어이가 없었다. 웃을 수밖에 없었다.

"백도준이 말한 정보는 모두 사실이오. 내 공장도 신통찮고 회사라는 것도 빈약하기 짝이 없소. 그러나 백도준의 말 가운데 틀린 것이 있소. 나는 사기꾼이 아니오. 시멘트가 아바단에 입항한 사실은 당신이 확인하지 않았소?"

"시멘트가 아바단에 입항했다는 통지를 받았을 때 나는 울었어요. 평생에 그처럼 반가운 소식을 들어본 적이 없었으니까요."

아말리아는 손수건을 꺼내 눈언저리를 눌렀다. 위한림은 이국의 여인이 보여준 마음의 진실에 살큼 감동했다.

"아말리아, 고맙소. 내가 하는 일로 당신까지 괴롭힌 모양이구료. 그러나 믿어주시오. 나는 결코 사기꾼이 아니오."

"사기꾼이 아니란 걸 난 잘 알아요. 사기꾼일 수 없다는 것도 잘 알아요. 그러나 백도준은 너무나 집요해요. 심지어는 내게 대해서까지 빈정거리는 걸요. 사기꾼 심부름 죽자고 해봤자 소용없을 거라며 못할 소리가 없어요. 어떻게 코리아 사람이 같은 코리아 사람을 그렇게 말할 수 있을까요?"

"아말리아, 백도준 씨가 한 말은 사실이오. 없는 것을 지어낸 게 아닙니다. 사기꾼이란 말은 지나친 판단이지만 사람에 따라선 그렇게도 보일 거요."

위한림이 타이르듯 말했다.

"그럼 미스터 위는 백도준을 용서할 거란 얘긴가요?"

"용서고 뭐고 있겠소. 자기 나름대로 말하는 것을 억제할 수야 없지 않겠소."

"그래 그 사람이 사무실에 드나드는 것도 그냥 용납하겠단 말입니까?"

"그렇소."

"그럼 내가 그만 두겠어요. 나는 그런 사람이 옆에 있는 것을 견디지 못해요."

아말리아는 진정 성난 표정이 되었다.

"아말리아, 진정해요. 나는 사업가요. 테헤란에 사무실을 열었소. 그런데 이곳엔 한국인이 그리 많지 않소. 그리 많지 않은 한국인들이 서로 화목하지 못한다면 어떻게 되겠소. 잘못이 있으면 피차 충고를 하며 같이 살아야 되지 않겠소. 백도준과 절교하는 건 간단한 얘깁니다. 그러나 명색 사업을 한다는 놈이 테헤란이란 객지에서 자기 나라 사람 하나를 포섭하지 못했다고 하면 그건 위한림의 체면에 관계되는 일이오. 국내에 있었으면 난 단연코 백도준을 용납하지 않을 것이오. 내 앞에 얼씬도 못하게 할 것이오. 그런데 이곳은 테헤란이오. 백도준을 옆에 두고 불쾌감을 참는 것이 그런 사람 하나를 포섭 못해서 등갈이 났다는 평을 듣는 고통보다 수월하다고 느끼는 것이나요. 내 이 마음 이해하고 아말리아는 내 곁에 있어 주어야 하겠소."

아말리아는 멍청히 위한림을 보고 있더니 그 큰 눈에 눈물을 함박 담은 채 억지로 웃는 표정을 지었다.

"미스터 위, 당신은 위대해요. 사업의 성공은 어떠할지 모르지만 당신은 인간으로선 크게 성공하겠어요. 나는 그런 포용력을 여태까지 본 적이 없어요. 참으로 훌륭해요. 진심으로 존경해요."

"아말리아, 내게 그런 포용력이 있는 게 아니오. 그렇게 하려고

331

노력하는 거요. 그 노력에 보람이 있게 하기 위해서라도 아말리아는 내 곁에 있어 줘야 하겠소." 하고 말하면서 위한림은 가슴이 후련해 짐을 느꼈다.

그 이튿날 예고도 없이 위한림이 사무실에 나타났다. 트럼프 놀이를 하고 있던 백도준과 이동길 그리고 반영환은 기겁을 할 만큼 놀랐다.

"오시면 오신다고 하지 않구서."

이동길의 웃음은 비굴했다.

"미리 알았더라면 공항에라도 나갔을 텐데 위 사장님 너무 하시는군요."

백도준은 위신을 찾아보겠다는 말투였으나 약간 억지가 느껴졌다.

"잘 다녀오셨습니까. 무사히 돌아오셔서 기쁩니다."

반영환의 인사만이 자연스러웠다.

"마드모와젤 아말리아, 우리 커피 한 잔씩 합시다."

해놓고 위한림이 자리에 앉았다.

그리고는

"만나자마자 잔소리 같습니다만 집무 시간에 트럼프 하는 버릇은 어디서 배운 거요."하고 소리를 꽥 질렀다. 돼먹지 않은 인간들은 눌러가며 써야 한다는 교훈을 상기한 것이다.

"별 할 일도 없구해서."

이동길이 변명조로 나왔다.

"할 일이 없다니, 그것 무슨 소리지? 할 일이 없으면 생각이라도 하슈. 테헤란에서 무엇을 하면 돈을 벌겠나 하고 생각하든지 그런 생각을 못하면 고향의 부모님들은 어떻게 하고 계실까 하는 생각이라도 하시오. 명색이 상사의 사무실이 아뇨. 거래를 트려고 누가 올지 모르는 장소 아뇨. 그런 사람이 왔다가 집무 시간에 트럼프 놀이 하는 꼴을 보기나 했다고 칩시다. 그 사람이 우리 상사를 신용하겠소? 거래를 트긴커녕 하던 거래도 중단하려고 할 거요. 안 그렇소? 백도준 씨."

"그것도 사정에 따라 아니겠습니까."

"그럼 당신의 도장에선 훈련 시간에 트럼프를 해도 좋다는 사정을 허용하겠소?"

"도장과 여기는 안 다릅니까."

백도준의 그 말에 위한림이 정말 분통을 터뜨렸다.

"당신의 도장과 내 상사와 뭣이 다를 것이 있소. 당신은 남의 일을 망치기로 작정한 사람 아뇨?"

"백 형, 말을 잘못했소. 사과하시우."

반영환이 사이에 들었다.

"위 사장님의 말은 백 번 옳은 말이오."

그때 아말리아가 커피를 탁자 위에 놓았다. 위한림이

"자 커피나 드시오." 하고 권하며 말을 보탰다.

"테헤란까지 와서 우리 돈은 벌지 못하더라도 욕은 먹지 말자 이

거요. 한국인의 상사는 짜임새가 있더라, 일하는 사람만이 모인 것 같더라, 우애(友愛)에 넘쳐 있더라, 참으로 우러러볼 만한 민족성이다. 이렇게 되도록 서로 노력하잔 얘기요."

"앞으론 그런 일이 없을 겁니다." 하고 이동길이 손을 비볐다.

"앞으론 하고 싶어도 시간이 없어서 못할 거요. 눈코뜰새없이 바빠질 테니까. 그리고 반 형, 식당은 부인에게 맡기고 풀타임으로 내 일을 도와줘야 하겠소."

반영환의 얼굴이 활짝 피었다.

"여기로 오는 도중 대만의 상사와 큰 거래를 텄소. 홍콩의 상사와도 거래를 텄고 인도의 대상사 하고도 유리한 계획을 맺었소."

위한림이 포켓에서 명함을 꺼내고 가방에선 서류를 꺼내 아말리아에게 건네주며 반영환에게 지시를 내렸다.

"반 형은 곧 아바단으로 가서 도착한 시멘트를 아슈포에게 인계하고 돌아오시오. 관계 서류는 아말리아가 챙겨 줄 겁니다."

그리고 아슈포에게 전화를 하라고 아말리아에게 일렀다.

"아슈포의 포헤이다 씨 나왔습니다." 하고 송수화기를 건네주자 위한림은

"포헤이다 씨, 어제 돌아왔습니다."

주위에서 백도준, 이동길, 반영환이 듣고 있다는 걸 의식하며

"이란으로 오는 배를 찾기에 시간이 걸려 다소 일자가 늦었습니다만 시멘트 10만 톤은 무사히 도착했습니다. 이번 일에 골탕을 먹

었기 때문에 5만 톤쯤 되는 배를 한 척 사기로 했소." 하고 위한림이 너털웃음을 웃었다.

포헤이다는 시멘트가 도착하지 않아 퍽 초조했다며 이젠 됐다고 밝은 웃음을 보냈다.

"그건 그렇고 내일에라도 시멘트를 인계하고 싶은데 어떻게 하죠?"

당장에라도 인계를 받겠다는 답이었다.

"이렇게 하면 어떨까요. 배에 적재하고 있는 대로 인계를 하면. 우리가 시멘트를 받아 다시 인계하려면 우선 창고를 빌어야 하지 않습니까. 아슈포에서 배에 적재되어 있는 대로 인계를 받으며 하역하는 즉시로 트럭에 실어 목적지까지 갈 수 있으니 중간 수고를 덜 수 있다 이겁니다."

그것도 그렇게 하겠다고 했다.

"단 하역할 때의 검수(檢受)엔 우리 상사 직원을 입회시킬 테니 물량이 모자라는 경우엔 곧 보충을 하든지 대금에서 공제하든지 하겠습니다."

그렇게 해주면 그 이상 고마울 것이 없겠다는 포헤이다의 대답이어서 반영환과 아슈포의 직원이 만날 장소와 시간까지 그 전화로서 결정해 버렸다.

"정말 놀랐습니다." 하고 반영환이 감탄했다. 그 복잡한 수속을 전화 한 통화로 결정해 버린 수완은 반영환이 아니라도 감탄할 만했다. 위한림은 아슈포 직원과 만날 장소와 시간을 메모지에 써서 반영환

에게 건넸다. 그리고 아말리아에게

"아슈라프 공주님께 전화를 걸어라."고 말했다.

이것은 백도준과 이동길에게 대한 시위였다. 아슈라프 공주에게 전화를 걸라는 말은 에도사 모르니에에게 전화하라는 암호 이상의 것은 아니었다.

"전화 나왔어요."

아말리아의 손으로부터 송수화기를 받아든 위한림은 능청스럽게 말했다.

"공주전하께옵선 안녕하십니까?"

공주님은 잘 계신다는 말과 함께 언제 돌아왔느냐고 에도사 모르니에가 물었다.

"어젯밤에 돌아왔습니다."

수화기를 귀에 밀착시켰기 때문에 옆에서 저편의 소리를 들을 까닭이 없었다. 에도사와 한참동안 말을 주고 받으며 이런 트릭까질 쓰게 한 것은 백도준 때문이라고 생각하니 그에 대한 미움이 새삼스럽게 솟았다.

천박한 인간과 상종하면 이편도 불가불 천박하게 되지 않을 수 없다는 건 사디의 『장미원』에도 기록되어 있는 사실이다.

악인을 상대로 하면 이편도 악인이 되어야 한다. 악인의 꾀에 넘어가지 않아야 되기 때문이다. 악을 제압하기 위한 악전쟁을 없애기 위한 전쟁, 이렇게 인생의 문제는 단순하지가 않다.

위한림은 그 하나 때문에 갖가지 허세를 부려야 하고 가끔 트릭도 써야 한다는 생각에 미치자 이 기회에 그의 배신을 들추어 관계를 끊어 버리는 게 상책이란 마음도 가져 보았지만 아말리아에게 한 말이 부담이 되기도 하고 그가 테헤란 경찰과 맺고 있는 유대를 무시할 수가 없었다.

그래서 백도준에게도

"내일 반 형과 같이 아비단으로 가도록 하시오. 반 형 혼자로선 버겁한 일이 있을지 모르니까요." 하고 지시를 주었다.

이어 이동길에겐

"시멘트가 2, 3만 톤 들어갈 수 있는 창고를 하나 구해보시오. 운수회사의 운전사 노릇을 했으니 대강 짐작이 갈 것 아뇨." 했다.

"창고는 뭣 할 겁니까?"

이동길이 물었다.

"아슈포에 인계하고 나도 시멘트가 2만 톤 가량 남을 겁니다. 우선 그것을 보관해 놔야죠. 그리고 앞으로 무역을 하려면 창고 하나쯤은 필요할 겁니다."

"구해 보겠습니다."

"되도록이면 테헤란 역 근처에 창고를 구하시오."

해놓고 위한림은 손수 다이얼을 돌렸다. 테헤란 대학생 아키미에 대한 전화다. 집엔 있지 않을 거란 생각으로 연락이나마 해두려고 건 전화였는데 전화를 받은 것이 바로 아키미였다.

"내 어제 돌아왔소, 미스터 아키미."

반갑다는 답이었고 기다렸다는 말도 있었다.

"왜 학교엔 안 나가구."

요즘 대학은 휴교 상태에 있다는 아키미의 대답이어서

"당신도 데모하는 축에 드느냐."고 반농담으로 물었다. 그리고

"오늘밤 만날까?" 하고 제의했다. 좋다는 아키미의 대답이어서 위한림은 반영환의 식당이 있는 장소를 알리고 시간도 정해 주었다. 그리고는

"미스터 아키미를 위해서 영어판으로 된 한국의 역사책을 사가지고 왔다."고 덧붙였다.

전화를 끊고 위한림이 일동을 둘러보며

"아말리아를 제외하고 모두들 나가시오. 오늘은 이 사무실에서 귀하들이 할 일은 없다."고 선언했다.

모두들 퇴출하고나자 조그마한 상자 하나를 아말리아에게 내밀었다.

"어젯밤 드릴려고 했지만 짐을 풀기가 귀찮아서."

상자를 열었을 순간, 아말리아의 얼굴이 화려하게 빛났다. 상자 속엔 은은한 빛깔의 진주가 함뿍 담겨 있었다.

"오오 진주 목걸이……."

이윽고 아말리아의 입에서 탄성이 나왔다.

"고마워요." 하는 탄식이었다.

"기뻐해 주니 내가 고맙소."

위한림이 아말리아의 어깨를 가볍게 두드렸다. 그리고는 설명했다.

"이건 자연 진주가 아니고 양식장에서 만든 진주요. 미키모토라고 하는 일본 사람이 만들어 낸 거죠. 자연 진주는 아니지만 가짜는 아닙니다. 언젠가는 이만한 부피의 자연 진주 목걸이를 선사하겠소."

"아녜요. 나는 이것으로 만족해요. 평생에 이런 기막힌 선물을 받아 본 적은 없어요." 하고 일어서더니 아말리아는 위한림의 이마에 키스를 했다. 이마 위의 키스였으나 가슴을 설레게 하는 정감이 있었다. 그는 문득 아내 임창숙의 시선을 느꼈다. 정감을 진정시키기로 했다.

"우리 사업계획을 한번 세워봅시다."

위한림이 자기 자리에 돌아가 앉아 수첩을 꺼냈다.

"미리 계획을 세울 것이 아니라 시멘트를 인계한 후 아슈포 테헤란 회사와 의논해 보시오. 아슈포와 손을 잡으면 일거리는 얼마든지 있을 테니까요."

아말리아는 새까만 눈동자를 굴리며 말했다.

"그런 방법도 있겠지. 그러나 나는 내가 미리 계획을 세워 그 계획에 아슈포가 따라오도록 하면 좋겠소."

"그렇게만 되면야." 하고 아말리아가 웃었다.

"아말리아, 나는 이란에서 토목공사를 했으면 하오. 뭐니뭐니해도 토목공사라야만 몫이 클 것 아니겠소. 그 공사의 명목으로 많은 자재를 들여올 수 있고 그것을 전매해서 이익을 올리는 수도 있고."

"토목공사를 한대도 아슈포와 손을 잡아야 할 겁니다. 모든 공사가 아슈포를 중개로 해서 발주되니까요."

"물론 아슈포와 손을 잡아야 하겠지요. 그러나 그러기 전에 내용을 알아야 합니다. 아말리아, 이란에 들어와 있는 외국 건설업체의 수와 그 이름 그리고 그 실적을 알았으면 하는데."

"그거 문제 없어요. 이란에 국가 건설 기획 본부란 것이 있어요. 그곳에 근무하고 있는 내 친구가 있으니까. 그녀에게 협력을 구하겠습니다."

"그렇게 해주시오." 하고 위한림이 이란의 지도 앞에 섰다. 팔레비가 제창한 백색혁명의 열기로 이란의 곳곳엔 건설 붐이 일어나고 있는데 그 의욕에 비해선 건설력이라고 할까 하여간 능력이 모자라는 형편에 있는 것이다.

한창 공상에 잠겨 있는데

"미스터 위!"

아말리아가 불렀다.

"이란의 정세가 아무래도 불안해요. 공사를 한다면 줄잡아 1년 내지 2년은 걸릴 것 아녜요?"

아말리아의 말은 들어둘 만했다.

큰 판을 벌여놓았다가 팔레비가 몰락하기라도 하면 만사는 그로

써 끝나는 것이다. 위한림의 표정이 심각하게 되자 아말리아는

"스위스 상사에 있을 때 내가 배운 거예요. 그들은 위험에 대한 신경이 굉장히 민감해요. 그래서 그들은 이 중동지역 같은 데선 절대적으로 장기적인 계획을 안 할 뿐 아니라 장기적인 안목으로 거래도 하지 않아요. 그러니까 우리도 그렇게 해야 한다는 건 아니지만 위험에 대한 정확한 판단은 해야죠. 팔레비의 체제는 아주 든든한 것 같지만 이란이란 곳에 언제 지진이 날지 모르듯 언제 파탄이 있을지 몰라요. 그렇다고 해서 요 1, 2년 동안에 무슨 일이 있다는 건 아니지만 사바크(비밀경찰)가 너무나 설쳐대거든요. 저렇게 안 해도 될 것인데 왜 저렇게 하느냐 싶지만 그 사실로써 그들이 무언가에 겁을 먹고 있다, 위험을 느끼고 있다고 판단할 수 있지 않을까요? 지금 테헤란 대학생들이 행방불명된 학생 때문에 떠들고 있는데 어디서 그 시체라도 나와 봐요. 테헤란은 일시에 불바다가 될 겁니다. 호메이니파들의 암약이 보통이 아네요. 이런 판국인데 이란에서 장기적인 공사를 한다는 건 생각해 볼 일입니다."

아닌 게 아니라 위한림은 공사를 하기 위해선 수많은 불도저 페이로 더 크레인 등을 도입해야 할 것이라고까지 생각하고 있었는데 그런 중장비를 가져와서 1년, 2년 동안에 본전을 뺄 순 없으리란 생각이 들었다.

"아말리아, 당신의 의견은 참으로 훌륭하오. 좋은 교훈이었소."

"그러나 미스터 위가 부탁한 일은 하겠습니다." 하곤 아말리아는

국가 건설본부에 전화를 걸었다. 저편에 친구가 나온 모양으로 아말리아는 아까 위한림이 말한 내용을 전하는 모양이었다. 페르시아어를 알아들을 순 없었지만 짐작이 그랬다.

전화를 끝내고 아말리아는

"일주일쯤 후에 타이프를 쳐서 내게 전하겠답니다." 하고 뱅긋 웃었다.

다시 위한림과 아말리아 사이에 이란 정세에 관한 얘기가 오갔다.

"지난 1월 7일 성지 콤에서 반정부 데모가 있었어요. 군대가 출동해서 겨우 진압한 모양인데 호메이니파의 책동이 분명해요." 하는 아말리아의 말이라서 위한림이

"도대체 호메이니란 사람이 어떤 사람이냐."고 아키미에게도 묻고 에도사에게도 물은 질문을 또 한번 했다.

"호메이니는 철저한 시아파의 신학자이며 지도잡니다. 그의 정치적 주장은 모든 외국 세력을 축출하라는 것이고, 국내의 서구적 개혁엔 철저하게 반대한다는 겁니다. 그는 또 어떠한 국가도 종교 위에 설 수 없다는 것이고 이슬람에 반대하는 법률엔 일체 정당성이 없다고 하지요."

"만일 그런 사람이 정권을 잡게 되면 어떻게 되겠소."

"17세기쯤으로 되돌아가겠죠."

아말리아의 호메이니에 관한 지식은 비교적 풍부했다.

"호메이니의 이름은 수십 년 전부터 알려져 있는 이름입니다. 그

러나 그것이 대중 앞에 크게 클로즈업 된 것은 십사오 년 전의 일이었어요. 그때 나는 10살 안팎의 나이였는데도 당시의 일을 잘 기억하고 있어요." 하고 아말리아는 이런 얘길 했다.

1963년 팔레비는 새로운 농지개혁안을 내걸어 국민투표에 붙였다. 이 농지개혁안은 19개 항목으로 된 획기적인 것이었는데 그 가운데는 대토지 소유자의 토지수용도 포함되어 있었다. 이란의 농민으로선 바람직한 일이기도 했다. 그런데 호메이니는 정면에서 이를 반대하고 나섰다. 강권 발동으로 인한 토지수용은 이슬람의 교리에 배치된다며 국민투표를 보이콧하라고 주장했다. 팔레비 정부는 호메이니가 농지개혁에 반대하는 것은 시아파 교단의 토지를 내놓기 싫어서 하는 야심 때문이라고 맞섰다.

국민투표는 팔레비의 압도적인 승리로 끝났다. 그러자 호메이니는 신도들에게 43일 간 복상(服喪)하라고 포고했다. 이로써 소란이 전국에 퍼질 기세를 보이자 팔레비는 콤의 신학교를 급습하여 반항자를 진압하고 호메이니를 체포했다. 그러나 곧 체포한 호메이니를 석방하지 않을 수 없었다. 소란이 극도에 달할 위험이 있었기 때문이다.

그때 이라크의 하킴이 호메이니에게 이란을 떠나 이라크로 오라고 권했지만 그는 내가 가버리면 이 나라에서 이슬람을 지킬 사람이 없어진다고 거절하고 콤의 신도들 앞에선 나는 내 가슴이 총검에 찔릴 각오가 되었으니 결단코 압제자 앞에 굴복하지 않는다고 공헌했다.

팔레비는 호메이니를 똥통에 우글거리는 기생충과 같은 것이니 국민들이여, 그 불결한 놈을 밟아 없애라고까지 극언했다. 이에 대한 호메이니의 반격 또한 치열했다. 그의 선동으로 사람들은 거리를 뛰쳐나와 독재자를 없애라고 외쳤다. 팔레비는 드디어 결심했다. 이때 보좌관 가운데선 호메이니를 체포하는 건 사태를 시끄럽게 만들 뿐이라고 만류하는 자도 있었지만 팔레비는 듣지 않고 그를 체포하여 테헤란의 병사에 감금했다.

이것을 계기로 소란은 더욱 확대되었다. 콤의 시민들은 팔레비를 타도하라고 외치며 테헤란을 향해 행진을 시작했다. 분격한 군중의 수는 불어만 갔다. 수가 불어감에 따라 비밀경찰에 대한 공포는 줄어들었다. 이윽고 테헤란이 전쟁터로 변했다. 상점에 불을 붙이고 정부 청사를 파괴하는 등 수라장을 벌인 가운데 호메이니의 초상을 내건 수천의 플래카드가 테헤란의 거리를 메웠다.

테헤란의 사태는 순식간에 전국으로 파급됐다. 전차대가 출동하여 발포까지 하기에 이르렀으나 호메이니를 석방하지 않고는 수습할 방도가 서질 않았다. 팔레비는 비밀경찰의 장관 나시리 장군을 통해 호메이니를 석방하며 타협안을 제시하도록 했다. 그러나 호메이니는 '이슬람의 교리는 순호하며 영원하다. 팔레비 왕조 따위가 미칠 바가 아니다.'며 거절해 버렸다. 하여간 호메이니의 석방으로 그때의 소란은 겨우 수습되었다.

그날 밤 아키미를 끼운 만찬회 석상에서도 이란의 정세가 화제에 올랐다.

아키미도 아말리아와 같은 의견으로 팔레비의 체제가 오늘 내일 몰락할 까닭이 없겠지만 너무 장기적인 사업계획은 위험이 따를 것이라고 했다.

화제는 일전하여 '이슬람이란 무엇이냐.' 하는 문제로 옮겨갔다. 예비지식이 없는 위한림이 아키미와 아말리아의 대화를 통해 알아들은 것은 이슬람은 불교와도 기독교와도 달리 어떤 교리로 묶어진 현실적인 생활 공동체란 사실이었다. 그런 만큼 장점도 있고 단점도 있는 교리라고 할 수 있는데 팔레비의 목표는 이슬람을 기독교와 같은 차원으로 종교화하려는 데 있고, 호메이니를 대표로 하는 시아파는 이슬람을 국가 위에 서서 국가까지 지배하는 절대적인 권력으로서 권위화 하자는 데 그 목적을 두고 있다는 것이었다.

호메이니는 종교인은 정권 같은 것을 탐하지 않는다고 했다는데 아키미는

"정권은 탐하지 않되 정권을 좌우하는 힘은 가지겠다고 하는 것이니 더욱 무서운 말이 아니겠는가."고 풀이했다.

요컨대 아키미의 말에 의하면 팔레비 체제는 무수한 악을 내포하면서도 국가의 모양은 지켜나가는 것인데 만일 호메이니의 천지가 되면 국가의 모양 자체를 지녀갈 수 없게 될 것이라고 했다.

이에 대해 아밀리아는

"그런 식으로 10년쯤 혼란을 겪고 나면 또 다른 새 질서가 나올 테니 나는 별반 걱정하지 않겠다."고 했다.

"우리 걱정이 어디 문제인가."

아키미는 이런 우울한 말을 토하곤

"미스터 위의 사업이 성공되기만 빌겠소. 이란에서 살지 못하게 되면 미스터 위의 비호를 받게 될지도 모르니까." 하고 장난스럽게 웃었다.

그러나 그들에게 공통된 기분은 유혈의 참극이 되풀이 될진 모르지만 팔레비 체제는 그렇게 무너지지 않을 것이란 데 있었다.

"그런 점, 이란이 부럽소."

위한림이 한마디 했다.

"이란이 부럽다니 그것 무슨 말이오?"

아키미가 물었다.

"우리나라가 만일 그처럼 혼란했다고 합시다. 나라가 없어질 겁니다. 이란은 아무리 혼란해도 이란으로서 남겠지만 우리나라는 그럴 수가 없어요. 우리를 먹어 삼키겠다고 호시탐탐한 세력이 바로 이웃에 있으니까 말이오." 하고 위한림이 한국이 놓여 있는 위치를 설명했다. 이 설명은 세계정부의 이론으로 발전했다.

"아키미, 그리고 아말리아, 이란을 어떻게 하겠다는 걱정보다 세계정부를 만들 궁리를 합시다. 세계정부가 수립되지 않고선 인류의 평화는 없는 거요. 나는 그걸 목표로 하고 돈을 벌려고 하는 거요. 안

되면 젠장, 태평양 한가운데 섬을 하나 사서 우리의 나라를 만듭시다. 그렇게 되면 미스터 아키미는 국민 제이호, 아말리아는 국민 제삼호요……."

시멘트의 인계는 무사히 끝나고 아슈포 테헤란과의 대금 결제도 끝냈다.

그 돈의 대부분은 한국으로, 대만으로, 홍콩으로 갈 것이지만 아무리 낮게 잡아도 50만 달러의 순이익은 확보할 수 있을 것이었다.

일이 끝나고 위한림은 포헤이다에게 5만 달러의 커미션을 내놓았다. 포헤이다는 밝은 표정으로 그 돈을 홍콩은행에 예금해 달라고 부탁했다. 그리고 그 자리에서

"카세트 겸용인 라디오를 수입할 수 없을까." 하고 의논을 걸어왔다.

"일본 라디오가 범람하고 있는데."

위한림이 의견을 말하자 포헤이다는

"그 일본 상품이 미워서 그러는 겁니다. 같은 사이즈의 것으로 일본 것보다 4, 5달러만 싸면 20만 개쯤은 단시일에 처리할 수 있을 것입니다." 하고 덧붙였다.

그런 트랜지스터는 홍콩에서 얼마든지 구할 수 있었다. 위한림은 즉석에서 포헤이다의 요구에 응하기로 하고 내일 관계 직원을 자기 사무실에 보내 달라고 일렀다.

건설관계의 말을 꺼내지 않은 것은 아말리아의 얘기가 마음속에

남아 있었기 때문이다.

"시멘트도 더 필요할 것 아닙니까."

위한림이 물었다.

"시멘트는 얼마든지 필요합니다."

포헤이다의 대답이어서 위한림은 그것도 발주해 달라고 한 동시에 "철강은 어떠냐."고 물었다.

"철강, 특히 철근이 다다익선입니다."

"그것도 공급할 수 있는데요."

위한림이 인도상사를 뇌리에 두고 한 말이다.

"내일 회사에 가서 발주량을 책정해 보겠다."며

포헤이다는

"정말 당신은 천재인 것 같다."고 웃었다.

"천재가 또 뭐냐." 고 반문하자, 포헤이다는

"내 정보망에 의하면 당신의 회사는 빈약하기 짝이 없다는데 하는 일은 대회사를 능가하고 있으니까 하는 말이오."라며 말꼬리를 흐렸다.

"처음부터 큰 회사가 가능하겠습니까. 그러나 난 포헤이다 씨에게 거짓말 한 적도 없습니다."

이건 백도준의 모략을 전제하고 한 말이었다. 위한림은 아슈포와 거래를 트기 직전, 자기의 업체에 관한 얘기를 했었는데 구체적으로 말하진 않았지만 상대방이 꽤 큰 업체라고 인식하도록 말을 꾸몄던 것이다.

"지나간 일이니까 말이오만, 미스터 위, 당신의 업체가 뒤에 내가 들은 대로의 것이란 사실을 그때 알았더라면 에도사 씨가 무슨 소릴 해도 나는 응하지 않았을 것이오."

포헤이다의 말로 위한림의 등에 오싹 소름이 끼쳤다.

"그러나 걱정 마십시오. 앞으론 하는 데까지 당신과 협력하겠소. 사업엔 실적이 제일이오."

포헤이다의 눈이 웃고 있었다.

1월 28일은 토요일이었다.

오전 중에 일을 끝내고 위한림은 오후 아말리아와 함께 카라지로 갈 예정을 세워놓고 있었다. 카라지는 테헤란의 서쪽 42킬로의 거리에 있는 소도시다. 그곳은 유명한 카라지댐이 있는 곳이어서 위한림은 꼭 한번은 그곳에 가 보아야겠다면서도 차일피일 미루고 있었던 것이다.

식사는 도중에서 할 요량을 하고 정각 12시에 떠나기로 자동차를 수배하고 있었는데 11시쯤에 흡사 조소(潮騒)를 닮은 소음이 들려왔다.

무슨 소릴까 하고 창밖을 내다봤다. 사람들이 거리에서 우왕좌왕하고 있었다. 아말리아가 창가에 나란히 서더니

"데모가 일어난 모양인데." 하고 고개를 갸웃했다.

"그럼 데모 구경이라도 할까?"

위한림이 바깥으로 나가려고 하자,

"위험한 곳에 갈 필요가 없다."며 아말리아가 말렸다.

이윽고 조소를 닮은 소음이 아우성으로 변했다. 데모대가 접근하는 것이다.

페르시아 문자를 써넣은 플래카드를 보닛 위에 높이 단 트럭이 군중을 만재하고 눈 아래 거리로 서서히 달렸다.

"이 데모는 팔레비를 지지하는 데모예요." 하고 아말리아는 별반 흥미가 없다는 듯 자리에 돌아가 앉았다.

즉시 카라지로 떠나자고 하나 아말리아는 두세 시간 기다려 보자고 했다.

근처의 식당에서 샌드위치를 사오고 커피는 아말리아가 끓였다.

아직도 계속되고 있는 소음을 창밖으로 들으면서 아말리아는

"아무래도 예삿일이 아닌 것 같다."고 투덜거렸다.

그리고 그는 이렇게 말을 이었다.

"우리의 형편으로선 팔레비 정부가 최상 최선은 아니더라도 필요한 정부이긴 해요. 그것이 몰락하고 나면 정말 이란은 수습 못할 혼란에 빠질 거예요. 그러나 팔레비가 하는 짓을 보니 수습 못할 혼란이 되건 말건 내 알 바 아니다, 하는 심정으로 되는군요."

아말리아는 입을 다물어 버렸다. 침울한 표정만 남았다.

두 사람은 맛도 없는 샌드위치를 씹고 커피를 마셨다.

침묵이 두 시간쯤 계속되었을까. 아말리아는 일어서서 창밖을

내다보더니

"카라지로 갈 수 있겠다."고 했다.

대기시켜 놓은 자동차를 탔다. 운전사의 말론 데모 군중들은 팔레비의 궁전 앞에 집결한 모양이라고 했다. 그리곤

"받은 돈만큼은 팔레비 만세를 불러줘야겠지." 하고 운전사는 시무룩한 표정을 지었다.

도중에서 놀고 있는 아이들을 구경하기도 하고, 공동세탁장을 보고 농가를 견학하기도 하느라고 시간이 걸려 카라지에 도착했을 때는 해가 저물어 있었다.

숙사를 정하고 자동차는 돌려 보냈다.

그날 밤은 늦게나마 달이 뜬 것을 보면 음력으로 20일쯤이라고 짐작할 수 있었다. 구체적이고 소상한 시찰은 내일 할 요량을 했지만 달빛 아래의 인조호수를 놓칠 수 없다는 기분으로 두껍게 옷을 입고 카라지댐을 구경하러 두 사람은 나섰다.

댐은 카라지시에서 카라지강을 거슬러 20킬로를 북상한 지점에 있다. 택시를 내린 곳에서 가파른 계단을 200미터쯤 올라야 댐의 전경이 트인다. 그러나 그런 노고는 신비로울 만큼의 절승을 얻기 위해선 아무것도 아니다.

거의 타원형에 가까운 달이 중천에 있고 그 은은한 빛깔에 물든 호수가 시야 아득히 그윽한데 위한림은 일체의 야망을 잊고 삶의 근원에 다가선 기분으로 되었다.

"인생이란 뭘일까."

아말리아를 돌아보고 나지막히 속삭여 보았다.

"낫싱."이란 대답이 돌아왔다.

"역사란 무엇일까."

"낫싱."

"자연이란 무엇일까."

"낫싱."

"자연은 낫싱이 아닌 것 같애."

"우리가 죽으면 자연도 낫싱이에요."

"우리가 죽더라도 어찌 이 장대한 경관을 낫싱이라고 할 수 있겠소."

"그래도 낫싱이에요."

"아말리아, 당신은 철저한 허무주의자이시군."

"이런 풍경을 보면 더욱 허무주의자가 돼요."

"허무주의로서 사람이 살 수 있을까?"

"살 수 있죠."

"어떻게?"

다음 순간 아말리아의 뜨거운 입술이 위한림의 입술 위에 있었다.

정감이 정염으로 불타는 것은 순간의 일이다. 위한림과 아말리아는 카라지댐의 신비로운 풍경 속에서 일순 허무로 화해 정염의 한 불덩어리가 되었다.

거기엔 서로 부둥켜안고 호수에 뛰어들고 싶은 유혹마저 있었다.

총총히 댐에서 돌아온 두 남녀는 따로따로 잡아둔 방에 개의할 필요도 그런 배려도 할 수 없는 정염에 휩쓸려 한 침대 위에서 밤을 새웠다.

위한림이 아내 임창숙에 대해 죄책감을 느끼지 않았던 것은 플레이보이로서의 무딘 신경 때문이 아니고 코리아와 이란의 결연이란 어쩌면 높은 차원의 것이지도 모르는 감동의 탓이었을지 몰랐다.

새벽에 위한림이 그 결합에 타당한 설명을 붙이려고 하자 아말리아는 오른손의 집게손가락을 뻗어 위한림의 입을 십자형으로 봉해 버렸다.

"아무 말씀 말아요. 지금도, 내일도, 영원히……."

위한림은 그 동작에 깊은 뜻을 느꼈다. 정염에 말을 붙이면 먼지가 묻은 꽃처럼 되는 것이다.

페르시아의 여자, 아말리아. 그러나 아말리아는 페르시아의 여자답지 않았다. 첫째 그녀에겐 종교가 없었다. 이슬람의 바다에서 이슬람이 아니라는 것은 사막의 오아시스와 같을지 몰랐다.

뒤에 안 일이지만 페르시아 여자가 이방의 사나이와 한 침대에서 같이 잔다는 것은 끔찍한 위험을 동반하는 일이다. 그런데도 그녀가 태연했던 것은 호텔 숙박장에 마케도니아인이라고 써넣은 탓이었다.

"당신은 마케도니아인인가?"

위한림이 이렇게 물었을 때 아말리아는 고개를 갸웃하며,

"그렇길 바란다." 하고

"그 옛날 알렉산더대왕이 페르시아를 지배한 적이 있어요. 알렉산더나 그 부하들은 마케도니아인들이었으니까." 하며 웃었다.

"그러나 국적이?" 했더니

아말리아는

"국적보다 민적(民籍)이 중해요." 하는 대답이었다.

듣고보니 한국에서도 한때 호적을 민적이라고 했던 때가 있었다.

"이란에서 국적보다는 모스크의 신도적(信徒籍)을 중시한답니다. 나는 이슬람이 아니니까 내 속에 흐르고 있을지 모르는 마케도니아를 더욱 소중히 하지요." 하는 말을 한 것도 그때의 일이다.

그러나저러나 카라지의 밤은 위한림에게 있어서 잊을 수 없는 밤으로 되었다. 테헤란을 일시 소란의 도가니로 만든 30만 명의 데모는 결국 코리아의 사나이와 페르시아의 아가씨를 결합시키기 위한 계기 이상의 의미는 없을지 몰랐다.

그 데모가 없었더라면 그날 안으로 테헤란으로 돌아오게 되어 있어 월광 속의 카라지댐을 못 보았을 것이고 월광 속의 카라지댐의 신비로운 정서가 작용하지 않았더라면 페르시아 아가씨 아말리아가 스스로의 비밀을 열어줄 까닭이 없었을 테니 말이다.

카라지에서 돌아온 그 이튿날 아말리아는 위한림에게 다음과 같은 제안을 했다.

"아슈포 테헤란을 이용하는 것도 앞으로 1년을 넘기지 못할지 모릅니다. 그러니까 사업의 거점을 사우디아라비아, 또는 쿠웨이트로 옮기는 게 현명할지 모릅니다. 그렇게 하면 나도 따라가서 응분의 협력을 하겠어요."

30만 군중의 정부지지 데모가 있곤 테헤란은 표면상으론 평온을 되찾고 있었다. 팔레비의 체제는 미동도 할 것 같지 않았다. 그런 만큼 아말리아의 이런 제의는 당돌하게 느껴졌다. 그런 느낌을 솔직하게 털어 놓았더니 아말리아는

"이란에선 내일을 믿을 수가 없어요. 보도도 자꾸만 불길한 예감이 드는 걸요. 포헤이다 씨에겐 반대급부를 후하게 주기로 하고 아슈포 테헤란과의 거래에는 선금을 받을 수 있도록 하는 게 좋을 거예요." 하는 말까지 보탰다.

아니나 다를까 아말리아의 예언은 적중했다. 그로부터 한 달이 채 못 된 3월 17일 테헤란은 불바다가 되었다.

소란은 먼저 지방 도시 태브리즈에서 시작되었다. 이어 마사드에 반정부 데모의 불이 붙고 성지 콤이 폭발했다. 콤은 반정부 운동의 지도자 호메이니의 근거지이다.

이윽고 반정부 데모는 테헤란에 파급했다. 동시에 바블카즈빈 야스도 등 도시로 확대되었다. 테헤란의 시민생활은 완전 마비되었다. 데모 군중과 군경의 충돌이 빈발하는 바람에 안심하고 거리에 나다닐 수가 없었다.

팔레비 체제가 몰락의 방향으로 기울어 드는 것이 눈에 보이는 것 같았다. 위한림은 하나의 왕국이 몰락하는 과정을 목격하는 것도 나쁜 일이 아니란 생각을 갖게 되었다. 되도록 역사가의 눈을 가지려고 애썼다.

에도사 모르니에 씨를 애써 만나려고 한 것도 그때문이었다.

위한림이 에도사를 오랜만에 만난 것은 4월 말이다. 에도사는 눈에 보이게 초췌해 있었다. 사태가 어떻게 되겠느냐고 묻는 위한림의 질문에 그는 다음과 같은 말을 했다.

"아직은 사태를 수습할 수 있는 여지가 있지만 팔레비 국왕의 마음이 자꾸만 흔들려 일관된 방침으로 밀고 나가지 못하면 언제 불의의 사태가 발생할지 모릅니다."

"일관된 방침이란 것이 뭡니까."

"첫째가 인사 문제입니다. 데모 군중이 아우성을 친다고 책임 있는 자리에 있는 장관들을 갈아치우는 건 백해무익한 일입니다. 지금 반정부 인사들이 좋아할 인물을 책임 있는 자리에 갖다 놓을 순 없습니다. 그렇다면 누굴 임명해도 결과는 마찬가집니다. 그런데 사람을 바꿔치우고 있으면 이쪽의 조직이 약화될 뿐입니다. 언제 그만두게 될지 모르는 판국에 누가 충성을 다하겠습니까. 우리 내부만은 단결하고 있어야죠. 한데 팔레비는 마음이 약합니다. 어쩔 줄을 몰라요. 각료들의 마음이 단합되어 있지 않거든요. 한편은 강경책을 밀고 나가자고 하고 다른 한편은 유화정책을 쓰자고 하고 뒤죽박죽입니다."

"솔직히 국왕에게 건의해 보면 어떻겠습니까?"

"아슈라프 공주를 통해 몇 번 건의를 했습니다. 현재의 각료에 다소 불만이 있더라도 확고한 목표를 세워 놓고 절대로 각료를 바꾸지 말라고. 현재의 각료로써 죽어도 같이 죽고 살아도 같이 살자는 태도로 밀고나가야 한다고 했지요. 적어도 우리 내부에서만은 분열이 생겨선 안 되니까요. 고래로 망한 정권은 외부에서의 타격보다도 내부의 분열 때문에 자멸한 겁니다."

"그럼 에도사 씨는 강경책을 써야 한다는 겁니까?"

"강경책을 쓰건 유화책을 쓰건 정부와 왕실이 일치단결해야 한다는 거죠."

이렇게 말해놓고 에도사는 덧붙였다.

"아우성 소리는 높지만 아직은 정부를 반대하는 세력보단 정부를 지지하는 세력이 강합니다. 그 세력을 잘 조직하면 이번의 위기는 극복할 수가 있습니다. 문제는 누가 어떻게 그 세력을 조직하느냐에 있는 겁니다."

사태는 5월에 들어 더욱 악화됐다. 테헤란 시가는 철시 상태가 되었다.

아말리아는 위한림에게 이 기회에 레자이에호 구경을 가자고 했다.

레자이에호는 이란의 북서지방인 아제르바이잔에 있는 옛이름을 우루아미라고 하는 큰 호수다. 그 면적은 경기도의 반쯤이나 될까. 이른바 육지로서 봉해진 호수여서 염분이 강해 어족들은 없다.

어족도 식물도 없는, 이를테면 무생물의 망막한 풍경은 한마디로 죽음의 빛깔이다.

그 죽음의 빛깔이라고도 할 수 있는 호수가 쉴새없이 꿈틀거리는 것을 바라보며 위한림과 아말리아는 우주의 신비에 관해 얘기를 나누기도 하여 다시금 허무적인 기분에 빠져 들었다.

레자이에호에서 아제르바이잔의 수도 허브리크를 돌아왔다.

"아제르바이잔은 이란의 비극성을 상징하는 곳입니다."

이렇게 서두하고 아말리아는 설명했다. 아제르바이잔은 이라크와 터키와 소련과 접하고 있는 국경지대다.

2차대전 때 독일은 소련에 선전포고하고 코카사스를 경영하여 소련에 침입하는 루트로써 이곳을 중시했다. 영국 또한 페르시아만의 석유로써 그 해군을 움직이고 있는 관계로 페르시아만에 이르는 첩경으로서 역시 이곳의 전략적 의미를 중시하고 있었다.

1941년 8월 26일 소련군이 이곳으로 들어왔다. 영국군도 이라크를 경유하여 이곳에 들어왔다. 친독정책을 쓰고 있던 레자이샤는 소련과 영국의 압력에 못 이겨 아프리카로 도망치고 그 아들 즉 지금의 팔레비가 왕위를 계승했다. 1942년엔 미국군이 상륙했다.

1943년, 이란은 독일에 정식으로 선전포고했다. 연합국의 압력에 의한 불가피한 조치였다. 이란의 국내사정은 심각했다. 인플레는 천장 모를 정도로 치솟아 경제의 난맥은 형언할 수 없었다. 국회는 군소정당으로 분립하고 극좌 극우의 세력이 대립하여 정치 역시 혼란을 이루었다.

아제르바이잔에선 츠메당이 생겨 소련 점령지구에 공산세력을 부식 확대하여 중앙 정부의 군대와 경찰을 공격하는 사태가 발생했다. 그리하여 아제르바이잔은 중앙정부에서 이탈하여 1945년 12월 자치 정부를 수립했다.

1946년 2월, 중앙 정부의 카밤 수상은 연합군의 철수를 강력히 요구, 미국군과 영국군은 철수했는데 소련만은 응하지 않았다. 그러나 이란 정부의 강력한 요구에 따라 그 해의 5월, 소련군도 철수했다. 그리고 그 해 12월 중앙정부군이 태브리즈에 진주하여 자치정부를 타도했다. 이로써 2차대전 후 처음으로 이란은 전토를 중앙정부에 귀속시키게 되었다.

위한림은 거리를 걷고 있는 주민들의 체격과 얼굴이 이란인과 다르다는 것을 발견하고 까닭을 물었다.

"이곳엔 아르메니아인이 많아요. 그러니까 미인이 많죠. 그들은 아르메니아 말을 하고 있어요. 기독교를 믿고 있습니다. 여자들이 차돌로 낯을 가리지도 않았죠? 여행자가 안심하고 연애할 수 있는 곳이 아제르바이잔이랍니다." 하고 아말리아는 장난스러운 표정으로 위한림의 눈치를 살폈다.

아제르바이잔! 태브리즈!

1,500미터의 고원에 있는 태브리즈는 벌써 5월이 중순을 지났는데도 조춘의 날씨였다.

황량한 전망 가운데 가끔 포플러가 밀생해 있는 곳이 보였다. 그곳을 오아시스라고 했다. 오아시스의 집들은 토담에 둘러싸여 있고 물이 길까지 넘쳐 흐르고 있었다. 오랜 사막 여행에 지친 캐러밴이 이곳에서 휴식을 취한다.

하루를 오아시스 구경에 소비하고 하루는 태브리즈시가 구경에 소비했다.

태브리즈는 2,000년의 역사를 가진 고도인만큼 많은 고적들이 산재되어 있다. 그러나 완전한 근대도시이다. 인구는 30만. 곡창을 끼고 있어 농산품 가공의 공장이 눈에 많이 띄었다. 제분공장은 그 외관이 사원 풍으로 보이는 백악의 건물이었다. 방적공장의 규모는 꽤 컸고 피혁공장은 그 규모가 가내공업 정도였지만 수효가 많았다.

태브리즈 대학은 말쑥한 현대적 설비를 갖추고 있었고 캠퍼스가 넓었다. 대학의 문은 굳게 잠겨 있었다.

밤에 아르메니아인이 경영하는 술집으로 갔다. 아가씨 셋이 술심부름을 하는데 아르메니아의 여성 가운덴 미인이 많다는 평이 과장된 것이 아니라는 실증을 본 느낌이다. 검은 머리, 검은 눈, 흰 피부빛, 날씬한 체격, 동작 하나하나에 천연적인 교태가 풍겨지고 있었다.

포도주 맛이 또한 일품이었다. 오래간만에 기분 좋게 취한 위한림이 즉석에서 배운 아르메니아 말로 아가씨 하나를 붙잡고

"윌리엄 사로얀을 아는가?" 하고 물어보았다. 사로얀은 아르메니아인으로 미국에서 이름을 날리는 소설가다.

아르메니아 아가씨는 사로얀을 몰랐다. 위한림이 애써 사로얀이 누군가를 가르쳐 주려고 했으나 허사였다. 남자와 여자는 서로 당장 통할 수 있게 돼 있는 것이지만 말만은 쉽게 통할 수가 없다는 생각으로 위한림이 웃었다.

사업가라는 것은 엑조티시즘에만 취하고 있을 순 없다. 돈벌이를 할 재료가 없는가 하고 또 하루를 소비해서 이 상점, 저 상점, 이 공장, 저 공장을 기웃거렸으나 얻은 것 없이 위한림이 아말리아에게

"태브리즈는 모두가 태브리즈 사람들의 것일 뿐 한 가지도 상관할 것이 없다."고 했더니

"우리의 허니문이면 그만이지 그 이상 무엇을 바랄 것이냐."는 아말리아의 말이 있었다.

옳은 말이었다. 아말리아와의 밀월 여행지로서 태브리즈는 길이 기억에 남을 것이었다.

위한림이 이런 감상에 또 하나의 감상을 보탰다.

"태브리즈, 아제르바이잔 여행으로서 속성 과정이긴 하나 이란을 졸업한 것으로 하렵니다."

아말리아는 고개를 끄덕였다. 지난 밤 테헤란으로 돌아가는 즉시 이라크로 떠나자는 약속이 그들 사이에 이루어져 있었던 것이다.

테헤란으로 돌아간 위한림과 아말리아를 기다리고 있었던 것은 슬픈 소식이었다. 테헤란 대학생 아키미가 데모 도중 사살되었다는 것이다.

위한림은 눈앞이 아찔함을 느꼈다.

사흘 전에 장례식이 끝났다고 했으나 위한림은 아키미집으로 가보겠다고 했다. 흥건히 눈물에 젖은 얼굴로 아말리아가 말렸다.

"그의 부모들에게 새삼스러운 슬픔을 깨닫게 할 필요가 없다."며 "그 유족들을 찾아갔다간 여러 가지로 안 좋은 일이 있을는지 모른다."는 것이다.

아키미의 죽음으로 나에 대한 운명의 미소는 끝났다고 위한림은 생각했다. 이란에 있어서의 행운의 전개는 아키미를 계기로 한 것이었다. 돈을 벌게 된 것도 따지고 보면 그의 덕택이었고 아말리아라고 하는 기막힌 협력자를 얻게 된 것도 그의 덕택이었다.

소상하게 알아본 결과 아키미는 데모 도중의 직접 공격을 받아서가 아니라 유탄에 맞은 것이었다. 그러나 팔레비의 총탄에 쓰러진 사실은 부인할 수 없었다. 부득이 나도 팔레비의 반대편에 서야 하겠구나 하고 각오하지 않을 수 없었다. 아키미를 죽인 자는 곧 위한림의 적인 것이다.

팔레비를 적으로 한다는 것은 에도사와 포헤이다와의 결별을 의미하는 것이며 동시에 아슈포 테헤란과의 거래를 단절하는 것으로 된다.

이런 의견을 피력하자 아말리아는

"그럴 필요까지야 없습니다. 아슈포 테헤란을 이용하는 데까지 이용해야죠. 감정을 감추고 사우디나 이라크에 거점을 만드는 데 아슈포를 이용하도록 해봅시다."

"사우디나 이라크와 팔레비는 좋은 사이가 아니지만 상사끼리
는 거래가 있는 것이니 아슈포는 그런 점에서도 이용가치가 있다."
고 말을 보탰다.

위한림은 포헤이다 씨에게 면회를 신청했다. 아슈포의 사업도 마
비상태에 있는 모양이었다. 포헤이다는 경황이 없다는 몰골을 하고
직접 위한림의 사무실에 나타났다.

"테헤란 이외에 사업의 거점을 사우디나 이라크, 또는 쿠웨이트
에 잡을 생각입니다." 하고 위한림이 말을 꺼내자 포헤이다는

"그것 좋은 생각이오." 하며 찬성의 뜻을 표했다.

그리고는 덧붙였다.

"이라크는 그만두고 사우디와 쿠웨이트에 중점을 두시오."

위한림은 그 이유는 묻지 않고

"사우디나 쿠웨이트에 아는 사람이 있으면 소개장을 써줄 수 없
겠느냐."고 했다.

"있습니다. 미스터 위가 도움을 받을 만한 사람이 있습니다. 뿐만
아니라 우리 회사의 지점에도 연락을 하겠습니다."고 적극적인 태도
까지 보였다. 그리곤 침울하게 중얼거렸다.

"어쩌면 나도 그 방면으로 가게 될지 모르겠소."

사막의 꽃

패배에 앞서 패배가 있다.

다시 말하면 패배를 결정적으로 하는 것은 패배주의이다. 패배주의란 지레 겁을 먹고 결과보다 먼저 패배해 버리는 태도를 말한다.

일단 패배주의에 사로잡히면 풍선 터지는 소리를 대포 소리로 듣고 자기 그림자에 놀라게 된다. 자연 하는 것이 경망하게 되고 엉뚱하게 되고 자포자기를 곁들여 남에게 잔인하게 된다. 도망칠 생각으로 쏘는 총이 위력을 발휘할 까닭이 없고 무차별 사격으로 되어 억울한 희생자만을 낸다. 한마디로 하는 짓마다 파멸에의 가속으로 나타나는 것이다.

위한림은 팔레비 국왕과 그 측근의 행동이 패배주의에 사로잡힌 것으로 보았다. 몰락은 필지의 사실이었다.

위한림은 자기가 팔레비의 처지에 놓였으면 어떻게 할까 하고 궁리해 보았다.

첫째, 자기의 궁전과 방송국만은 튼튼히 호위해 놓고 데모는 그 이상 자극하지 않는 방편을 취하며 방치해 둔다. 데모대의 파괴 행동은 자극에 의한 폭발이다. 너그럽게 저지선을 쳐놓고 중무장의 경비를 쳐놓고만 있으며 데모의 기세는 줄어들게 마련이다. 흥겹게 하는 무용도 한도가 있다. 대중의 에너지라고 하지만 흐를 곳을 틔워만 주면 잔잔한 물결이 된다.

둘째, 데모를 하는 군중보다 데모를 안 하는 군중이 더 많다는데 착목하여 텔레비전, 라디오, 신문 등 매스미디어를 통해 침착하게 설득 공작을 벌인다. 데모가 백해무익한 행동이란 것을 설명하고 이란이 나아갈 길을 제시한다. 백색혁명이 성공한 부분을 제시하기도 하고 실패한 부분에 대한 반성도 하고 실패의 원인을 분석도 해보이며 데모와 난동이 악성화 할 때 이란의 장래가 어떻게 될 것인가도 걱정한다.

셋째, 중계세력을 광범하게 조직해서 데모대의 요구 가운데 들어줄 만한 것을 검토해서 발표한다. 그러나 그 요구를 들어주는 시한을 난동사태가 끝난 때로 정한다. 이렇게 해서 데모 선동자와 데모 군중과를 분리시키는 책략을 쓴다. 정부에 대한 극한적 반대가 어떤 결과를 초래하는가를 대중에게 인식시키는 등 데모 군중에 대한 대책은 중간 세력에게 맡긴다.

그러는 동안은 에도사의 말대로 각료 및 책임 있는 부서에 있는 사람들의 인사 이동은 일체 하지 않는다. 이편의 체제가 일사불란해야 하기 때문이다.

위한림이 이런 이야기를 했더니 아말리아는

"강 저쪽의 화재를 보고 있는 사람과 화재 속에 있는 사람과의 입장은 다른 거예요." 하고 웃었다.

"답답해서 해보는 생각일 뿐이오."

어느덧 위한림은 이란을 남의 나라 같지 않은 기분으로 생각하고 있었던 것이다.

5월은 확실히 이란을 위해선 잔인한 달이었다. 그러나 위한림이 알 바 아니었다. 위한림이 바그다드로 떠날 날이 촉박해 있었다.

바그다드는 위한림에게 있어선 이라크의 수도이기에 앞서 아라비안나이트의 수도인 것이다.

어려서부터 한 번 가보고 싶었다는 심정 이외에 달리 그곳을 찾은 이유는 없었다. 6월에 들어서면 이라크의 흑서가 섭씨 50도를 넘는다고 듣고 쿠웨이트로 가기에 앞서 그곳으로 갔다.

비행기에서 내려다본 풍경은 한마디로 황량하다는 표현으로써 끝난다. 티그리스강과 유프라테스 강의 유역 곳곳에 푸르름이 보일 뿐 사막의 연속이다.

국토의 거의 90프로가 사막과 불모지라고 하니 그 황량함을 이해할 수가 있지만 이러한 땅에서 그 옛날 바빌로니아의 문명이 찬란하게 꽃피었다고 하니 기적이 아닐 수 없다.

위한림은 하강하는 비행기 속에서 드디어 바그다드에 도착하는구나 하는 감회와 함께 옛날 교과서에서 배운 지식을 되뇌어 보았다.

'티그리스강과 유프라테스 강의 유역 메소포타미아에서 문명이 발생했다.'

아무튼 문명이 발생한 곳에 와보는 것도 나쁠 것이 없으리란 마음으로 바그다드 공항에 내렸다. 바그다드의 하늘, 아니 바그다드를 둘러싼 공기의 빛깔은 황색 섞은 둔한 빛깔이다. 특히 그날만이 아니고 언제나 이렇다는 것을 뒤에사 알았는데 사막의 모래먼지 때문이었다.

트랩을 내린 곳에서 이상한 기종의 비행기를 보았다. 'CCCP'라고 동체에 씌어 있는 것으로 그것은 소련의 비행기였다. 위한림은 갑자기 적성국가에 왔다는 기분으로 긴장했다. 이라크엔 가지 말라고 하던 포헤이다의 말이 기억에 되살아났다.

아닌 게 아니라 공항에 우왕좌왕하는 사람 가운데 소련인으로 짐작되는 사람들이 많이 눈에 띄었다. 북한 사람들이 아닐까 싶은 사나운 눈초리를 느끼기도 했다.

'아아, 이곳엔 우리 대사관도 무역공사의 지점도 없는 곳이다.'

시내로 가는 이층 버스를 탔을 때 위한림은 포로가 된 기분이었다. 불안감을 가실 수가 없었다. 살큼 아말리아를 원망하는 마음이 생겼다. 위한림이 바그다드에 가보고 싶다고 하자 아말리아는 아무 말없이 비자를 얻어 주었던 것이다.

그런데 마음 한구석에서 엉뚱한 상념이 솟아나고 있었다. 극동 코리아에서 태어난 하나의 사나이가 아라비안나이트의 수도 바그다드에서 죽는 것도 과히 나쁘지 않다는 기분이었다. 아득히 이천 수백 년 전 알렉산더대왕이 말라리아에 걸려 이 땅에서 숨졌다는 전설이 희미하게 되살아나기도 했다. 스르르 배짱이 생겼다.

위한림은 대담한 눈을 좌우로 돌리면서 시야를 스치는 바그다드의 거리에 관심을 쏟았다. 육중한 이슬람의 모스크가 띄엄띄엄 보이고 태양과 모래바람에 회백색으로 바래진 거리엔 활기라곤 보이지 않고 만성적인 가난이 체취처럼 스며들어 있었다. 어느덧 버스는 다리를 건너고 있었다. 티그리스강을 건너고 있는 것이다.

'아아, 티그리스!'

위한림이 가슴 속에서 되뇌어 본 말이다.

호텔의 이름은 바빌론이라고 했다. 티그리스강의 동쪽 언덕에 자리 잡고 있었다. 아직 5월이라고 하는데 호텔 내부엔 냉방이 장치되어 있었다. 뭔가 석연치 않은 분위기는 있었으나 종업원들은 그런 직업에 종사하는 사람이 가진 최소한도의 친절은 가지고 있는 것으로 보였다.

짐, 짐이라야 보스턴백 한 개와 숄더백밖엔 없었지만 그것을 방에까지 날라다 준 종업원은 아직 소년기를 벗어나지 않았는데 검은 머리, 검은 눈인데도 용모는 백인이었다. 얼만가의 팁을 주고 물었다.

"당신은 이라크인인가?"

"이라크인이다."

"혹시 아르메니아가 아닌가?"

"인종은 아르메니아다."

"이라크에 아르메니아인이 많은가?" 하고 위한림은 그와 친숙하려고 애썼지만 이 질문엔 어색한 웃음으로만 대하고 나가려 했다.

"바그다드 구경을 하고 싶은데 영어를 잘 하는 안내인이 없을까?"

"있을 거예요." 했지만 구해 주겠다는 말은 없이 그는 방을 나가 버렸다.

담배를 피우며 우두커니 앉아 있다가 오후 세 시라는 것을 확인하고 방을 나섰다. 로비로 내려가 라운지에서 레몬주스를 마셨다. 주위엔 역시 소련인이 많았다. 친소정책의 나라라고 하지만 소련인이 지나치게 많다는 인상이다.

매점에서 바그다드의 지도를 사려고 했으나 그런 것은 팔지 않는다는 무뚝뚝한 대답이 돌아왔을 뿐이다. 위한림은 바그다드 대학으로 가는 길을 물었다.

"택시를 타세요. 운전사가 데려다줄 거요."

이것 역시 속절없는 대답이었다.

호텔 밖으로 나왔다. 냉방에서 나온 탓인지 공기가 후끈했다.

지도가 없으니 거리의 이름을 알 수가 없었다. 30분쯤 택시를 타고 거리를 누볐다.

바그다드 대학은 티그리스강을 멀리 바라보는 언덕 위에 있었다. 대학의 주위를 덮고 있는 것은 그곳 특유의 야자수림이었다. 높고 둥근 지붕을 인 모스크풍의 건물을 중심으로 근대식 건물이 T자형으로 배열되어 있는데 그 사이사이에 사이프러스 종려 등의 나무가 심어져 있어 거리에선 느끼지 못한 청결감과 대학다운 위신이 있었다.

위한림은 테헤란에서 아키미를 만난 것 같은 행운을 기대하고 그곳을 찾은 것인데 스치는 학생마다 위한림을 이상한 눈초리로 바라볼 뿐 말을 걸어도 대답조차 하는 사람이 없었다. 수상한 사람과는 일체 접촉하지 말라는 정치적 현실의 반영인지 모른다고 생각하게 된 것은 며칠 후의 일이고 그땐 이라크인의 배타성으로만 알았다.

할 일 없이 남의 대학의 구내를 얼쩡거릴 수도 없어서 위한림은 교문을 나섰다. 교문 앞 10미터 가량의 지점에 7,8명의 사람이 모여서 있었다. 버스정류소인 것 같았다. 그 가운데 백인 하나를 발견했다. 책을 옆에 끼고 있는 초로의 사나이였다.

그 사나이 옆에 가서 말을 걸려다가 찔끔 놀란 것은 그가 끼고 있는 책 표지에 소련문자 같은 것을 읽었기 때문이다.

버스가 왔다. 그 버스도 역시 이층으로 되어 있었다. 위한림도 무조건 그 버스를 탔다. 가는 데까지 가보고 택시로 호텔로 돌아가면 될 게 아니냐는 계산이었다. 다행히 버스는 시심으로 들어가고 있다. 주위의 풍경을 보면서도 가끔 그 백인을 훔쳐보곤 하는데 그 초로의 사나이 얼굴이 선량하게만 보였다. 바그다드 대학의 교수가 아니면 대학과 무슨 관련이라도 있을 사람이었다.

버스가 번화가에 이르렀을 때 그 백인이 내렸다. 위한림이 따라 내렸다. 러시아의 책을 가지고 있다고 해서 소련 사람이라고만 칠 것이 아니지 않는가 하는 생각과 말을 걸어 보고 영어가 통하지 않으면 그때 포기해도 된다는 생각으로 가까이 가서 위한림이

“헬로!” 하고 불러 보았다.

그는 별로 놀라는 빛도 없이 위한림을 돌아보았다.

“당신과 얘기를 하고 싶습니다.”

위한림이 영어로 말했다.

“좋습니다.” 하는 영어의 답이 그로부터 있었다.

“가능하다면 호텔 바빌론으로 같이 갈 수 있겠습니까. 나는 그곳에 투숙하고 있는 사람입니다.”

이렇게 말하는 위한림을 찬찬히 관찰하는 눈치더니 그가 물었다.

“당신은 어디서 온 사람이오.”

“코리아에서 왔소.”

“코리아면 북쪽?”

“아닙니다. 남쪽입니다.”

“당신의 여권을 볼 수가 없을까요?”

위한림이 여권을 내보였다.

사나이는 여권을 자세히 들여다보더니

“흠!” 하며 생각하는 얼굴이 되었다.

그리고 한참 있다간

“그렇다면 바빌론으로 갈 것이 아니라 나를 따라오라.”며 앞장을 섰다.

자동차가 통하지 못한 비좁은 골목을 몇 개 지난 뒤 어느 집으로 들어갔다. 초라한 집이었는데도 냉방이 되어 있었다. 공기가 썰렁했다. 벽에 장식이라곤 없는 흙바닥에 탁자 몇 개만 있었다. 술집이 아니면 찻집일 것이라고 짐작했다. 주인은 원주민인 초로의 여자였다.

"이분은 아시리안이죠."

사나이는 이렇게 설명하고 차는 무엇이 좋겠느냐고 물었다.

"포도주가 있으면?" 하자 사나이는

"이 가게에 오기를 잘 했소." 하고 웃었다.

사나이도 포도주를 주문한 모양이었다.

두 잔의 포도주가 날라져 왔다.

"치얼스." 하고 사나이는 잔을 눈 높이에까지 들고 물었다.

"당신은 이곳에 뭣하러 왔습니까?"

생각지도 않았던 대답이 위한림의 입에서 나왔다.

"무지개를 찾으러 이곳에 왔소."

"무지개? 레인보우?"

사나이는 부드럽게 웃었다.

"메소포타미아에 근원을 둔 무지개가 있을 것 아닙니까. 혹시 그것은 사라져 버렸을까요?" 하곤 위한림이 포도주를 한 모금 마셨다. 그것은 술맛이 아니라 초맛이었다.

얼굴을 찌푸리는 것을 보자

"이곳의 술은 이 맛이라야 합니다. 이곳은 아주 더운 곳이니까요.

더위를 이겨내기 위해선 술은 이 맛이라야 합니다."

"……."

"나는 일리라 카시묘프라고 하는 러시아인이오. 당신은?"

"위한림이라고 하죠."

"그럼 묻겠는데 코리아의 남쪽에서 어떻게 이곳으로 올 수 있었소?"

위한림이 여기 오기 전에 테헤란에 있었다는 얘기를 하고 이란 사람이 비자를 얻어 주었다고 간단히 설명했다.

"용무는 뭐요."

"무지개를 찾아왔다니까요."

"당신이 말하는 무지개는 이라크에서 소련으로 걸려 있는 무지개가 있다고 환상하고 말하는 무지개요?"

"천만에요. 미안하지만 소련에 대한 관념은 전혀 없이 나는 이라크에 온 겁니다. 와보곤 소련인이 많은 데 놀랐습니다."

"소련인도 있지만 러시아인도 있습니다. 그 중엔……."

그 말의 뜻을 알 것 같아 위한림이 물었다.

"당신은 소련인입니까, 러시아인입니까?"

"나는 그 물음엔 코멘트하지 않겠소."

"좋습니다. 당신은 이곳에서 무엇을 하고 있습니까?"

"바그다드 대학에서 러시아어를 가르치고 있소."

"바그다드 대학에 러시아 문학과가 있는 거로구먼요."

"물론 있죠. 보다도 러시아어는 바그다드 대학의 필수과목입니다."

"영어는 안 하나요?"

"하고 싶은 학생만 하지요."

"러시아어는 참으로 좋은 말이라고 들었습니다."

위한림이 일리아에게 다소 영합하는 기분으로 되며 이렇게 말했다.

"그런 말을 누구한테서 들었소."

"투르게네프의 산문시에서 읽었습니다."

"코리아에서 투르게네프를 읽습니까?"

일리아의 말투엔 놀란 빛이 있었다.

"투르게네프뿐입니까. 톨스토이, 도스토옙스키, 체호프, 고리키, 쇼르프, 최근에 나온 솔제니친, 그 밖에 많은 러시아 작품이 우리나라 말로 번역되어 있습니다."

"그게 사실이오?"

일리아는 정말 놀란 표정이었다.

"왜 그렇게 놀라십니까."

"내가 듣기엔 남쪽 코리아엔 철저한 우민정책을 시행하고 있어 교육부재라고 합니다."

"그런 말을 믿었습니까?"

"다 믿은 건 아니지만……."

"일리아 씨, 들어보슈. 우리나라의 인구는 3,500만인데 대학생의 수는 35만입니다. 백 명에 하나 꼴로 대학생이 있는데 우민정책이라구요?"

일리아 카시묘프를 만난 것도 행운이었다. 그는 처음엔 위한림을 혹시 북한의 공작원이 아닐까 하고 의심했던 모양인데 이야기를 주고 받는 동안 그렇지 않다는 것을 확인하곤 그의 마음을 열었다.

"우리나라 대부분의 대학엔 러시아 문학과가 있다."고 하고
위한림이
"우리나라에 와서 러시아어를 강의하면 어떻겠느냐?"고도 했는데 그는 부드러운 미소로 듣고만 있었다.

이라크에 온 지 벌써 10년이 넘었다는 그는 이라크의 사정에도 밝았다. 그를 통해서 위한림은 많은 것을 배웠다.

"이라크는 슬픈 나라요."

이런 서두를 하고 일리아 카시묘프는 다음과 같이 말했다.

"메소포타미아가 문명의 발상지가 된 것은 충분히 이유가 있는 일입니다. 가혹한 자연조건 속에 겨우 그곳만이 희망을 심어 볼 수 있는 땅이었죠. 가혹한 자연은 거기서 살아남기 위한 지혜를 단련하는 계기이기도 한데 만일 이 메소포타미아가 없었더라면 그런 지혜가 자랄 여지도 없었겠죠. 9할을 차지하는 사막과 불모의 땅, 그리고 혹독스러운 기후가 엄부(嚴父) 노릇을 했다면 메소포타미아는 자모(慈母)의 노릇을 한 것입니다. 그러나 이 자모인 메소포타미아엔 한계

가 있었죠. 바빌론의 문명이 다른 나라로 흘러가 풍성한 과실을 수확하게 될 씨앗이 되긴 했지만 이곳에선 그 이상의 번영을 가지지 못한 이유가 거기에 있습니다. 문명의 발상지가 될 수는 있어도 문명의 번영지는 되지 못한 거죠. 그게 결과적으로 어떻게 되느냐 하면 프라이드만 지나치게 강해 외국에서 배울 줄 모르고 이민족과 친화할 수 없는 배타성을 가꾸는 거죠. 이라크 사람들은 자존심이 강하고 배타성이 강합니다. 이게 이라크의 슬픈 역사를 만든 원인이 되는 겁니다."

이어 일리아가 설명한 바에 의하면—

이라크는 오랫동안 오스만 터키의 영토였다. 1차세계대전 후 오스만 터키가 붕괴하자 영국의 위임통치자가 되었다. 1921년 파이잘이 왕위에 올라 입헌군주국이 되었다. 그러나 실질적으로 영국의 지배하에 있었다.

1958년 7월 14일 카셈을 주동으로 하는 군사 쿠데타가 있었다. 파이잘 2세와 황태자가 살해되고 카셈 정권이 생겼다. 이 정권은 반영친소 노선을 강력하게 추진했다. 5년 후 또 쿠데타가 발생했다. 카셈은 총살되고 버드당(黨)이 정권을 장악했다. 그러나 친소적인 경향엔 변함이 없었다. 9개월 후 또 쿠데타가 발생했으나 알레프 대통령과 육군에 의한 반쿠데타에 의해 버드당은 후퇴하고 말았다. 그 후 쿠데타, 반쿠데타의 악순환이 되풀이 되었다가 1968년 7월 16일의 군부 쿠데타에 의해 현재의 대통령 바크르가 정권*을 장악했다. 비

---

* 註 : 79년 7월 바크르 정권 붕괴, 그 후론 친서방 노선인 사담후세인 정권.

동맹 중립정책이라고 하고 있으나 소련을 비롯한 공산권과의 유대는 밀접하다.

"그러나 정세는 극히 유동적이어서 내일의 일은 모른다."는 것이 일리아의 결론이었다.

불안한 정치 정세와 모래먼지 탓으로 바그다드는 언제나 침울한 표정이지만 이 도시를 관류하고 있는 티그리스강의 흐름은 잔잔하고 밤하늘에 별이 돋으면 다정한 경관을 이룬다.

티그리스강의 폭은 한강보다 약간 좁은 편이지만 중수기에 있는 이유일까 수량은 풍부했다. 그 강의 동쪽은 구시가, 서쪽은 신시가로 되어 있는데 다리는 4개밖에 없는 것이 어느 한때의 서울을 방불케하는 사정이다.

신시가엔 유럽의 초현대적 건물을 방불케하는 고층건물이 보이고 번화가엔 사람들이 붐비고 있지만 티그리스강이 교외로 뻗은 지구에 있는 빈민가는 참담한 생활상을 노출하고 있다. 일리아는 이라크의 산업을 평하며

"만성적인 병을 앓고 있다."고 했다.

이라크 재정이 크게 의존하고 있는 것은 석유산업이다. 그러나 그 개발과 운영엔 막대한 자본이 들기 때문에 외국자본의 도입이 불가피하다. 이라크의 석유산업에 참가하고 있는 외국자본은 쉘, BP, 프랑스 석유, 스탠더드 등이다. 이라크는 자기 나라에서 생산하는 석유 이윤의 반을 얻어먹는 협약에 묶여 있다. 그런데 그 이윤의 70퍼

센트 내지 50퍼센트를 석유 재개발에 투입해야 할 형편이니 국민 전체에 대한 혜택은 될 수 없고 나라는 여전히 가난할 수밖에 없다는 결론이다.

일리아는 말했다.

"이라크는 그 경제 규모에 비해 3차 산업부문이 지나치게 비대해 있다. 즉 상업과 서비스업이 이상 비대. 여전히 농업을 가장 큰 경제 기반으로 삼고 있는데 농토는 기껏 국토의 12퍼센트를 차지하고 있을 뿐이며 농민들의 생산 의욕은 극히 저조하다. 공업 부문에 이르러선 말도 안 된다. 아직도 수공업적 단계에 있다."

일리아는 이라크의 최대 문제는 민족간의 대립이라고 전제하고 특히 쿠르드족이 난문제라고 했다.

"그들은 이라크의 북부 산악지대에 살고 있죠. 같은 이슬람이지만 그들은 수니파에 속합니다. 인종도 남부 이라크인과는 다르죠. 남부 이라크인은 셈족인데 쿠르드는 인도 유럽 계통입니다. 유목민족인 탓으로 성질이 사납죠. 현재 쿠르드는 이라크에선 소수 민족입니다. 사회적 지위도 낮습니다. 이라크 최대의 유전, 키르크크 모술은 그들의 거주 지역에 있는데 그 유전에서 오는 수익엔 관여하지 못합니다. 이런저런 이유로 그들의 정부에 대한 저항은 완강합니다. 내각을 비롯한 정부기관에 2 대 1의 비율로 쿠르드인을 배치하라, 석유 이윤을 균등 배분하라, 쿠르드인의 자치정부를 인정하라는 등의 요구를 걸고 1961년 이래 이때까지 반란을 계속하고 있는 겁니다."

이 말 끝에 위한림이

"소련이 적극적으로 도와 주면 그런 문제쯤 간단하게 해결될 수 있지 않을까요?" 하고 일리아의 눈치를 살폈다.

일리아는 뚜벅 말했다.

"소련은 영리하니까요. 이익이 없는 싸움엔 개입하지 않죠."

며칠을 지내고 보니 바그다드가 결코 어려운 도시가 아니란 사실을 발견했다. 오랫동안 영국의 통치하에 있었던 때문인지 어디를 가도 영어가 통했다. 처음엔 경계의 빛을 보였던 상점의 사람들도 두 번 보고 세 번 보게 되자 미소를 띠게도 되었다.

"유럽식 얼굴을 한 유럽 스타일인 여자에겐 말을 걸어도 좋다." 는 일리아가 제공한 정보도 있어 젊은 여자에게 길을 물었더니 친절한 설명을 얻기도 했다.

하루는 산책길을 길게 잡고 걸어서 국회의사당에 가보았다. 국회의사당은 '공화국교'란 이름의 다리 옆 티그리스강의 동편에 있었다.

6개의 원기둥으로 받쳐진 현관이 달린 3층 석조건물을 중심으로 하고 좌우에 2층의 건물을 ㄷ자 형으로 구성한 소박한 건축 양식이어서 의사당이라고 하기보다 고등학교 정도의 건물에 알맞았다.

근처엔 주차한 차 한 대 없고 사람의 그림자도 없었다. 원통형으로 된 유리창을 통해 내부를 들여다보았다. 의자 한 개 없는 빈 방이었다. 미루어 생각하건대 입헌군주국을 한답시고 의회의 건물은 지어놓았으나 연속되는 쿠데타로 그 건물을 사용할 겨를이 과거에도 없었고 현재에도 없는 것이 아닌가 했다.

거기서 하리부 궁전으로 갔다. 1958년의 쿠데타로 파이잘 2세가 그 가족들과 함께 참살된 곳이다. 영국에서 교육을 받은 파이잘은 영국식을 모방한 정치를 하려고 열심히 노력했고 그 생활은 극히 검소했다고 들었다. 왕궁의 담은 총구멍을 곳곳에 뚫어놓은 요새식 성벽으로 되어 있고 정문에서 들어선 10미터 가량의 지점에 태양시계가 있었다. 지금은 그 건물과 시설 전체가 가난한 시민들을 위한 무료진료소로 되어 있다고 했다.

돌아오는 길에 라시드가를 걸었다. 라시드는 바그다드의 중심가, 서울로 치면 종로에 해당된다고나 할까. 아랍 양식의 회교사원이 띄엄띄엄 점재(點在)되어 있기도 한 상점가다. 현대식 건축에도 아랍풍이 도입되어 있어 아라비안나이트의 장면을 연상케하는 분위기가 있었다. 특히 소련제 자동차가 많이 눈에 뜨인 것이 이색적이었다.

오가는 인종도 복장도 갖가지였다. 그레이스 켈리를 닮은 미인이 지나가는가 하면 남방의 흑인을 방불케 하는 사람이 지나간다. 대체로 화려하다고 할 수 있는 그 거리를 파자마 모양의 무늬 있는 옷을 입고 머리에 짐을 얹은 맨발 벗은 소년을 보고 위한림은 복잡한 감회에 잠겼다.

라시드는 바그다드의 사대문 가운데 북문(北門:무아참)과 남문(南門:샤르키)을 연결하는 거리인데 이와 평행해서 가지로(路)아 샤이포 말로(路)가 개통되어 있다.

사이포말 거리 일대는 빈민굴이다. 빈약한 집들이 쓰러질 듯 서로 기대며 이어져 있다. 흙을 이겨 만든 집, 조잡한 천일연와(天日煉瓦)로 만든 집들이 대부분이다.

위한림은 해질 무렵 그 근처를 얼쩡거리다가 늙은 여자에게 소매를 끌렸다. 예쁜 아가씨가 있다는 뜻밖에도 선명한 영어의 발음이었는데도 모른 체하고 황급히 그 자리를 떠났다.

사막 가운데의 문명 유적은 전문적인 지식을 갖고 있지 않는 사람에겐 무의미한 폐허나 다름이 없다.

그런데 일리아는

"이라크에 와서 바빌론의 유허를 보지 않고 가는 것은 잔칫집에 가서 술을 마시지 않고 돌아가는 거나 다를 바가 없다."며 믿을 만한 안내자를 소개해 줄 테니 바빌론에만은 꼭 가보라고 권했다.

그래서 동행하게 된 것이 카드마라고 하는 학생이었다. 카드마는 전형적인 아랍인으로 눈빛과 얼굴의 윤곽에 총명함이 나타나 있었다. 바그다드 상류계급 출생이며 그 형은 현재 사우디아라비아에 있다고 했다. 현정권과는 뜻이 맞지 않아 그곳으로 갔다는 얘기였다.

바그다드에서 히츠러시(市)까지 약 80킬로를 기차로 가는 한 시간 동안에 키드마와 위한림은 꽤 많은 얘기를 했다. 일리아로부터 사전 설명을 들은 모양으로 카드마는 솔직하게 현정권의 친소 경향을 비판하고는, 이라크가 언제까지나 이런 상황으로 있진 않을 것이라고 힘을 주어 말하기도 했다.

위한림이 그렇게 되길 바란다며 사업가로서의 자기의 포부를 털어놓았다. 그리고는

"이라크가 친서방 노선을 취하게 될 땐 이라크와 교역을 텄으면 한다."고 덧붙이기도 했다.

그 말을 듣고 있더니 카드마는

"꼭 그럴 생각이 있으면 사우디에 있는 자기 형에게 소개장을 써 줄 테니 한번 만나보라."고 권했다.

그 뜻밖인 카드마의 제의가 후일 위한림에게 커다란 사업적 성공을 안겨주는 계기가 되는 것이지만 그건 너무 앞지른 얘기로 된다.

히츠러 역에서 내려 택시로 한 시간쯤 간 곳에 바빌론의 유허가 있었다. 카드마의 설명에 의하면 함무라비가 이곳을 수도로 하기에 앞서 아카드 왕조 사르곤이 제단을 만든 것이 바빌론의 시작이라 했다. 함무라비는 기원전 689년에 센나케 리프에 의해 망했다.

"지금 발굴된 것은 신바빌로니아의 왕 나포포라살이 착수하여 그 아들 네부카드네자르에 의해 완성된 것입니다. 아직 유적 전체가 발굴된 것은 아닙니다."라고 카드마는 말했지만 현재 발굴되어 있는 신전, 궁성 등으로 보아 그 규모는 실로 대단한 것이었다.

"그러나 나는 이 거대한 유허의 의미는 그 거대한 것들이 이윽고 묻혀 버렸다는 사실에 있다고 생각합니다. 바빌론의 몰락은 이스라엘의 예언자 예레미야의 말대로 되었으니까요. 예레미야의 저주가 모래바람으로 되어 이른바 그 바빌론의 영화를 하룻밤 사이에 묻어

버린 겁니다. 바빌론의 포로가 된 유태인들이 저 강가에서 통곡을 했답니다." 하고 카드마가 가리킨 방향엔 유프라테스강이 만만한 수량을 담고 흐르고 있었다. 인사와 역사는 전변무상해도 강물은 예나 다름이 없다는 데 새삼스러운 감회가 있었다.

친소정권에 반대하는 사상을 가진 카드마를 믿을 만한 사람이라고 한 소련인 일리아의 정체가 마음에 걸렸다.

내일 쿠웨이트로 떠나기로 한 밤, 일리아는 라시드가의 중국요리집으로 위한림을 초대했다. 바그다드에 중국요리집이 있다는 것도 하나의 놀람이었다. 일리아는 그 중국요리집 주인인 노인을 위한림에게 소개하곤

"내가 바그다드에서 가장 신임하는 사람입니다." 하는 말을 보탰다. 그 자리에 있던 카드마가

"나는 어떻습니까?" 하고 익살을 부리자 일리아는 정색을 하고 말했다.

"미안하지만 나는 이라크인을 100프로 신용할 수 없다."

"죄송합니다."

카드마의 말은 숙연했다.

포도주 두세 잔을 마시고 난 뒤 일리아가 위한림에게 물었다.

"무지개는 찾았소?"

"이라크의 하늘은 언제나 황탁해 있어서 무지개가 걸리지 않는 모양입니다."

위한림이 농담조로 말했다.

카드마의 질문이 있었다.

"무지개라니, 그게 무슨 말입니까?"

"글쎄!" 하고 일리아는 포도주의 글라스를 만지작거리고 있더니 다시 이런 말을 했다.

"사실 나도 며칠 전 미스터 위로부터 그 말을 듣고 한동안 생각하게 되었지. 확실히 있기도 하면서 확실히 없는 것이 무지개가 아닌가. 나는 그것을 영광이라고 풀이했지. 그런데 영광에 이르는 길은 갖가지가 있다. 대별해서 권력, 돈, 예술 세 가지다. 권력이나 돈, 작품은 가지거나 성취하기 전엔 환상이다. 무지개다. 그러니까 권력을 잡거나 거부가 되거나 위대한 예술을 창조한 사람은 보통 사람에겐 환상으로만 있는 무지개를 붙들어 그것을 주형화(鑄型化)해서 쇠다리로 만든 사람이다. 성공자와 실패자는 무지개를 붙들어 주형화할 수 있었느냐 없었느냐로써 결정된다. 세속적 상식적으로 나는 이렇게 생각했는데 미스터 위는 어떻게 생각한 거요."

"나는 무지개를 돈이라고 생각했습니다. 미스터 일리아의 표현을 빌면 돈으로 무지개를 붙들어 주형화할 수 있다고 믿는 겁니다."

"무지개를 주형화해서 쇠다리로 만들었다고 치고 어디로 갈 참인데요?"

카드마가 물었다.

"세계정부."

위한림이 짤막하게 대답했다. 영리한 사람들에겐 설명이 필요 없다. 결론만 말하면 되는 것이다.

"과연 무지개다." 하고 일리아는 포도주 글라스를 높이 들었다.

"근래 드문 좋은 말입니다." 하고 카드마도 글라스를 높이 들었다.

"케케묵은 말이지만 염불외듯 해야죠. 그게 전염이 되어 모든 사람들의 입에서 세계정부란 말이 나오도록 말입니다." 하고 위한림도 글라스를 높이 들었다.

바그다드를 떠나면서 감회가 있었다.

인생은 어디로 가나 무언가 인연을 맺게 되는 것이로구나.

티그리스강이 어슴푸레한 줄기를 보일 때 위한림은 일리아의 고독을 생각했다. 일리아는 위한림이 써 준 주소를 수첩 속에 끼워 넣으면서

"이라크에 있을 수 있을 때까지 있다가 소련 정부의 소환이 있을 그때 처신을 확실히 하겠다."고 했던 것이다.

영영 고향을 등질 각오를 한 사람이 고독하지 않을 수 있겠는가 말이다.

카드마는 자기 형이 있는 사우디의 주소를 위한림만 알 수 있는 방식으로 수첩에 써넣으라고 하고 봉투에도 넣지 않은 낙서 비슷한 편지를 맡겼다.

바그다드의 분위기와 고적까질 합친 인상은 구름처럼 뇌리에 서려 있을 뿐이고 일리아 카시묘프와 카드마의 존재만이 구체적으로

가슴에 새겨졌다. 세계정부의 시민 둘을 바그다드에서 확보한 셈이라고 위한림은 내심에서 웃었다.

동시에 한 가지 기이한 사실을 발견했다. 위한림의 뇌리에 세계정부란 상념이 떠오른 건 돈벌이를 타당화시키기 위한 지식 청년에 있기 쉬운 얄팍한 센티멘털리즘이었다. 그것이 장소와 상대에 따라 사기적인 레토릭으로 발전했다. 사기적인 레토릭을 반복함에 따라 일종의 정열로 되더니 그 정열이 차차 신념으로 변해갔다.

위한림은 이제 자기가 돈을 버는 목적은 세계정부 수립에 있는 것이라고 억지로라도 믿지 않을 수 없게 된 스스로의 마음을 다졌다. 그러기 위해 돈을 얼마쯤 벌어야 하느냐. 다다익선, 더 모아 더 베터이다. 그러니까 수단 방법을 가릴 필요가 없을지 몰랐다.

수만 명의 중국인 노동자를 노예로 부려 미국의 대륙을 횡단하는 철도를 만들어 돈을 벌어갖곤 그 돈으로 스탠퍼드 대학을 만든 스탠퍼드는 오늘날 스탠퍼드 대학을 만든 공적만 남아 있고 무자비한 수법에 대한 추궁은 온데간데없어진 것이 아닌가…….

바그다드에서 쿠웨이트까지의 항속시간은 이런 궁리를 하는 동안에 끝났다. 황탁한 이라크의 하늘을 보아온 위한림의 눈에 쿠웨이트의 하늘은 너무도 맑았다.

위한림은 비행기에서 내리자마자 대사관으로 달려갔다. 자기에 대한 연락을 쿠웨이트에 있는 한국대사관으로 하라고 아말리아에게 부탁해 놓은 탓도 있었지만, 대사관이 없는 적성국가에서 열흘 동안을 지냈다는 사실이 동포를 빨리 보고 싶은 충동으로 작용한 때문이었다.

쿠웨이트의 한국대사관에 들러 영사 한 사람을 만나 위한림이 자기소개를 하자 송씨 성을 가진 그 영사는

"그러지 않아도 테헤란 대사관으로부터의 연락으로 당신이 이라크로 갔다는 소식을 듣고 대단히 걱정했습니다. 일본대사관을 통해 소식을 알아볼까 하고 망설이던 중입니다." 하고 노골적으로 불쾌한 얼굴을 했다. 그런데 그 불쾌한 얼굴마저 반가웠으니 조국이란 얼마나 절실한 것인가. 위한림이 송 영사의 손을 덥석 잡고

"죄송합니다." 하며 영문 모를 사과를 되풀이했다.

위한림은 송 영사가 건네준 아말리아의 편지를 호텔에 돌아가 펴보았다.

"…… 만일 사우디로 가기 전에 이편지를 보게 되면 일단 테헤란으로 돌아오십시오. 포헤이다 씨의 말에 의하며 에도사 씨가 당신과 의논해야 할 중대한 안건을 가지고 있다고 합니다. 상세한 일은 뵙고 말씀드리겠습니다."

그런데 위한림의 얼굴에 미소를 짓게 한 것은 편지 말미에 있는 '뭐라고 형언할 수 없는 위한림 씨에시오.'란 대목이었다.

일시에 아말리아에게로 쏠리는 정감이 끓었다. 전화로 문의한 결과 내일 아침 테헤란으로 떠나는 비행기가 있다는 것이어서 예약을 했다.

테헤란은 평온했다. 그러나 그 평온은 문제가 해결되었기 때문의 평온이 아니고 혹서에 증오니 원한이니 하는 감정이 지쳐 버렸기 때문이라고 보았다.

홍콩에선 온 텔렉스엔

"세계의 시멘트 육 분의 일은 좌지우지할 수 있게 되었으니 시멘트 주문은 얼마라도 받으십시오. 그리고 다른 건축자재나 기계자재도 주문이 있거든 맨 처음 홍콩으로 연락하시오." 하는 내용이 있었다.

'이 녀석, 치치고 포치고 야단법석을 하는구나.' 하고 위한림은 홍콩에 있는 동생의 모습을 뇌리에 떠올리며 웃었다.

테헤란 사무소의 내용을 대강 챙겨보고 에도사에게 전화를 했다.

에도사는,

"언제 돌아왔느냐."고 반기며

"밤 열한 시쯤에 자동차를 당신 사무소 근처에 보내 놓을 테니까 그걸 타면 나한테 올 수 있다."는 말을 전했다.

밤 열한 시가 되길 기다려 에도사가 보낸 자동차를 탔다. 자동차는 테헤란의 교외로 나가는 것 같더니 숲속으로 들어가 어떤 집 앞에 멈췄다. 헤드라이트에 비친 것은 전면 등나무잎으로 덮인 벽뿐이었다. 문에 등도 없었다.

잠깐을 서성거리고 있었더니 저편에서 회중전등이 걸어오고 있었다. 가까이 왔을 때 그것이 에도사임을 알았다.

"모처럼 여기까지 오게 했는데 아무래도 이곳은 적당하지 않습니다. 시내로 가서 호텔을 빌립시다." 하고 에도사는 위한림에게 자동차를 도로 타라고 권했다. 이윽고 에도사와 위한림을 실은 자동차는 테헤란 시를 향해 달리기 시작했다.

위한림은 이러한 전후 상황으로 보아 에도사가 자기에게 하려는 말이 여간 중대한 것이로구나 짐작이 되어 궁금하기도 했으나 자동차 안에선 물을 수가 없었다.

에도사는 줄곧 침묵을 지키고만 있었다. 그런데 쉬는 숨은 간혹 한숨을 닮아 있었다. 테헤란 시가에 들어서자 위한림이 말했다.

"호텔 방을 빌리고 하는 것은 남의 눈에 뜨일 뿐 아니라 번거롭기도 하니 내 사무실로 가면 어떻겠습니까. 사무실 옆에 거실도 마련되어 있으니까요. 호사로울 순 없으나 불편은 없을 겁니다."

에도사는 간단히 승낙했다.

몇 군데의 검문을 거쳐 자동차는 위한림의 사무실 건물 앞에 섰다.

잠이 든 수위를 깨우느라고 한참 걸렸다. 수위들의 버릇을 아는 그는 그들에게 얼만가의 돈을 집어주었다.

사무실에 들어서자 에도사는 주위를 살피는 눈치였다.

"여겐 아무도 없습니다." 하고 안심을 시키고 위한림이 에도사에게 자리를 권했다. 에도사의 심상치 않은 태도가 위한림의 가슴을 억누르는 것 같았다.

"담배 없을까요?"

에도사가 물었다.

위한림이 얼른 담배와 라이터를 꺼내 탁자 위에 놓았다. 에도사
는 담배에 불을 붙여 연기를 뿜어내더니

"모처럼 끊은 담배를 또 피우게 되었다."며 중얼거렸다.

위한림은 에도사의 용무가 궁금하기 짝이 없어 조바심이 났다.
그러나 재촉할 순 없었다.

담배 한 개비를 다 피우고 나서 에도사가 입을 열었다.

"나는 미스터 위를 믿습니다. 미스터 위를 믿고 하는 말이니 들어
주실 수 있을까요?"

"코리언은 은혜를 잊지 않는 민족입니다. 저를 믿으십시오. 그리
고 뭣이건 부탁하십시오."

에도사는 이렇게 말하는 위한림을 지켜보고 있더니 조용히 이
런 말을 했다.

"미스터 위가 본국으로 돌아가고 난 뒤 당신 나라 사람들이 당신
에 대해 별의별 중상을 다했습니다. 포헤이다 씨는 크게 동요했지요.
그러나 나는 포헤이다 씨에게 엄명을 내렸습니다. 그 따위 중상모략
에 흔들려선 안 된다고……."

에도사는 단단히 은혜를 팔 모양이구나 싶었지만 위한림이 내
색을 않고

"누구보다도 그건 내가 잘 알고 있는 일입니다. 기대를 저버리지
않을 테니 말씀하시오."라고 공손하게 대했다.

"미스터 위, 당신은 대사관 관원들과 친하게 지내십니까?"

"대강 친하게 지냅니다. 그런데 대사관에 무슨 용무가 있으십니까."

"귀국의 대사관에서도 대사관끼리 파우치를 주고받고 하겠지요?"

"그것까진 모르겠습니다. 본국관 파우치로 연락하고 있다는 것을 압니다만."

"아마 해외대사관끼리도 파우치 연락이 될 겁니다."

"파우치가 어떻다는 겁니까?"

에도사는 잠깐 생각하더니,

"가능하다면 당신 대사관의 파우치를 빌어 파리에 보낼 물건이 있습니다."

"파리의 우리 대사관으로?"

"파리에 물건이 도착했다는 것을 확인하면 이편에서 찾으러 가는 거죠."

"파우치가 아니면 안 되나요?"

"그게 가장 확실하고 안전하니까요. 대사관의 파우치면 아무도 손을 대지 못합니다. 그래서 부탁드리는 겁니다."

"한번 연구해 보지요." 했으나 위한림은 자신이 없었다. 에도사가 들고 있던 손가방을 열더니 달러 뭉치를 꺼냈다. 그리고 말했다.

"이것 10만 달러입니다. 이것은 저희들의 성의입니다."

"에도사 씨."

위한림이 정색을 하고 말했다.

"돈 필요 없습니다. 가능한 일이면 돈 없이도 될 것이고 가능하지 않은 일이면 10만 달러, 아니 100만 달러를 써도 되지 않을 겁니다."

한국의 외교관을 업신여기지 말라는 말까지 보태려고 했으나 꾹 참았다.

에도사의 얼굴이 침울한 빛깔이 되었다.

"미스터 위, 오해를 마시오. 내가 부탁하는 일은 원칙적으로 가능한 일이 아닙니다. 그런 때문에 부탁하는 측에서 응분의 성의를 다 하려는 것입니다."

"원칙적으론 가능한 일이 아니라면!"

위한림의 말허리를 에도사가 잘랐다.

"원칙적으로 가능한 일이 아니라도 우호국의 중요한 인사의 편의 를 위해선 그런 편법을 이용할 수는 있는 일입니다."

"우호국의 인사라면 에도사 씨를 들먹여도 됩니까?"

"이름을 들먹이는 건 절대로 안 됩니다. 내가 부탁하는 것은 그 것을 미스터 위의 것으로 해서 파우치로 보내달라는 겁니다. 대사관 에 친한 친구가 있으면 그런 정도의 편의는 보아주지 않겠습니까?"

내 물건을 부탁하는 거라면 혹시, 하는 마음이 들어

"좋습니다. 내일 당장 교섭해 보도록 하죠." 하고 위한림이 약속 했다. 그리고 물었다.

"어떤 물건입니까?"

에도사는 고민스럽게 얼굴을 찌푸리더니 결심한 양 말했다.

"아슈라프 공주가 가장 아끼는 보물입니다."

"보물?"

"그렇습니다. 무게는 약 10킬로."

"그런데 왜 그런 것을 파우치로?"

"미스터 위, 부끄럽지만 할 수가 없군요. 그 이유를 설명하겠소. 지금 테헤란에선 누구도 신용할 수가 없습니다. 내가 직접 가지고 나갈 수도 있지만 목적지에 도착한 후가 문제가 됩니다. 아슈라프 공주가 직접 가지고 나간다고 하면 어느 곳에 어떤 놈이 노리고 있을지 모릅니다. 왕족의 거동을 감시하고 있는 비밀 결사가 있습니다. 그 결사원이 공주의 측근에서 보고 있을지 모릅니다. 그들은 조그마한 것이라도 스캔들이 될 만한 자료를 찾고 있으니까요. 만일 아슈라프 공주가 보물을 국외로 빼돌렸다는 눈치만 보였다고 합시다. 어떤 불상사가 터질지 알 수 없습니다. 그런 까닭에 이런 문제를 두고 어느 누구하고도 의논할 수가 없습니다. 현재의 상황으로선 미스터 위를 의지할 수밖에 없습니다."

위한림은 어이가 없었다.

'벌써 이 사람들은 도망칠 준비를 하고 있는 것이로구나. 그래서 아무도 믿지 못하는 것이로구나.'

도망은 쳐야 하겠고 그런 눈치를 보이면 안 되겠고 도망을 치자

면 얼만가의 재산을 반출해야 하겠고…… 그러한 아슈라프 공주와
그 측근의 걱정이 묘한 인연으로 위한림의 부담이 되어버린 것이다.
그는 각오했다.

"최선을 다해 보겠지만, 그러나 이 돈은 받을 수 없습니다."

위한림은 대사관에 가서 구체적인 얘기는 차마 할 수가 없고 대
사관의 파우치를 이용했으면 한다는 말을 하자 참사관은

"무역을 위한 기밀문서냐."고 물었다.

"그런 것은 아니고 물건을 부쳤으면 한다."고 했더니 참사관은 노
골적으로 불쾌한 얼굴을 했다.

"수출증대가 목하 국책으로 되어 있어 그 국책을 돕기 위해선 파
우치의 편의를 제공하지 못할 바 아니지만 작으나 크나 금수품을 보
내기 위해 파우치를 제공한다는 건 있을 수 없는 일입니다."

말이 이렇게 나오는데 어떻게 에도사의 제안을 입 밖에 낼 수라
도 있었겠는가.

위한림은 다른 방도를 연구할 밖에 없었다. 그 결과 위한림 자신
이 프랑스로 가지고 갈 계획을 세웠다.

그날 밤 위한림이 에도사를 만나,

"테헤란 공항에서의 무사 출국만 성공한다면 파리에서의 문제는
수월하게 해결할 수 있겠다."고 했다.

"귀금속을 파리에서 통관시키려면 그 귀금속 값 상당 이상의 세
금을 물어야 하는 건데!" 하고 에도사는 난색을 보였다.

"아무튼 그 문제는 내게 맡기시오."

위한림이 큰소리를 쳤다.

"생각해 보겠다."며 에도사는 돌아갔다.

에도사가 돌아가고 난 뒤 위한림은 납득할 수 없는 일이라고 중얼거렸다. 무게 10킬로쯤 되는 물건을 국외로 반출하는 일이 그처럼 어려운 일일까. 아무리 사람을 신용할 수가 없다고 해도 평소 친하게 지낸 미국 정보요원 두셋은 있을 것이 아닌가. 그들에게 부탁하면 군용비행기로 미국 내 안전한 장소로 얼마라도 날라다 줄 것이 아닌가.

그러나 세상살이란 그렇게 수월하게 되는 것은 아닌가 보다. 라틴 아메리카나, 아프리카의 독재자들이 실각하여 망명할 때 가장 신경을 쓰는 문제가 재산의 반출인데 십중팔구 그들 마음먹는 대로 되진 않는 모양이니 말이다. 하기야 만일 도망치는 독재자들이 마음대로 재산을 반출할 수 있었더라면 라틴 아메리카나, 아프리카의 나라들의 국고는 고갈되고 말았을 테니까, 그들에게의 불행이 나라를 위해선 다행한 일인지 모른다.

위한림은 테헤란에 머무르는 동안 말끔히 청산 사무를 처리했다. 포혜이다가 성심으로 협조해 준 덕택으로 100만 달러 안팎의 돈을 마련할 수가 있었다.

한데 난관이 생겼다. 테헤란 공항의 통관이 어렵게 된 것이다. 이란의 국법이 허용한 범위를 넘은 달러를 가지고 출국한다는 것은 그야말로 낙타가 바늘구멍을 뚫고 나가는 격이었다. 비행기에 싣기 전의 수하물 검사는 헌옷가지를 털어보는 따위는 보통이고 트렁크의 바닥까질 면도칼로 찢어보는 일까지 있었다. 정국이 불안한 만큼 재산의 해외 도피를 엄중하게 경계하고 있는 터였다.

도리가 없어 에도사에게,

"내일 사우디로 떠나겠다."고 전화를 걸었다. 세관에 대해 에도사가 얼만가의 압력을 가했을 것이라고 믿었기 때문이다.

10킬로를 5킬로로 줄였다며 에도사는 단단히 포장된 상자를 내놓았다.

"이것 뭡니까?"

"귀금속입니다. 공주님이 좋아하시는 물건입니다." 하고 사람 이름과 주소가 적힌 명함을 내놓으며 에도사가 말했다.

"사우디로 가기 전에 파리에 들러 이 사람에게 물건을 건네고 보관증을 받아 내게 수송해 주십시오."

그리곤 돈뭉치를 꺼냈다.

"이건 10만 불입니다. 통관세에 충당하도록 하십시오."

뇌물로 쓸 돈으로 세금을 낼 작정을 한 모양이었다. 잘한 생각이라고 할 만했다. 에도사가 준 돈 때문에 위한림은 자기의 달러화(弗貨)도 걱정없이 반출할 수 있게 되었다.

에도사가 가고 난 뒤 아말리아가 들어와 투덜댔다.

"팔레비 국왕은 끝까지 버틸 작정인데 측근자들은 국외퇴거를 준비중인가 보군. 그런 걸 보니 아무래도 이 정권이 와해될 날도 멀지 않겠군요."

"그러나저러나 재산 도피를 이런 방식으로 한다는 덴 납득이 안 가는데."

"아마 미스터 위 하나만이 아니라 선이 닿는 대로 여러 사람에게 부탁해서 그런 식으로 조금씩 조금씩 재산 반출을 하고 있을 거예요. 눈치채지 않게 재산을 반출하는 방법은 오직 그런 식밖엔 없을 테니까요."

아무튼 팔레비의 정권은 내부에서 붕괴하고 있는 것이라고 판단할 수 있었다. 그것이 외부적으로 나타나는 것이 바로 데모라고 생각되었다.

그러나 위한림은 남의 나라의 일에 관심을 쓸 겨를이 없었다. 아말리아에게 잔무 처리를 부탁하고 떠날 채비를 서둘렀다. 잔무가 정리되는 대로 아말리아도 사우디로 오게 했다.

그 이튿날 아침 위한림은 파리로 떠났다. 그는 '과세품을 가지지 않은 자는 이리로 나가시오' 하는 표지가 붙어 있는 통로로 나가려고 하다가 마음을 고쳐먹었다.

'평생 처음으로 파리에 들어가면서 밀수꾼 노릇을 할 수 없다.'

위한림은 세관원 앞에 가서 그 상자를 내밀었다. 포장을 풀어 본 세관원은 깜짝 놀랐다. 위한림도 놀랐다. 그 속에서 줄잡아 10캐럿 이상으로 보이는 다이아몬드가 꽉 차 있었던 것이다. 5킬로그램의 무게 가운데 상자의 무게를 제외한 전부가 다이아몬드의 무게라고 하면 그 세관원과 위한림이 아니더라도 누구나 놀랄 만한 일이 아닌가. 세관원은 어처구니가 없다는 듯 입을 벌리고 위한림을 바라보고 있었다.

"세금을 얼마나 내야 하겠습니까." 하고 묻자 세관원의 대답은,

"사무실에 가서 과세액을 계산해야 할 일이다."

세관원은 포장을 도로 하고 상위자를 불렀다. 위한림이 알아듣지 못하는 속도로 대화가 있더니 간부로 보이는 세관원이 따라오라고 했다. 따라가며 위한림이 물었다.

"대강 세금이 얼마나 되겠습니까?"

"알 수가 없소. 그렇지만 억대(億臺)는 넘을 것 같소."

1억 프랑이 넘는다면 통관은 무방했다. 위한림이 가지고 있는 110만 달러로선 어림도 없는 일이었기 때문이다.

위한림이 사무실에 들어서자마자

"이건 프랑스 국내에 반입할 물건이 아니고 본국으로 가져가야 할 물건이니 내가 파리를 떠날 때까지 보관시켜야겠다고." 고 제안했다.

"보관하는 건 좋지만 이런 귀중한 물건을 보관하려면 보험을 걸어야 하겠소."

세관원의 말이었다.

공항에 상주하고 있는 모양으로 보험회사원이 곧 나타났다. 위한림이 역시 알아듣지 못할 정도로 말을 주고받고 있더니 보험회사

의 사원이 물었다.

"며칠 동안 보관할 겁니까."

"이틀, 혹은 삼 일."

"삼 일이면 40만 프랑, 이틀이면 30만 프랑, 이십사 시간 이내면 10만 프랑."

40만 프랑이면 10만 달러에 해당하는 돈이다. 위한림은 에도사가 돈을 준 것은 이럴 경우를 예상한 것이 아니었을까 했지만 그럴 까닭은 없었다.

상자를 보관시키기 위해 10만 프랑을 쓴다는 것도 어리석은 일이었다. 위한림이 얼른 생각이 나서

"수속이 그렇게 복잡하다면 나는 프랑스에 입국하지 않고 여기 있다가 사우디아라비아로 떠나겠소." 하고 사우디로 가는 비행기표를 제시했다. 그리곤 덧붙였다.

"가장 가까운 시간에 떠나는 사우디행 비행기를 탈 수 있도록 알선해 주시오. 여기 앉아선 아무런 수속도 내 스스로 할 수 없지 않소. 그리고 생각해 보시오. 이 물건을 하룻밤 맡기기 위해서 10만 프랑을 쓰는 그따위 짓을 어떻게 할 수가 있겠소."

"이해할 수 있다."며 간부 세관원은 부하를 불러 이것서것 지시했다. 부하 세관원이 비행기표를 들고 나갔다. 10분 후에 돌아온 그는

"45분 후 13시 5분에 리야드로 떠나는 비행기를 타도록 수속이 되었다."며 비행기표를 위한림에게 돌렸다.

달리 짐이 없었던 것이 다행이었다.

세관 구내에서 담배만 피우고 있다가 시간이 되자 세관원의 감시를 받으며 비행기에 탔다.

비행기에 타고 나니 또 다른 걱정이 일었다. 리야드 공항에서 어떻게 하느냐 하는 문제였다. 그곳에서도 통관은 용이하지 않을 것이었다. 부득이 보관을 시켜야 하는데 보험문제가 생길 것은 필지의 사실이었다.

슬슬 에도사에게 대한 역정이 돋아났다. 그자는 자기에게 밀수꾼 노릇을 시킬 작정이었다 싶으니 위한림은 인격적인 모욕을 당한 기분이었다. 리야드 공항에선 배짱이 생겼다. 최악의 경우 보관을 시키리라고 마음먹고 세관원이 그 상자를 꺼내들고 이것이 무엇이냐고 물었을 때 위한림은

"프린스에게 바칠 선물이다."라고 했다.

"어느 프린스?" 하고 질문이 잇따랐다.

"그 프린스 이름을 꼭 들먹여야 하느냐. 그러면 이걸 여기다 맡겨 놓고 프린스가 찾아가도록 하겠다."

"그럴 것까지야 없소."

위한림은 그 상자를 들고 호텔로 가는 택시를 탈 수가 있었다.

사우디 아라비아! 사우디가(家)의 아라비아란 뜻이라고 들었다.

리야드 거리의 폭염 속에서 위한림은 생각했다.

'꿈도 자라지 않을 것 같은 모래땅에 나는 꿈을 심으로 왔다고.'

우선 이 더위 속에서 살아남기 위해선 마음속을 얼음장처럼 차갑게 지녀야 할 것이었다.

위한림이 처음에 한 일은 친구 나봉석을 찾는 일이었다. 나봉석은 옛날 군대시절의 친구였다. 한국에서 적어 가지고 온 전화번호로 전화를 했더니 나봉석은 그 회사를 그만두었다는 대답이었다.

"언제 그만두었습니까?" 하고 물어보지 않을 수 없었다.

"6개월쯤 됩니다."

이상했다. 6개월 전이면 위한림이 한국에 있었을 무렵이다. 그때 가족으로부터 나봉석의 주소를 알아냈는데 나봉석이 회사를 그만두었다는 소식은 듣지 못했다.

"그럼 한국으로 돌아갔을까요?"

"한국으로 돌아가진 못했을 겁니다."

"지금 사우디에 있을까요?"

"있을 겁니다."

"어디에 있을까요?"

"그것까진 모르겠습니다."

"리야드에 있을까요?"

"리야드엔 없고 제다에 있는 것으로 압니다."

"어떻게 그를 만나볼 수가 없을까요?"

"우연히 만날 수는 있을까 몰라도 나봉석 씨를 만나는 건 금지되어 있습니다."

"어떻게 된 일입니까."

"복잡한 사정입니다."

"그 사정을 말씀해 주실 수 없을까요?"

"전화로 할 순 없는데 당신은 지금 어디 계시죠?"

"호텔입니다."

"그럼 그 호텔 이름을 가르쳐 주십시오. 퇴근 시간 지나서 그리로 가서 얘기하겠습니다."

위한림은 호텔 이름과 방의 호수 그리고 자기의 이름을 가르쳐 주었다.

오후 일곱 시에 사람이 찾아왔다. 임종환이라고 자기를 소개한 그 사람은,

"나봉석 씨완 각별히 친하게 지냈다고."고 전제하고 이런 얘길 했다.

7, 8개월 전, 나봉석은 혼자서 차를 몰고 시가를 달리고 있다가 아라비아 사람을 치어 죽였다. 경찰서에 구류되어 있다가 재판을 받게 되었다. 아라비아의 법정은 피해자의 요구를 들어주게 되어 있다. 피해자는 엄청난 액수의 피해 보상을 청구했다. 죽은 자에겐 마누라가 넷 있었는데 그 마누라들이 각각 평생을 편하게 지낼 만큼의 생활비를 요구한 것이다.

나봉석에게 그런 돈이 있을 수 없었다. 부득이 장기형을 선고하려고 하자 죽은 자의 아내 네 명이 합의하여 나봉석의 조건부 석방을

신청했다. 나봉석을 정부가 지정하는 택시 회사에 운전사로 취직시켜 자기들의 생활을 보장해야 한다는 것이며 나봉석이 그녀들의 남편으로서 봉사해야 한다는 내용이었다.

"그런 까닭에 지금 나봉석 씨는 아랍인 처 넷을 거느리고 제다에서 운전사 노릇을 하고 있습니다." 하고 임종환 씨는 웃었다. 위한림도 따라 웃었다. 그러나 그 웃음은 곧 얼어붙었다.

위한림이 어설픈 웃음을 터뜨렸다. 어처구니 없는 얘기를 들으면 농담이 때론 대사작용을 할 수가 있다.

"그래 그 여자들은 예쁘기라도 한가요?"

"예쁘고 안 예쁘고는 고사하고 모두가 사십을 넘은 여자들이라던데요."

임종환의 입언저리에도 웃음이 있었다.

"그렇다면 섹스 서비스의 고역은 면한 셈이군."

"어어럽시오. 아랍 여자들은 마흔 살부터가 한창이랍니다. 그리고 여자가 넷이란 것은 묘한 작용을 한다고 해요. 네 여자 모두에게 공평한 서비스를 해야 하는데 그녀들의 성욕은 질투의 자극을 곁들여 굉장하다는 얘깁니다." 하고 임종환은 아랍의 성 풍속을 설명하기 시작했다. 무슨 까닭인지 아랍인은 섹스에 강하기가 상상을 절(絶)할 정도라 하고 성적 범죄에 대해선 사형(死刑)으로써 대처하는 까닭도 그 강정(强精)에 비례한 것이 아닐까 한다는 말도 보탰다.

위한림은 온순하기만 하고 그다지 강한 체력이 아닌 나봉석의 난

처한 처지에 새삼스럽게 동정했다.

"무슨 기한이란 것은 없는가요?"

"네 여자들이 다 죽도록까지 꼼짝 못한다는 겁니다."

"줄잡아 20년은 견뎌야 한다, 이건가요?"

"20년 더 걸릴지 모르죠."

"그런 사정이라면 아무리 장기형(長期刑)이라도 징역을 택하는 게 낫지 않았을까."

"나봉석 씨에겐 그런 선택권이 없는 겁니다. 선택권은 피해자에게만 있어요. 피해자들이 신청만 하면 나봉석 씨는 사형을 당할 위험마저 있었으니까요."

"교통사고를 일으켰다고 사형?"

"교통사고건 뭐고 사람을 죽였다고 하면 그 벌은 사형이란 것이 아랍의 법률이니까요."

"나봉석 씨의 가족이 그 사실을 알고 있을까요?"

"알고 있을 겁니다. 이혼 수속을 해야 했으니까."

"그것도 피해자들의 요구에 의한 겁니까?"

"그렇겠죠. 뿐만 아니라 나봉석 씨는 가족은 물론이고 한국인을 만날 수도 없게 되어 있습니다. 택시 운전사를 하면서도 한국인은 태우지 말라고 되어 있는 모양입니다. 그래서 우리들은 나봉석 씨에게 화가 미칠까 봐 만나볼 작정도 안 하고 있는 겁니다."

위한림은 그러나

"내일이라도 제다에 가보겠소. 택시회사의 주소나 가르쳐 주시오." 했다.

"택시회사의 주소야 가르쳐 드리겠습니다만, 너무 서둘지 않는 것이 좋을 겁니다."

"그렇다고 해서 친구를 그 꼴로 두고……."

"아랍여자들이라고 해서 정이 없겠습니까. 나봉석 씨와의 사이에 정이 들게 되면 어느 정도의 자유는 허락될 것이라고 믿고 있습니다. 우리 회사에서도 그렇게 되길 기다리고 있는 거지요. 나봉석 씨를 포기하고 있는 건 아닙니다."

임종환도 나봉석에 관해선 각별한 친밀감을 가지고 있는 모양이었다. 그때문에 위한림과 임종환은 만나자마자 마음을 서로 터놓을 수가 있었다.

"우리 술이라도 한잔 합시다." 하고 위한림이 일어서자

"꼭 술을 하시고 싶으면 호텔 내이니까 못할 수 없는 바는 아니지만 그것도 최근에 그렇게 된 겁니다. 그러나 사우디에선 술을 안 하는 게 좋을 겁니다. 하루 이틀 있다가 떠날 사람이면 몰라도 아랍인을 상대로 뭔가 하실 작정이면 술은 안 하는 게 좋을 겁니다. 여자 생각도 말구요."

"완전히 주색(酒色)을 끊어야 한다는 말씀이군요. 아라비안나이트의 세계에 와서 그처럼 철저하게 비낭만적(非浪漫的)이어야 하다니……."

"아라비안나이트는 그야말로 아라비아인의 밤이지 우리의 밤은 아닙니다. 수도원에 들어온 셈 치고 수양할 각오를 해야죠. 그런데 술을 마셔선 안 된다는 것은 이곳의 종교적 계율이지만, 그 계율이 터무니없이 생긴 게 아니란 사실을 곧 알게 될 겁니다. 기상적인 조건이 너무나 가혹하거든요. 술까지 마셨다간 몸을 지탱할 수가 없습니다."

이어 임종환은 여자에겐 접근하지 말라며 왕(王)의 딸이 영국인과 정을 통했다고 해서 그 남자와 같이 돌에 맞아 죽었다는 얘기를 했다.

"일국의 공주를 그렇게 할 수가 있겠습니까. 아는 듯 모르는 듯 외국으로 보내버려도 될 것인데 그렇게 하지 않고 광장에 끌어내어 돌로 쳐 죽인다는 것은 우리의 상식으론 상상도 못할 일 아닙니까. 그 상상도 할 수 없는 세계가 아라비안나이트다, 쯤으로 생각하고 행세하면 틀림이 없을 겁니다……."

위한림은 사우디의 사정과 풍습을 대강 알고는 있었지만

"임 형, 그처럼 겁을 주기요?" 하고 농담을 섞었다.

"겁을 주는 게 아닙니다. 사실입니다. 현실입니다. 바로 얼마 전에 있었던 일인데 미국인 집에서 고용살이를 하는 사나이가 손을 잘렸습니다. 시계를 도난 당한 미국인이 신고를 한 것인데 그 범인이 그 집에서 일하는 아랍인이었던 겁니다. 당장 끌고 가서 그 사나이의 손을 잘라버린 겁니다. 계율 앞엔 인정 사정 없어요. 위 형에게 주색을 조심하라는 이유는, 외국인이니까 술쯤 마시는 건 보아주겠지만 술 마시는 사람을 아랍인은 신용하지 않기 때문입니다. 거리를 걸으며 여자들을 눈여겨 보아도 안 됩니다. 만일 그런 광경을 들키기라도 하면 무슨 봉변을 당할지 모릅니다."

"기막힌 곳에 왔군."

위한림이 중얼거렸다.

"그러나 그렇게 살아보면 또 그런대로 살맛이 납니다. 순수하고 청결한 생활이란 것은 또한 매력을 가지고 있는 것이니까요."

임종환의 그 말이 마음에 들었다. 잡스러운 생활을 사우디에 온 것을 계기로 하여 청산해 보는 것도 나쁠 것이 없다는 생각이 들어 위한림이

"그럼 나도 억지 춘향이 노릇을 해본다?" 하고 웃었다.

나봉석의 문제는 조금 더 시일을 두고 연구해 볼 작정을 하고 위한림이 임종환에게 물었다.

"한국 상사가 사우디에 몇 개나 들어와 있습니까?"

"현재 서너 개 회사가 들어와 있습니다." 하고 임종환이 회사의 이름을 들먹였다.

"경쟁이 심하지 않습니까?"

"창피할 정도입니다."

위한림은 좀 더 구체적인 것을 알고 싶었으나 임종환의 태도엔 경계하는 빛이 있었다.

"아무튼 가능성은 있는 곳이죠?"

"무슨 가능성 말입니까?"

임종환이 되물었다.

"돈 벌 가능성 말입니다."

"물론 가능성은 있겠죠. 아이디어가 좋고 근면하고 인내심이 있고 좋은 줄을 잡기만 하면……."

"좋은 줄이란 게 뭡니까."

"아무튼 좋은 줄입니다. 이를테면 백이 될 만한 사람이 뜻이죠. 그런데 이 나라는 다른 나라와 전혀 다른 특색을 가지고 있으니까, 우선 그 특색부터 파악해야 할 겁니다."

"그 특색이란 게 뭡니까?"

"첫째는 가장 전형적인 아랍인의 나라라는 점입니다. 국토의 대부분이 사막인 이 나라엔 아직도 순수한 베드윈이 남아 있습니다. 유목민족은 우리들 농경민족관 풍습이 다를 뿐 아니라 사고방식이 전혀 다릅니다. 제다 같은 상업도시엔 수대로 그곳에 정착해 있는 사람들이 있지만 그들 역시 베드윈의 성격을 벗어나지 못하고 있습니다. 타민족, 타인종에 대한 경계심이 극단적이라고 할 수 있지요. 둘째의 특징은 이슬람교의 맹주로서 자부하는 나라라는 점입니다. 이슬람교가 자란 곳이 바로 여깁니다. 이슬람의 3대 성시 가운데의 2개가 사우디아라비아에 있습니다. 메가 메디나가 그것이죠. 그런 만큼 그들의 자부는 대단하고 계율 또한 엄격하기 짝이 없습니다. 셋째 특징은 국가의 제도입니다. 왕국입니다. 그것도 입헌체제가 아닌 전제 체제인데, 그것도 특수한 전제체제입니다. 정부의 상층부는 거의 왕족으로 구성되어 있습니다. 국왕 밑에 수상이 있는데 이 자리는 대강 태자가 맡기로 되어 있습니다. 정권 기관이라곤 할 수 없으나 상설기관으로서의 '왕자회의'란 것이 있지요. 왕은 일부다처니까 많은 왕자가 있습니다. 많은 왕자가 이 회의를 통해 정치에 관여하고 있는 겁니다. 국왕이 수상을 겸할 경우엔 태자는 부수상이 되는 거죠. 왕족은 약 오천 명. 인척까질 합하면 왕실 관계자가 육만 명을 넘는다고 합니다. 좋은 줄이란 건 이 6만 명 가운데 있는 거죠. 그런데 좋은 줄을 잡으려다가 토끼 다리 대신 마른 나무뿌리를 잡았다는 웃지 못할 희극도 있게 되는 겁니다. 넷째의 특징은 말할 것도 없이 이 나라가 석유대국이란 사실입니다. 작년의 석유 수입만 해도 600억 달러였다니까 인구 1천만 명에 미달하는 나라로선 대단한 거죠."

임종환을 통해 알아볼 수 있는 건 일반론의 테두리를 넘어서질 못했다. 사업적인 비밀이 샐까봐 구체적인 사항에 관해선 언급을 회피했기 때문이다.

하루를 이 궁리 저 궁리 하느라고 냉방이 잘 되어 있는 호텔에서 보내고 그 이튿날 이라크에서 만난 카드마의 형 낫셈 카드마에게 전화를 걸었다. 옥스퍼드 대학을 나왔다는 소문을 수긍할 수 있을 정도로 낫셈 카드마의 영어는 유창하고 선명했다.

"우선 가족의 안부를 알고 싶으니 그리로 가겠다."며 호텔방의 호수를 물었다.

한 시간 후 나타난 낫셈 카드마는 그 차림부터가 영국 신사였다. 하얀 파티스트 천으로 된 상하의에 모스를 닮은 엷은 천의 역시 하얀 와이셔츠를 입고 넥타이는 은빛이었다. 구두도 흰색 가죽이었다.

얼굴은 아우를 닮았으나 체구는 컸다. 동생의 편지를 읽자 체구 값을 못한다고나 할까, 금방 눈물을 글썽하며

"동생의 필적만 보아도 가슴이 벅차다."고 하고 눈언저리를 닦았다.

위한림은 낫셈의 그런 동작에 본의 아니게 고국을 떠나 있는 망명자의 슬픔 같은 것을 느꼈다.

"우리 가족에 별 탈은 없다고 합디까?"

가까스로 침착을 찾아 낫셈이 물었다.

"가족에 대해선 별반 언급이 없었으니 별로 탈 같은 건 없는 것 같습디다."

"기막힌 다행입니다 그럼. 나는 가족 걱정이 돼서 밤이면 잠을 잘 수가 없습니다."

"동생 되시는 분의 거동으로 보아 그처럼 각박한 사태는 아닌 것 같던데요."

"그게 이상하다 이겁니다. 지금 정권을 잡고 있는 자들은 흉악하다는 표현이 알맞은 그런 자들이거든요. 나는 그들로 보아선 제일급에 해당하는 적입니다. 그런데 가족들은 무사하다고 하니 다행스럽

기 짝이 없지만 한편 석연할 수 없는 기분인 겁니다."

"동생 되시는 분은 일리아 카시묘프라고 하는 러시아인과 대단히 친숙한 사이로 보입디다."

"동생이 러시아인과?"

낫셈의 얼굴이 단번에 흐려졌다.

"그런데 그 러시아인은 소비에트 체제에 반대하는 사람이었습니다."

"그런 사람이 어떻게 이라크에?"

"본심을 숨겨놓고 있는 거겠죠. 바그다드 대학에서 러시아어를 가르치고 있는데 본국의 소환을 받으면 망명할 작정이라고 합디다."

"그리고 보니 우리 가족은 그 러시아인의 보호를 받고 있는 모양이군. 놈들은 러시아인의 말이라고 하면 맥을 추지 못하니까."

낫셈은 이제사 수수께끼를 풀었다는 청량한 얼굴로 되며 덧붙였다.

"그 러시아인의 정체가 폭로되지 않을 동안엔 무사하겠구나."

"좀처럼 폭로가 되겠습니까. 내가 대한민국 국민으로서 북한의 체제에 반대하는 사람이란 사실을 확인하고 난 후에사 겨우 본심을 말했으니까요." 하고 위한림은 일리아 카시묘프에 관한 보충 설명을 했다.

"그런데 이라크엔 무슨 일로 가셨소."

낫셈이 물었다.

"사실을 말하면 나는 돈을 벌어볼 계기를 찾기 위해 중동을 헤매고 있는 겁니다."

위한림이 솔직하게 털어놓았다.

낫셈은 구김살 없이 웃곤 위한림의 특기가 무엇인가, 희망하는 사업의 종목이 무엇인가를 물었다. 위한림은 사우디아라비아가 필요로 하는 물건이면 무엇이건 가지고 오겠다고 했다. 가능하다면 건설사업을 해보고 싶다는 말도 보탰다.

"꼭 그렇다면 내가 한번 힘을 써보죠." 하곤 문득 생각이 났다는 투로 물었다.

"한꺼번에 큰 돈을 벌고 싶다면 사우디의 석유를 당신 나라에 가지고 가면 어때요."

"그것도 생각하지 않은 바는 아니나 한국에서의 석유 판매권은 메이저들이 장악하고 있기 때문에 거의 불가능한 일입니다."

"메이저들의 틈을 뚫고 들어서지 못할 바는 아니겠지만 그렇게 하려면 복잡한 문제에 말려드는 꼴이 될 터이니……."

"지금 당장 당신이 할 수 있는 일은 뭡니까?" 하고 낫셈이 물었다.

"시멘트를 비롯한 건축자재, 그리고 가전용품(家電用品) 등을 공급할 수가 있겠죠."

"나는 지금 시멘트 플랜트를 만들고 있습니다. 사우디가 지금 가장 필요로 하고 있는 것이 시멘트니까요. 몇 해 안 가 시멘트를 자급자족할 만큼 생산할 목표를 세우고 있습니다만, 지금은 시멘트가 품귀 상태입니다. 회사에 돌아가서 알아보고 연락을 하겠소."

위한림이 임종환으로부터 들은 말이 생각이 나서 물었다.

"사우디에서 사업을 하려면 왕족 가운데 유력한 사람의 도움을 받아야 한다고 하던데요."

낫셈은 빙그레 웃으며

"그건 어느 나라나 마찬가지 사정이 아니겠소. 귀국도 아마 그럴 걸요?" 하곤 말을 이었다.

"한데 그 문제는 걱정하지 마십시오. 나는 이라크에서 이곳으로 망명해 와서 이곳 왕족의 딸과 결혼했습니다. 같은 이슬람교도이니까 별반 지장이 없었죠. 그러나 내가 도와드린다고 하면 그 문제는 해결된 거나 마찬가집니다."

"낫셈 씨는 꽤 크게 사업을 하시는 모양이네요."

"종류와 범위를 넓혀 놓기는 했지만 아직 내실(內實)을 채우진 못했소."

"듣기론 정치를 하셨다는데 사업을 하는 이유는 뭡니까?"

"정치를 하기 위해선 돈이 있어야 하니까요. 나는 사우디의 부흥을 도우며 동시에 이라크에서의 혁명을 완수할 목표를 가지고 있습니다."

"이라크의 혁명은 가능할까요?"

"1년 이내에 용공정권(容共政權)을 추방하고 우리가 주도권을 잡을 것이니 두고 보십시오."

413

"대단한 자신이군요."

"민중은 우리 편이니까요. 이라크인은 성격상, 교리상(敎理上) 절대로 용공정권을 용납하지 않습니다. 일부 역적들이 군대를 이용한 건데 군대도 자기들이 배신당했다는 사실을 자각하게 되었으니까요."

소용돌이 속에서

1년이 지났다.

중동의 천지는 크게 변했다.

이란에선 팔레비 왕조가 붕괴되고 호메이니의 천하가 되었다. 도수공권(徒手空拳)의 대중운동으로 왕제를 타도했다는 뜻으로 중동의 근세사상 획기적인 대사건이었다.

그러나 그 과정에서 발생하게 된 많은 사람의 희생이 무엇을 의미하는가를 위한림은 납득할 수가 없었다. 군민의 충돌, 또는 민경의 충돌에 의한 희생은 불가피하다고 하더라도 법의 이름에 의해 감행된 이 같은 사태에 대해선 비록 그것이 이슬람의 교리에 의한 것이라도 수긍할 수가 없었다.

위한림은 리야드에서 발행되는 영자신문을 통해선 밖의 사태를 알 수가 없었는데 어느 날의 신문은 재판을 통해 중형이 확정된 사람들의 명단으로 꽉 차는 경우가 있었다. 팔레비 체제의 고관 고급 장성은 물론이고 팔레비 시대에 혜택을 받았다는 사실만으로도 처벌의 대상이 되는 것 같았다.

1979년 5월 호메이니는 성지인 콤에서 다음과 같은 연설을 했다.

"혁명은 부패한 손을 잘라내야만 한다. 피는 흘려야만 하는 것이다. 이란이 피를 흘리면 흘릴수록 혁명은 빛나는 것으로 될 것이다."

그러고 보면 이란의 장래는 계속 혼미 속을 방황할 모양이었다. 나름대로 이란에 대한 애착을 가꾸고 있는 위한림은 남의 일로 느끼지 않았다.

오스트리아의 하인츠 누스바우미는 호메이니에 대해 극히 호의적인 사람인데도 불구하고 그의 논평을

"긴 안목으로 보면 호메이니가 말하는 '이슬람 국가'라는 것도 기왕 팔레비가 제창한 '위대한 문명'과 마찬가지로 비현실적인 유토피아일지 모른다."고 맺고 있었다.

그리고 호메이니에 대한 열광의 파고가 후퇴할 즈음 이란의 군부가 어떻게 움직일지 모른다는 경고마저 잊지 않았다.

그런데 사우디아라비아도 평온하지 않았다. 1979년이 저물어 갈무렵 메카에서 500명의 무장집단이 알 아파람 모스크를 점령한 사태가 발생했다. 이건 왕정에 대한 정면의 도전이었다. 무장 집단과 정부군 사이엔 약 2주일에 걸친 치열한 전투가 있었다.

그 결과 무장집단은 진압되었지만 수백 명의 희생자가 났다. 똑같은 이슬람교도들이 교리의 해석을 두고 무력 충돌에까지 번질 만큼 대립하고 있다는 사실은 국외자로선 이해하기 어려웠다.

이라크는 낫셈 카드마의 예언 그대로 1979년 7월 후세인 정권이 등장하여 용공정권을 타도하고 국내의 공산 세력을 소탕했다. 그 그늘에 낫셈 카드마의 활약이 있었다는 것은 두말할 나위가 없다.

　　위한림은 단시일에 사우디아라비아에서 사업의 기틀을 잡았다. 물론 낫셈의 덕택이었다. 낫셈은 정치활동을 하기 위해 손이 들어가지 않은 부분을 위한림 몫으로 돌려주었던 것이다.

　　난세에 영웅이 나타난다는 말이 있지만 난세에 거부가 출현하는 경우도 있다. 아니 원래 영웅이나 거부는 정상적인 시기에 나타나는 것이 아니고 비정상인 시대에 나타나게 마련인 그런 현상일는지 모른다.

　　영웅은 고사하고 로스차일드의 부(富)는 유럽의 30년 전역(戰役)을 전제하지 않곤 가능할 수가 없다. 미국의 대재벌 경우도 마찬가지다. 모건, 카네기, 록펠러, 스탠퍼드 등 예외없이 미국이 격동기에 있을 때 가치질서와 더불어 법률 질서가 문란한 틈을 타서 대두한 파격적인 의욕의 결과였다.

　　이 무렵, 정상적인 시기에 있어서의 사업이란 산술의 생리와 원칙을 벗어나지 못한다. 산술의 생리와 원칙으로선 특별한 행운의 작용이 있었다고 해도 중부(中富), 소부(小富)의 정도를 넘어서지 못한다. 거부가 되려면 고등수학적인 조작이 있어야만 하는데, 비정상적인 시기나 장소에서가 아니면 고등수학적인 조작이 먹혀들어갈 까닭이 없다.

우리나라의 경우도 예외는 아니다. 지금은 깡그리 몰락해 버린 기왕의 대지주들은 거개 천재지변에서 그 행운을 붙들었다. 흉년이 들어 아사자가 속출할 무렵, 쌀 한 되 보리 한 되가 논 한 두락으로 되었을 때가 대지주의 탄생시기이다. 이렇게 말해 버리면 지나친 말이 될지 모르나 대중의 불행을 미끼로 하지 않고 조선조 때 대지주가 있을 수 없다는 사실만은 엄연한 일이다.

그럼 현재에 있어선 어떠한가. 물론 출중한 재능, 탁월한 노력, 하늘이 준 행운의 협동으로 이루어지긴 했지만 대재벌을 만들어내는 결정적인 요인은 비정상적인 시대 사정일 것이라고 일단 말해 보지 않을 수 없다.

일개 위한림이란 청년의 행적을 말하기 위해서 이러한 서두는 너무나 거창한 것이라고 하겠으나 1년 동안을 중동에서 헤맨 후의 그를 설명하려고 하니 이런 말을 앞세우지 않곤 직성이 풀리지 않는 그런 심정으로 되었다.

1979년의 여름 어느 날에 초점을 맞추어 위한림의 행동반경을 더듬어본다. 사우디아라비아 수도 리야드의 호텔에서 잠을 깬 위한림은 9시경 사무실로 나가 냉방이 캐시미르 고원처럼 되어 있는 방에 앉아서 벌써 수북하게 쌓여 있는 텔렉스를 검토하기 시작했다. 그리곤 파리 지점을 전화로 불렀다.

파리 지점의 책임자는 아말리아이다.

"마드모와젤 아말리아, 내달 말까지 3천 대를 납품할 수 있겠는가

루요 자동차 회사에 따져 보았소?"

"9월 말까지는 가능해도 내달 말은 불가능하다고 합니다."

"그 이유가 뭐요?"

"프랑스는 지금 바캉스 계절입니다. 직공이 삼분의 일밖엔 출근 하지 않아요. 삼 교대로 피서지에 간다나요."

"저렇게 게을러 가지곤 위대한 프랑스구 뭐구?" 하고 위한림은 쯧쯧 혀를 찼다.

"위 사장님이 혀를 찬다고 해서 프랑스의 노동자들이 바캉스를 취소할 것 같아요?"

아말리아의 음성이 코케티시하게 울렸다.

"아말리아, 파리로 가더니 음성이 미태(媚態)로서 윤이 나기 시작 했군. 내가 말하더라고 지스카르 데스탱 대통령에게 충고를 하시오. 프랑스 노동자들의 버릇을 고치라구. 물론 이건 농담이지만." 하고 위한림이 쾌활하게 웃었다.

"농담이기에 다행이었어요. 엘리제궁에 입고 갈 옷도 없는데 그 런 심부를 맡았다간……."

말꼬리는 아말리아의 웃음에 묻혀 버렸다.

"그럼 할 수 없으니 9월 말의 기일은 꼭 지키도록 단단히 일러두 시오."

"OK, 보스."

"그리고 알지, 파리의 놈팽이들에게 조심해요."

이건 아말리아에게 전화할 때마다 위한림이 두고 쓰는 문자인데 그녀의 이번 대답은

"놈팽이들은 바캉스에 다 가고 지금 파리엔 알짜들만 남아 있어요. 알짜가 더 무서운 걸 알죠? 그러니 일주일 내에 한번 다녀가야 할 겁니다." 하는 은근한 협박이었다.

"가겠소. 이곳에 계속 있다간 신부(神父)의 박제(剝製)가 될 것 같소."

전화의 내용으로 봐서 알 수 있듯이 위한림은 어느덧 프랑스의 루오 자동차의 중동지역 판매권을 장악하고 있었다. 그 판매권은 불원 말레이시아, 미얀마, 인도, 인도네시아, 바레인으로 확대될 것이었다.

파리와의 전화가 끝나자 부하 하나를 불러 인도상사에 철강 20만 톤을 추가 주문하라고 시키고 또 하나의 부하에겐 홍콩지사에 연락하여 금주 말까지 업태를 보고하도록 시켰다.

이러한 지시와 전화로써 오전 중의 시간은 지나갔다. 위한림의 업체는 지사 8개를 관할하고 있었다. 파리를 비롯하여 홍콩, 마닐라, 로스앤젤레스, 뉴욕, 에콰도르의 과야킬, 쿠웨이트, 나이지리아의 라고스.

그가 취급하는 상품 종목은 다양했다. 그 가운덴 트랜지스터 라디오로부터 시작해서 중장비 같은 것도 끼어 있었다.

사우디아라비아는 그 엄청난 석유 수입을 활용해서 유목민족들

의 정착화를 노리는 한편 이스라엘처럼 사막을 녹지화함으로써 농업의 개발에 중점을 두고 있었다. 그런 까닭에 막대한 건축 자재가 필요할 뿐 아니라 많은 인력을 필요로 했다.

위한림은 자기의 사업을 사우디아라비아의 국책에 밀착시켜 언제나 선수를 쳤다. 구체적으로 말하면 주택건설 계획이 서면 수도시설을 필요로 하게 된다. 그런데 아라비아에서 가장 귀한 것은 물이다. 그 귀한 물을 어떻게 도입할 것인가의 아이디어를 만들어 그 아이디어에 따라 자재를 마련하는 등의 일이다. 사업의 초창기에 카드마의 후원을 받았으나 이제 와선 위한림의 도움 없인 카드마의 사업이 진행할 수 없을 만큼 되었다. 그런데도 카드마는 그 무렵 이라크의 정치에 말려들어 있었다. 위한림은 카드마의 사업을 대행하는 입장에 서게 된 것이다.

낫셈 카드마의 부인은 왕족 가운데서도 국왕과 가까운 편의 왕족에 속했다. 그런데다 명석한 두뇌와 실행력을 가진 사람이고 보니 낫셈은 국왕의 두터운 신뢰를 받고 있기도 했다. 그런 사람이 하는 일을 대행하게 되었다는 것은 위한림이 그와 비슷한 위세를 지녔다는 얘기도 된다.

카드마는 이라크와 사우디 사이를 왔다 갔다 하고 있는 처지였는데 어느 날 위한림에게 이런 제안을 했다.

"내년쯤엔 사우디 정부가 인조 호수를 만들 계획을 갖고 있는데 총공사비는 50억 달러를 예상하고 있소. 이 공사는 물론 국제적인 경쟁 입찰로 되겠지만 가능하다면 그걸 미스터 위와 내가 맡아서 하자는 얘기요. 그러자면 입찰에 응할 수 있는 자격 있는 건설 회사를 만들어야 하고 귀국 정부의 보장도 있어야 할 것이오. 일단 낙찰만 되면 전도금은 총공사비 2할 정도를 지급하게 돼 있으니 준비를 위해 자체 자본을 필요로 하진 않을 것이오."

"좋습니다."

위한림이 언하에 승낙하고

"그 대신 틀림없이 낙찰이 되도록만 하십시오." 하는 말을 보탰다.

"자신 없이 이런 제안을 하겠소. 낙찰자를 선정하는 권한을 가진 사람과 대강의 합의는 보고 있소. 그러나 결정적인 단계까진 비밀로 해 둬야 할 거요."

위한림은 총공사비 50억 달러의 2할이면 10억 달러가 된다는 것, 그것만 있으면 중장비를 갖추는 데 문제가 없다는 것, 인력은 한국과 인도에서 마련할 수 있을 것이고 기술자는 아젤바이잔의 인공호를 만든 사람들 가운데서 구하면 될 것이란 등, 재빠른 속셈을 낫셈에게 털어 놓았다.

"하여간 해볼 만한 일이오. 이 계획이 성공되면 진행을 보아가며 이라크에도 인공호를 만들 작정이오. 미스터 위가 세계적인 거부가 될 찬스가 드디어 도래했다는 얘깁니다." 하고 낫셈이 기뻐했다.

그런데 이 무렵부터 한국에서 들어와 있는 상사들 사이에서 위한림에 대한 질시의 감정이 차차 돋아나기 시작했다. 자기들이 모처럼 네고[談合]한 일을 위한림이 덤핑 술책으로 망쳐 버린다는 것이다.

그러나 이것은 허무맹랑한 소리였다. 위한림은 자기가 개척한 수요를 충족시키는 데도 있는 힘을 다해야 했다. 남이 네고한 일을 들여다볼 여유라곤 조금도 없었다.

그들은 낫셈 카드마를 위한림이 사기적 수법으로 이용하고 있다는 낭설을 퍼뜨리기도 했다.

이런 얘기가 위한림의 귀에까지 들어왔을 때는 그런 낭설이 상당히 넓게 퍼지고 난 뒤였다. 측근의 한 사람이 무슨 대책이 있어야겠다고 걱정을 하자 위한림은

"당신이 아다시피 우린 덤핑을 한 적이 없고 내가 사기적인 수법을 썼는지 안 썼는진 낫셈 자신이 누구보다도 잘 알고 있는 일이니 신경 쓸 필요 없다."고 일축했다.

1979년이 저물어갈 무렵 위한림이 김포에 도착했다. 개선장군의 느낌이 없지 않았다.

어느 사이 사원들이 불었는지 출영나온 간부사원들만 해도 십수 명이 넘었다.

그 가운덴 아는 얼굴도 있었으나 태반이 모르는 사람들이었다. 서울 본사를 맡아 있는 동생이 필요에 따라 채용한 것이었다.

동생이 운전하는 자동차에 아내 임창숙과 타고 김포 가도를 달리며 위한림이 물었다.

"아까 그 사람들 모두 신용할 만한 사람들인가?"

"글쎄요. 자신 없는데요."

동생의 대답이었다.

"자신 없는 사람들을 채용했단 말인가?"

"어쩝니까. 일은 많아지죠? 형님의 명령은 추상 같죠? 무역사무에 약간의 경력이 있다고 하면 무조건 채용했습니다. 사람이 많기도 하고 적기도 하다는 걸 처음으로 알았습니다. 서울에 사람들이 그렇게 많은데 일을 맡길 만한 사람을 구하려고 드니 없어요. 역량 있고 좋은 사람이라고 보면 재벌 회사에서 데리고 가버려요. 믿을 만한가 안 한가를 따질 여유가 어디 있습니까."

"그건 그렇고 서울 회사는 잘 돌아가나?"

"엉망진창입니다. 최선을 다 하려고 하는데도 일이 자꾸만 밀려서요. 유능한 관리직 간부를 모셔야겠습니다."

"자네 힘으로 안되겠단 말인가?"

"전무 노릇이니 사장 노릇이니 하는 게 쉬운 것 같아도 마음대로 안됩디다. 바둑 같아요. 실력이 없고선 벼르기만 한다고 되는 일이 아니더군요."

"솔직한 건 좋다."고 위한림은 웃을 수밖에 없었다.

아닌 게 아니라 무역 업무라는 것이 쉬울 까닭이 없는 것이다.

"남편 없는 시집살이 어때요." 하고 위한림이 아내에게 얼굴을 돌렸다.

"시부모가 있어야 시집살이를 하죠?"

"시부모가 없다니 그게 무슨 소리야."

"아버지와 어머니는 계셔도 시부모는 없어요."

위한림이 임창숙의 말뜻을 짐작했다.

"사람 놀라게 하지 말아요. 시부모가 없다는 바람에 혼이 났소."

"아무래도 제가 시집 살긴 틀렸어요."

임창숙이 흡족한 듯 웃었다.

"말을 그처럼 비비 꼬지 말아요. 시아버지 시어머니가 좋다고 하면 그만이지."

위한림이 핀잔을 주었다.

"아닌 게 아니라 형수님의 최대 단점이 바로 그겁니다." 하고 동생이 한마디 끼었다.

"절대로 직설적인 표현은 안 하시거든요. 언제나 역설적 아니면 은유적으로 말을 하시니 머리 나쁜 놈 알아들을 수가 있어야죠. 그런 걸 보면 작은 형님은 확실히 머리가 좋아 형수님 하시는 말을 척척 알아듣거든요."

"형님 편만 들기에요? 앞으로 좋은 일이 있을 거예요."

"형수님, 겁주시깁니까?"

자동차는 제2 한강교를 건너고 있었다.

서울에 와도 위한림은 쉴 날이 없었다.

3만 톤급 화물선을 사기로 홍콩에서 교섭을 끝냈는데 계약 체결을 위해선 지원을 필요로 했다.

가격은 600만 달러 10년 연부상환인데 우선 은행의 지불보증과 함께 60만 달러의 현찰이 있어야만 했다.

겨우 산업은행과 타협을 보았다. 그런데 담보가 필요하다는 조건이었다. 각 방면으로 담보를 물색했지만 나타나질 않았다.

끙끙 앓고 있는 것을 보기가 민망했든지 임창숙이 친정에 가서 의논을 한 모양이었다. 임창숙의 아버지는 을지로에 조그마한 빌딩을 가지고 있었다. 이북에서 서울로 피난 온 이후 30년 걸려 노력한 결과이자 유일한 재산이었다.

임창숙의 부친, 즉 장인이 그것을 담보로 제공하겠다는 말을 듣고 위한림이 무슨 까닭인지 찔끔했다. 사업은 성공일로에 있어 불안할 이유가 없는 데도 그런 느낌이 든 것이 이상했다.

위한림은 만일의 경우를 위해 변상서약서를 쓰겠다고 했다.

"사위 자식도 자식엔 다름 없는데 부자지간에 문서를 만들어? 안 될 말."이라고 나무랐다.

장인 덕택으로 화물선 매입 건은 끝났다. 그런데 건설회사의 설립이 난관이었다. 국제입찰 자격을 갖자면 정부의 인가가 있어야 하고 정부가 인가할 수 있는 요건을 갖추려면 막대한 자본금을 불입해야 하는 것이다.

그러던 차 자격을 구비한 건설회사 하나가 인수해 달라는 교섭을 해왔다. 대미흥업이란 이름의 그 회사는 한때 업계를 누를 만큼 성업 중이었는데 주주간의 불화로 최근 운영난에 봉착해 있다고 했다. 그러나 회사를 양도하겠다는 이유는 운영난에 있었던 것이 아니고 서로 불화인 주주들로선 갱생할 희망이 없다는 데서 내려진 결론인 듯 싶었다.

일주일을 끈 교섭 결과 회사의 부채 7억 원 가량을 부담하기로 하고 4억 원의 현금을 들여 과반수의 주식을 샀다.

불과 몇 해 전만 해도 땡전 한 푼 없었던 빈털터리가 대미흥업을 인수했다는 소문이 별의별 낭설을 달고 시중에 퍼졌다.

그 낭설 가운데의 하나는 위한림이 중동에 가서 사기를 쳐서 떼돈을 벌어왔다는 것이었고, 또 다른 낭설은 홍콩을 거점으로 하여 밀무역을 해서 돈을 만들었다는 것이었다.

심지어 군대 시절의 친구 송용팔은

"자네의 역량은 우리 친구들이 다 알고 있는 터이지만 시중에 떠도는 소문이 썩 좋은 것은 아니더라. 아닌 게 아니라 괴상한 소문이 날만도 하잖는가. 조심하라."고 은근히 걱정했다.

"별 소릴 다하네. 500만 원 자본 갖고 몇 해 동안에 1천억 원 가까운 돈을 번 사람이 바로 우리 이웃에 있지 않은가. 남의 말 좋아하는 놈들."

군대 시절의 친구들이 모인 자리에서의 일이다. 송용팔이 물었다.

"도대체 자네 돈을 얼마나 벌었는가."

"나도 모르겠어."

위한림이 딴은 정직하게 말했다.

"자네가 모르다니."

"결산을 해 봐야 얼마를 벌었느니 얼마를 손해 봤는질 알 것 아닌가. 아직 결산을 못해 봤다."

"그래도 대강 짐작은 있을 것 아닌가?"

"대강의 짐작도 못해. 들어오고 나가고 하는데 나 자신 돈 구경도 못하고 종이에 사인을 할 뿐이니까. 돈이 은행에서 빙빙 돌고 있을 뿐이야."

사실 위한림의 말 그대로였다. 호주머니에 몇 푼 들어 있는 돈이 실감 있는 돈이지 사업용으로 은행에 들어 있는 돈엔 실감이란 없는 것이다. 몇 억 원의 돈도 한 장의 수표로 되어버린다. 돈은 이 은행에서 저 은행으로 이동하고 있을 뿐인데 사람은 열사의 사막에서 헤매고 있는 현상이다.

이런 얘기를 해도 납득이 안 가는 듯 송용팔은 위한림이 자기에게도 숨기고 있다고 생각한 모양이었다.

"돈을 벌었대서 사람이 변하면 못쓰네."

"아, 이 사람아 진정 나는 몰라. 얼마를 벌었는지 손해를 봤는지."

"그렇다면 대미흥업을 인수한 만큼의 돈은 번 셈 아닌가."

"지출할 수 있다는 것과 번 돈은 달라. 내가 결제해야 할 돈이 그 이상일지도 모르니 말야."

이런 얘기로 그날의 술자리는 싱겁게 끝났는데 돌아오는 길에 위한림은 그럴 것이 아니라 내가 돈을 얼마나 벌었는지 계산해 보아야겠다는 생각이 들었다. 그러나 집에 돌아가니 집에서 해야 할 얘기가 있었고 얘기가 끝나고 나선 자야만 했다.

아침에 일어나니 사방에서 모여든 보고를 검토해야 했고 당장 버려야 할 지시도 있었다. 손님을 만나 얘기도 해야 했고 은행엔 갈 용무도 있었다. 돈을 얼마 벌었는지 챙겨보아야겠다는 생각은 깡그리 없어지고 말았다.

그러는 동안 위한림은 가끔 아내에게 미안하다는 생각을 했다. 바쁘게 서두르는 바람에 같이 조용한 시간을 가질 수 없었던 것이다. 그래 어느 날 밤,

"미안하오 창숙 씨, 같이 제주도에라도 갔으면 했는데 그것도 마음대로 안 되는군." 하고 변명을 했다.

"제주도까지는 고사하고 하루 24시간 같이 있고 싶어요."

"그거야 안되려구. 어느 비 오는 날 24시간 같이 있어 봅시다."

"말은 쉽지만……." 하고 무언가를 생각하듯 하더니 혼자 중얼거렸다.

"당신이 불쌍해요."

"불쌍하다니 그거 무슨 말이오."

"그처럼 정신없이 서둘러 무엇을 얻을 참이죠?"

"세계를 얻을 참이오."

"세계를 얻어 무엇을 하겠어요, 자기를 잃어버리면. 지금 당신은 자기를 잃은 상태에 있어요. 내일도 그럴 거구요. 자기를 잃은 상태

에서 사업에 성공하면 뭣하죠?"

임창숙의 말엔 슬픔이 있었다.

"하나의 일을 성취하는 데 의미가 있는 거지 달리 또 무엇이 있 겠소."

위한림의 대답엔 자신이 없었다.

"사업에 성공한다는 게 하나의 일을 성취하는 거로 될까요?"

임창숙의 물음은 진지했다.

"뭐 그렇게 꼬치꼬치 생각할 것 있어? 단순한 성공이면 어떻구. 일의 성취면 또 어떻구." 위한림은 그런 화제를 피하고 싶어

"당신 참 외국에 나가 볼 생각 없소?" 하고 말을 바꿨다.

"제가 외국 가는 건 그다지 바쁜 일이 아녜요. 자기를 잃기까지 하 면서 사업에 성공한들 그것이 우리 인생에 있어서 어떤 보람이겠느 냐는 문제를 이 기회에 생각해 봅시다."

"생각하면 뭣하겠소."

"자기를 확인하기 위해서죠. 이를테면 자기의 존재 증명이 필요 할까 해서요."

"쓸데없는 소리하고 있네. 나의 존재 증명은 이대로가 아뇨? 임창 숙 씨 옆에 이렇게 존재하고 있다, 이거면 그만이지 그 이상 무슨 존 재 증명을 한단 말이오."

"아녜요. 자기가 자기의 주인이 되기 위해서라두……."

"유식한 여자를 아내로 맞이해 놓으니 부득불 철학자가 되어야

할 판이군."

"빈정대지 말구요. 전 요즘 회의를 느꼈어요. 당신이 살아가는 방식에 대해서요."

"내 살아가는 게 어떤데."

"밤낮 사업, 사업. 돈, 돈, 돈 그리고는 술, 술, 술. 도무지 사람이 살아가는 거라곤 할 수 없잖아요?"

"그럼 어떻게 사는 것이 가장 좋겠소? 인생이란 무엇이냐, 역사란 무엇이냐 그런 고상한 생각만 하고 있으면 되는 건가?"

"그런 말이 아니구요. 당신은 사업의 성공을 목적으로 하고 있죠?"

"그렇지."

"그 목적을 위해서 불철주야 하고 있죠?"

"그렇소."

"거기에 살아가는 재미가 있어요?"

"있지."

"무엇인데요?"

"노력하고 있다는 사실, 그 자체가 재미지. 그 이상 더 바랄 것이 있겠소?"

"어느 정도이면 사업의 성공이라고 할 수 있을까요?"

"글쎄, 그것까진 아직 생각해보지 못했어."

"제 좁은 소견이지만 끝간 데가 없을 것 같아요. 일단 성공했다고 볼 수 있는 단계에 이르면, 그 성공을 유지하기 위해 또 노력이 필요하고 그 성공을 보다 확고히 하기 위해서만이라도 다음의 단계를 설정하고 다시 노력해야 하구, 그러다 보면 무한궤도를 구르고 있는 거나 다를 바 없게 돼요. 밑빠진 항아리에 물을 붓는 격이고 굴러떨어질 바위를 산마루로 밀어올리는 시지프스의 꼴이에요. 성공을 위한 노력이나 실패의 공포에 대한 노력 아니겠어요?"

"그래서 그게 어떻단 말이오."

위한림이 신경질적으로 말했다.

"사업이란 탄탈로스의 항아리며 시지프스의 반복이란 말입니다."

임창숙의 어조는 조용했다.

"그럼 당신 날더러 사업을 그만두라는 얘기요?"

"성공에 그다지 집착하지 말란 말입니다."

"성공에 집착하지 않고 사업이 되기라도 한다고 생각하오?"

"순리대로 서둘지 말고 초조하지 말고 벽돌을 쌓아올리듯 침착하게 해나가란 말입니다. 한마디로 말하면 더 이상 무리를 하지 말라는 얘기예요."

"구체적으로 말해 봐요."

"예를 들면, 억지로 담보물을 만드는 것 같은 일이 무리한 짓 아녜요?"

"배를 사기 위해선 필요하니까 부득이한 일 아뇨?"

"배를 사려고 한 것 자체가 무리한 일 아니었어요?"

"그 정도의 무리는 사업에 있어선 거의 필수조건이라고 할 수 있는 거요."

"자기 배가 없으면 남의 배를 이용하면 될 게 아녜요."

"배 자체의 수익성을 생각하지 않으니까 당신은 그런 소리를 하는 거요."

"수익성이 있대서 뭣이건 거둬들이려고 하는데 무리가 생겨나는 것이고 그 무리가 누적되면 파멸의 원인으로 되는 겁니다."

"사업을 아는 것처럼 말하고 있군."

"전 사업은 몰라도 인생은 조금 알고 있어요. 사업론도 따지고 보면 인생론의 테두리 안에 있는 것이 아닐까요?"

"난 똑똑한 여자는 딱 질색이다."

웬지 위한림의 말이 거칠게 나왔다.

"남편을 위해 진심을 털어놓고 말하는 게 똑똑한 여자로 되는 걸까요?"

임창숙은 침착을 잃지 않았다.

"남편 하는 일에 도움을 못 줄망정 끼얹는 것 같은 짓은 말아 달라 이거요."

"혹시 큰 화재가 될지 모르는 불씨가 있는 것을 뻔히 알면서도 물을 끼얹지 말라는 얘기예요?"

"뭐가 불씨란 말요."

"한두 가지 불씨가 아닙니다. 문제성이 복잡한 건설회사를 인수

받은 것도 불씨구요, 배를 사기 위해 모은 담보도 불씨예요. 만일 일이 여의치 못해 담보를 돌이킬 수 없게 되면 어떻게 할 거예요. 그때문에 또 무리를 해야 할 것 아네요?"

"오오라."

위한림의 눈빛이 달라졌다. 그리곤 쏘아붙였다.

"당신은 장인어른이 내게 제공한 담보를 두고 말하고 있는 것이로군. 혹시 그것을 돌이킬 수 없을까 해서. 그렇다면 솔직히 그렇게 말하면 될 것을 뭐라구? 사업론이 어떻구, 인생론이 어떻구…… 꼭 그렇게 걱정이 되면 내일에라도 그 담보 풀어주겠소."

이렇게 되자 임창숙도 안색이 변했다.

"무서운 오해를 하셨군요. 전 그 문제를 두고 하는 말은 아네요."

"집어치우슈, 내가 비록 바보이기로서니 그만한 눈치도 없을 줄 아우."

위한림이 벌떡 일어나 옷을 챙겨 입었다.

임창숙은 남편을 붙들지 않았다.

결혼 후 처음 있은 부부 간의 충돌이었다는 사실에 약간 충격을 느꼈다. 그리고 어디에 오해의 덫이 있을지 모른다고 느끼며 두려움을 가졌다.

만일 남편이 그런 오해로 성을 냈다고 하면 문제였다. 사실 임창숙은 아버지가 수십 년의 각고 끝에 이루어 놓은 빌딩이 없어지게 될 경우 어떻게 하나 하는 생각이 계기가 되어 남편과 더불어 사업에 관한 진지한 의논을 해보려고 했던 것이다. 그러니 위한림의 오해에 막상 근거가 없었던 것은 아니다.

다만 그 사실을 임창숙이 원망하고 있는 것처럼 위한림이 오해했다면 그것이 바로 그 오해의 부분이었다. 왜냐하면 임창숙은 염려는 했어도 그 일로 남편을 원망하진 않았다. 보다도 그렇게 주선한 것이 다른 사람 아닌 임창숙 본인이었으니까. 자기가 주선한 일이니 그만큼 걱정을 하게 되었다는 얘기일 뿐이다.

그러나 임창숙은 그렇다고 해서 위한림을 탓할 마음으로 된 것은 아니라 빌네라빌리떼란 프랑스어의 단어를 상기하고 그녀는 피식 웃었다. 빌네라빌리떼란 상처 입기 쉬운 마음이란 뜻이다. 하나 상처 입지 않는 마음이란 있을까. 사람의 마음은 강철일 순 없다.

한편 위한림은 집을 나서자마자 후회했다. 임창숙이 너무나 똑똑한 체 유식을 휘두르는 태도에 약간 불쾌함을 느낀 것은 사실이었지만 사업을 한다는 게 인생에 있어서 어떤 보람을 가지는 것인가에 관한 문제 제기는 있을 만한 일이기도 했고 두고두고 생각해 볼 일인 것이다.

임창숙이 자기 아버지가 제공한 담보물을 걱정하는 것도 당연한 노릇이었다. 그런데 엉뚱하게 성을 내곤 집을 나왔으니 스스로 졸장부란 뉘우침을 갖지 않을 수 없었다.

그런 시각에 친구를 찾아갈 수도 없고 찾아갈 만한 친구도 없었다. 위한림이 졸부가 되었다는 소문이 퍼진 후 친교의 정도를 막론

하고 친구들이 자기를 대하는 태도가 달라져 있다는 것을 뼈저리게 느끼고 있는 터였다.

어떤 친구는 일부러 말을 거칠게 씀으로써 자기와의 친교를 과시하려고 들었고 어느 친구는 가끔 존대하는 어휘를 섞음으로써 자기의 비위를 거스르지 않으려고 애썼다. 더러는 위한림의 존재를 억지로 무시함으로써 스스로의 자존심을 살리려고 했고, 더러는 노골적인 아첨을 함으로써 위한림을 이용하는 기회를 찾으려고만 했다. 그런 까닭에 위한림이 그들을 대하는 태도도 부자연스럽게 되었다. 씨알머리 없는 의견에도 경청하는 듯 꾸며야 했고, 웃기 싫은 웃음도 때론 웃어야만 했다.

고급요정에서 술을 사면 언제 그처럼 고급으로 되었는가고 속으로 빈정거리는 것 같고 대폿집에서 술을 사면 그놈 지고하게 인색하다고 속으로 욕할 것 같아 마음이편하질 않았다. 이런 사정은 앞으로 더 했으면 더 했지 줄어들 것 같진 않다는 예상이 또한 위한림의 마음을 어둡게 했다.

위한림은 구석진 곳에 있는 목로술집을 찾아들었다.

맵게 볶은 낙지 한 접시를 안주로 하고 소주를 마시며 위한림은 아내 임창숙의 말을 되씹어 보았다.

자기를 잃을 만큼 덤벼 사업에서 성공을 한들 그것이 어떻다는 것인가.

위한림은 무조건 성공을 하고 볼 일이라고 생각했다. 아내가 그

런 질문을 했을 때

"성공하고 나서 그런 건 생각해 봅시다. 지금은 성공하기가 바빠 그런 생각 해 볼 겨를이 없소." 하고 대답했어야 옳았다.

후회 막급이지만 도리가 없다.

아내가 무리를 해선 안 된다고 했을 땐

"지금 대한민국에서 무리하지 않고 될 일이 어디 있겠소. 내가 당신과 결혼할 수 있었던 것도 무리를 한 결과였소." 하고 했다면 걸작이 되었을 것인데.

위한림은 임창숙이 무리를 하지 말라는 말에 이어 건설회사를 인수한 것과 화물선을 산 것이 위한림에게 있어 불씨란 말을 덧붙였다는 사실을 상기했다.

과연 그것이 불씨일까. 불씨에도 두 종류가 있다. 하나는 세상을 훈훈하게 만들기 위한 복원(福源)으로서의 불씨, 또 하나는 사람을 파멸로 이끄는 화근으로서의 불씨.

건설회사를 인수한 것은 사우디의 거창한 프로젝트에 참여하기 위한 준비였으니까 분명 성공의 계기가 될 것이고 배를 사들인 것은 해운왕(海運王)이 되고자 한 연래의 희망이 단서를 잡은 것이니 나쁠 것이 없고……. 이런 생각을 하고 있다가 위한림은 문득 어제 오후 날아들어 온 투서의 문면을 상기했다.

'그 건설회사를 인수한 것은 네 평생의 실책이다. 불원간 알게 될 터이니 빚 갚을 요량만은 잊지 말아라!'

위한림은 그 투서를 시러베자식의 장난쯤으로 알고 휴지통에 던져 버렸던 것인데 돌연 그 문면이 뇌리에 되살아난 것이다.

'내가 너무 서둘렀나?'

'좀 더 회사의 내용을 알아보고 처리할 것이 아니었던가.'

아니다. 내 모르는 빚이 있다손 치더라도 사우디의 공장비 선금으로 수월하게 처리될 것이 아닌가. 너무 서두른 느낌이 없지 않지만 도리가 없었다. 신규면허는 낼 길이 없었고 매물로 나와 있는 건 그 회사밖에 없었으니까.

그래도 꺼림한 느낌은 남았다.

위한림은 회사의 장부를 채 검토하지 못했다. 장부 모두가 검찰에 압수되어 있다고 했다. 부채가 얼만가도 확인할 수 없었다. 장부가 없으니 확인하려 해도 도리가 없었던 것이다. 뿐만 아니라 현장의 상황도 파악하지 못했다. 파악할 시간도 사람도 없었다.

보통의 상식으로 보면 너무나 어처구니 없는 짓이었지만 수십억 달러의 공사를 맡을 가능성을 놓고 봤을 때 그까짓 건 아무것도 아닌 일이다.

이미 인수한 일이니 지금부터라도 최선을 다해야지. 아내의 말마따나 되도록 무리한 짓을 피해야지. 위한림은 이렇게 마음을 다졌다.

이튿날 회사에 출근한 위한림은 건설부에서 발송한 한 장의 공문을 보고 눈앞이 아찔해지는 것을 느꼈다. 그 공문의 요지는, 정부공사의 진척도가 예정과 다르니 건설면허를 취소해야겠다는 것이다.

"어떻게 된 거냐."고 종전부터 있던 상무를 불러 물었다.

"정부공사에 차질이 생기면 건설면허를 취소당할 뿐 아니라 위약금을 물게 되어 있습니다."

상무는 태연한 얼굴로 업죽업죽 뇌까리고 있었다.

"이 사람아, 누가 그런 지식을 얻으려고 묻고 있나? 회사의 내용이 어떻게 되었길래 이 모양인가 말이다."

위한림이 고함을 질렀다.

"회사의 사정을 알고 인수하신 것 아닙니까?"

상무는 엉뚱한 반문을 했다.

"누가 그런 사정을 설명이라도 했어?"

위한림은 약이 오를 대로 올랐다.

"계약체결 이전에 그런 설명이 있었을 텐데요."

상무의 태도는 여전히 태연했다.

"아무도 그런 설명 없었다. 당신이라도 그럼 설명을 해 주었어야할 게 아니었던가."

"회장, 사장, 전무를 제쳐 놓고 제가 나설 까닭이 없지 않습니까?"

"그럼 이 사람아, 면허 취소 직전에 회사를 내게 팔아먹었다는 얘기가 아닌가."

"결과적으로 그렇게 되었습죠."

"결과적이고 뭐고 이런 사기가 도대체 있을 수 있어?"

"누굴 사기라고 하십니까. 이 회사의 꼴은 천하가 다 알고 있는

데 정당한 절차를 밟고 인수하실 때 그런 사정도 몰랐다면 참으로 이상한 일입니다."

위한림은 어이가 없었다. 머리 끝까지 올라간 분노를 진정하기 위해선 앞에 서 있는 상무란 녀석을 걷어차서 창 바깥으로 던져 버리든지 따귀라도 갈겨 쓰러뜨리고 밟기라도 해야만 할 지경이었다. 그러나 그럴 수도 없는 일이라서 으르렁댔다.

"몹쓸 녀석들!"

"몹쓸 녀석들이라니 누구를 두고 하시는 말씀입니까?"

"우선 너부터 몹쓸 녀석이다."

"말씀 삼가시지요. 제겐 이런 회사의 중역 노릇을 하고 있다는 죄 밖엔 없습니다. 저도 피해자입니다. 1년 내내 월급도 못 받고 지냈습니다. 그런데 왜 욕설입니까?"

"이것 봐라, 날 약을 올릴 작정인가? 회사를 인수하자마자 이런 통고를 받아 봐, 기분 좋은 사람 있을 수 있겠어?"

"그래 위 사장께서 이 회사를 인수한다고 들었을 때 우리도 의아하게 여겼습니다. 어떤 마술사이길래 이런 회사를 인수하는가 하구요. 그러나 모두 생각했죠. 중동에 가서 떼돈을 벌어왔고 그런 능력이 있는 사람이니까 혹시 하늘을 나는 기술이 있을지 모른다구요. 돈 갖고 안 될 일은 없을 테니까요."

상무는 얄미울 정도로 침착했다.

돈 갖고 안될 일이 없다는 말이 구원이었다. 위한림은 회사의 실정을 가장 잘 아는 놈을 부르라고 했다.

"총무부장이 잘 알고 있을 겁니다." 하는 상무의 말이라서 총무부장을 오라고 했다.

"나보다는 공무부장이 더 잘 알고 있을 겁니다."

총무부장의 말이었다.

공무부장은 현장부장이 더 잘 알 것이라고 해서 현장부장을 불렀더니 현장부장은 출장 중이라고 했다.

기가 막혔다. 한 놈 회사의 사정을 아는 놈이 없고 있다는 놈은 출장 중이라니 아연할 밖에 없다.

책상을 두드리고 고함을 치고 싶었으나 그걸로 문제가 해결될 까닭이 없다.

"각자 아는 대로 말해 봐요. 먼저 현장 상황부터……."

위한림이 간신히 역정을 억누르고 말했다. 그렇게 해서 들은 결과, 당시의 현장은 반월공단, 성산대로, 청주교도소 공사, 인천부두 공사 등이었는데 7, 8개월 전에 전면 정지 상태에 있다는 것이다.

이러한 중요 공사는 그 진척 상황을 매주 정부당국에 보고하게 되어 있다고 했는데 전면 정지하고 있는 형편이니 건설부로서도 당황할 수밖에 없었다.

우선 급한 곳이 건설부였다.

상무를 보고 일렀다.

"당신은 건설부에 갔다 와야겠소."

"건설부는 뭣하러 갑니까?"

"면허를 취소하겠다니까 가서 말려야 할 것 아닙니까?"

"입방아만 갖고 막을 수 있는 일입니까, 그게?"

상무의 이 말에 위한림이 분통이 터졌다.

"그럼 입방아 말고 뭣을 갖고 가야 한단 말인가?"

"아마 집어주어도 톡톡히 집어줘야 할 겁니다."

상무는 여전히 태연자약했다.

"이 보시오."

위한림이 고함을 질렀다.

"당신 대한민국의 공무원을 어떻게 보고 하는 말이오. 그런 모욕적인 말은 아예 하지도 마시오."

"그렇더라도 어떻게 합니까. 불이 발등에 떨어졌는데. 빈 손 들고 가서 창피만 보게요?"

"성의를 다해 사정을 하면 될 게 아닌가."

"성의요?"

상무는 코웃음을 쳤다.

"아무튼 나는 빈손 갖곤 건설부에 못 가겠습니다."

상무는 배짱을 튀겼다.

"좋아, 그럼 당신은 파면이다. 파면이 싫거든 사표를 내요."

"사표를 내죠. 그 대신 1년분 월급과 퇴직금을 당장 이 자리에서 내 놓으시오. 그럼 나도 당장 사표를 쓸 것이니까요."

"이봐요, 이 상무!"

위한림은 그때사 상무 이름이 이팔용이란 것을 기억해 내곤

"누구한테서 빌어먹구 누구한테서 퇴직금이니 월급을 받으려는 거요. 돈이 산더미같이 있어도 당신에겐 돈 한 푼 못 주겠소. 당장 나가시오."

이팔용은 나가기는커녕 벽 쪽에 있는 의자 하나를 사장 테이블 가까이에 옮겨다 놓곤 턱 버티어 앉았다. 그리고 한다는 소리가 또 위한림의 밸을 뒤집어 놓았다.

"이 회사가 위 사장의 소유가 되었다고 해서 만사 위 사장 마음대로는 되지 않을 것이란 사실만은 알아두시오. 이 회사를 인수할 때의 조건을 아시겠지요? 건망증이 심하셔서 잊으셨다면 제가 여기 카피를 가지고 있으니 읽어드리지요. 종업원에 대한 처리는 이 회사가 미리 정해 놓은 규칙에 따라 하기로 되어 있다 이겁니다. 종업원 누구가 그만두더라도 정한 바에 따라 밀린 월급은 물론이고 정해진 퇴직금을 내도록 되어 있습니다. 만일 그대로 하실 작정이 없으시면 법원에 제소할 수밖에 없겠죠. 일반 종업원은 노동청에서 봐 줄거구요."

위한림이 드디어 책상을 두드렸다.

"법원으로 가든 어디로 가든 마음대로 해요. 너 같은 녀석한텐 돈한 푼 낼 생각이 없으니까. 빨리 이 자리에서 꺼져."

위한림이 덤빌 듯 서둘렀다.

이팔용은 점잖게 일어서서

"우리 피차 서로 인격을 가진 사이가 아뇨. 좋은 말 쓰기로 합시다. 오늘은 이만 사장님 분부대로 점잖게 물러갑니다만 회사에서 물러갔다고 오해하진 마십시오. 나는 퇴직금을 받지 않곤 일보도 후퇴하지 않을 테니까요." 하고 경례까지 하곤 휙 나가버렸다.

위한림은 그의 말투에서 깡패라는 사실을 느꼈다.

위한림이 모두 물러가게 하고 총무부장만 남겼다. 총무부장 윤신철은 어차피 총무부장 자리에선 물러날 각오를 하고 있는 터였지만, 이팔용처럼 뻔뻔스럽진 않았다. 다른 사람이 물러나고 나자 총무부장이 낮은 소리로 귀띔을 했다.

"이 상무 퇴직금은 문제없을 겁니다. 중역에겐 호의로써 사례금을 내는 거지 퇴직금이란 건 없으니까요."

"그런데 그자가 왜 그처럼 뻔뻔스러워. 그만한 것은 알 건데."

"자기 딴으론 자재부장으로 있다가 중역이 되었을 때의 얘기를 하고 있는 겁니다. 그때 퇴직금을 받았어야 하는 건데 이 상무는 받지 못했으니까요."

"그 이유는?"

"회사의 재정상 그렇게 된 거죠. 게다가 먼저 회장과 무슨 일이 있었을 겁니다."

"저 따위 인간을 자재부장에 앉히고 중역으로 시키고 했으니 회사가 망하지 않을 까닭이 있나."

위한림은 아까의 흥분을 아직도 진정하지 못하고 있었다.

"이 상무가 자재부장이 되고 중역이 되고 한 데도 사정이 있었습죠."

위한림이 당장 짐작이 갔다. 회장의 약점을 잡고 늘어졌을 것이었다. 깡패의 근성을 충분히 발휘해서 오늘의 자리를 이루었을 것이라고 추측할 수 있었다.

그러나 그까짓 일에 아랑곳 할 겨를이 없었다. 위한림이 물었다.

"건설부는 어떻게 해야 할까?"

"건설부로서도 딱한 사정일 테니 함부로 면허취소는 못할 것입니다. 공사를 계속하겠다는 각서 한 장 넣으면 건설부로서도 어쩔 수 없이 한 번쯤 넘겨줄 겁니다." 하고 총무부장 윤신철이 입맛을 다셨다.

"그런데 무엇이 문제란 말요?"

위한림이 물었다.

"공사를 해내느냐가 문제죠."

총무부장의 답이었다.

"맡은 공사면 해야지, 그게 문제될 게 뭐 있소."

"기일 내에 해낼 수 있을 것 같지 않거든요."

"기일 내에 못하면 어떻게 되는 거지?"

"연기원을 낼 수밖에 없지만 한두 번의 연기원으로썬 안될 겁니다. 워낙 진척이 늦었고 공사를 중지한 지 오래 돼서 단도리를 새로 해야 될 곳도 있고요."

"단도리가 뭐요."

"일본말인데요, 공사장엔 일본말이 그냥 남아 있습죠. 우리말론 준비라고나 할까요?"

"연기원을 내면 받아주나요?"

"두 번 이상은 안 될 겁니다. 천재지변을 이유로 달 수도 없고."

"그렇게 되면 어떻게 되는 거요?"

"계약보증금 몰수당하고, 출입정지 당하고, 그렇게 되면 회사는 망하는 겁니다."

"그럼 회사가 망할 줄 뻔히 알면서 내게 팔았단 말인가?"

"결과적으로 그렇게 된 거죠."

"결과적으로 그렇게 된 게 아니라 의도적 고의적으로 나를 속인 게로군."

"지금 와서 그런 말씀하시면 어떻게 합니까?"

"그럼 손 들어라, 이 말인가?"

"그렇게 하는 것이 손해를 덜 볼지 모르지요. 지금 돈을 들여 공사를 계속한다는 것은 한강물에 돌을 집어넣는거나 다를 바 없을 테니까요."

"그러나 도리 없지 않은가."

"그건 그렇습니다. 이미 기성고에 따라 돈을 받은 공사도 있으니까 그것을 토해 내려면 막대한 돈이 들 테니까요."

"그야말로 빼도 박도 못하는 형편이 되어버렸군." 하고 위한림이 허허 하고 웃었다. 너무나 어이가 없었던 것이다.

"좌우간 결단을 내려야 합니다."

총무부장이 어름어름 말했다.

"젠장, 결단을 내렸다. 지금이라도 현장에 지령을 내리시오. 작업에 착수하라고."

"지령만 갖곤 안 됩니다."

"왜?"

"밀린 임금을 지불해야 합니다. 밀린 임금을 주지 않으면 노무자들은 손끝 하나 까딱하지 않을 겁니다."

"밀린 노임 계산해 오라고 해요. 즉시 지불하겠소. 정부에 신용 잃곤 사업 못하오. 빨리 노임 계산하라고 하시오."

총무부장이 나간 뒤 위한림은 멍청해 버렸다. 바늘방석에 앉은 기분이기도 하고 물에 빠진 것 같은 기분이기도 했다.

위한림이 후다닥 일어섰다. 술이라도 한잔 해야 되겠기 때문이다.

위한림은 다시 총무부장을 불러 야간근무를 하라고 일러놓고 바깥으로 나왔다.

청명한 날씨였다.

이 청명한 날씨에 행락 한 번 못하고 스스로 청해서 엉망인 일에 말려들어갔다고 생각하고 끌끌 혀를 찼다.

그는 가장 초라한 집을 일부러 골라 들어갔다. 화려한 집은 아무래도 지금의 심정에 맞지 않을 것 같아서였다.

그 이튿날 검찰청에서 호출이 왔다.

S라는 검사가 부른 것이었다. S검사는 대뜸

"대미흥업건설을 인수한 이유가 뭐냐?"고 물었다.

이유를 그대로 설명했다.

S검사는 그 건설회사에 대한 심증이 안 좋았던 모양으로 처음엔 사기꾼을 대하듯 하더니 설명을 듣고 나서야 얼굴을 펴고 그 회사를 인수한 경위를 물었다.

위한림이

"너무 다급한 사정이었고 대강의 하자 같은 것은 감당할 각오로 인수했던 것인데 막상 인수하고 보니 만신창이가 되어 있어 당황하고 있는 중입니다." 하고 솔직하게 말했다.

"그래서 당신을 부른 거요. 대미흥업은 검찰적 견지에서 지금 문제가 되어 있소. 경영자의 책임을 추궁해 들면 회사 자체도 살아남지 못하오. 그런데 뜻밖에 경영자가 바뀌었다는 보고가 있어서 어떻게 할까 하고 망설이고 있는 거요."

검사의 말은 온당했다.

"정부공사를 마무리지어야 할 판이니 회사는 살리도록 해야 할 것 아닙니까?"

위한림이 공손하게 말했다.

"나는 전 경영자가 회사를 살리기 위해 당신과 짜고 연극을 한 것이 아닌가 했소."

"나는 연극을 한 게 아닙니다. 10억 원 가까운 돈이라고 하면 연극을 하기 위한 돈으로썬 너무 많지 않습니까?"

"그 돈은 현찰로 냈소?"

"물론 현찰로 냈습니다."

"앞구멍으론 내면서 뒷구멍으론 빼돌리는 그런 술책을 쓰진 않았겠죠."

"그리라도 했더라면 내가 이처럼 골치 아파하진 않을 겁니다."

"그게 사실이지요?"

"사실입니다."

"정보가 들어왔어요. 당신이 전 경영자와 짜고 연극을 하는 것인지 모른다구."

"은행을 챙겨보면 될 것 아닙니까. 내가 불입한 돈은 고스란히 그자의 구좌에 들어갔고 그자로부터 나에게 흘러들어온 돈이란 한 푼도 없다는 것이 밝혀질 것입니다."

"좋소, 그럼 앞으로 어떻게 할 거요."

"어떻게 하긴요. 꼼짝없이 몰려버렸으니 도리가 있습니까. 정부 공사나 말쑥이 해놓고 다음 단계를 생각할 작정입니다."

"그럼 그런 뜻으로 각서를 쓰시오."

"좋습니다." 하고 위한림은 대미흥업 건설회사가 이미 맡은 정부 공사는 앞으론 몇 100억 원이 들고, 정부로부터 돈 한 푼 받지 못하더라도 결단코 완수하겠노라는 내용의 각서를 썼다.

검사는 빙그레 웃으며

"꼭 이대로 할 테죠."

"어디다 대고 빈말 하겠습니까?"

그러자 검사는

"여러 가지 애로가 많을 줄 알지만 정부공사를 잘 끝내십시오. 보아하니 선생께선 전도가 있는 실업가인 것 같은데 이번 일로 망신을 당해서야 되겠소." 하고 검사의 고마운 말이 있었다.

고생은 그때부터 시작되었다.

위한림은 이것이야말로 인생의 시련이라고 생각하고 총력을 다해 안간힘을 썼다.

밑빠진 독이란 말이 있다.

다섯 군데의 현장에서 공사를 재개했는데 당장 5억 원이란 돈이 날아가 버렸다. 그런데 두 현장으로부터 돈이 도착되지 않았다는 보고가 들어왔다. 챙겨보니 이수선이란 놈과 김기택이란 놈이 그 돈을 들고 날아버린 것이었다. 경찰에 도난신고와 수색원을 냈으나 그 돈이 빨리 돌아올 까닭이 없어 다시 2억 원을 지출했다.

문제는 그만이 아니었다. 다른 현장으로부터도 아우성이 일었다. 먼저 보낸 돈으론 의상값과 체불 노임을 청산했을 뿐이니 돈을 더 보내야겠다는 아우성이다.

돈을 더 보내지 않으면 모처럼 재개한 공사가 다시 정체 상태에 빠질 염려가 있었다. 위한림은 현장이 개설되어 있는 곳의 은행에다 각각 1억 원씩 송금해 놓고 현장을 한 바퀴 돌아볼 작정을 했다.

중간에 든 자들은 거개 사기꾼들이었지만 노무자들은 순진했다.

"사장님 덕택으로 안심하고 일할 수 있으니 이처럼 반가운 일이 다시 있겠습니까." 하는 사람도 있었고,

"힘껏 일할 것이니 뒷일만 튼튼하게 봐주시오." 하며 결의를 표명하는 노무자도 있었다.

위한림은 작업복을 입고 스스로 작업에 참가하기도 하고 밤이면 노무자들과 더불어 막걸리 소주 할 것 없이 퍼마시며 기세를 높였다.

현장마다 돌아다니며 이렇게 하고 임금 외에 술값도 푸짐하게 내고 하는 바람에 공사의 속도가 월등하게 빨라졌다. 그 성과를 확인하고 보니 서울에 앉아 있을 수가 없었다. 이 현장 저 현장을 두루 돌아다니는 위한림은 '번쩍'이란 별호를 얻었다. 동에 번쩍, 서에 버쩍 한다는 뜻이다.

두 달도 안되는 사이에 20억 원 가까운 돈이 흘러나갔다. 그러나 위한림은 그것을 아깝다고 생각하진 않았다. 건설공사란 문자 그대로 건설하는 사업이었기 때문에 그 보람의 결과가 눈에 나타난다. 돈을 벌고 못 벌고는 별 문제로 하고 뭔가 충족감이 생겨나는 것이다.

그런데다 장래를 전망할 수가 있었다. 설혹 이 공사에선 이익을 볼 수 없더라도 다음 공사에선 이익을 볼 수 있으리란 기대가 있었다.

위한림은 장차 사우디에서 전개될 대공사(大工事)를 위해서 공사 현장의 호흡을 익혀 두는 것도 나쁘지 않다고 생각했다.

그러나 한편 애로가 생겨났다. 돈이 모였다 하면 그것을 현장에 털어 넣기 때문에 무역 부문에 적잖은 지장이 있게 된 것이다.

사우디로부턴 빨리 오라는 텔렉스가 연일 빗발쳤다. 홍콩에서도 화급한 일이 있으니 오라는 독촉이 있었다. 위한림은 그런 독촉을 무시하고 당분간 공사에 전념하기로 했다. 그가 파악한 바에 의하면 대미흥업이란 업체는 달걀을 쌓아 올려놓은 더미와 별다를 것이 없었다. 위한림이 서울을 떠나면 그날 와해(瓦解)할지 모르는 위험을 내포하고 있었다. 무슨 수단을 쓰건 정부 공사를 완성할 때까진 서울에 버티고 있어야만 했다. 대미흥업의 기틀을 반석 위에 잡아 놓아야만 사우디의 대공사를 딸 수 있는 것이었으니까.

1년 넘어 서둔 보람이 있어 정부 공사를 비롯한 중요한 공사는 모두 무사히 끝났다.

서울시장은 연세대 앞 지하도의 개통이 끝나자 성대히 베푼 개통식 석상에서 눈물을 글썽이며

"당신이 나타나지 않았더라면 우린 큰 낭패를 볼 뻔 했소." 하고 고마워하고, 청주교도소가 준공되자 법무부장관은

"참으로 장한 일을 했다."며 위한림에게 악수를 청했다.

사실 대미흥업을 위한림이 인수하지 않았더라면 회사가 붕괴되는 사태는 별도로 하고 그런 회사에 일을 맡긴 과서의 책임자는 엄한 추궁을 받을 뻔 했던 것이다.

얻어진 실리는 없었으나 대미흥업은 앞으로 사업을 계속할 수 있

는 체면은 구한 셈이었다. 전도가 양양했다.

기분을 일신하고 양양한 전도를 향해 출범하기 위해서 어느덧 다섯 개의 회사로 번지고 있는 업체를 한 군데 모을 양으로 K빌딩으로 대미흥업을 옮겼다.

이사한 그날 아침의 일이다.

현관에서부터 사무실 입구에까지 축하 화분이 즐비하게 놓여 있었다. 그 꽃으로 장식된 복도를 걸으면서 위한림은 고등학교 적에 배운 영시 한 토막을 상기했다.

"인생은 장미꽃으로 장식된 왕도(王道)가 아니다."

하는 뜻의 시였다.

그러나, 하고 생각했다.

'지금 나는 꽃과 호의로 장식된 왕도를 걸어가고 있지 않은가.'

위한림은 득의에 찬 웃음을 만면에 띠고 사무실을 한 바퀴 돌았다. 사원들의 얼굴은 활기에 차 있었다. 새로 마련된 책상 걸상을 비롯한 비품들까지 자기를 환영하는 듯했다.

'아아, 이것이 내 성(城)이다. 이 성에서 세계를 통합할 아이디어가 생겨나고 설계가 꾸며질 것이다.'

잇달아 오랫동안 잊고 있던 '세계정부'의 아이디어가 떠올랐다.

'세계정부에 이르는 무지개의 다리도 혹시 이곳에서 비롯될지 모르는 일이다.'

위한림은 근처에 있는 사원들의 어깨를 툭툭 치고 가끔 격려의 말도 던져주며 사무실에서 나와 자기의 방으로 정해진 곳으로 갔다.

회장실 도어는 활짝 열려 있었는데 문지방 위엔 '회장실'이라고 써 붙인 표지가 있었다. 위한림은 약간 얼굴을 붉혔다.

'내가 언제 회장이 되었나?'

그러나 나쁜 기분은 아니었다. 나이 35세에 몇 개의 기업체를 주재하는 회장이 되어 보는 것도 일종의 영광인 것이다.

비서실엔 하객들이 붐비고 있었다. 저마다 최대의 찬사를 아끼지 않았다.

"탁월한 경륜과 능력엔 정말 탄복할 수밖에 없습니다……."

"불원 이 나라 최대의 재벌이 될 것이 확실합니다……."

"눈부신 발전을 기대하겠습니다……."

"앞으로 많은 지도를 바랍니다……."

일일이 대응할 수도 없는 축하의 홍수 속에 위한림이 황홀해 있었는데 돌연 나타난 일단의 사람들이 회장실로 몰려들었다.

분명히 하객들이 아니어서 어리둥절하고 있는데 일단 가운데서 "사장인가 회장인가 이리 좀 와 앉으시오." 하는 소리가 있었다.

깡패들의 습격인 줄로 알고 하객들은 혼비백산 해산해 버렸다.

"당신들이 도대체 누구길래 이런 무리한 짓을 하오."

위한림이 자리에 가 앉으면 물었다.

"우리는 대미흥업에 대한 채권단이오."

대머리가 까진 30살이 될까 말까한 사나이가 나섰다.

"채권단이 나하고 무슨 상관이우."

"이것 봐라!" 하고 한 놈이 한 움큼이나 되는 어음 다발을 흔들며 일어섰다.

"이게 대미흥업이 발행한 어음이오. 당장 돈을 갚아."

"나는 당신네들에게 동전 한 푼 빌려 쓴 게 없으니 물러가시오."

위한림이 버럭 고함을 지르자

"대미흥업이 빌려 쓴 돈이니까 당신이 빌려 쓴 거나 다를 바 없지 않는가."

"닭 잡아먹고 오리발 내는 시늉은 말아라."

"우리 돈 안 갚고 당신 배겨날 줄 아나?"

"우린 돈 받지 않으면 절대로 물러가지 않을 게다." 등등 중구난방으로 떠들어댔다.

위한림이 입을 다물어 버리자 이번엔

"왜 대답을 안 하느냐."고 야료를 부렸다.

"말 같은 말을 해야 대답을 하지."

위한림이 뱉듯이 말했다.

"돈 빌려주고 돈 받으려는 것이 말이 아니란 말인가?"

"난 당신들로부터 돈 빌린 적이 없어."

"그럼 이 어음은 뭣고. 대미흥업의 도장이 찍혀 있지 않은가?"

"그 어음을 발행한 놈한테 가서 돈을 받든지 말든지 해라. 난 그런 어음 발행한 적이 없다."

"누가 발행했건 대미흥업이 발행한 어음이면 회사를 인수한 당신이 책임을 져야 할 것 아닌가?"

"나도 회사를 인수할 때 당신들과 같은 채권단이 있는 줄도 몰랐고 인수사항 속에 끼어 있지도 않았다."

"그건 댁의 사정이고 회사의 부채는 사장이 바뀌건 회장이 바뀌건 갚아야 하는 것이 도리가 아닌가, 법률이 아닌가?"

"법률문제라면 법정에 가서 말해라. 난 절대로 못 갚아 주겠다."

"법률로 하려면 시간이 걸려. 우린 당장 받아야 하겠다."

"나는 못 주겠다."

이렇게 옥신각신 하고 있는데 점심때가 되었다.

"점심 먹으러 가야겠다."며 위한림이 일어서자

"그렇겐 안 될걸." 하고 대머리까진 놈이 막아섰다.

"너희들 이럴 거야? 가택 침입, 업무 방해로 고발하겠다."

"흥." 하고 한 놈이 지껄였다.

"대한민국의 법률은 채권자를 보호하게 돼 있어. 빚 받으러 왔는데 어찌 가택 침입이 되나. 그리고 돈을 안 갚는 놈이 업무 방해냐, 빌려준 돈 갚으라는 우리가 업무 방핸가."

사리고 뭐고 아랑곳 없이 설쳐대는 깡패를 상대로 쓸 수단이라곤 없다. 만일 경찰이 호응을 해 준다면 사정은 달라지겠만 빚을 갚아 달라는 명분을 들고 나타난 그들에겐 경찰도 어쩔 수가 없는 것이다.

놈들보다 수 배 강력하고 와일드한 깡패를 동원하면 퇴치할 수 있을지 모르지만 포로가 되어 있는 상황에서 그럴 겨를이 없다.

놈들은 때가 되면 자장면이나 설렁탕을 마음대로 주문해선 소주를 곁들여 마시고 담뱃불을 응접탁자에 비벼 끄고 침을 아무데나 뱉고 하며 으스대곤 위한림을 바깥에 나가지 못하게 했다.

위한림은 이중으로 초조했다. 업무를 진행할 수 없었기 때문에 초조했고, 여수에서 취항하기로 되어 있는 배를 보러 가야 하는데 그럴 수가 없으니 초조했다. 동시에 한 번 있었던 일은 두 번 세 번 있는 일이니 이러한 복병이 어디에 얼마나 있는지도 불안했다.

그런 까닭에 위한림은 결사적으로 버틸 작정을 했다. 놈들이 들고 있는 어음의 금액이 얼마이건 만일 한 푼이라도 돈을 내게 되면 다음 다음으로 이런 일이 연이어 발생할 염려가 있었기 때문이다.

24시간을 꼬박 뜬 눈으로 소파에서 지내고 이틀째로 놈들의 농성이 계속되었을 때 위한림은 집에서 침구를 가지고 오라고 하여 테이블 뒤에 드러 누워버렸다.

그러자 깡패의 하나가 위한림의 머리를 덥석 잡아 끌어 일으켰다. 그리고는

"누가 임마 너더러 마음대로 자도록 버려둔다고 했어? 자고 싶으면 돈을 내놔."하고 대사까지 붙였다.

억누르고 있던 위한림의 분통이 터졌다. 위한림이 몸을 돌려 주먹으로 그 깡패이 불알을 죽어라 하고 쳤다. 놈은 비명을 올리며 뒹굴었다.

"사람을 쳐?" 하고 몇 놈이 덤벼들려고 했다.

위한림이 냉소를 지으며

"네놈들 깡패를 내가 못 당할 줄 아는가? 나는 이래봬도 왕년에 이름이 꽤 높은 깡패다. 덤빌려면 덤벼 봐, 모조리 병신을 만들어 버릴 테니까. 그런데 도대체 네 놈들이 뭣고, 느그 주제에 무슨 돈이 있어 남에게 빌려 줬단 말인가. 네 놈들 뒤에 어떤 놈이 있는지 이제사 짐작이 갔다. 당장 물러가지 않으면 뒷일이 좋지 않을 것이니 그렇게 알아라." 하고 으름장을 놓았다.

그러나 놈들은 움직이지 않고 일제히 욕설을 퍼붓기 시작했다.

그런 상태가 꼬박 사흘 동안 계속되다가 위한림의 배짱이 보통 아닌 것을 알고 이윽고 퇴산하고 말았는데 그 후에 안 일이지만 대미흥업의 전 사주가 회사를 도로 찾기 위해 그런 책동을 한 것이었다.

1년 걸려 위한림이 궤도에 올려놓은 걸 보고 그자가 탐을 낸 것이다. 몰려든 깡패 가운데 전 사주의 보디가드가 있었다. 각본은 전 사주가 쓰고 행동대의 지휘는 보디가드가 맡았다. 그들은 채권단이란 명목의 깡패들에게 위한림이 굴복할 줄 알았던 모양이다.

위한림인들 세상을 호락호락하게 본 것은 아니지만 인간이란 게 그렇게 사악할 수도 있다는 것까진 정말 몰랐다.

한마디로 말해 위한림은 잘못 걸려들었다. 대미흥업의 전 사주 박태선은 그 세포가 사기적인 성분으로 형성되어 있다고 해도 지나치다할 수밖에 없는 사람이다. 우선 그 이력부터가 애매모호했다. 이북을 고향으로 하고 있다고 했을 때는 이북사람들을 사기 칠 수단을 부리고 있을 때이고, 충청도를 본적이라고 했을 때는 또한 그럴만한 이유가 있었을 때이다.

박태선이 대미흥업을 가로챘을 무렵의 경위를 적으면 성공한 사기꾼의 전형적인 스토리가 되겠지만 자본주의란 원래 약육강식의 시장이 아니냐고 배짱을 부리면 그런대로 통용되는 것이 또한 자본주의의 사회이다.

그러나 사기적인 수법이란 한계가 있는 것이다. 박태선은 사기적인 수법으로 대미흥업을 가로채는 적잖은 무리를 했다. 돈으로 군소주주를 매수하기도 하고 깡패를 동원하기도 했는데 그것이 결과적으로 치명상이 되었다. 우선 능력 본위의 인사를 할 수 없고 사업 중심으로 회사를 끌고 갈 수 없었다. 적잖은 사람에게 약점을 잡혀 있었기 때문에 그 약점을 커버하는데 급급했던 것이다.

모처럼 따낸 굵직굵직한 정부 공사를 끝끝내 감당하지 못하게 된 이유는 그런 사정에 있다. 정부 공사에 실패하면 회사는 파멸한다. 회사는 파멸 직전에 있었다. 그런 판국에 위한림이 날아들었다. 박태선은 '역시 나는 운수 좋은 사람이다.'고 회심의 미소를 띠었다. 회사를 그냥 쥐고 있으면 징역살이를 할 형편에 있었는데 그 위기를 모면할 수 있었을 뿐 아니라 돈을 얹어 주어도 넘어다 볼 사람이 없는 업체를 10억 원 가까운 돈으로 팔아넘겼으니 뜻밖에 횡재를 한 것이나 다를 바가 없었다.

박태선은 위한림에게 업체를 넘겼을 때 대미흥업이 살아남으리라곤 꿈에도 상상하지 못했다. 회사가 파멸했을 경우 위한림이 덤벼들 것이 필지의 사실이라고 보고 한동안 제주도로 피신까지 했던 것이다.

그런데 기적이 나타났다. 정부 공사를 넉넉히 해냄으로써 대미흥업은 회사의 체면을 살렸을 뿐 아니라 양양한 전도를 바라보게 되었다. 그러자 박태선의 사기적인 본능이 스르르 고개를 쳐들기 시작했다. 위한림과의 계약문서를 검토한 결과 사기를 칠 수 있는 몇 가지 허점을 발견했다. 그 가운데의 하나가 회사 부채의 처리 조항에 있어서 기왕 부채는 인계자와 인수자 간에 합의를 본 부채에 한해서 인수자가 책임을 진다고 되어 있는 대목이다. 그것이 바로 박태선이 깔아 놓은 함정이었다.

법인란 것은 인격인(人格人)이 무슨 계약을 했고 그것을 넘어선 권리와 의무를 가지고 있는 것이다. 이미 법인으로서의 회사가 진 부채는 인계자와 인수자가 무슨 약속을 했건 갚아야만 한다. 박태선은 혹시나 싶어 마련해 놓았던 회사의 어음용지를 이용하여 막대한 금액의 어음을 만들어선 유령 채권자단을 만들었다.

뻔뻔스럽기 짝이 없는 박태선이기로서니 위조한 어음의 금액을 받아낼 수 있으리라곤 기대하지 않았다. 그것을 미끼로 위한림을 골탕 먹여 모종의 협상을 이루자는 데 목적이 있었다.

연 사흘 야료를 부리고 물러간 이른바 유령 채권단은 며칠 후 다시 오겠다는 으름장을 놓았다. 그리고는 매일 두 세 놈씩 찾아와선 비서실에서 고함을 질렀다. 회사의 체면이 말이 아니었다.

이럴 즈음 박태선이 위한림에게 전화를 걸었다. 첫말이

"위 회장, 미안하외다. 사실을 말하면 그 채권단은 채권을 포기하기로 나와 약속이 되어 있었던 건데 요즘 들으니 회사에까지 나가 야료를 부린다지 않소. 대단히 미안하오. 그러나 해결해야 할 것은 해결해야 하지 않겠소. 나는 몸이 좀 아파 못나가겠고 전에 내 비서실장을 하던 놈을 보내겠소. 그자와 잘 의논해 보시오. 무슨 대책이 설지 모릅니다."

위한림이 화가 치밀었지만 참고

"그 채권단 참 이상합니다. 채권단이 나타나려면 내가 회사를 인수했을 그때 나타났어야 할 건데 1년이나 지난 지금 나타났다는 게 이상하지 않소?" 하고 점잖게 말했다.

"글쎄, 그게 내 말이기도 합니다. 하지만 납득 못할 바는 아니죠. 회사가 망할 판이라 이왕이면 선심이나 쓰자고 내게 포기하겠다고 한 만큼 그때 나타날 수 없었던 거죠. 그런데 회사가 잘 된다 싶으니 욕심이 생긴 겁니다. 돈을 받을 수 있다고 생각하게 된 거죠."

"그들이야 어떻게 생각하건 나는 그 돈 갚을 생각은 없습니다."

"세상일은 감정과 배짱만 갖곤 되는 일이 아닙니다. 내 비서실장을 보낼테니 의논해 보시구려."

"그런 호의가 있으면 박 회장께서 그 채권단인가 뭔가한 치들을

461

불러 타일러 주슈. 박 회장에겐 그만한 도의적 책임을 질 이유가 있다고 보니까요."

"도의적 책임? 위 회장은 좋은 말을 알고 계시군. 그렇지, 도의적 책임이 내게 있지. 그래서 그 책임을 져주려고 하는 거요. 내 비서실장을 만나보슈."

위한림은 딱 거절하려다가 말고

"보내주시오. 만나는 보겠소." 하고 전화를 끊었다.

그 전화가 끝나고 30분도 채 못 되어 박태선의 비서실장이란 자가 나타났다. 명함을 내미는데 길도준이란 이름이었고 '대미흥업 회장 비서실장'이란 직함이 적혀 있는 것을 만년필로 그어 놓은 것이었다. 위한림은 불쾌감을 감출 수가 없었다. 그러나 길도준에게 앉기를 권하고 말했다.

"무슨 말씀인지 해 보세요."

"채권단 때문에 고생이 많으시죠?"

길도준의 말이었다.

"사기꾼들이 하던 회사를 인수하고 보면 그런 일도 있겠죠."

위한림이 뱉듯이 말했다.

그 말에 길도준은 주춤하는 것 같더니

"우리 회장님께서도 걱정을 하고 계십니다."

"그것 고맙군요."

"어떻겠습니까, 박 회장님을 고문으로 모시면 채권단 조종하는

데 도움이 될 겁니다."

"웃기는 얘긴 그만하시고 돌아가시오."

위한림이 냉랭하게 말했다.

"웃기는 얘기가 뭡니까."

길도준이 거칠게 나왔다.

"고문을 모시는 일에까지 당신들 지시를 받기 싫다 이거요. 얘기
는 끝났으니 나가시오."

위한림이 응접탁자 앞에서 일어서서 테이블 쪽으로 갔다.

"모처럼의 호의를 그런 식으로 박차면 후회할 날이 있으리라."

길도준이 일어서며 한 소리다.

"후회는 내가 할 테니까 당신이 걱정할 일 아니지 않소."

"정 그렇게 나온다면 채권단이 어떻게 나오건 참견하지 않을 테
니 그렇게 아시오."

"채권단이 나타나면 일단 박태선 씨한테로 보내겠소. 돈을 빌린
건 그 사람일 테니까."

이 말이 도화선이 되어 다시 입싸움이 벌어졌다. 위한림이 길도
준의 멱살을 끌다시피 하여 바깥으로 몰아냈다.

그런데 어쩐지 뒷맛이 썼다.

조작된 채권단이란 사실을 위한림 자신은 잘 알고 있었지만 그
것을 제삼자, 특히 법정에서 설명하려면 여간 번거롭지 않겠다는 생
각이 든 것이다.

경험은 없지만 위한림이 민사재판이란 것이 사람의 신경을 보통 마멸시키는 게 아니란 사실을 들어서도 알고 있었다. 고등학교 시절의 선배로서 변호사를 하고 있는 사람을 찾아 의논해야겠다고 마음먹고 담배를 피워 물었다.

벌써 4시가 지나고 있었다. 점심을 먹지 않았다는 사실이 생각났다. 그래도 그다지 시장기를 느끼진 않았다. 그러나 쓸쓸한 감정이 들었다. 끼니를 잊을 정도로 악착같이 일한다는 것이 그리고 그 일이란 것이 돼먹지 못한 놈들을 상대로 기껏 입싸움을 벌이는 일이라면 도대체 이게 뭐냐, 하는 노여움 같은 것이 끓어올랐다.

'오늘밤은 오랜만에 아내를 불러 내어 식사라도 같이 할까.'

전번 하찮은 일로 다투고 나서 화해 같은 화해를 안 하고 지나쳐 버린 것이 생각났다. 그런데 시간이 갈수록 아내 임창숙의 말이 그냥 그대로 적중되는 것 같아 위한림은 가끔 생각에 잠길 때가 있었다.

전화를 걸었다.

임창숙이 나왔다.

"오늘 저녁 식사 시내로 나와 같이 하지 않을래요?"

"그런 시간이 있거든 집으로 돌아오세요. 어머니 아버지와 같이 식사를 하세요. 잡지 부록 보고 배워 내 요리 솜씨도 이젠 꽤 익숙해졌어요."

모처럼 낸 기분이 찬물을 뒤집어쓴 꼴이 되었다.

"그런 소리 말구 나와요."

위한림이 볼멘소리가 되었다.

"나들이할 옷도 변변찮구, 이것저것 치장하기도 번거롭구 그만두 겠어요. 그러지 않아도 신경 쓸 일이 많을 텐데 제게까지 신경을 써서 되겠수? 전 어머니 모시고 식사를 할 테니까 당신도 가급적 빨리 돌아오도록 하세요." 하고 임창숙은 전화를 딸깍 끊어버렸다. '제기랄' 소리가 위한림의 입에서 저절로 나왔다.

이때 경리과 직원이 황급히 들어왔다.

"S지점에서 부도를 냈습니다."

경리과 직원의 말은 너무나 당돌했다.

"그럴 까닭이 있나?"

"방금 은행에서 전화가 왔는뎁쇼."

"얼마짜리 수표가 부도 났다는 거야."

"천만 원이라고 합니다."

"천만 원으로 부도를 내?"

"S지점의 당좌엔 잔고가 없었나 봅니다."

"잔고가 없었으면 수표가 돌아왔을 때 은행으로부터 전화가 있었어야 할 게 아닌가."

"그렇습니다."

"그런데 전화가 없었나?"

"없었습니다."

"그게 사실인가?'

"사실입니다."

위한림의 가슴에 불길한 예감이 스쳤다.

"그럼 빨리 돈을 가지고 가서 입금을 시켜. 그리고 어째서 그렇게 되었는질 알아와."

"예." 하고 경리과 직원은 나갔다.

위한림은 뭔가 잘못되고 있다고 느꼈지만 그 까닭을 알 수 없었다. 일차 부도라는 것은 수표가 돌아왔는데 당좌의 잔고가 없을 경우 수표 지참인에게 지불을 못하니까 부득이 취하는 조처이다. 그러나 부도를 내기 전에 일단 수표를 발행한 사람에게 연락해 주는 것이 은행으로서의 도의이며 관례인 것이다. 그 관례를 지키지 않고 사전에 연락도 없이 부도를 내버린다는 것은 있을 수 없는 일이다.

무슨 까닭으로 그런 짓을 했을까, 하고 위한림이 생각에 잠겼다.

첫째, 부주의한 탓일 수가 있다. 둘째, 우리 업체완 거래를 끊어도 좋다는 의사 표시일 수도 있다. 셋째, 골탕을 먹여보자는 속셈일 수도 있다. 어느 경우이건 달갑지 않았다. 은행가라고 하는 것은 감정적으로 사무를 처리할 수 없는 직업 가운데서도 으뜸가는 직업이다. 내일 거래를 끊을망정 오늘은 아무 일 없는 것처럼 친절을 베풀기도 하는 것이 은행가의 처세술이기도 하다. 그렇다면 S지점의 처사는 정말 납득할 수 없는 것으로 된다.

이런 생각을 좇고 있다가 위한림은 문득 나의 업체에 기대할 것이 없다는 판단을 S지점이 갖기에 이른 게 아닌가 하는 의혹을 가졌다. 희망이 없는 업체에 대한 은행의 태도는 비정하리만큼 가혹한 것이다. 그 대신 다소 희망이 있는 업체에 대해선 다만 얼마의 예금을 끌기 위해서도 노력을 아끼지 않는다.

S지점은 위한림이 사업이랍시고 시작할 무렵부터 거래하던 은행이었는데 사무실의 이전에 따라 최근 당좌 하나만을 남기고 예금을 사무실 근처의 은행으로 옮겨 버리긴 했다. 지점장이 찾아와 사정을 했지만 교통상 어찌할 수 없었던 것인데 그 일에 앙심을 품고 한 짓이 아닐까도 생각했지만, 만일 위한림의 업체에 전망이 있다고 보면 먼 장래를 생각하더라도 그렇게 못했을 것이었다.

일차 부도는 얼른 입금하면 결제되는 것이니 부도는 아니다. 그러니 대수로운 일은 아니었지만 위한림의 기분은 웬지 꺼림칙했다.

'은행가의 견식으로 내 업체가 그런 홀대를 받을 만큼 되어 있는 것일까.'

오동잎 한 잎 떨어지는 것을 보고 천하의 가을을 안다고 했다. 한 장 수표의 일시 부도에 그것만이 아닌 의미가 있는 것이 아닐까.

무역 부문은 신장일로에 있고 해운업은 창창한 앞날을 열었으며 건설부문은 정부 공사를 거뜬히 완수함으로써 어느 정도 터전을 잡은 이 마당에 그만한 일이 있었다고 해서 불안을 느끼는 건 장부답지 못하다는 한편의 의식이 없는 바는 아니었지만 일단 돋아난 불안을 말쑥이 씻어버리기란 힘든 노릇이다.

그리고 보니 아내 임창숙으로부터 거절당한 것조차가 불쾌한 기억이 되었다.

갑자기 주변의 공기가 악의에 차버린 것 같은 느낌이었다.

'제기랄, 오늘 나 집으로 돌아가는가 봐라.' 하고 위한림은 같이 공과대학을 나와 상업 미술을 전문으로 하고 있는 장영학이란 친구를 전화로 불렀다. 장영학은 위한림의 수많은 친구 가운데 가장 무난한 술 친구다. 그와 같이 있으면 언제나 마음이 편해진다는 것은 최근의 발견이다.

"오늘밤 시간 있나?"

위한림의 물음에

"언제나 나는 내 시간의 주인이니까." 하는 장영학의 텁텁한 목소리가 있었다.

"그럼 오늘밤 우리 한잔 하자."

"무방하지"

"어디로 할까?"

"자네 좋은 대로."

"제기랄, 오늘밤 우리 최고로 놀아보자. 돈 벌었다고 해도 제기랄, 화끈하게 놀지도 못하고 이것 무슨 꼴인가 제기랄."

"제기랄이 너무 빈도가 많군."

"내 입에서 제기랄이 나오면 알아볼 만하잖은가. 몽땅 개새끼들만 우글거리는 것 같다."

왜 그런 기분이 되었는가 하는 이유를 묻지 않는 게 또 장영학의 성격이다. 날씨에 흐린 날도 있고 갠 날도 있듯이 사람의 기분도 명암이 있기 마련인 것이다.

장소는 한남동의 몬테 카르로. 시간은 일곱 시 반으로 했다. 위한림은 경리과장을 불러 깔깔한 새 돈으로 100만 원, 10만 원짜리 보증수표 40장을 준비시켰다. 합계 400만 원이면 돈이 모자라서 흥을 돋우지 못한다고 되지는 않겠지.

몬테 카르로의 마담도 지배인도 위한림을 알고 있었다. 처음 가보는 집이었지만 마담과 지배인은 지옥에서 부처님을 만난 만큼이나 반가워했다.

"여자들을 있는 대로 다 데리고 와요. 열병 분열식을 하고 선택할 테니까."

위한림이 이렇게 말하자 마담은 위한림의 귀에다 대고 몇 사람의 이름을 들먹였다. 신문이나 주간지에 발표라도 되면 장안이 떠들썩하게 될 그런 이름이었다.

"소용없어 그런 것, 그년들 ○엔 금테가 둘렀던가? 이 집 레귤러의 최고이면 돼. 내가 최고를 뽑을 테니까. 그런데 미리 말해 두거니와 이도령에게 정조를 바친 춘향이 같은 여자는 소용없어, 나 변학도 되긴 싫으니까."

위한림이 이렇게 주워 섬기고 있는데 장영학은 그저 웃기만 했다.

아침에 깨어보니 하룻밤 사이에 유명하게 되어 있는 스스로를 발견한 것은 바이런의 화려한 경력의 시작이었다.

그러나 이와는 반대되는 인생이 더 많다. 자고나니 파산(破産)이 기다리고 있었다. 체포가 기다리고 있었다로 되는 경우도 있는 것이다. 이것이 위한림이 그 시기에 당한 경우다.

수표 한 장의 일차 부도는 그에게 천하의 가을을 알리는 오동일 엽이었다. 살롱 몬테 카르로에서의 광란은 이를테면 동물적인 본능의 이에 대한 반응이었다. 그러나 위한림은 이때만 해도 막연한 불안이 있었을 뿐이다.

광란의 하룻밤이 새고 난 그 이튿날 불길한 예감은 신문의 기사로서 구체화되었다. '통세산업 부도' 활자의 바다 속에 묻혀 버리기도 할 기사였지만 당하는 사람에겐 포탄보다도 더 크게 작렬하는 엄청난 악의로 된다. 아니나 다를까, 위한림의 네 개 업체에서 발행한 수표가 은행창구에 쇄도했다.

그러나 위한림은 그런 것쯤은 감당할 수가 있었다. 정부 공사를 완수한라고 수십 억을 털어 넣었지만 위한림의 재정적인 실력은 뜻밖에도 강력했던 것이다. 그런데 어느날 기진맥진해서 회사에 돌아오니 형사가 기다리고 있었다. 외환관리법 위반으로 체포한다는 선언이었다. 처음 위한림은 영문을 몰랐다. 경찰에 가서야 비로소 알았다. 60만 달러를 주고 배를 샀는데 뒤늦게야 매주(賣主)가 디스카운트하여 18만 달러를 환수하게 된 사정이 있었다. 다시 서류를 고치려면 절차가 이만저만 번거로운 것이 아니었기 때문에 커미션 명목으로 홍콩 지사가 받았다. 그 사실을 외화 도피, 무역거래 위반으로 몰아 그를 입건(立件), 구속한 것이다. 그러나 그 돈을 위한림이 체포된 바로 그날 한국으로 송금되어 있었던 것이니 그 사실이 밝혀졌으면 곧 석방되어야 옳았다.

그런데 그 찰나 어느 주간지가 폭탄기사를 발표했다. 위한림이 돌맹이를 시멘트라고 속여 위장 수출했다는 것이며, 거액의 외화 도피가 있다는 것이며, 수출 자금을 교묘한 수단으로 사취 횡류했다는 등의 내용이었다. 경찰과 검찰은 별건 체포의 형식으로 구속을 풀지 않고 수사를 진행시켰다. 한마디로 매스미디어의 위력은 이처럼 거창한 것이다.

창업 도중의 사업체인 만큼 위한림이 그 중심에 없으면 핸들 키가 빠져버린 자동차처럼 될 것은 빤한 이치다. 수출 관계의 모든 신용장은 휴지가 되었다. 조작된 대미흥업의 채권단이 기승을 부리기 시작했다. 발주했던 공사를 취소하는 소송이 잇따랐다. 유상무상(有貌無象)의 채권자들이 위한림의 것이라고 보면 붉은 딱지를 붙였다. 홍콩은행, 인도은행, 테헤란은행, 사우디은행에 있는 돈은 지불보증 관계로 모두 분해해 버리고 리야드의 창고에 있는 물품은 횡령 당하거나 몰수되었다. 이렇게 해서 무지개는 일순에 사라졌다.

천하의 사기꾼이라서 수사를 했더니 사기꾼은 온데간데없고 하나의 로맨티스트가 남았다는 얘기로 되는데 그는 지금 대학원을 갓 나온 학생처럼 싱그럽다.

앞으로 또 무지개를 찾을 셈인가고 물은 나에게 그는 "돈 벌 생각은 안 하겠다."며 소웃음을 웃었다.

　엘바섬을 벗어난 나폴레옹 위한림이 설마 워털루의 전철은 밟지 않을 테니 두고 볼 만한 앞날이다.

- 2부 끝 -

무지개를 좇던 사나이, 그 폐허의 기록

손혜숙 이병주 연구자, 한남대 교수

1. 도시의 오아시스 '사슴'이 가리키는 것

　나림 이병주는 역사를 기록하고 재현하는 작가로 많이 알려져 있다. '역사'의 문제가 그의 문학 세계의 한 축을 차지하고 있다면, 다른 한 축에는 '시대 현실'의 문제가 자리하고 있다. 그는 소시민들의 일상 영역에 들어가 그들이 살아가고 있는 당대의 시대 현실을 핍진하게 그려내는 일에 게을리하지 않았다.

　소설 『무지개 사냥』 역시 이러한 작업의 일환으로, "정치, 경제, 사회의 격변의 틈바구니에서 독버섯처럼 피어나 현란한 색깔과 독향(毒香)으로 세상을 놀라게 하다가 사라진" '젊은 청년 실업인의 이야기'를 담고 있다. 이 소설은 1982년 4월부터 1983년 7월까지 《동아일보》에 연재된 장편소설로, 대중문화의 전성기이자 독재 정권기였던 1971년부터 1979년까지를 시간적 배경으로 하여 소시민의 일상생활과 그들의 삶 속에 작동하고 있는 경제 생리를 풀어낸다.

소설은 '피난민의 몰골을 닮은 범람 상태의 사람들, 만성 체증을 앓고 있는 위장을 방불케 하는 자동차 홍수, 물욕이 투사된 수십 층 빌딩과 단층 판잣집의 고저'로 이루어진 1971년 서울 거리에서부터 시작된다. 한 마디로 '나'를 지치게 하는 서울이지만 그 한복판에는 '나'의 안식처가 되는 곳이 있다. 바로 '사슴'이라는 술집. 소설은 '서울'이라는 공간 안에 '사슴'이라는 장소를 마련하여 중층의 구조 속에서 시대 현실과 일상사를 그려낸다. 술집 '사슴'은 1970년대 종로의 관철동에 실제 있었던 곳으로 소설에서처럼 당대의 정치인, 언론인을 비롯하여 교수, 예술인 등 소위 지식인들이라 칭할 수 있는 인사들이 모여 담화, 담론을 나누던 곳이다. 따라서 작가의 말처럼 '먼 훗날 제3공화국의 문학사(文學史) 또는 사상사가 야담화(野談化)할 경우, 심심찮은 화재(話材)가 될'(1권, 18쪽) 수도 있는 그런 곳이다. 이는 소설에서 '사슴'에 응축해 놓은 의미들을 되짚어 볼 때, 한층 선명해진다.

'나'는 거의 매일 밤 습관처럼 '사슴'을 찾는다. 미스 리(온양댁)란 술집 마담을 보기 위해서다. '나'가 이곳을 찾는 이유는 소설의 언술 그대로 그녀 때문이다. 그러나 '사슴'을 소설의 공간적 배경으로 확장해 보면 단순히 미스 리를 볼 수 있는 만남의 장소 이상의 다양한 의미들을 발견하게 된다. '나'가 말하는 '사슴'은 루이 15세의 '녹원'에서 음탕을 제거한 것 같은 곳이다. 장중한 음악적 선율과 술, 그리고 미희(美姬)가 있는 곳이다. 무엇보다 언제나 '나'를 환대해 주는 미희가 있어 상상의 로맨스를 가꿔볼 수 있는 장소이기도 하다. '나'에게 '사슴'은 서울이란 토포포비아적 공간 안에 은밀하게 숨겨져 있는 삶의 안식처이자 토포필리아적 장소인 셈이다. 이뿐인가? '사슴'은 '나'의 개인적, 시대적 시름을 잊을 수 있는 공간이며, "신문이나 방송이 절대 전해 주지 않는 종류의 정보"와 "현대적, 철리적 지식을 제공"하는 곳이기도 하다. 나아가 "역사적 인물, 또는 현존하는 인물들을 심판대에 올려놓고 난도질"(1권, 29쪽)을 할 수 있는 곳으로, 독재와 검열로부터 잠시나마 숨통을 틀 수 있는 장소인 셈이다. 따라서 작가는 이곳을 "도시의 오아시스"라 명명한다.

이처럼 '사슴'은 등장인물들에겐 오아시스일 수 있으나, 독자들에겐 시대사를 넘어 시대를 견디고 있는 나약한 지식인들과 그들의 한계적 상황을 목도하게 하는 매개로 작용한다. 소설은 '사슴'을 통해 쓰지도 못할 기삿거리를 가두어 두고 있는 기자들의 매너리즘, 대학의 장래를 애써 외면하는 대학교수들, 문학인들이 모여 문학을 논하지 못하는 상황들을 열거하며 시대 현실을 외면하는 무기력한 지식인들을 통해 시대를 이야기한다. 그들의 발화에서 튀어나와 '사슴'을 유영하고 있는 어휘들—무역주의, 수출주의, 특례주의, 번영주의, 부익부 빈익빈주의(1권, 59쪽)— 속에서 당대의 시대사적 인식이 돌올하게 드러난다. 이는 성공한 범죄자는 범죄자가 아닌 성공자라는 논리가 지배하는 자본주의의 생리와 논리에서 기인한다. 작가가 말하는 '70년대의 병리에 대한 조명'은 여기서부터 시작된다.

2. 꿈의 폐허에서

이제 소설은 K기자의 기록을 빌려 본격적으로 위한림이란 인물을 형상화한다. 실제 인물을 모델로 했다는 위한림은 자본주의를 상징하는 '하나의 사회 현상'(1권, 55쪽)으로, 작가는 그를 선한 악인, 착한 악인으로 칭한다. 그는 커닝으로 서울대에 들어가 기계학을 전공한 뒤 평진 산업과 외국 상사를 거쳐 사업으로 성공의 가도(街道)를 달린 인물이다. 소설은 K기자의 발화를 빌려 '체제의 메커니즘의 심처까지 동태적으로 파악하고 부각시키기 위해 위한림을 모델로 소설을 써 보는 것도 사회 참여 문학'(1권, 56쪽)이라며 '나'에게 소설 쓰기를 권하는 방식으로 이 소설의 의미와 목적을 드러낸다.

하나의 병리 현상으로 보고 추적해 볼 만하다고 생각한 것이긴 하지만 단순한 읽을거리로 되는 것보단 시대 배경을 충분히 감안한 소설로 만드는 것이 훨씬 웨이트 있는 것으로 될 겁니다. 지금 우리나라에 있어서 주목할 만한 존재들이란 경제인 아닙니까. 그런데 경제인이 경제인으로서 등장하는 소설이 없지 않습니까. 그들의 포부와 야심, 그리고 생리와 병리, 애욕의 문제 등이 소상하게 취급되어

있는 소설이 없단 말입니다. (중략)

　대담한 정치소설, 대담한 기업소설이 정정당당하게 문학으로서의 메리트를 갖추고 등장해야죠. 그럴 때 비로소 문학이 사회에서 정당한 발언권을 주장하게 될 게 아닙니까. 지금 형편으론 아직도 문학은 아녀자의 것, 일부 문학 청년의 것밖엔 되어 있지 못합니다. 아녀자들의 독점물이라 해서 문학의 가치가 떨어지는 것은 아니지만 이왕이면 사회적인 영향력을 발하는 그런 문학도 있어야 하지 않겠소.(1권, 63~64쪽)

이병주 소설에서 자주 등장하는 그의 또 다른 분신인 K기자는 이소설에서도 어김없이 작가의 목소리를 대변한다. 표현의 자유가 확보되지 못한 한계적 상황에서 사회 문제에 대해 목소리를 낼 수 있는 방안을 찾다가 이른 것이 위한림이라는 인물에 대한 연구이며, 그를 통해 경제, 기업, 재벌의 문제에 천착하여 자본주의 생리를 조망해보겠다는 의도를 밝히고 있다.

　위한림이 1971년 4월에 첫 입사한 평진 산업 이야기를 경유해보자. 평진 산업은 "공명정대"를 모토로 하고 있지만 아이러니하게 일제 이후 사기로 사취(詐取)한 기업이다. 소설은 평진 산업을 둘러싼 샐러리맨의 노예적 삶과 재벌 혹은 사주의 사위 되기를 꿈꾸는 인식들에 집중한다. 대표적인 사례가 고경택인데, 그는 7년 동안 공을 들여 평진 산업의 딸과 교제에 성공했으며, 약혼했다. 그의 행보는

'봉건적 잔재가 남아 있는 자본주의 사회에서 가장 편리하고 안전한 길은 사주의 사위 되기'라는 사회 병폐적 인식을 드러낸다. 위한림은 인생은 어떻게 살아야 하는가 하는 인간다운 문제의식 없이 그저 처세술과 아첨술에 집착하여 성공만을 노리는 고경택 같은 유형의 인물을 부정하며 통속적 방식으로 일침을 가한다. 사주의 딸인 기명숙에게 접근하여 고경택과 기명숙의 결혼을 방해하기가 그것이다. 결과적으로 위한림은 본인의 목표를 달성했지만, 자신 역시 일말의 상처를 받아 사표를 내는 것으로 평진 산업과의 연결 고리를 끊어낸다.

평진 산업에 사표를 던진 위한림은 퇴직금을 가지고 조선호텔 스낵바에 가는데, 그곳에서 우연히 만난 홍마담에 의해 도박의 수렁에 빠진다. 워커힐 카지노, 워커힐 빌라, 동남 호텔, 세기 호텔 커피숍, 정주집에 이어 남산을 거쳐 불광동 집에 도착하기까지 위한림의 행적은 그야말로 향락과 자본의 공간에 닿아 있다. 홍마담에 의해 도박에 발을 들인 위한림은 "나폴레옹 앞엔 알프스가 있고, 내 앞엔 룰렛이 있다"(1권, 212쪽)며 급기야 룰렛을 마스터하면 천하를 지배할 수 있으리란 허상을 좇기 시작한다. 그는 공장, 회사, 경찰, 군대, 연구소, 정당 모두 필요 없고 오로지 '룰렛'만 있으면 된다(1권, 228쪽)는 신념에 갇혀 시간과 돈과 열정을 모두 탕진해 버린다. 하룻밤에 거액의 돈이 오가고, 그 한탕주의에 몰두하는 사람들이 난무하는 곳, 자본의 상징으로서의 호텔 카지노와 호텔 빌라는 당대를 지배하고 있는 자본의 생리를 리얼하게 보여준다.

이어 집으로 돌아가는 길에 들른 태권도장에서 만난 해결사 임춘추와 정광억과의 대화는 당대를 풍미했던 돈놀이, 현지처, 해결사 등의 사행성 직업들을 소환한다. 모두가 '병리적인 틈서리만 노리며 사건의 더미를 이용하여 먹고 사는 사람들'이다. 정업(正業)이 성립될 수 없는 시대의 도시 서울을 소설은 '패륜의 도시 소돔과 고모라'라고 명명한다. "권력자의 꿈, 권력을 노리다가 실패한 자들의 꿈, 사업가들의 꿈, 사기꾼의 꿈, 좀도둑의 꿈, 허영투성이인 여자들의 꿈, 간통하는 남자, 간통하는 여자의 꿈, 수험생들의 꿈, 예술가의 꿈, 그 무수한 꿈들이 지칠 대로 지쳐 그 형해(形骸)가 건물이 된"(1권, 332쪽) 서울은 말 그대로 "꿈의 폐허"이다.

3. 경제 동물화가 파생한 권모술수

위한림은 꿈의 폐허 서울에서 다시 꿈을 꾸기 시작한다. 그 첫걸음으로 무역을 중심으로 하는 스위스 계열의 회사에 입사한다. 한국 회사보다 자유로움은 있었지만, 이곳 역시도 자본이 지배하는 세계이며, 병폐와 모순투성이다. 먼저 위한림의 눈에 띈 것은 '현지처' 문제이다. 회사의 상사들이 제각기 비서를 현지처로 두고 있는 상황을 보면서 위한림은 울분을 터트린다. '현지처'란 일본인 기생 관광이 낳은 신조어이다. 당시 정부의 수출 정책의 일환으로 진행된 매매춘

장려정책은 일본인 기생 관광 붐을 조장했고, 이 과정에서 여성을 외화벌이로 착취하고 국민을 '경제동물화' 하였다. 마치 일제 식민정책과도 흡사했던 당대의 정책은 이른바 현지처 문화를 양산했다. 한국을 드나드는 관광객이나 일본 상사 주재원 중에는 체류 중에 한국인 여성과 계약 동거를 하거나 살림을 차린 경우가 많았는데, 여기서 유래된 것이 '현지처'이다. 이렇게 형성된 현지처가 다양한 형태로 변주되어 하나의 문화로 자리 잡은 것이다. 소설은 미스 정과 위한림의 토론을 통해 위한림의 개인적인 욕망 내지는 자존심에 국한하여 현지처 문제를 비판하고 있는 듯이 보이지만, 우리는 그 행간을 통해 당대의 경제 동물화 과정과 정책적 문제를 환기하게 된다.

이러한 상황에서 기회가 있을 때마다 뽐내는 스위스 간부의 백인 우월의식은 위한림의 사기를 떨어뜨리고, 자존감에 균열을 가한다. 여기에 사람들을 부추겨 파업을 일으키는 이규진의 이율배반적이고 이기적인 행위가 더해진다. 이규진은 회사 이익의 일정 부분을 노발리스가 선취하고 있다는 소문을 퍼트리며 파업을 조장한다. 이규진의 영향으로 위한림은 회사의 비리를 밝히려는 작업에 착수하는데, 이에 대한 일부 반응이 석연치 않다. 사실 위한림 같은 인물이 없다면 기업을 상대로 싸운다는 것은 애초에 불가능한 일이다. "빽 있고 기술 있고 돈 있는 사람들이 요령껏 하는 걸 무력한 놈이 참견한들 무슨 보람이 있겠는가"(1권, 405쪽)라는 강 과장의 말이 현실적이다. 그럼에도 불구하고 돈도 권력도 없는 위한림은 그대로 밀고 나간다.

결국 파업을 선동한 이규진이 자신의 승진과 상여금 보장을 담보로 개인적으로 협상한 뒤 파업은 해체되지만 위한림은 자신만의 방식으로 이규진을 비롯한 외국인 상사들을 혼내주고 거액의 퇴직금을 받아 회사를 그만둔다. 여러모로 위한림의 영웅 소설 같은 면이 없지 않지만, 이 에피소드는 독자들에게 대리만족과 위안을 줄 수 있다는 점에서 대중소설의 몫에 값한다.

회사를 나온 위한림은 우연히 만난 민경태와 선천집으로 향하는데, 그가 첫 번째로 회사를 그만두고 찾은 곳인 호텔 스낵바와는 대조적이다. 평진 산업을 그만두고서는 호텔에서 전혀 모르는 사람들을 만나 유흥과 향락으로 돈과 시간을 탕진했지만 이번엔 친분이 있는 사람들과 소박하게 현재를 파악하고 미래를 도모한다.

"정직하게 산다는 건 사회의 희생자가 될 뿐이오. 정직하게 살아 집 한 칸을 장만할 수 있는 세상입니까? 정직하게 살아 아이들 공부나 제대로 시킬 수 있는 사회입니까? 공무원도 그렇습니다. 정직하게 근무하다가 정년퇴직을 당한 사람들, 그 정황이 답답하더만. 공무원 노릇 할 때 요령껏 해처먹은 놈들은 그만둔 뒤에도 자가용 굴리고 삽디다. 내 이웃집에 공무원 하다가 그만둔 영감이 있는데 위경련으로 죽게 됐어요. 앰뷸런스를 불러 병원에 달려갔더니 선금을 내야 치료해 주겠다는 겁니다. 그 집에 돈이 있어야죠, 쥐꼬리만한 저금이 있긴 했는데 도장하고 통장을 맡겨도 마구 거절입니다. 그 애길 들고 내가 돈을 냈지요. 사기꾼 정광억의 돈이 선량한 시민 하나를 살린 겁니다. 이웃에 사기꾼이 없었더라면 그 영감은 병원 문턱에 들어서지도 못하고 죽었을 거요. 세상에 이와 비슷한 일이 어디 한두 가지겠어요? 수단 불구하고 돈을 벌어라. 돈만 있으면 붙들려 가도 놓여 나올 희망이 있다, 이겁니다." (1권, 461쪽)

회사를 그만둔 위한림에게 정광억이 함께 해결사를 해 보자고 권하지만 위한림은 거절한다. 위인용은 그런 위한림을 향한 정광억의 발화이다. 양심과 윤리를 지키면서는 살 수 없는 사회, 수단과 방법을 가리지 않고 '돈'을 벌어야만 자신을 지키며 살 수 있는 사회. 바로 위한림과 정광억이 놓여 있는 사회이자, 우리의 과거이다.

이제 위한림은 '세계 정부'라는 청운의 꿈을 안고 스위스 회사에서 받은 퇴직금을 밑천 삼아 사업을 시작한다. 처음부터 포부와 야심만을 가지고 시작한 사업이 잘될 리가 없다. 선반 하나를 가져다 놓고 공장을 차린 후 상호를 등록하러 가는데, 웬만한 이름은 다 등록되어 있어 마땅한 이름을 찾기까지 어려움을 겪는다. 당대에 만연해 있는 '상사' 주의가 어느 정도였는지 가늠하게 하는 대목이다. 1974년 5·28 특별 조치에 이어 1975년에 등장한 종합무역상사 제도는 재벌을 육성하는 결과를 낳았다는 점에서 문제적이다. 이는 부익부 빈익빈 현상을 극단으로 치닫게 했기 때문이다. 중소하청기업들은 수직적 또는 수평적으로 계열화되었을 뿐만 아니라 재벌이 중소기업을 하청화 하는 일이 비일비재하였고, 무엇보다 중소기업이 가속적으로 몰락하였다. 이러한 상황에서 위한림의 사업이 살아남을 리만무하다. 위한림의 몰락은 이러한 사회, 경제적 상황과 문제를 그대로 투사하고 있다. 여기에 부실한 자본과 기술, 분수에 맞지 않는 욕심보다는 세상 탓을 하며 요행을 바란 위한림의 비뚤어진 욕망이 더해지면서 당대 사회의 문제가 인간에게 미치는 영향이 부각된다.

여전히 반성할 줄 모르는 위한림. 그는 "권모술수"를 익혀 더 큰 일을 도모하기로 한다. 기계공업으로 성공하지 못한 위한림은 수출 붐이었던 당대의 상황을 파악하고 중동으로 떠날 결심을 한다. 당시 오일 쇼크로 곤혹을 치렀던 한국에선 중동 진출 붐이 일기도 했다. 국가적인 차원에서도 중동 진출을 독려하기도 했고, 해외건설 업체의 경우 국가의 중동 건설 진출 진흥책에 의해 금융 혜택을 비롯한 각종 특혜를 받기도 했다. 이로 인해 1977년 최초로 경상 수지 흑자를 기록하기도 했지만, 이 역시도 재벌 키우기 정책이었다는 점에서 경제적 양극화 현상을 부추기는 결과를 초래했다. 독사, 고슴도치, 다람쥐, 지렁이에 음모 가발까지 모든 것이 상품화되고 있는 시대의 흐름을 타고 위한림은 하늘길을 이용해 보기로 한다. 이는 행정, 외교, 과학기술을 비롯해 생활양식이나 사고방식에 이르기까지 모든 정책을 100억 달러 수출 목표에 맞추고 총력을 기울이던 당대의 상황을 상징적으로 보여준다. 소설은 이처럼 당대의 경제 논리와 정책을 작품 안에 다양한 형태로 녹여내어 재벌의 비대화와 이 과정에서 파생

되는 경제 양극화, 소시민들의 경제적 소외 및 상대적 박탈감 등 자본주의 사회가 앓고 있는 파생적 징후들을 견인한다.

4. 결과지상주의의 몰락, 새로운 무지개 찾기

이제 마지막으로 시대적 변화와 함께 떠나는 위한림의 해외 사업 탐방을 추적해 보자. 이란으로 향하기로 한 위한림은 가는 도중 여러 나라를 경유하면서 각 나라의 특징을 익히고, 각국의 사람들과 연을 맺기도 한다. 먼저 들른 동경의 거리에 대한 단상은 일본을 바라보는 이병주의 인식이 그대로 투영되어 있다. 거리의 청결함, 친절한 사람들, 지적 정열을 그대로 담고 있는 서점가는 배울만한 부분이다. 특히 성묘단을 보내 싱가포르에 있는 일본인 묘지를 청소하고 가꾸는 일본인의 미덕은 전쟁 직후 전범으로 몰려 싱가포르에서 사형을 당했던 약 500여 명의 한국적 일본군속의 무덤이 흔적조차 없는 상황과 대조적이다. 소설은 비록 일본인이 "외형으론 지극히 친절하고 내심에 오만을 간직하기 위해 겸손"(2권, 132쪽)할지언정 인정할 것은 인정하자는 태도를 견지한다. 이는 여러 작품을 통해 드러낸 작가의 일본인에 대한 인식의 연장으로 볼 수 있다.

한편, 위한림은 경유하는 나라마다 우연히 만난 사람들과 연을 맺게 되는데, 이때 각국의 문화, 역사, 인물에 대한 지식이 중요한 연결고리 역할을 한다. 이를테면 이란에선 이란 문호 사디의 『장미원』 이라는 작품을 매개로 이란의 핵심 인물인 에도사 모르니에와, 이라 크에선 러시아 문호 투르게네프를 매개로 러시아 교수 일리아와 친 분을 맺고, 『명심보감』을 매개로 대만의 정명도와 각별한 친분을 쌓 아 결정적인 순간 사업에 막대한 도움을 받는다. 위한림의 사업은 '지적 토대'와 '인간관계'로 이루어졌다고 해도 과언이 아니다. 이들 은 위한림의 조력자 역할을 할 뿐만 아니라 각자의 전문지식을 활용 해 각국의 역사, 문화, 시대를 설명한다. 만남의 우연성 측면에선 지 나치게 작위적이지만, 그렇게 우연히 만난 사람들을 통해 전달하는 각국의 정세나 문화, 역사는 사실에 기반을 두고 있다는 점에서 계몽 과 교양을 담보하는 대중소설의 미학을 엿볼 수 있다.

유럽은 썩어가고 있어요. 편리주의 때문에 썩어가고 있어요. 물 질주의 때문에 썩어가고 있어요. 개인주의 때문에 썩어가고 있어요. 인간에게 있어서 가장 소중한 것은 우애와 진실과 정신의 광휘인데 유럽 사람들은 그 소중한 것 전부를 잃어가고 있어요. 경제 제일주의 가 유럽의 문명을 부패시키는 병균이에요. (2권, 153쪽)

각 나라에서 만난 인연들이 각국의 정세나 문화, 역사에 대해 알 려주었다면, 테헤란 행 비행기에서 만난 백인 여성은 유럽과 유럽 문 명의 정세를 비판한다. 그녀가 말하고 있는 대상은 유럽에 국한되어 있지만, 나머지 대부분의 국가들이 그런 유럽을 모방하고 따라가는 형국이라는 점에서 그녀의 비판은 세계에 닿아 있다고 할 수 있다. 경제 제일주의가 파생한 물질주의와 개인주의로 인간의 소중한 것을 상실해 가고 있는 상황을 향한 비판의 날이다. 특히 당시 경제 발전에 목매고 있던 우리나라의 상황을 상기해 본다면 이러한 비판이 결국 무엇을 향하고 있는지 짐작할 수 있다. 작품에선 단선적으로 흘어 놓았지만, 베트남 전쟁에 참여했다가 빈털터리로 돌아갈 수 없어 이란으로 돈 벌러 온 한국인들의 상황, 관료사회의 병폐, 건설 붐과 새마을 운동이 파생한 시멘트 품귀현상 및 암시세 형성 등은 모두 당대의 문제를 환기하기에 충분하다.

이란에 오는 과정에서 만난 사람들 덕분에 사업이 번창하던 위한림은 테헤란의 불안정한 정세 때문에 사우디로 사업장을 옮긴다. 사람들과 인연을 맺고 사업을 확장해 가면서, 돈벌이를 타당화하기 위한 얄팍한 센티멘털리즘에서 시작한 '세계정부' 수립이라는 목적은 신념으로 변해간다. 돈을 벌기 위해서는 수단과 방법을 가리지 않아도 된다는 생각이 지배하기 시작한다. 이는 결과만 좋으면 수단은 생각지도 않는 결과지상주의, 성과지상주의적 사고에의 편승을 의미한다. 때문에 세계 각 곳에 8개의 지사를 둘 정도로 승승장구하던 위한림의 행운은 그리 오래가지 못한다. 그는 어느 순간부터 임창숙의 말대로 자신을 잃어가고 있었다. "자기를 잃기까지 하면서 사업에 성공한들 그것이 우리 인생에 있어서 어떤 보람이겠느냐"(2권, 430쪽)

는 부인의 충고를 회피하며 무리하게 일을 벌인 결과 파산에 이른다. 그렇게 그의 무지개는 일순간에 사라진다. 앞으로 무지개를 또 찾을 셈이냐는 물음에 "돈 벌 생각은 안 하겠다"(2권, 471~472쪽)는 위한림의 대답을 목도하며 우리는 '돈'이 아닌 다른 무지개를 생각해 보게 된다. 우리의 무지개는 위한림의 은사인 박희진의 발화 속에서 찾을 수 있을 것이다.

"몇날 며칠을 상어떼와 싸우다 보니 잡은 고기는 뼈만 남게 되었어. 나는 성공하려고 기를 쓰고 덤비는 사람의 대부분이 그런 꼴로 되는 것이 아닌가 해. 목표에 도달하고 목적지에 이르긴 했는데 남은 것은 아무것도 아니더라 하는. 그런 까닭에 나는 이런 것을 제안하고 싶어. 목적만을 유일하게 추구하지 말고 일을 하고 있는 과정에서 의미를 찾는 거라. 뭐라고 할까. 돈을 벌려고 악착 같이 서둘다가 막상 돈을 벌지 못하는 결과가 되면 정력의 낭비, 시간의 소모만 되는 것 아닌가. 혹시 돈을 벌었다고 해도 건강을 해친다거나 인간성을 망친다거나 하면 결국은 손해가 아닌가. 요컨대 매일매일의 노력 자체에서 보상을 받을 수 있도록 마음을 다져라 이거다. 부산을 목적지로 하고 달려간다고 하자. 부산에만 중점을 둘 것이 아니라 그 과정을 풍경을 감상하는 노력을 게을리 말라는 뜻이다. 성공이란 행운이 없으면 불가능해. 그런데 어떻게 행운만을 믿고 살 수가 있겠나. 불운에 대비할 줄도 알아야 한다 이 말이다. 나는 자네의 의욕을 가상하다고 여기는 동시에 어쩐지 안타까운 생각도 드는군. 그래 말하는 거다. 목표를 성공에 두지 말고 그날그날을 충실히 보내는 데 중점을 두라구."(2권, 111~112쪽)

박희진의 언술은 과정이 생략되고 배제된 결과지상주의를 향한 일침이면서 그 안엔 우려의 목소리도 함께 담겨 있다. 결국 이는 목표도 중요하지만, 목표를 가지고 그것을 성취하기 위해 노력하는 그 과정의 중요성과 소중함을 간과하면 안 된다는 작가의 전언인 셈이다.